CLAUDIUS CRÖNERT

Rachemelodie

SCHULDIG ODER NICHT? Nicht einmal einen Tag kann der pensionierte Berliner Kommissar Thomas Ostrowski seinen Ruhestand genießen. Als in der Nähe seiner Wohnung eine Frau ermordet aufgefunden wird, deuten alle Zeichen auf seinen alten Feind Bastian Siewert hin. Siewert wurde erst kürzlich aus dem Gefängnis entlassen. Gegen den Widerstand seiner früheren Kollegen beginnt Ostrowski mit privaten Ermittlungen – und muss gleichzeitig erkennen, dass seine Tochter Jenny bedroht wird. Ihr Verhältnis zu einander ist schwierig, und Jenny ist die ewigen Ermahnungen und Besuche ihres Vaters leid. Als Ostrowski feststellt, dass Siewert für die Tatzeit ein Alibi hat, stürzt ihn das in eine Krise. Hat er damals den falschen Mann verhaftet und dafür gesorgt, dass ein Unschuldiger 15 Jahre seines Lebens verliert? Zwischen Zweifeln und Angst um seine Tochter darf er nur eins nicht: Aufgeben.

Claudius Crönert ist in Hamburg aufgewachsen und lebt seit vielen Jahren in Berlin, wo er Philosophie und Kunstgeschichte studiert hat. Er arbeitet von Anfang an doppelgleisig, als Autor und Journalist. Er ist politischer Korrespondent; daneben schreibt er Rundfunk-Reportagen, Zeitschriften-Artikel, Film-Beiträge. Als Autor schreibt er Drehbücher, Historische Romane und Krimis. Rachemelodie *ist sein vierter Roman.*

Bisherige Veröffentlichungen im Gmeiner-Verlag:
Das Kreuz der Hugenotten (2011)

CLAUDIUS CRÖNERT

Rachemelodie

Ein Berlin-Krimi

GMEINER *Original*

Personen und Handlung sind frei erfunden.
Ähnlichkeiten mit lebenden oder toten Personen
sind rein zufällig und nicht beabsichtigt.

Besuchen Sie uns im Internet:
www.gmeiner-verlag.de

Im Ehnried 5, 88605 Meßkirch
Telefon 07575/2095-0
info@gmeiner-verlag.de

1. Auflage 2014

Lektorat: Claudia Senghaas, Kirchardt
Herstellung: Mirjam Hecht
Umschlaggestaltung: U.O.R.G. Lutz Eberle, Stuttgart
unter Verwendung eines Fotos von: © spuno – Fotolia.com
Druck: GGP Media GmbH, Pößneck
Printed in Germany
ISBN 978-3-8392-1591-3

Für Valeria und Marcello
Und ganz besonders für Cristiano

I see a bad moon rising
I see troubles on the way
I see earthquakes and lightning
I see bad times today.

John Fogerty

»Die Vergeltung ist mein«

Auf die Melodie von »Die Gedanken sind frei«
Von Bastian Siewert

I
Die Vergeltung ist mein, wer will sie verhindern?
Sei der Weg auch nicht fein, und mag man mich schinden
Kein Mensch kann sie wissen, kein Kripo erschießen,
Es bleibet nicht klein: Die Vergeltung ist mein.

II
Ich räche was ich will und was mich beglücket,
doch alles in der Still' und wie es sich schicket.
Mein Wunsch, mein Begehren kann niemand verwehren,
Es bleibet nicht klein: Die Vergeltung ist mein.

III
Ich liebe die Tat, die Rache vor allem,
denn diese zwei wolln mir trefflich gefallen.
Bin ich auch allein, mein Weg ist stets rein.

Es bleibt nicht beim Schein: Die Vergeltung
ist mein.

IV
Und sperrt man mich ein in finstere Kerker,
das alles sind nur vergebliche Werke,
denn meine Gedanken zerreißen die
Schranken
und Mauern aus Stein. Die Vergeltung ist
mein.

V
Drum will ich auf immer den Sorgen entsa-
gen
Und will auch nimmer mit Menschen mehr
plagen
Man kann ja im Herzen stets lachen und
scherzen
Und denken: Wie fein, die Vergeltung ist
mein.

1

Die segensreiche Finsternis.

Der Abend hatte eingesetzt, die Autos schoben, eins wie das andere, gelbe Lichtkegel vor sich her. Die Scheiben der Busse waren beschlagen. Nasser Schnee tropfte vom Himmel. Auf Straßen und Bürgersteigen wurde er zu Matsch.

Der Mann stand und schaute.

Er sah zu, wie Wasser durch die Luft spritzte. Wie Passanten auswichen. Und wie sich die Nacht tiefer und tiefer über die Häuser senkte.

Der Mann zog seinen Handschuh aus und ließ die Finger in die Hosentasche gleiten, wo sie auf das Messer trafen. Es war zusammengeklappt. Mit dem Zeigefinger fuhr er über die stumpfe Seite.

Ein Schauer strich ihm über den Rücken.

Als er seinen Weg aufnahm, führte er vorbei an Hügeln von Schnee, die mit der Zeit schwarz geworden waren, kotbraun und gelb. Die Nässe fiel ihm auf den Kopf, aber da er einen Hut trug, spürte er sie nicht. Den Mantelkragen hatte er aufgestellt. An einer Ampel kreuzte er die vierspurige Fahrbahn, in der Sicherheit, dass er nur ein Passant unter vielen war, unauffällig wie sie, unbeachtet.

Sein Ziel lag einige Hundert Meter weiter. Es war kurz nach sechs, er hatte keine Eile, dennoch überholte ihn niemand, denn sein Viertel war eines der Alten geworden. Nicht dass sie alle Gehhilfen oder Rollatoren gebraucht hätten, manche verbanden weiße Haare mit sportlicher

Kleidung und großen Plänen, trotzdem kamen sie nicht hinterher. Das Geräusch der Autoreifen auf der nassen Fahrbahn drang in sein Ohr, ein Zischen, ein Surren.

Der Mann trat an die Seite, um nicht nass gespritzt zu werden.

Am gegenüberliegenden Rand des Tegler Hafenbeckens tauchte der Kiosk auf. Die Zeitungsstände waren wegen der Nässe hineingeräumt worden. Durch die Scheiben drang fahles Licht. Der Mann kannte die Auslage, sie war ihm am Vortag ins Auge gefallen, die Werbung für Lotto, die Spiele und Schreibwaren, die Hinweise auf Zigaretten und Schnaps. Ohne hineinzusehen, schritt er daran vorbei.

Dabei empfand er ein Glücksgefühl, das grenzenlos war. Niemand würde ihn aufhalten.

Die rückwärtige Tür war aus Eisen und rostig. Er drückte den Griff herunter – verschlossen. Mit dem Rücken zur Tür wartete er. Sollte ihn, den Mann im schwarzen Mantel, mit Handschuhen und Kopfbedeckung, überhaupt einer wahrnehmen, würde er wie jemand wirken, der unter einem Vordach Schutz vor dem Mistwetter gesucht hatte. Unauffälliger, fand er, ging es kaum. Mit der Aktentasche in der Hand war er jemand, der von der Arbeit kam. Die Tarnung war perfekt.

Als niemand zu sehen war, öffnete er den Riemen der Tasche, griff hinein, tastete nach seinem Werkzeug. Er hatte einen Kuhfuß dabei, entschied sich aber, es mit dem Dietrich zu versuchen. Das Öffnen von Schlössern – eines der wenigen Dinge, die er in seiner Jugend gelernt hatte. Erst eine Lehre, hatte sein alter Herr gesagt, dann kannst du machen, was du willst.

Er tat, was er wollte.

Bevor er sich dem Schloss zuwandte, hielt der Mann erneut inne. Nun brauchte keiner mehr zuzuschauen. Es war beruhigend, viel Zeit zu haben. Er hatte den Dietrich in der Hand und die Aktentasche wieder verschlossen. Den Weg konnte er zu beiden Seiten einsehen. Als er sich überzeugt hatte, dass er vollkommen menschenleer war, begann er mit seiner Arbeit.

Das Schloss war widerspenstig, und er hatte lautlos zu werken. Der Dietrich griff nicht. Er setzte ihn ab, rieb sich die Augen, schöpfte Atem. Auf der gegenüberliegenden Seite des Weges kam jemand vorbei, der Montur nach ein Handwerker, sein Feierabendbier in der Hand. Seine patschenden Schritte hatten ihn schon von Weitem angekündigt. Der Handwerker ging schnell, während der nasse Schnee ihm auf Jacke und Haar fiel. Im Mundwinkel hatte er eine Zigarette. Kein Blick zu irgendeiner Seite.

Der Mann nahm seine Arbeit wieder auf und stellte fest, dass die Pause ihm gutgetan hatte. Der Dietrich fasste beim ersten Versuch, das Schloss gab nach, die Tür sprang auf. Als er sie weiter aufschob, machte sie ein knarrendes Geräusch. Er erschrak und griff nach ihr. Noch einmal sah er sich um. Stellte fest, dass er unbeobachtet war. Trat ein.

Das Hinterzimmer lag im Halbdunkel.

Ein muffiger Raum, voller aufgerissener Pappkartons und eingestaubter Regale. Aus einem Bretterverschlag, hinter dem eine Kloschüssel verborgen sein mochte, stank es nach Abflussrohr. Leichter Ekel stieg in dem Mann auf. Er hielt die Luft an und drückte den Ekel fort. Von Gestank und Durcheinander würde er sich die Laune nicht verderben lassen, und auch nicht davon, dass sein Mantel roch. Die Wärme des Zimmers hatte die Feuchtigkeit auf der Wolle trocknen lassen.

Zum Verkaufsraum führte eine Falttür aus Pappe. Sie war zu drei Vierteln zugezogen. Nicht nur Licht, auch Stimmen drangen zu ihm. Bevor er auf sie achten konnte, brauchte er einen sicheren Platz. Ein Versteck.

Er suchte die Wände ab. Ausgerechnet neben der Toilette fand er, was er benötigte.

Der Mann hielt ein weiteres Mal die Luft an und fahndete nach einem anderen Platz. Vielleicht in der Ecke neben der Schiebetür. Aber dort sähe man ihn, sobald jemand den Raum betrat. Zwischen den Kistenstapeln? Waren keine Lücken. Er hätte sie verschieben müssen.

Blieb allein der Vorsprung am Verschlag. An der Kloschüssel.

Auf Zehenspitzen machte er die wenigen Schritte. Er wollte nirgendwo gegen stoßen und nichts berühren. Der Fußboden knarrte. Er wurde noch langsamer, noch vorsichtiger. Tastete sich vorwärts, verlagerte wie ein Dressurpferd das Gewicht von einem Fuß auf den anderen. Atmete durch den Mund und versuchte, die Nase auszuschalten. Und erreichte endlich den Platz, zu dem er gewollt hatte.

Seine Uhr zeigte 20 nach sechs. Das Messer war in der Hosentasche, er spürte es am Oberschenkel.

Und er wurde auch wieder ruhiger.

»Was wollen wir heute Abend machen?«, kam es von nebenan. Eine Frauenstimme.

»Erst mal zu dir«, erwiderte ein Mann. Beiden hörte er ihre Jugend an.

»Geht schlecht. Meine Oma ist da.«

»Na und? Die schicken wir für 'ne halbe Stunde weg. Muss doch auch mal frische Luft schnappen, die gute Alte.«

Er hörte sie quieken, dann ein Schmatzen, ein Kuss wahrscheinlich, den er irgendwo in ihrem Gesicht gelandet haben mochte. Die Geräusche fuhren tief in ihn hinein.

Das Quieken wurde lauter.

»Hör auf«, sagte sie, kicherte aber dabei. »Doch nicht hier im Laden.«

»Schließ einfach ab.« Eine anzügliche Stimme, feuchte Lust. »Dann brauchen wir auch nicht zu dir.«

»Nein. Es ist noch nicht halb sieben.«

»Aber kurz davor. Komm, gib den Schlüssel, ich mach. Und dann zeigst du mir mal das Hinterzimmer. Das sieht schön dunkel aus.«

Er hörte eine Schublade, die zugeschoben wurde. Dann das Geräusch einer Kühlschranktür.

Das Ziffernblatt seiner Uhr leuchtete. Fünf Minuten noch bis Ladenschluss.

Er hoffte, dass sie ihn fortschickte. Aber nicht zu schnell.

»Ich nehme mir ein Bier, ja?«

»Musst du bezahlen. Sonst stimmt meine Kasse nicht.«

Münzen wurden auf einen Tisch geworfen und kullerten dort weiter. Eine Flasche wurde geöffnet.

»So, Baby, es ist halb. Komm, lass absperren.«

Der Junge trank und rülpste laut, das Geräusch drang bis in sein Versteck. Er grinste und drückte seine Hand auf den Reißverschluss der Hose.

»Dann muss ich die Kasse machen.«

»Mensch, Süße, das hat doch Zeit.«

Wieder ihr Quieken. Wahrscheinlich hatte er sie in den Hintern gekniffen. In das weiche Fleisch.

»Erst das Vergnügen, dann die Arbeit. So heißt es doch.« Der Junge lachte.

Eine Glocke erklang, und die Tür ging auf. Er spürte den Luftzug, der durch den Spalt in der Schiebetür bis zu ihm gedrungen war. Frische Luft.

Sie tat gut.

»Wir haben eigentlich schon geschlossen«, hörte er die Frau.

»Komm, hab dich nicht so. Bitte.« Die Stimme eines Trinkers, zittrig, dabei fordernd, als hätte alle Welt die Pflicht, ihm in seiner Not zu helfen. Er stellte sich einen mittelalten Kerl vor, mit roter Nase, steifen Knien und ungepflegtem Bart. Wie viele von diesen Typen hatte er schon gesehen. »Ich brauche nur paar Zigaretten und ein Bier oder zwei. Sonst komme ich nicht über den scheiß Abend.«

Ein weiteres Mal wurde die Kühlschranktür aufgezogen. Glas schlug aneinander. Bierflaschen.

»Anschreiben kann ich nicht, wa?«

»Leider nicht.«

»Dann keine Zigaretten. Ein Päckchen Tabak. Und Blättchen.«

»Welchen Tabak?«

»Den billigsten.«

Diesmal war es eine andere Art zu bezahlen, die Münzen wurden nicht auf den Tresen geworfen, sondern Stück für Stück dorthin gelegt. Ein Mensch, der sein letztes Geld ausgab.

»Kann ich nicht wenigstens einen Flachmann anschreiben? Morgen bekomme ich Geld. Ganz sicher.«

Anstelle der Frau antwortete ihr Freund: »Nun ist gut, ja?«

Der Trinker brauchte lange, ehe er herauspresste: »Was mischst du dich denn ein?«

Spannung kam auf wie im Kino und fand den Weg bis in sein Versteck. Unmissverständliche Geräusche waren zu hören, Absätze, die auf dem Fußboden kratzten, Knochen, die knackten.

Gewalt lag in der Luft. Die Hand an seinem Reißverschluss drückte zu.

»Ich darf nicht anschreiben lassen«, hörte er die Frauenstimme. »Steht auch auf einem Schild an der Tür. Und außerdem möchte ich abschließen. Es ist Feierabend.«

Von den beiden Streithähnen schien sich keiner zu rühren, auch sprachen sie kein weiteres Wort.

Die Spannung ließ nicht nach.

»Bitte«, flehte die Frau, »bitte, alle beide. Das bringt doch nichts.«

Der Mann in seinem Hinterzimmer hörte ein lautes Ausatmen. Wieder schlug Glas aneinander, Sohlen stießen gegen den Fußboden. Der Trinker hatte sich mitsamt seiner Bierflaschen in Bewegung gesetzt.

»Wir sehen uns wieder«, sagte er, bevor er die Tür aufzog.

»Ganz sicher«, rief der andere hinter ihm her. Und sagte dann: »Los, Bine, schließ endlich ab, dass nicht noch einer von diesen Pennern reinkommt.«

Ein Schlüsselbund klapperte. Sie schien an ihm vorbei zu gehen, denn es gab ein Klatschen und danach einen Aufschrei, halb im Spaß, halb im Ernst. Die Tür wurde abgeschlossen. Dann ein Grunzen. Ein Geräusch wie von einem Tier. Ein Tier in der Brunftzeit.

Seine Erregung wurde stärker. Er schloss die Augen, während sich der Mund wie von selbst öffnete. Er malte sich aus, dass der Junge seine Arme um sie geschlungen hatte. Mit seinen Pfoten unter ihrem Pullover herumfuhrwerkte. Ihren Busen betatschte. Mit seiner Zunge über ihr Gesicht fuhr. Spucke darauf zurückließ.

Köstlich.

»Zeigst du mir nun endlich das Hinterzimmer?«

»Das geht doch nicht.«

»Bine!«

»Manchmal kommt abends der Chef. Und außerdem muss ich die Kasse machen.«

»Ist doch nicht eilig.«

»Torsten, bitte. Nicht jetzt.«

»Und was, wenn ich will? Jetzt?« Sein Ton war plötzlich laut geworden. »Jetzt sofort?«

Der Mann in seinem Versteck musste sich bei aller Lust der Frage stellen, was er tun würde, wenn der brunftige Kerl sich durchsetzte. Unsichtbar zu bleiben, war unmöglich. Und zwei Leute waren zu viel für ein einziges Messer. Also wieder verschwinden? Jetzt, wo er so weit gegangen war? Unvorstellbar. Er musste das Risiko eingehen. Spürte, wie es ihn fesselte, ihn anspannte. Ein scheußliches und gleichzeitig erregendes – ein wundervolles Gefühl.

»Torsten, lass mich los. Bitte.«

Ein Lachen. Schmutzig und brutal. Er zeigte ihr, wo es langging. »Nein. Ich lass dich nicht.«

Der Mann gab sich Mühe damit, sich möglichst genau vorzustellen, was im anderen Raum vor sich ging. Die Geräusche halfen seiner Fantasie: Kleidung rieb aufeinander, Gürtelschnallen, die aneinander stießen. Ein Gerangel. Eine Situation, die umzukippen drohte. Einzelne Worte, die schärfer wurden.

Vielleicht brauchte der Kerl Gewalt? Ein wenig nur, um sie umzustimmen.

Dann ihr Gejammer. »Torsten, bitte. Wenn der Chef kommt, bin ich meinen Job los.«

»Der lässt sich fast nie sehen.«

»Eben doch. Und er kommt meistens dann, wenn man überhaupt nicht mit ihm rechnet.«

»So ein Quatsch.«

Er hörte kein Wort mehr, und nichts passierte. Die Spannung war kaum auszuhalten. Er schlug die Zähne auf die Lippen, bis der Schmerz kam. Eine Urgewalt wollte ihn aus seinem Versteck ziehen, damit er durch die Falttür spähte, auf nackte Haut und festes Fleisch. Er musste mit aller Macht dagegenhalten. Kein unnötiges Risiko eingehen, sich nur nicht verraten. Die andere Möglichkeit, abzubrechen, gab es längst nicht mehr. Er war viel zu tief drin.

Dann meldete sich ein Handy. Musik als Klingelton: Für Elise. Der Mann atmete durch. Seine Anspannung ließ nach.

»Ja?«, meldete sich der Kerl im anderen Raum.

Schweigen.

»Und wann?«

Wieder Schweigen.

»Ist gut. Bis gleich.«

»Wer war das? Wohin gehst du?«, fragte sie.

»Treff' mich mit den anderen. Die haben eine Kiste Bier.« Er lachte.

»Und wir? Sehen wir uns heute Abend noch?«

Keine Antwort.

Die Sprachlosigkeit drang bis zu ihm in die Kammer. Diesmal war es nicht Gewalt, die in der Luft lag, sondern Enttäuschung. Mit einem Mal hatten sich die Verhältnisse gedreht. Nun war sie es, die etwas von ihm wollte. Und er spielte mit seiner Macht.

»Mal sehen.«

»Eine halbe Stunde noch, dann habe ich frei.« Sie klang auf einmal wie die Liebe selbst. »Ich muss nur abrechnen. Geht schnell.«

»Ruf mich halt an.«

Schritte.

»Torsten?«

Der Schlüssel wurde gedreht, die Tür geöffnet.

In seinem Hinterzimmer hörte er die Glocke. Er entspannte sich. Alles würde gut. Sie war allein.

Der Mann schlich, nachdem sie die Ladentür abgeschlossen hatte, zum Lichtschalter, knipste ihn an und sofort wieder aus.

»Hallo«, kam im nächsten Moment ihre Stimme aus dem Verkaufsraum. »Ist da jemand?«

Sie schob die Papptür auf, die sich verhakte und mit Kraft weitergedrückt werden musste. Licht drang aus dem Verkaufsraum herein. Da stand sie und schaute sich um, ihre Haut war mehr als blass, sie war weiß und stach gegen das schwarz gefärbte Haar. Schwarz waren auch ihre Schminke und ihr Pullover. Ein Mensch mit Sehnsucht nach dem Tod. Durch den Nasenflügel war ein Ring gestochen.

Sie war bereits auf dem Weg. Er würde ihr helfen.

Der Mann drückte sich hinter den Verschlag und stellte das Atmen ein.

Erst als sie auch im Hinterzimmer das Licht anknipste, stieß er sich heraus und sprang auf sie zu. Bevor ihr Schrei laut wurde, presste er ihr eine Hand auf den Mund und die andere an den Hinterkopf.

Ihr Blick war starr. Wasserfarbene Augen. Weit aufgerissen. Und das Gesicht so weiß wie ein Blatt Papier.

»Hör auf«, flüsterte der Mann ihr ins Ohr, »dann lasse ich los.«

Er trug seine Handschuhe. Trotzdem hätte sie zubeißen, hätte sich wehren können. Ihn in einen Kampf verwickeln.

Hätte alles versuchen können. Das hätte ihm Spaß gemacht.

Stattdessen nickte sie. Ängstlich wie ein Reh. Wie ein dummes Mädchen. Bettelnd. Flehend.

Sie hatte Angst vor der letzten Reise.

Langsam lockerte er die Hand vor ihrem Mund, bereit, wieder zuzudrücken, sollte sie erneut schreien.

Aber sie blieb leise. Schluchzte nur.

»Was … was wollen Sie?«

Das Messer in der Hose war bereit. Das Tuch, das zuoberst in seiner Tasche lag. Wer wollte da Eile haben? Der Moment war zu wundervoll, jener Augenblick vor der Erfüllung, in ihm lag Genuss, und der Mann war erfahren genug, um sich ihm vollständig hinzugeben. Er schaute das Mädchen an. Bine, hatte der Junge sie genannt. Sabine. Aus der Nähe war sie ein wenig hübscher. Da gab es Anzeichen von Charakter in ihrem Gesicht, ein Kinn, das den Namen verdiente, und Wangenknochen, die sich abzeichneten. Vor allem anderen aber stand die Blässe. Die Sehnsucht nach dem Tod.

Wegen der Tränen verlief ihre Schminke, sie zog eine dunkle Spur Richtung Wangen, und das gefiel ihm. Bine litt. Gefühle waren selten eindeutig, die Angst mischte immer mit. Er war sich sicher, dass sie sich in die Hose gemacht hatte. Stellte es sich vor. Und konnte nicht anders, als darin zu schwelgen.

Er stand vor ihr, die Augen halb geschlossen, war ganz Geruch und Erregung. Von Ferne drang ihr Schluchzen und Schniefen an sein Ohr. Das weckte ihn schließlich.

Er öffnete die Augen, sah sie ein letztes Mal an und drehte das willenlose Mädchen mit Schwung um ihre Achse.

Thomas Ostrowski öffnete die Wohnungstür, ließ seinen Schlüssel auf den kleinen Tisch unter dem Spiegel fallen und rief: »Hilde!«

Keine Antwort.

Er hatte keine erwartet.

Sie saß im Wohnzimmer auf ihrem Sessel und regte sich kaum. Im Fernsehen lief eine Show mit dramatischer Musik und künstlichem Applaus. Eine kleine Lampe am Regal brannte, sonst gab es kein Licht.

Ostrowski beugte sich zu ihr herunter und drückte ihr einen Kuss auf die Stirn. »Ich bin da.«

Er blieb zwischen ihr und der Glotze stehen, verdeckte das Bild mit der ganzen Masse seiner 103 Kilo und der Größe von 1,96 Meter und setzte hinzu: »Es ist geschafft.«

Sie bemühte sich um ein Lächeln. Verzog die Lippen, blickte ihn sogar an. Trotzdem war sein Eindruck, dass sie besonders blass aussah und schmal. Die Wangen waren eingefallen, die Knochen traten hervor, das graue Haar war strähnig, und die Augen waren stumpf, als wären sie erloschen.

Was hatten diese Augen früher geleuchtet.

»Es ist wirklich geschafft, Hildelein. Seit heute bin ich ein freier Mann. Pensioniert. Das heißt, ein wenig Resturlaub habe ich noch. Aber arbeiten muss ich nun nicht mehr. Was sagst du?«

Sie sagte nichts. Ihr Blick kehrte zum Fernseher zurück. Den Kopf neigte sie auf die Seite. Wortlos bedeutete sie ihm, dass er ihm Weg stand.

Er dagegen wollte erzählen und die vielen Eindrücke loswerden. »Sie haben sich Mühe gegeben mit mir. Jedenfalls soweit ihnen das möglich ist. Es gab Kaffee und sogar Sekt. Aus Pappbechern natürlich. Wir haben angestoßen. Und diese ganzen warmen Worte. Du wirst staunen, was für eine hohe Meinung sie von mir haben. Zumindest, wenn sie nicht fürchten müssen, dass ich wiederkomme.« Er lachte bis in den Bauch hinein. Als sie in keiner Weise einstimmte, bremste er sich. »Ich mache dir erst mal Abendbrot. Hast du Hunger? Übrigens …«

Sie kniff die Lippen aufeinander und schüttelte den Kopf. Wie eine Puppe sah sie aus, wie eine Marionette im Kindertheater, die ihren Willen kundtat.

»Übrigens«, wiederholte er, »macht das Auto seltsame Geräusche. Könnte der Auspuff sein. Ich ruf gleich morgen früh die Werkstatt an.«

Seine Knochen knackten, als er sich neben sie hockte. Er legte seine Hand auf ihre. Seine warme Pranke auf ihre kalten Altfrauenfinger.

»Irgendwas musst du doch essen, Hildelein. Fällst mir noch vom Fleisch.« Er strich über ihren schmalen Handrücken. »Ich deck Brot, dazu Gurke und Tomate. Wurst und Käse. Und einen Tee. Einverstanden?«

In ihrem Gesicht gab es weder Ablehnung noch Zustimmung. Da Werbepause war, schaltete er den Fernseher aus und ließ, während er sich in der Küche zu schaffen machte, die Tür offen stehen, damit sie ihn hören konnte.

»Rahlke hat mir die Hand gegeben. Eine feuchte Hand, das kann ich dir flüstern. Er hat sich sogar zu ein paar Abschiedsworten durchgerungen. Wurde richtig rot im Gesicht. Ein großer Schritt, aufzuhören, wenn man sein ganzes Leben gearbeitet hat. Blablabla. Er wünscht mir, dass ich das Beste aus meinem neuen Lebensabschnitt mache. Warme Worte, das klang wie auswendig gelernt. – Kommst du?«

Sie kam nicht. Stand nicht auf, rührte sich nicht. Er ging zu ihr, fasste ihr unter den Arm, zog sie vorsichtig auf die Füße und führte sie in die Küche, wo er ihr den Stuhl zurecht schob.

»Ja, und dann Paula Wahlis. Du erinnerst dich an sie? Ich habe dir oft von ihr erzählt. Die Rothaarige, weißt du? Unsere Musterschülerin. Die Streberin. Hat mir auch die Hand gegeben und gesagt, es wär für sie immer interessant gewesen, mit mir zu arbeiten. Und was sie angeblich alles von mir gelernt hat – Schmeichlerin. Hätte noch ein kleines Tänzchen vor mir aufführen können. Und einen Knicks machen.«

Da Hilde keine Anstalten machte, etwas zu nehmen, bestrich er ihr eine Scheibe Brot mit Butter und Käse, schnitt sie in Häppchen und dekorierte den Teller mit Gurke und Tomate. Dazu schenkte er ihr Tee ein.

»Unser junger Kriminalkommissar, Edgar Becker, – der mit dem Ohrring, weißt du? – hat mir zugeprostet. Was waren die alle freundlich. Alle außer Kemal. Der gute alte Kemal, dem ist irgendeine Laus über die Leber gelaufen. Hat keinen Sekt angerührt, sondern Tee getrunken, wie immer. Und praktisch nicht mit mir gesprochen. Ich habe den Eindruck, er ist der Einzige, dem es leidtut, dass ich weg bin. Der findet das echt schade. Natürlich verliert er kein Wort darüber, dazu ist er zu stolz. Was er sonst hat, weiß ich nicht. Vielleicht ist er ja sauer, dass er nicht Dienststellenleiter geworden ist, keine Ahnung. Wer sich das mit diesem Rahlke wohl ausgedacht hat? Das mag ja ein netter Mensch sein. Aber als Kommissar hat der noch nichts gerissen. Anders als Kemal. Was denkst du?«

»Kemal«, sagte sie und nickte. »Ja.«

Er kaute langsam. Der Sekt des Nachmittags, das ungewohnte Getränk, setzte seinem Körper zu. Er war aufgekratzt. Ihn verlangte nach Bier. Er nahm sich eine Flasche aus dem Kühlschrank.

»Später ist sogar noch Kriminalrat Sommerfeld erschienen«, fuhr er fort, als er wieder saß. »Stell dir vor. Er meinte, das wär doch noch nicht alles, ich hätte ja Urlaub. Ein Witz, den er machen wollte. Ich habe nicht gelacht. Warum auch?«

Er trank Bier – besser als jeder Sekt der Welt.

»Sommerfeld stand da und wusste nicht weiter. Hatte zwei Finger in seiner Weste wie Napoleon und trat von einem Fuß auf den anderen. War ihm wohl peinlich, die ganze Angelegenheit. Ich glaube, das hat er zu überspielen versucht. Getrunken hat er nicht einen Schluck. Überhaupt hatte sein Auftritt etwas von Pflicht. Das war ein Anstands-Viertelstündchen.«

Hilde hatte zwei Häppchen verspeist, zwei winzige Häppchen. Er schob ihr das nächste an den Tellerrand, direkt vor sie.

»Er meinte noch, ich hätte ja jetzt Zeit, mit meinem Ruderboot den Tegeler See unsicher zu machen. Am Ende wurde er richtig pathetisch, da sagte er, er will sich in aller Form bei mir für die gute Zusammenarbeit bedanken, ich hätte dafür gesorgt, dass es in unserer Stadt für manchen Verbrecher ungemütlicher geworden wäre. Und so weiter. Überhaupt wäre das ein schwerer Verlust für die Berliner Kripo, dass ich weg bin, zumal mit 60, das wäre besonders bitter. – Hätte er sich ein bisschen früher überlegen können, der Komiker. Wer wollte denn, dass ich gehe? Na und am Ende, als es ums Anstoßen ging, hatte er Wasser im Becher und ich Sekt.«

Ostrowski aß eine zweite und eine dritte Scheibe Brot, während Hilde sich quälte und ignorierte, was vor ihr auf dem Teller lag. Er nahm ein weiteres Häppchen und führte es zu ihrem Mund, den sie daraufhin ein wenig öffnete. Von dem kleinen Brotstück biss sie noch einmal ab. Er schluckte seine Ermahnung herunter. Stattdessen versuchte er es kurz darauf erneut.

Sie neigte den Kopf. Ohne Ton sagte sie: »Ich habe keinen Hunger mehr.«

»Kriminalrat Sommerfeld«, fuhr er fort, »will mich übrigens unbedingt noch einmal sehen, keine Ahnung, wieso, ich soll zu ihm kommen, wenn ich Ende des Monats meine Marke und die Waffe abgebe. Das hat er zweimal betont. Ich soll das keinesfalls vergessen. Wahrscheinlich will er mir noch eine goldene Uhr in die Hand drücken. Dabei kann man so einen Mist nicht mal verkaufen. Ich werds trotzdem versuchen. Wenn ich eine bekomme, meine ich.«

Mit der Spitze seines kräftigen Zeigefingers schob er ein weiteres Stückchen Brot in ihre Richtung.

Sie tat, als habe sie es nicht bemerkt.

Ihm lag auf der Zunge, sie zu bitten. Er ließ es bleiben.

Hauptsächlich ihretwegen hatte er eingewilligt, früher in den Ruhestand zu gehen. Er hatte mit ansehen müssen, dass Hilde immer weiter abbaute, seit die ersten Gespräche um seine Frühpensionierung geführt wurden – seit Kriminalrat Sommerfeld ihn dazu gedrängt hatte. Die Reha, im Anschluss an ihren Infarkt, hatte nicht viel geholfen, die Medikamente schlugen nur schlecht an. Er wusste, was ihr fehlte, er hatte es immer gewusst: die Arbeit. Das Gefühl, wichtig zu sein, etwas um die Ohren zu haben. Gebraucht zu werden, so wie sie als Chefsekretärin gebraucht worden war.

Nun war er in der gleichen Situation.

So könne er sich doch um seine Frau kümmern, hatte Sommerfeld gesagt; da trage er Verantwortung. Und mit der Verwaltung ausgehandelt, dass die Abschläge auf seine Pension kaum ins Gewicht fielen.

Einen gemeinsamen Ruhestand, einen, den man genießen konnte, würde es für sie allerdings nicht geben, es sei denn, ein Wunder geschah und Hilde fand den Weg heraus aus ihrer Düsternis.

Nur glaubte er an keine Wunder.

Sie hatten keine Reisen vor sich, auch keine Radtouren oder Wanderungen. Wahrscheinlich nicht einmal den Schrebergarten, denn es war mehr als fraglich, ob er sie im Frühling dort noch hinführen würde. Wozu auch?

Damit sie dort saß und in die Luft starrte oder auf die Mattscheibe? Würde sie überhaupt registrieren, dass sie an einem anderen Ort war? Interessierte es sie noch?

Er hob die Flasche an die Lippen – sie hatte ihren Tee noch nicht einmal angerührt – und schob, während er trank, all diese Gedanken zur Seite. Er wollte all das nicht, wollte nicht jammern und keine Trübsal haben. Es war noch Zeit bis zum Frühling. Die Dinge konnten sich verändern. Auch ohne Wunder.

Bastian Siewert summte sein Lied.

Obwohl er nach einem langen Tag müde war, summte er es auf der Straße und im Treppenhaus. Das Lied, das ihm Mut gemacht hatte in all den langen Jahren.

Erst als er die Tür öffnete, hörte er auf. Seine Beine waren weich und der Kopf schwer. Er sehnte sich nach Schlaf.

Von Anfang an hatte dieses Zimmer in seinen Planungen eine große Rolle gespielt, schon zu einer Zeit, als er nicht sicher war, ob sein Wohnungsschlüssel überhaupt noch passte, oder ob sie das Schloss hatte auswechseln lassen. Nun, er hatte gepasst, die Tür war aufgesprungen. Den Riegel benutzte sie nicht.

Sie sperrte nicht einmal ab.

Was er sich nicht ausgemalt hatte, war, wie früh er dieses Zimmer brauchen würde. Er hatte es sich als Ausweichquartier für die letzten Tage vorgestellt. Doch es war anders gekommen.

Er schlich durch den Flur. Ihr Atem kam aus dem anderen Raum, ein schweres Luftholen, ein Schnarchen wie von einem groben Kerl, unterbrochen von Seufzern und lautem Schniefen.

Das kleine Zimmer – früher hatte er hier musiziert – sah aus wie ein Lager. Wie eine Halde. Alles, was sie nicht benötigte, schien sie hier hereinzuwerfen. Sie machte sich nicht die Mühe, ein Regal aufzustellen und Ordnung zu halten. Nicht einmal Staub wischte sie. Überall lagen die Knäuel, und die Spinnen konnten ihrer Arbeit nachgehen, ohne dass sie jemand störte.

Er musste Luft holen.

Zum dritten Mal war er hier und musste jedes Mal Luft holen, bevor er eintrat. In die Unordnung und den Dreck. Dabei hatte er ihr jahrelang beigebracht, Ordnung zu halten. Manchmal gewann er den Eindruck, das Leben fordere ihn heraus, indem es ihn absichtlich mit all diesen ekelhaften Dingen konfrontierte.

Eine kleine Ecke hatte er sich hergerichtet. Hatte gefegt und gewischt, während sie in ihrem Rausch war. Ordnung geschaffen und eine Grenze gezogen gegen den Rest des Zimmers. Nicht so hoch, dass sie es merken konnte, aber so, dass er es einigermaßen aushielt, sogar über Nacht. Dort stellte er seine Tasche ab. Den Mantel hängte er auf einen Haken, zog die Mütze ab und strich sich Haar und Halstuch glatt.

Einen zweiten Ort zu haben, diese Idee, auch wenn sie nicht von der Stimme stammte, hatte ihn gerettet. Aber war sie wirklich so gut? War seine Waffe hier sicher? Gesine konnte sie finden, und falls die Polizei ihn jagte, würden sie diese Wohnung bald durchsuchen.

Bevor Siewert ins Bad schlich, vergewisserte er sich erneut, dass seine Frau schlief. Sie lag auf dem Sofa, ihre Haltung war seltsam, ein Arm hing herab, eines ihrer Beine war angewinkelt, als wollte sie aufstehen. Aus dem Mund lief ihr Spucke, ein dünner Faden, der bis auf das Polster reichte. Der niedrige Tisch vor ihr war vermüllt, der Aschenbecher quoll über, Essensreste lagen daneben, Krümel und eingetrocknete Flecken, außerdem alte Zeitschriften, und in der Mitte thronte eine leere Flasche Goldkorn.

Wenn sie die an diesem Nachmittag ausgetrunken hatte, würde sie lange nicht wach werden.

Trotz seiner Müdigkeit ließ sich Siewert Zeit damit, sich gründlich zu säubern und den Dreck und Staub der Straße abzuschrubben. Er putzte seine Zähne und kämmte sich. Reinigte die Fingernägel.

Während er beschäftigt war, ging ihm seine Frau durch den Kopf, Gesine. Sie war ein Wrack. Es war ihm nicht mehr vorstellbar, dass er diesen Menschen einmal geheiratet hatte. Damals hatte er geglaubt, sie sei wie er, hasste allzu viel Nähe und Berührungen, und man könnte sich die Einsamkeit ein wenig teilen. Sie hatten ein ordentliches Arrangement gehabt, Respekt voreinander, Höflichkeit. Hatten sich manches erzählt. Und natürlich in getrennten Betten geschlafen, in unterschiedlichen Zimmern. Damals war die Frau eine vernünftige Person gewesen, konnte leidlich kochen und hatte sich zeigen lassen, wie man putzte – wirklich putzte – und aufräumte. Wo und wie die Dinge zu stehen hatten. Immer gleich, ein jedes an seinem Platz.

Was war passiert?

Jener Mann hatte nicht nur sein Leben, sondern auch ihres auf dem Gewissen. Es war nicht so, dass ihr Schicksal Siewert sonderlich gerührt hätte, doch er registrierte es. Und war sich einmal mehr sicher, dass sein Gegner verdiente, was er ihm zugedacht hatte.

Sein Lied kam ihm in den Sinn. Gegen seine Erschöpfung summte er es erneut und sang sogar im Kopf ein paar Zeilen mit, wie immer auf die Melodie von ›Die Gedanken sind frei‹. Er mochte dieses Lied. Und den Text, den er dazu geschrieben hatte: ›Die Vergeltung ist mein‹.

Im Bad stand die feuchte Luft, er öffnete das Fenster. Vor ihm lagen die beiden Hochhäuser, die es in Borsigwalde gab. Der Schneeregen hatte aufgehört, allerdings roch die Luft noch danach. In den meisten Wohnungen brannte Licht, in vielen flimmerten die Fernseher. Stundenlang schauten die Leute Nachrichten und Diskussionen, aber in Wahrheit wussten sie nichts. Sie wurden dumm gehalten. Ließen sich dumm halten.

Im Knast hatte es eine Zeit gegeben, da hatte er darüber nachgedacht, seine Vergeltung viel größer anzulegen, mit Sprengstoff, mit einem Bus, der in die Luft flog, oder mit Gift in der U-Bahn und vielen Toten. Auch wenn all das gerechtfertigt gewesen wäre, er hatte diese Gedanken verworfen, denn ihm ging es um eine spezifische Rache, um Vergeltung an einem einzigen Unmenschen. So hatte es ihm seine Stimme diktiert, so war der Plan. Und der durfte keinesfalls durcheinandergeraten.

Als er ein Geräusch hörte, ein Plumpsen, als wäre jemand hingefallen, schloss er das Fenster und schlich aus dem Bad. Gesine war dabei, sich aufzuraffen, wie er durch den Spalt in der Tür beobachten konnte. Als könnte sie vor lauter Schnaps nicht sehen, tastete sie sich vorwärts und stieß dabei gegen ein Stuhlbein, was sie fluchen ließ.

Ohne sie aus den Augen zu lassen, zog sich der Mann in das kleine Zimmer zurück. Gesine wirkte wie ein Geist. Ihr Gesicht war aufgedunsen, die Haut fahl, die grauen

Haare ließen ihn an einen Wischmob denken. Zum Glück war er ihr nicht so nahe, dass er sie riechen musste. Ihre Augen hatten sich inzwischen zu Schlitzen geöffnet, aber er bezweifelte, dass sie etwas erkannte.

Die Badezimmertür ließ sie offen, so bekam er mit, wie sie sich auf die Toilette fallen ließ. Bevor auch noch die Geräusche ihres Geschäfts zu ihm drangen, zog er seine Zimmertür zu.

Er war müde. So müde.

2

Das Blaulicht, das durch die Vorhänge und seine geschlossenen Augen drang, baute Thomas Ostrowski in seinen Traum ein, allerdings passte es nicht, ganz und gar nicht, so wurde er wach und stellte fest, dass es real gewesen war. Im Takt hatte es seinen Schlafraum gefärbt, der früher das Zimmer seiner Tochter gewesen war.

Er fühlte sich zerschlagen. Drei Mal war Hilde in der Nacht aufgestanden und durch die Wohnung gewandert, und jedes Mal hatte er sich aufgerafft und sie im Wohnzimmer gefunden. Da stand sie an der Balkontür im stockdunklen Raum und starrte hinaus, als läge dort, irgendwo in der schwarzen Nacht, ihre Erlösung.

Sein Herz klopfte, er wusste, er würde nicht wieder einschlafen. Als er aus dem Fenster schaute, sah er nichts. Die Straße lag friedlich unter ihm, dünner Nebel hatte sich über die Gärten gebreitet, die Gaslaternen brannten. Menschen, die das Idyll gestört hätten, waren nicht unterwegs. Ein Stück weiter begann der Tegeler See, und nur der dichte Baumbestand hinderte die Sicht auf ihn.

Hilde schlief.

Er zog sich an. Neugier trieb ihn, denn er hatte sich das Blaulicht, auch wenn es nicht mehr flackerte, sicher nicht eingebildet. Dennoch bremste er sich. Füllte die Kaffeemaschine und stellte sie an. Er mochte nicht der ehemalige Raucher sein, der es nicht lassen konnte, nicht der Pensionär, der angerannt kam, sobald er die ehemaligen Kollegen bei der Arbeit sah.

Die Maschine zischte, und Kaffeegeruch füllte die Küche.

Es zog ihn. Er hielt sich. Kämpfte die Neugier nieder. Sah zu, wie ein schwarzer Tropfen nach dem anderen aus dem Kaffeefilter fiel. Und war froh – war erleichtert –, als er doch einen Grund gefunden hatte, hinunterzulaufen. Die Zeitung. Was sollte das für ein Frühstück sein ohne Zeitung? Als Pensionär hatte er nun Muße, sie von vorne bis hinten durchzulesen, mit Sportteil und vermischten Meldungen, sogar einschließlich der Kulturseiten.

Auf der Straße, ein Stück weiter, standen drei Streifenwagen. Beamte waren dabei, ein rot-weißes Plastikband zu verknoten. Ein Tatort offenbar, ausgerechnet am Zeitungskiosk. Einer der Beamten erkannte ihn, nickte ihm zu und hielt ihm sogar das Absperrband in die Höhe.

Dann konnte man auch einen Blick werfen.

Es war noch dunkel, noch nicht einmal sechs Uhr. Er blickte in verschlafene Gesichter, sah manches unterdrückte Gähnen. Niemand, der auf ihn achtete; alle waren sie in ihre Arbeit vertieft. Köberle, Leiter der Spurensicherung, trug einen seiner weißen Overalls und Überschuhe aus Plastik. Die anderen, Rahlke, Paula Wahlis und der junge Edgar Becker, hatten Gummihandschuhe übergestreift. In einer anderen Ecke arbeitete Kemal und machte Fotos. Die 5. Mordkommission war angerückt, seine Mannschaft. Nur ohne ihn.

Über die Leiche hatte der Gerichtsmediziner bereits ein Tuch gedeckt.

»Haben wir eine Bestätigung der Identität?«, fragte Rahlke.

Paula Wahlis verneinte.

»Es kann doch nicht so schwer sein, die festzustellen«, sagte Rahlke.

Seine Stimme war ruhig, alles andere als herrisch. Er war blond, hatte aber, obwohl kaum 40, nur noch wenige Haare, eine Art Kranz auf dem Hinterkopf. Er trug Anzug, weißes Hemd, Krawatte und war rasiert. Durch den Gummihandschuh schimmerte sein Ehering. Ostrowski bemerkte, dass er umherging, aber kaum bei den Details verweilte.

Wie konnte man auf diese Weise einen Tatort begutachten?

Ostrowski selbst stand im Verkaufsraum, diesseits der Tür zum Nebenzimmer, in dem die Leiche lag. Ein junger Mann in grauer Jacke stapfte auf und ab und sah ununterbrochen auf die Uhr. Vermutlich der Zeuge, der die Leiche gefunden hatte. Dem Schriftzug auf seiner Jacke nach ein Lieferant, und er musste weiter. Ärgerte sich wahrscheinlich schon darüber, überhaupt die Polizei gerufen zu haben, die ihn so lange warten ließ.

»Hören Sie …«, sagte er, aber Ostrowski schüttelte den Kopf. Er war nicht zuständig. Nicht mehr.

»Hatte sie keinerlei Ausweis dabei?«, hörte er Rahlke im anderen Raum fragen. Es war unbestimmt, an wen er sich gerichtet hatte. »Führerschein, EC-Karte? Irgendwas?«

Keiner fühlte sich angesprochen, niemand gab ihm eine Antwort. Allein Paula Wahlis schaute ihn an, als hätte sie ihm gerne weitergeholfen.

»Decken Sie noch mal auf«, bat Rahlke den Gerichtsmediziner.

Der Arzt begriff den Sinn der Bitte offenbar nicht. Er zögerte, dabei musterte er den Kommissar, als wollte er sich ein Bild über dessen Gedanken machen. Rahlke stand neben ihm, schien aber mit seiner Aufmerksamkeit anderswo zu sein, er drehte den Kopf, blickte sonst wo hin. Es war in keiner Weise zu verstehen, warum er die Leiche noch einmal sehen wollte, da er überhaupt nicht hinschaute.

Aber er wich nicht von der Seite des Arztes. Und der gab schließlich nach und schlug das Leichentuch auf.

Ostrowski reckte den Hals.

Es traf ihn wie ein Schlag.

Seine Beine erstarrten, genauso der Oberkörper. Die Hand hatte er vor dem offenen Mund, seine Augen weiteten sich. Wie aus der Ferne nahm er wahr, dass der Zeitungslieferant ebenfalls hinüberspähte. Nur begriff der Kerl nicht, was Ostrowski gesehen hatte.

Es war nicht, dass er die Tote kannte. Damit hatte er gerechnet.

Sondern wie sie dalag.

Wie drapiert. Als hätte sich jemand viel Mühe gegeben, den Eindruck besonders schön aussehen zu lassen. Das lockige Haar der Toten fiel zur linken Seite, während die rechte kahl war. Die Hände hatte sie über dem Bauch gefaltet. Ein Bein war über das andere geschlagen, sodass es die Scham verdeckte.

Blut gab es kaum.

Es war ein Bild, als schliefe sie. Das blasse Mädchen mit dem Ring durch den Nasenflügel. Als träume sie. Ein Bild von Seligkeit – und eins, das er schon einmal gesehen hatte. Vor vielen Jahren.

Seine Hand war immer noch vor dem offenen Mund.

Der Gerichtsmediziner warf Rahlke einen fragenden Blick zu. Er wollte die Leiche wieder bedecken.

Ostrowski hörte sich sagen, und seine Stimme knarrte und klang wie die eines Fremden: »Die Tote heißt Sabine Vollmer. 26 Jahre, glaube ich. Oder 27. Arbeitet hier im Kiosk.«

Die Augen aller Kollegen richteten sich auf ihn.

»Der Thomas«, hörte er Kemal, der in einer Ecke kniete. »Ich dachte, du bist in Pension.«

Immer noch die fremde eigene Stimme: »Ich wohne in der Nachbarschaft. Und kaufe in diesem Kiosk seit vielen Jahren meine Zeitung.«

Die Kollegen glotzten ihn an, als hätten sie ihn seit Ewigkeiten nicht gesehen. Eine innere Uhr ließ ihn die Sekunden erleben, die verstrichen.

Der Erste, der zurückfand, war Rahlke. »Wie schön. Und nun lassen Sie uns bitte unsere Arbeit tun.«

Als hätte er Rahlke nicht gehört, schritt Ostrowski in die andere Richtung, in das Hinterzimmer hinein, auf den Leichnam zu. Er dachte nicht nach, hätte nicht sagen können, was er da wollte. Vor der Toten ging er in die Hocke, dass seine Knochen knackten, und schaute auf sie, wie man ein Gemälde ansieht, versunken, auf die Details achtend.

Er hatte keine Ahnung, wie viel Zeit verstrich.

Köberle von der Spurensicherung weckte ihn, indem er in breitem Schwäbisch sagte: »Thomas, das kann ich jetzt echt nicht brauchen. Du setzt Fehlspuren. Mensch, Kerl, du warst doch selbst lange genug dabei.«

Ostrowski kam wieder hoch, starrte aber weiter.

Er gelang ihm nicht, den Blick von der Toten zu wenden. Was da vor ihm auf dem Boden lag, das war eine Erscheinung, und sie ging ihm immer noch durch und durch, obwohl er sie inzwischen ausgiebig betrachtet hatte, und trotz unzähliger Leichen, die er in 30 Jahren in der Mordkommission gesehen hatte.

Mit denen hatte diese Tote nichts gemein.

Er verharrte weiter und vergaß wieder alle Welt um sich und auch Köberles Ermahnung. Erst ein paar laute Schritte schreckten ihn auf, ein Getrampel, und dann war ihm sein Auftritt peinlich. Hatte er denn von einem Tag auf den anderen alle Professionalität verloren? War er jetzt wirklich ein neugieriger Pensionär? Ein dummer Ex-Bulle?

Ein Streifenbeamter hatte einen weiteren Mann bis an die Schiebetür geführt, einen Mittvierziger, unrasiert, das dünne Haar nach hinten gekämmt. Er trug eine ausgebeulte Cordjacke, zu dünn für die Jahreszeit, und einen breiten Ring am Finger. Ostrowski kannte ihn, da der Mann aus Tegel war, und nickte ihm zu, während er an ihm vorbei in den Verkaufsraum zurückkehrte. Der Besitzer des Kiosks.

Rahlke begrüßte den Mann und fragte ihn nach dem Namen der Toten, bekam aber keine Antwort, woraufhin er seine Frage wiederholte. Doch der Grauhaarige stand einfach nur da, als sei er verstummt.

»Hören Sie mich?«, fragte Rahlke.

»Der Mann steht unter Schock«, sagte Ostrowski und biss sich im nächsten Moment auf die Zunge. Aber das sah Rahlke natürlich nicht.

»Vielen Dank für die Belehrung, Herr Kollege. Herr Ex-Kollege.« Der Dezernatsleiter bekam Falten auf dem kahlen Kopf. Seine Erwiderung war noch nicht fertig, aber er zögerte, weiterzureden. Es machte den Eindruck, als pegle er noch an der Schärfe seines Tonfalls.

»Ich muss Sie bitten, zu gehen, Herr Ostrowski. Dies ist ein Tatort. Auf Wiedersehen.«

Trotz seiner Größe und seines Gewichts, trotz seines Alters kam sich Ostrowski vor wie ein Schuljunge. Bloßgestellt, gemaßregelt. Und auch wenn dieser Rahlke sein Nachfolger war und er selbst an einem Ort wie diesem nichts mehr zu suchen hatte, diesen Rauswurf mochte er nicht auf sich sitzen lassen. Er zog Luft aus der Wange durch die Zähne. Ein böses, quietschendes Geräusch entstand und wollte gar nicht wieder aufhören. Rahlke wurde rot. Kemal feixte, drehte sich aber eilig zur Seite, als sollte Ostrowski es nicht sehen. Die anderen taten, als hätten sie nichts bemerkt, im Gegenteil, sie waren besonders konzentriert bei der Spurensuche und der Dokumentation.

Ostrowski ging hinaus.

Als er auf die Straße trat, wo das rot-weiße Bändchen im Wind flatterte und der Streifenbeamte zum Gruß den Finger an die Mütze hob, spürte er seine weichen Beine und ein flaues Gefühl in der Bauchgegend. Von Morgendämmerung war noch nichts zu sehen. Er steuerte auf eine Bank zu und atmete durch. Dann schrieb er Kemal eine SMS, dass er ihn so schnell wie möglich sprechen müsse.

Jenny Ostrowski setzte sich in ihr Taxi, drehte den Schlüssel auf Vorglühen und ließ, als die Lampe erloschen war, den Motor an. Er hustete, und im Rückspiegel sah sie schwarze Abgase aufsteigen. Trotz des Partikelfilters, den sie hatte nachrüsten lassen. Alles, was sich unter der Haube in Bewegung gesetzt hatte, klang ausgeleiert. Im Wagen zitterten Sitze, Lenkrad und Schalthebel.

Sie legte den Gang ein und fuhr los. Ihr erster Halt war ein Taxistand vor den Borsighallen, ein paar 100 Meter entfernt, obgleich das ein Hunger-Standplatz war. Der

Glasbau zog die Vorstädter an, die Randberliner, und die kamen in der Regel mit dem eigenen Auto. Und trotzdem hielt sie hier, jeden Morgen. Kaufte sich einen Kaffee.

Die Luft war feucht und kalt, und sie beeilte sich, in das geheizte Center zu gelangen. Drinnen war kaum Betrieb. Die alten Tegeler kauften in der Gorkistraße, der Fußgängerzone ein Stück weiter nördlich, wo sie ihre Markthalle hatten und eine heruntergekommene Ladenpassage und Bekannte trafen.

Im Center langweilten sich die Verkäuferinnen. Eine junge Frau am Info-Schalter gähnte; als sie es merkte, riss sie die Hand vor den Mund. Überall klang gedämpfte Musik. Jenny steuerte ihr Stamm-Café an.

Während sie auf ihre Bestellung wartete, hörte sie einer Unterhaltung am einzigen besetzten Tisch zu – es ging kaum anders, so laut, wie die wortführende Stimme war, hätte sie sich die Ohren zuhalten müssen. Der Alltag und seine Vielfalt: Eine Rentnerin ging ihre Erlebnisse durch, schilderte und bewertete Punkt für Punkt, Detail für Detail, was ihr geschehen war, beim Tierarzt, im Bus, im Supermarkt. Ihre beiden Zuhörer, im gleichen Alter, nickten im Takt.

Dann war Jenny dran, bekam ein paar freundliche Worte und ihren Kaffee im Pappbecher. Der zweite Koffeinschub des Tages.

Sie kehrte zu ihrem Wagen zurück, stieg ein, lehnte sich gegen den Sitz, stellte Musik an und schlürfte das heiße Getränk. Der Morgennebel lichtete sich, die Temperatur pendelte um den Gefrierpunkt, im Auto war sie kaum höher als draußen. Sie würde bald losfahren müssen, damit die Heizung auf Touren kam. Unterwegs zu sein war eh besser, wenn man Geld verdienen wollte. Auch der Kollege vor ihr machte sich auf den Weg, er schien die gleichen Gedanken zu haben und ebenfalls keine Standheizung.

Sie hatte noch nicht ausgetrunken, da wurde die hintere rechte Tür geöffnet, und ein Mann stieg ein.

Er wollte wissen, ob sie frei sei – eine Frage, die sich selbst beantwortete.

»Wo möchten Sie hin?«

»Zum Freibad Tegel.«

»Sie wollen baden? Im Februar?«

Er fiel in ein seltsames Kichern, wie ein Klirren von Eiszapfen. »Zu kalt. Ich möchte spazieren gehen.«

Bevor sie den Motor startete, versenkte sie den Becher in eine Halterung und stellte die Musik aus.

»Lassen Sie ruhig an«, sagte der Gast. Seine Stimme klang wie Metall, kalt, irgendwie gefühllos. »Ich mag schöne Musik. Was war das?«

»Element of Crime.«

»Element of … Crime? Nie gehört.«

»Die kennen Sie nicht?«

»Müsste ich?«

»Nein«, verbesserte sie sich. »Man muss niemanden kennen.«

Sie stellte wieder an, achtete aber auf angemessene Lautstärke und fädelte sich in den Verkehr ein. Wie immer, wenn ein Gast, besonders wenn es ein Mann war, hinten saß, tat sie einen kurzen Blick in den Rückspiegel. Er schien zuzuhören. Ein schmaler Mensch mit scharfen Konturen, besonders an Wangen und Nase. Er trug eine Pudelmütze und einen wattierten schwarzen Mantel, der zu weit war und ihn einhüllte, und sah im Großen und

Ganzen nach Hartz IV aus. Im Kontrast dazu stand das alberne Seidentuch, das er um den Hals gebunden hatte. Das sollte den Eindruck ›distinguierter Herr‹ vermitteln. Ein Verrückter, sagte sie sich. Der Gedanke beunruhigte sie in keiner Weise, sie hatte Hunderte, vielleicht Tausende von Halb- oder Viertelverrückten gefahren, Berlin war voll von solchen Leuten, einer mehr spielte keine Rolle. Das Freibad lag auf der anderen Seeseite, und sie musste mit ihm durch den Wald, doch auch das kümmerte sie nicht. Ihr Funkgerät war an.

Viel mehr störte sie, dass sie in eine tote Ecke unterwegs war, eingequetscht zwischen Tegeler See und Forst, in die Richtung gab es nur zwei Ortsteile, Konradshöhe und Tegelort, und sicher keine Tour zurück. Sie würde leer fahren müssen. Der Tag fing toll an.

Steigerungsfähig, verbesserte sie sich, freute sich an dem Begriff und erlaubte ihrer Fantasie für einen Moment, zu spinnen und sich große Fahrten auszumalen, nach Spandau, nach Zehlendorf, an den Müggelsee. Hinaus nach Brandenburg.

Als sie ein zweites Mal in den Spiegel schaute, trafen sich ihr Blick und der des Fahrgastes. Seine Augen waren grau wie Stahl. Er zwinkerte ihr zu.

Eher ein Halbverrückter als nur ein Viertel, stellte sie fest, während sie auf den Schwarzen Weg einbog, der durch den Tegeler Forst zum Freibad führte. Es gab wenig Verkehr, der Wald lag dunkel vor ihr. Ihr wurde unheimlich. Sie riss sich zusammen und achtete auf den Liedtext von der CD, der von Delmenhorst erzählte und von Getränke-Hoffmann.

Instinktiv fuhr ihre rechte Hand zum Funkgerät.

Der Mann hinter ihr kicherte erneut, und sie konnte nicht verhindern, dass ihr kalt wurde. Dabei arbeitete die Autoheizung inzwischen. Dann begann dieser Kerl auch noch, trotz der Musik im Wagen, eine Melodie zu summen. Es war irgendein Volkslied, sie kam nicht drauf, sie hörte nur, dass er die Töne präzise traf, fast wie ein Musiker. Er wusste genau, was er da trällerte.

Welches Lied war das noch?

Sie war drauf und dran, ihn zu fragen, ließ das aber sein. Lieber kein Gespräch mit diesem Kerl.

Die entgegenkommenden Autos hatten Licht an und fuhren schnell. Niemals würde einer von denen halten, wenn eine Taxifahrerin in Not wäre. Sie würden es nicht einmal bemerken, sondern erst am nächsten Tag in der Zeitung lesen und sich dann über die Schlechtigkeit der Welt aufregen.

In was steigerte sie sich da hinein? Jenny verscheuchte all diese Gedanken und drehte die Musik eine Spur lauter. Es war eines der besten Stücke der Band, voller beiläufiger Melancholie, ein Schmerz, den jemand nicht hochhängen wollte: »Ich hab jetzt Sachen an, die du nicht magst, und die sind immer grün und blau.«

Ihr Fahrgast schien sich gut zu fühlen, auf seinem Gesicht lag die Andeutung eines Lächelns. Gewalttätig, gar brutal, sah er nicht aus. Ganz und gar nicht. Aber auch nicht so, dass ihre Anspannung nachließ.

Vor ihr tauchte das Freibad auf. »Soll ich hier halten?«

»Ein Stück noch.«

Sie hasste diese Art, ohne klare Ansage weitergeschickt zu werden. Ein Stück noch – was sollte das heißen? Einen Kilometer oder drei? Sie war kein Pferd, erst recht kein

Esel und hatte keine Lust, zu parieren, wenn der Reiter die Sporen gab.

Ohne seine Anweisung setzte sie den Blinker, um auf den Freibad-Parkplatz einzubiegen. Nicht ein einziges Auto stand dort. Im Februar badete niemand im See.

»Noch ein Stück.«

»Hier ist das Freibad.«

»Trotzdem.«

Ihr schwacher Trost war das Taxameter, das brav weiterlief. Dennoch war ihr nicht wohl. Was war der Grund? Der Mann regte sich nicht. Er sah seltsam aus.

Viele Kollegen, vor allem Kolleginnen, schworen auf Reizgas und hatten immer eine Dose griffbereit in der Türablage. Anders Jenny. Ihre Erfahrung aus fast acht Taxijahren mit anzüglichen Geschäftsmännern, arroganten Rentnern, türkischen Zuhältern, abgewrackten Weibern und Mengen von Besoffenen war, dass man abweisend wirken musste und Spinner am besten in Ruhe ließ. Dann war es in aller Regel nicht nötig, zu kämpfen.

Was war anders mit diesem Kerl? Warum machte der sie schaudern?

Sie warf einen weiteren Blick nach hinten. Der Gast sah zum Fenster hinaus. Angespannt wirkte er in keiner Weise, auch nicht wie jemand, der sie um den Fahrpreis prellen wollte. Hin und wieder erklang sein seltsames Kichern, als freue er sich über irgendeinen Triumph. Plante er doch, zu türmen? Sie tastete nach ihrem Handy, das in der Jeans steckte. Wenn der Mann Scheiße machte, würde sie die Polizei rufen, auch wenn er wahrscheinlich längst in Spandau war, bis die Freunde und Helfer eintrafen. Mindestens in Spandau.

»So, hier.«

Er zeigte auf ein totes Ende im Wald. Sie war nicht bereit, dort hineinzufahren, sondern hielt am Schwarzen Weg, aber so, dass der nachfolgende Verkehr vorbeikam. Dann stellte sie den Zähler aus.

Er reichte ihr einen Zwanziger. »Der Rest ist für Sie.« Und wieder ein kurzes Kichern, wie ein Tic. »Schade, dass die Fahrt schon vorüber ist.«

So kann man sich täuschen, dachte sie, als er ausgestiegen war. Ein dünner Geruch nach Rasierwasser blieb von ihm zurück.

Sie kurbelte das Fenster herunter.

Gegen Mittag hatte sie eine Tour nach Reinickendorf, kaufte sich bei einem Bäcker ein belegtes Brötchen, das sie im Auto aß, und fuhr bei ihrer Mutter vorbei. Als sie hereinkam, schaltete sie das Licht an, ging zu ihrem Sessel, hockte sich neben sie auf die Lehne. Sie nahm ihre Hand – die Hand eines alten Menschen, mit schmalen Fingern, schrumpliger Haut und Adern, die heraustraten.

»Jenny.«

»Ja, Mama.«

Der Infarkt, auch wenn es kein schwerer war, wie der Arzt versichert hatte, hatte ihre Mutter aus dem Leben gerissen. Seitdem war sie eine alte Frau, war von einem Tag auf den anderen dazu geworden. Nie wieder war sie an ihren Arbeitsplatz zurückgekehrt, den sie, trotz aller Belastung, geliebt hatte. Überhaupt hatte sie allen Elan verloren, und das so gründlich, dass man sich nicht vorstellen konnte, auch nur ein Teil davon würde jemals zurückkommen.

Dabei hatte sie eine Menge Schwung besessen. Jenny dachte manchmal daran zurück, wie sie als Kind im Büro ihrer Mutter angerufen hatte, nur um sich an ihrer Kraft wieder aufzurichten, um den Schulfrust zu vergessen. Und wenn die Mama nach Hause gekommen war, war immer noch genug davon für die Tochter übrig gewesen.

Mit der Frau im Sessel hatte das nichts mehr zu tun.

Jenny zog sie vorsichtig auf die Füße und nahm sie mit in die Küche, wo sie ihr ein Glas Wasser hinstellte und sich daran machte, Kartoffeln und Möhren zu kochen, ein Kindermenue; und als es gar war, zerdrückte sie beides zu Mus. Genauso hatte sie für Lotte gekocht. Mit dem kleinen Unterschied, dass ein Kind immer selbständiger wurde.

Die Mutter stocherte auf ihrem Teller umher, sie schob sich eine winzige Portion auf die Gabel und führte sie zum Mund. Aber bald war Schluss, nach einer Menge, von der ein Spatz nicht satt geworden wäre. Jenny war davon überzeugt, ihre Mutter wolle sich aushungern und auf diese Weise aus dem Leben herausschleichen.

Und wenn es so war, hatte man das nicht zu respektieren?

Es gelang ihr nicht. »Mama, lass doch nicht so viel liegen.«

Die Mutter verzog den Mund.

Jenny nahm ihre Gabel und füllte sie. »Komm, ein bisschen noch.«

Sie blickte in ein ausdrucksloses Gesicht – ohne Verlangen, aber auch ohne die Kraft, nein zu sagen.

Sie ließ es sein.

Als sie abdeckte, hörte sie die Wohnungstür und den Schlüssel, der auf den kleinen Flurtisch gepfeffert wurde.

Sie empfand die Energie, die hinter diesen Bewegungen lag. Das war genau das, was der Mutter fehlte.

Jenny spürte ihren Widerwillen gegen den Ankömmling.

»Hilde!«

Er blieb an der Tür stehen und füllte ihren Rahmen vollständig aus, der große, massige Mann.

»Ach Jenny, du bist da. Wie geht's?«

»Ganz gut«, antwortete sie, »wenn man davon absieht, dass ich Mama im stockdunklen Zimmer gefunden habe. Ihr Mund war vollkommen ausgetrocknet. Ich dachte, du kümmerst dich.«

Er schien den Vorwurf nicht hören zu wollen.

»Hilde, warum machst du denn so was? Du musst doch trinken. Und Licht kannst du dir auch anschalten.«

Von der Mutter kam keine Antwort.

»Nächstes Mal, Hilde. Ja?«

Jenny wurde rot. Am Hals begann ihre Schlagader zu klopfen. Sie musste sich zusammenreißen, um ihre Stimme auf Zimmerlautstärke zu halten. »Nun hast du aufgehört mit der Arbeit und bist trotzdem nicht da.«

Als er ein Lächeln versuchte, eine dümmliche Bitte um Nachsicht, konnte sie kaum anders, als noch einen draufzusetzen. »Wenn das so weitergeht, bringe ich sie ins Heim.«

Sein Gesichtsausdruck änderte sich augenblicklich, als wäre eine Wolke darüber gezogen, das Lächeln verschwand, die Augen wurden klein. »Du bringst sie nirgendwo hin.«

»Dann kümmere dich gefälligst!«

»Ich kümmere mich! Aber ich kann nicht den ganzen Tag in der Wohnung hocken. Ich war spazieren. Und musste mit dem Auto etwas unternehmen, das ist kaputt. Scheiß Werkstatt. Keine Termine, und das Ersatzteil ist auch nicht vorhanden. Immerhin durfte ich den Wagen auf dem Hof stehen lassen. Gnädigerweise. Das heißt aber, dass ich zu Fuß zurück bin.«

»Man muss den ganzen Tag aufpassen. Wie bei einem kleinen Kind auch. Das lässt man auch nicht allein, wenn man an die Luft geht oder zur Werkstatt. Sondern nimmt es mit.«

»Jenny …«

»Ist doch wahr! Oder hast du früher gesagt: Ich jage zwar meine Verbrecher, aber doch nicht den ganzen Tag, zwischendurch mache ich einen Spaziergang, schließlich will ich auch mal an die frische Luft.«

»Jetzt hör aber auf. Das ist doch etwas anderes.«

»Ist es nicht. Und im Übrigen braucht Mama auch Bewegung und Sauerstoff.«

»Vielen Dank für die Belehrung.«

»Gern geschehen. Ihre Medikamente sind auch alle. Und in eurem Kühlschrank, da herrscht … Nicht mal Butter gibt es.«

»Jaja, ich weiß. Ich wollte die Medikamente holen. Wenn du so freundlich wärst, noch so lange zu bleiben. Damit sie nicht alleine ist.«

»Dann beeile dich«, gab sie zurück. »Ich muss arbeiten. Und ich habe auch noch eine Tochter zu Hause, die auf mich wartet.«

Im Treppenhaus atmete Ostrowski durch. Jedes Zusammentreffen mit Jenny endete so. Mit seiner Tochter. Warum? War es seine Schuld? Oder ihre?

Eine Antwort, die ihn zufriedengestellt hätte, fand er nicht. Er lief die Treppe hinunter und ließ Sohle und Absätze auf die Stufen knallen. Die Wände waren nicht dünn, trotzdem würden die Nachbarn, wenn sie denn zu Hause waren, denken, er trample ihnen mitten durch die gute Stube. Es war ihm egal. Er hatte Druck auf der Brust. Lust, zu schreien.

Draußen wurde ihm etwas leichter, und ihm kamen auch die Antworten in den Sinn, nach denen er gesucht hatte. Jenny, die schlecht Gelaunte. Die Frustrierte. Wie leicht es war, diesen Gedanken weiterzuspinnen. Ohne Mann; ohne den Beruf, für den sie geschaffen war. Beim Taxifahren hängen geblieben. Wie lange ging das schon? Seit Lottes Geburt. Bald danach.

Zur Fontane-Apotheke war es ein gutes Stück zu Fuß die Berliner Straße hinunter. Dort wussten sie, welche Medikamente Hilde brauchte und hielten sie vorrätig. Normalerweise hätte er das Auto genommen, aber das stand nun auf dem Hof der Werkstatt. Während die kalte Luft ihm das Gesicht rötete, stapfte er vorwärts, durch Pfützen und nassen Schnee. Er hatte das Verlangen, nach irgendetwas zu treten. Aber da war nichts, und er fragte sich, ob er sich von Jenny die Stimmung verderben lassen sollte? Und vor allem: Hatte er nicht ganz andere Sorgen?

Kemal hatte sich noch nicht gemeldet.

Er war versucht, den Kollegen anzurufen, ließ das aber sein. Wahrscheinlich hatte Kemal mehr Arbeit, als er schaffen konnte. Eine neue Leiche – der erste Tag. Ostrowski konnte sich leicht ausmalen, was in der Mordkommission los war. Dennoch kehrte sein Ärger zurück. So viel Arbeit, dass man nicht ein paar Minuten für einen

Rückruf hatte, das gab es doch gar nicht. Außerdem ließ sich Kemal nicht mehr aufbürden, als er bewältigen konnte.

Nein, er nahm ihn, den Pensionär, auf einmal nicht mehr wichtig.

Ostrowski zwang sich zu Kühle und Klarheit, und als er die Apotheke erreicht hatte, hatte er es fast geschafft.

Hinter dem Tresen stand eine Mitarbeiterin in ihrem weißen Kittel, eine junge blonde Frau mit aufgestecktem Haar und randloser Brille. Er kannte ihren Vornamen, Nadine.

»Hallo, schöne Frau«, sagte er und konnte, während er das Rezept aus der Tasche kramte, zusehen, wie der letzte Rest Ärger in ihm verrauchte.

»Bin ich aufgestiegen?« Eine zarte Röte legte sich auf die Wangen seines Gegenübers.

»Wieso?«

»Früher haben Sie gesagt: Hallo, junge Frau. Jetzt sagen Sie: Hallo, schöne Frau. Das klingt wie …«

Es war einfach die Wahrheit. Trotz ihres Namens war Nadine eine nordische Schönheit, sie hätte als Schwedin durchgehen können oder als Dänin, hatte blaue Augen und eine kleine Nase, dabei ein melancholisches Gesicht, als trüge sie alleine die Verantwortung für all die Medikamente und womöglich auch noch für die Krankheiten der Kunden.

Aus dem Nebenraum kam die Apothekerin.

Ostrowski sagte noch: »Die Wahrheit ist: schöne junge Frau.«

Auf Nadines Mund trat der Anflug eines Lächelns.

Ihre Chefin stellte sich neben sie: »Ich mach schon.«

Dann wandte sie sich Ostrowski zu: »Guten Tag, Thomas.«

»Katja.«

Er reichte ihr das zerknitterte Rezept. Sie strich es glatt, ohne den Blick von Ostrowski zu nehmen.

»Und, helfen die Tabletten?«

Er hob die Schultern. »Ich weiß ja nicht, was ohne sie wäre. Aber Glückspillen sind es nicht gerade. Oder sie schlagen bei Hilde nicht richtig an.«

»Sie sollten ihre Stimmung aufhellen.«

»Naja«, sagte er. »Dann könnte man sein Geld zurückverlangen.«

Die Apothekerin war seit Ewigkeiten am Ort, eine feste Einrichtung in Tegel. Schon die Farbe des Hauses, in dem ihr Geschäft lag, war markant, es hatte den Ton reifer Aprikosen. Von Anfang an hatten die Ostrowskis bei ihr gekauft, schon als Jenny noch ein Kind war, und das nie verändert. Man kannte und duzte sich, und er mochte sie. Ihr Gesicht war voll, mit Grübchen an den Wangen, das helle Haar hatte vereinzelt weiße Strähnen. Unter ihrem Kittel trug sie einen wollenen Rollkragenpullover.

»Und wie geht es dir?«, fragte sie.

»Ich bin Pensionär. Seit gestern.«

»Oh, bis dahin fehlen mir noch ein paar Jährchen. Muss nett sein – die Freiheit.«

»Ich weiß nicht so recht. Ist noch zu frisch. Es könnte wohl nett sein. Doch wie es scheint, sind manche Verrückte unterwegs.«

Während sie die Rollschublade aufzog, um Hildes Medikament herauszunehmen, schaute er ihr zu. Auch sie war eine schöne Frau, auf andere Weise als ihre Mitarbeiterin, reifer, erfahrener. Eine Frau mit Ausstrahlung.

Sie reichte ihm das lilafarbene Päckchen. Antidepressiva. Pillen, die aus Hilde auch nicht die machen konnten, die sie einmal war.

Er bezahlte den Anteil, den er zu tragen hatte.

Sie reichte ihm das Wechselgeld. Dabei sagte sie: »Wenn du mal jemanden zum Reden brauchst …«

Am Ende ihres Halbsatzes richtete sie ihren Blick auf ihn, schaute ihm mit ihren blauen Augen geradewegs ins Gesicht. Ihr Ausdruck war ernst. Er war zu überrascht für eine verbindliche Antwort und so nickte er nur.

Jemand zum Reden. Da wäre sie sicher eine gute Wahl.

Ihm fiel Hilde ein. Dann Jenny. Ihr Zorn, wenn er sich mit einer anderen Frau träfe.

Er nickte erneut und grüßte zum Abschied.

Vor der Tür rief er Kemal an. Es klingelte zwei Mal, dann kam ein Besetztzeichen.

Kemal hatte ihn weggedrückt.

Auf dem Rückweg dachte er daran, für Hilde und sich und für Jenny ein Stück Kuchen zu kaufen, wollte aber nicht in einen dieser Backshops gehen, deshalb machte er einen Umweg in die Tegeler Markthalle. Mittagszeit, es war nicht allzu voll, vor den Gemüseständen warteten ein paar Kunden, bei dem Fischhändler genauso. Ostrowski steuerte den Bäcker an. Hilde mochte Mohnkuchen, aber was würde Jenny wollen? Er wusste es nicht, und während er überlegte, hörte er seinen Namen.

»Herr Ostrowski?«

Eine alte Frau stand da. Nein, korrigierte er sich, eine alt aussehende Frau. Das Haar war grau, das Gesicht schmal. Eingefallen, fand er. Die Augen waren farblos.

»Ja bitte?«

»Mein Name ist … Ingeborg Harms.«

»Frau Harms! Ich bitte um Entschuldigung.«

»Nein, nein. Ich müsste … Ich meine, dafür, dass ich Sie hier in der Markthalle anspreche.«

Er schüttelte den Kopf. Sie war die Mutter eines Mordopfers, Monika Harms, 14 Jahre war das her und unvergessen, an diesem Tag besonders, aber auch an allen anderen. Manchmal, vor dem Einschlafen oder in einer ruhigen Stunde auf dem Liegestuhl im Garten, stellte sich ihm das Bild der toten Monika ein. Wollte er es von sich aus hervorrufen, bedurfte es keiner Anstrengung, es war da, immer, und musste nur ein wenig angestrahlt werden. Seit 14 Jahren. Das Opfer, eine schöne, junge Frau, war im Wohnzimmer seiner Eltern gefunden worden. Wie abgelegt hatte es ausgesehen. Als hätte sich der Mörder ein ästhetisches Vergnügen daraus gemacht, mit der Leiche ein bleibendes Bild herzustellen. Das blonde Haar war wie ein Halbmond um ihren Kopf gelegt, ein Bein war über das andere geschlagen.

Das Bild handelte von Scham und Keuschheit und Reinheit.

Von Engel-Gleichheit. Genau wie das der toten Sabine Vollmer im Kiosk.

»Was kann ich für Sie tun?«, fragte er und beging den Fehler, gleichzeitig auf die Uhr zu sehen. Es war der Gedanke an Jenny, der ihn drängte.

»Ich halte Sie auf«, sagte sie sofort. »Ich …«

»Sie halten mich nicht auf. Bestimmt nicht. Um was geht es denn?«

Sie schaffte es nicht, zu antworten. Ein Lächeln sollte ihre Verlegenheit überspielen, seinem Blick wich sie aus. Er wartete. Hausfrauen gingen an ihnen vorbei und alte Leute, die ihre Einkaufswagen hinter sich her zogen, und da sie mitten im Gang standen, mussten die anderen ausweichen. In der Zeit vor Monika hatte er es nur mit Raubmördern zu tun gehabt und mit Beziehungstaten, mit Rache und Eifersucht. Das Mädchen aber hatte jemand aus Lust getötet. Aus Perversion.

»Kommen Sie, ich begleitete Sie ein Stück«, sagte er, um ihr aus ihrer Not zu helfen. »Wo wollen Sie hin?«

Sie ging nicht auf sein Angebot ein. »Das ist nicht nötig. Ich habe nur eine Frage. Eine einzige.«

»Bitte.«

Sie stellte sie nicht.

»Ist es Zufall«, sagte er in die Stille hinein, »dass wir uns hier treffen?«

Ihr Kopf bewegte sich von der linken Schulter zur rechten und wieder zurück. »Ich habe Sie in all den Jahren immer wieder gesehen.« Sie hob einen Arm in die Höhe. »Sie sind ja auch nicht zu übersehen. Deshalb weiß ich, dass Sie in Tegel wohnen. Sie gehen einkaufen. Allerdings meistens am Wochenende.« Ihr Blick wich ihm aus. »So gesehen ist es doch Zufall.«

Er hatte sie nie wahrgenommen und hätte sie auch nicht wiedererkannt, verzichtete aber darauf, ihr das zu sagen. »Sie haben mich kein einziges Mal angesprochen. Bis heute.«

»Bis heute, ja. Ich will auch nur meine Frage stellen und dann verschwinde ich wieder.«

In seinem Kopf arbeitete es, er hatte eine Vermutung, ging der aber nicht weiter nach. Wozu spekulieren, wenn sie ihm doch sagen konnte, was sie wissen wollte?

Sie war ein ganzes Stück kleiner und schmal. Er beugte sich herunter. Immerhin schaffte sie es, ihm nicht wieder auszuweichen.

»Es ist … ein wenig … heikel. Dieser …«

Er rührte sich nicht. Schaute zu, wie sie mit sich rang. Es musste in ihr eine Hürde geben, über die sie nicht kam.

»Dieser …«

Er wusste inzwischen, welches Wort sie nicht auszusprechen vermochte. Welchen Namen.

»Siewert, meinen Sie?«

Sie nickte. Dabei presste sie die Lippen aufeinander. »Ob er noch im Gefängnis sitzt?«

Er richtete sich wieder auf. Der dünne Strom von Menschen um sie herum kam ihm mit einem Mal unwirklich vor, so wie diese Frau, mit der er zusammenstand. Wie die ganze Situation.

»Ich lade Sie auf einen Kaffee ein. Haben Sie etwas Zeit?«

»Ich möchte Sie nicht aufhalten.«

Ihm kam wieder Jenny in den Sinn, trotzdem sagte er: »Das tun Sie nicht.«

In der Markthalle fanden sie ein Café mit einem freien Tisch unter einem Stoffdach. Er bestellte Kaffee, sie Pfefferminztee.

»Wie kommen Sie auf Siewert? Ober besser: Warum stellen Sie mir diese Frage?«

Sie flüsterte beinahe. »Ich habe im Radio gehört, dass jemand getötet wurde. Eine junge Frau, hier in Tegel. Und dieser Herr Siewert – wie sollte ich den vergessen?«

Er wartete mit seiner Antwort, bis die Getränke serviert waren und der Kellner sich verzogen hatte. Seine Stimme versuchte er beiläufig klingen zu lassen. »Es ist wahr, Siewert ist entlassen worden. Aber das bedeutet nichts.«

Er sah, dass sie zitterte, als sie ihr Teeglas anhob. Ganz leicht nur, aber er sah es trotzdem.

»Natürlich nicht«, sagte sie.

Aus seiner Wohnung kam Lachen, kam Heiterkeit, er hörte es schon im Treppenhaus und fragte sich – für einen winzigen Moment nur –, ob er sich im Eingang geirrt hatte. Dann bot ihm sein Verstand eine Erklärung, und als er aufgeschlossen hatte, wurde sie bestätigt. Hildes Freundinnen waren da. Jenny musste sie angerufen haben.

Sie hatten eine Flasche Wermut auf dem Tisch stehen und stießen miteinander an. Trudi – eigentlich Gertrud – war groß und kräftig, mit weißem Haar und Pferdegebiss, Lore – Hannelore – kleiner, eine Frau mit viel Schmuck, Halskette, Ohrringen, Armreifen und Gold- und Silberringen an den Fingern. Hilde kannte beide länger als ihn, schon aus Schulzeiten. Sie hatten sich nie aus den Augen verloren, drei Teglerinnen, die sie waren, hatten Bridge gespielt und gekegelt und zusammen gefeiert, und dass man einander zu den Geburtstagen besuchte, war Ehrensache.

»Thomas«, rief Trudi. »Das ist aber schön. Komm, setz dich zu uns.«

Sie hatten das Sofa in Beschlag genommen und Hildes Sessel dazugeschoben, auf dem sie halbwegs aufrecht saß und die anderen beiden mit großen Augen ansah.

Nur, dass deren Heiterkeit sie nicht angesteckt hatte. Immerhin bemühte sie sich um ein freundliches Gesicht.

»Ich habe Kuchen mitgebracht. Nur drei Stück leider, weil ich nicht mit euch gerechnet habe, sondern mit Jenny, aber wir können teilen.«

In der Küche legte er das Gebäck auf eine Platte und schnitt die Stücke in der Mitte durch. Auch an Teller und kleine Gabeln dachte er. Während er beschäftigt war, hörte er den Besuch trinken und lachen.

»Prost Hilde, prost Trudi.«

»Zum Wohlsein.«

Kuchen nahmen sie nicht.

»Vertragen wir nicht«, sagte Trudi. »Der Magen, weißt du.«

Sie fuhr sich mit der Hand an den Bauch und verzog das Gesicht. Lore nickte zur Bestätigung. Auch Hilde nahm nicht.

»Hatte es Jenny eilig?«, fragte er, als er ein Stück Kuchen auf seinem Teller und ein Glas Wermut in der Hand hatte.

»Ja, die Jenny«, erwiderte Lore.

»Überhaupt die jungen Leute heutzutage«, meinte Trudi.

»Nicht alle«, sagte Lore.

»Da hast du recht, nicht alle. Meiner ist anders, deine auch. Aber Jenny …«

Er wollte das nicht. Hob sein Glas, prostete ihnen und Hilde zu und trank.

Doch die Freundinnen hatten ein Thema gefunden – eines, das sie offenbar schon Dutzende Male besprochen hatten. »Das ist nicht in Ordnung, wie sie über ihren Vater redet.«

»Nein, wirklich nicht«, sagte Trudi. »Thomas, wir kennen dich. Da braucht sie uns nichts zu erzählen, die gute Jenny. Du und unzuverlässig, das ist so wie …

»Wie Katze und Badewanne.«

Beide prusteten los.

»Oder wie Sandalen und Winter.«

»Oder wie S-Bahn und Pünktlichkeit.«

Sie trieben ihr Spielchen voran und lachten, dann tranken sie und lachten weiter. Hilde vergaßen sie bei all dem nicht, immer wieder hoben sie ihr Glas in ihre Richtung und sprachen sie an.

Aber Hilde war nicht nach Fröhlichkeit. Auch nicht recht nach Wermut.

Mit ihren Tabletten wartete er lange, laut Beipackzettel sollte man sie nicht zusammen mit Alkohol nehmen. Erst am späten Nachmittag drückte er eine davon aus der lilafarbenen Packung und brachte ihr ein Glas Wasser dazu. Das Deckenlicht brannte, es warf ein gelbliches Licht. Er sah hinaus in den trüben Wintertag, der dabei war, zu vergehen, dann ließ er sich in den Sessel fallen und schloss für einen Moment die Augen.

»In der Werkstatt haben sie mich behandelt wie eine lästige Fliege«, erzählte er. »Ich werd' mir eine andere suchen, das ist mal sicher. So lasse ich nicht mit mir umgehen, nur weil unser schöner Passat ein paar Jährchen auf dem Buckel hat und nicht mehr so glänzt wie diese blöden Neuwagen. Naja, jedenfalls ist der Auspuff kaputt. Ob sie das Teil morgen bekommen, ist nicht sicher. Ich soll am Nachmittag anrufen, dann könnten sie mir Genaueres sagen. Kostet bestimmt 400 Euro. Wahnsinn.«

Sie starrte in die Luft und zeigte keine Reaktion.

»Hilde?«, fragte er.

Immerhin drehte sie den Kopf zu ihm.

Es war unpassend, aber ihm fiel der Satz der Apothekerin ein: Wenn du mal jemanden zum Reden brauchst …

Ja, was dann? Er seufzte.

»So richtig ist die Anspannung noch nicht von mir abgefallen – ich glaube, das ist es, was Jenny wahrnimmt und worüber sie ärgerlich ist. Ich meine, das kann man auch nicht verlangen, nach einem einzigen Tag. Das wird noch.« Er lachte auf. »Alles eine Frage der Zeit. Den Stress empfinde ich schon nicht mehr. Weißt du noch, wie es früher war, wenn ein Mörder herumlief?«

»Ja«, sagte sie. Mehr ein Hauch als ein Wort.

»Natürlich, so etwas vergisst man nicht. Jetzt sind sie wieder hinter einem her, die guten, alten Kollegen von der Fünften. Eine junge Frau ist getötet worden, hier im Viertel, in der Nachbarschaft. Sabine Vollmer, die im Zeitungskiosk vorne an der Straße gearbeitet hat.«

Ihre Augen standen weit offen, als hätte sie sie aufgerissen. Was war das, was da in ihrem Gesicht stand? Erstaunen? Entsetzen?

Oder war es nur schlecht gespielte Teilnahme, und sie war mit ihren Gedanken irgendwo anders?

Er wusste nicht, ob er weitersprechen sollte. Würde es sie interessieren?

Die Worte drängten aus ihm heraus, und er setzte sich über seine Zweifel hinweg. Redete, wie er auch mit sich selbst geredet hätte, nur etwas lauter.

»Frau Harms hat mich in der Markthalle angesprochen, deshalb bin ich so spät gekommen. Die Mutter der toten Monika Harms damals. 14 Jahre ist das her. Ich hätte die Frau gar nicht erkannt, aber sie sagt, sie hätte mich öfter gesehen. Und dann hat sie nach Siewert gefragt.« Er pustete Luft aus dem Mund, als hätte er eine Anstrengung hinter sich. »Ausgerechnet nach Siewert. An den habe ich auch sofort gedacht, als ich die Leiche gesehen habe. Das war naheliegend. Die Tote lag genauso auf dem Boden wie Monika Harms damals, alles Haar zu einer Seite, ein Bein über das andere, und die Hand ...«

Er sprach es nicht aus, tippte sich nur mit zwei Fingern auf die Blase.

»Die andere Möglichkeit wäre ein Nachahmer«, fuhr er fort. Sie reagierte nicht. Ein Anflug von Ärger machte sich in ihm breit, der Wille, sie zu ermahnen, ein Verlangen sogar, sie anzuschnauzen.

Er schob all das beiseite.

»Ich habe nie verstanden, was das einem geben kann, die Tat eines anderen zu kopieren. Aber vielleicht ist das auch irgendein perverser Trieb, und mir fehlt einfach die Fantasie dafür. In gewisser Weise handelt so jemand wie ein Kind, das sagt: Was der macht, das kann ich auch.«

Ihm kam der Gedanke, dass Hilde lieber den Fernseher eingeschaltet hätte, als ihm zuzuhören. Dann hätte es zu den Wörtern auch Bilder gegeben. Und niemand hätte Aufmerksamkeit von ihr verlangt.

»Aber in diesem Fall? Woher sollte ein Nachahmer seine Informationen haben? Kein Mensch kannte das Bild der Toten von damals; so etwas veröffentlichen wir doch nicht. Niemand außer den Kollegen – und dem Mörder. Und wenn es keiner von unseren Leuten war, dann bleibt nur einer. Weil es so gleich aussah. Verstehst du? Wie nachgestellt.«

Er hatte sie, fand er, genug gelangweilt. Ihn verlangte nach Kaffee, er stemmte sich aus dem Sessel und ging in die Küche. Im Vorbeigehen drückte er ihr den Knopf mit dem roten Punkt darauf, der Fernseher sprang an. Er sparte sich seine letzten Sätze: Dass der Mörder von damals seit ein paar Wochen wieder auf freiem Fuß war. Dass er sich gut daran erinnern konnte, mit welchem Ausdruck sie sich im Kommissariat angesehen hatten, als diese Nachricht sie erreicht hatte. Ein Ausdruck, wie ihn auch Frau Harms hatte.

Er war sich sicher, dass die Kollegen ihn innerhalb weniger Tage gefasst haben würden. Nur für Sabine Vollmer und für ihre Angehörigen war es dann zu spät.

Die einzige Unwägbarkeit war dieser Rahlke. Während er die Kaffeemaschine bediente, geisterte der Mann in seinem Kopf umher, der wahrscheinlich nichts von dem Mord damals wusste. Aber wozu gab es Computer und Fahndungsdateien? Er sah den kahlköpfigen Kerl vor sich, mit Anzug, Schlips und Kragen wie ein Geschäftsmann. Rahlke hatte sich nicht in der Fünften hochgedient, sondern war ihr als neuer Leiter vorgesetzt worden. Warum, wusste Ostrowski nicht. Sonderlich kompetent wirkte der Mann nicht, er besaß weder einen Ruf als Kriminalist noch konnte er wichtige Fälle vorweisen, zu deren Lösung er maßgeblich beigetragen hatte. Eher wirkte er wie ein Mitläufer, wie ein fleißiger Arbeiter, dem man Aufgaben übertragen konnte, solange man nicht auf seinen Esprit setzte.

Wer hatte den ausgesucht? Und aus welchem Grund?

Auf diese Fragen fand er keine Antwort, bemerkte aber, dass er sie sich zu spät stellte.

In der Zeit, als Kriminalrat Sommerfeld ihn mehr oder weniger bestimmt in den Ruhestand gedrängt hatte, hatte er genug damit zu tun gehabt, sich auszumalen, wie er seine Zukunft gestalten sollte. Um seine Nachfolge hatte er sich nicht weiter gekümmert. Warum nicht? Weil er wie selbstverständlich davon ausgegangen war, dass sein dienstältester Kollege Kemal Aydin aufrücken und sie einen jungen Kommissariatsanwärter hinzubekommen würden.

Der Kaffee lief in die gläserne Kanne. In der Küche roch es danach, und Ostrowski freute sich auf die erste Tasse. Rahlke oder Aydin – es spielte keine Rolle. Wer auch immer die Fünfte leitete, sie würden den Mörder bald gefasst haben.

Ein beruhigender Gedanke.

Bastian Siewert trug seinen wattierten Mantel, aber eine andere Kopfbedeckung, eine graue Schiebermütze, die er für kleines Geld gebraucht erstanden hatte. Ganz leicht die Identität zu verändern, war immer Teil seines Planes gewesen – so hatte seine Stimme ihm das eingegeben. Dazu gehörte der kluge Gedanke, dass es nicht großer Verkleidungen bedurfte, um ein anderer zu werden.

Siewert kicherte. Er setzte darauf, was die Stimme ihm versichert hatte, dass nämlich Passanten nie genau hinsahen. Die Leute waren oberflächlich. Sie begnügten sich mit einem kurzen Blick, dann war ihre Neugier gestillt. Kaum anzunehmen, dass sie sich erinnerten.

Bei ihr, vor deren Haus er stand, verhielt es sich ein wenig anders. Jenny Ostrowski. Sie sollte ihn zwar ebenfalls nicht wiedererkennen, aber ein leises Gefühl von Unsicherheit wollte er ihr einpflanzen. Den ersten Hauch eines Zweifels.

Ein letztes Mal ging er seinen Plan durch. Ein kurzer Gruß im Vorbeigehen. Ein Blick in die Augen. Ein Lächeln.

Das war schon genug.

Siewert fühlte sich unendlich überlegen. Er strahlte. Und begann im nächsten Moment, seine Melodie zu trällern.

Auch die kannte sie schon. Wenn sie sie hörte, würde sie stutzen.

Ihr Taxi stand vor dem Haus, ein Mieterauto neben anderen, Stoßstange an Stoßstange, die ganze Straße entlang. Kein Mensch wusste vom Nachbarn. Ob in den Wohnungen Licht brannte oder nicht, ob jemand daheim war oder unterwegs, niemand interessierte sich dafür. Aufregung gab es höchstens dann, wenn man keinen Parkplatz fand.

Siewert fragte sich, ob die Bewohner zu schätzen wussten, welche Anonymität ihnen ihr Leben bot. Nichts hatte er in all den Jahren so sehr vermisst wie Anonymität. Im Gefängnis wusste jeder über jeden Bescheid. Kannte Namen, Familienstand, Häufigkeit der Besuche, Höhe der Strafe. Gerüchte liefen umher, schneller als jeder Schließer beim Rundgang. Von großer Bedeutung war der Grund, warum einer eingesperrt war. Er bestimmte – zusammen mit den Freunden, die einer hatte – die Stellung in der Hierarchie. Man bekam ihn zugetragen, ob man wollte oder nicht.

Siewert hatte das nie gewollt. Hatte sich für keinen Räuber interessiert und für keinen Mörder, erst recht nicht für die Mitglieder irgendwelcher Banden. Oder für Ausländer, die hier ihre Strafen absaßen. Er hatte sich nach Ruhe gesehnt, nach einer Ruhe, die die Mitinsassen ihm nicht gewährt hatten.

Ihm, dem Mädchenmörder.

Dem angeblichen Mädchenmörder.

Monika war doch sein Ein und Alles gewesen.

Sein Strahlen war verschwunden. Siewert atmete schwerer. Die feuchte Luft tat ihm nicht gut. Wozu diese Rückschau? Er brauchte sie nicht, die Zeit im Knast war vorbei. Deshalb schob er diesen Quatsch zur Seite – und konzentrierte sich auf Jenny.

Ihr Haus war dunkelgrau, das schäbigste in der ganzen Grußdorfstraße, mit billiger Metalltür, während links und rechts farbige Altbauten standen, stolze Gründerzeithäuser, um die ihre Besitzer sich kümmerten. Er selbst hatte seinen Platz schräg gegenüber, in der Nachbarschaft eines Kiosks und nicht weit vom Eingang zum U-Bahnhof. Alt-Tegel, stand auf dem blauen Schild. Die Endstation.

Wind kam auf, und der Schneefall, der eingesetzt hatte, wurde heftiger. Siewert schloss den Mantel. Es war ein altes Kleidungsstück, mit einem Riss am Ärmelbund, er hatte lange mit sich ringen müssen, um seinen Abscheu zu überwinden. Sein Geld musste sinnvoll eingesetzt werden, sollte sein Plan Erfolg haben, dieser Gedanke hatte am Ende den Ausschlag gegeben. Er war eben kein Musiklehrer mehr, der sein Geld verdiente und sich entsprechend kleidete.

Gegen den Schnee zog er sich die Mütze tiefer in die Stirn. Er war durchaus bereit, eine Stunde oder zwei im Schneetreiben zu warten, aber er glaubte nicht, dass das nötig war, schließlich hatte er hier schon auf Posten gestanden, und sie war immer gekommen.

So wie heute.

Ein von der Kälte gerötetes Gesicht, das Haar verweht, die Tochter an der einen Hand, Einkaufstüten in der anderen. Lange Schritte, als hätte sie noch einen weiten Weg vor sich. Dabei war sie fast zu Hause.

Siewert schloss die Augen und überließ sich seinem Triumph. Es war gut, ihr einen Vorsprung einzuräumen, den würde sie brauchen, um den Handschuh auszuziehen, die Tasche zu öffnen, den Schlüssel zu suchen.

Dann setzte er sich in Bewegung.

Er hatte den federnden Gang eines Siegers.

Auf dem frischen Schnee waren ihre Spuren auszumachen und die der Kleinen. Auch seine würde man erkennen. Aber schon bald mochte es wieder tauen, oder neuer Schnee fiel darüber.

Er hatte keine Angst, nicht einmal Sorge. Sein Vorhaben war durchdacht. Viel zu gut, als dass ein paar Fußstapfen im Schnee es aufzuhalten vermochten.

An der Haustür holte er sie ein. Mutter und Tochter beachteten ihn nicht. Drehten sich nicht um, hatten ihn wahrscheinlich nicht einmal gehört. Die Kleine plapperte irgendetwas, während die Mutter aufschloss.

Im nächsten Moment machte er einen großen Schritt zur Tür, die dabei war, ins Schloss zu schnappen. Nun hatte das Mädchen ihn gesehen. Sie hielt sie auf.

Braves Kind.

Allerdings hatte er nicht mit hineingewollt, deshalb zögerte er. Es war nicht richtig, vom Plan abzuweichen, ganz und gar nicht. Das Problem war nur, dass Jenny

Ostrowski – die müde wirkte und abwesend – noch einmal den Blick gehoben hatte, weshalb er ihr nicht zublinzeln konnte, und das war schließlich der Sinn des ganzen Unternehmens.

Ihr ein wenig Angst einzujagen.

Was also sollte er tun? Mit hinein, obwohl die Waffe in seiner Tasche steckte, und schnell wieder heraus, als hätte er sich geirrt?

Siewert konnte sich nicht entscheiden, während die Sekunden verrannen. Das Mädchen stand an der Tür, die es mit beiden Händen offenhielt. Ihr Rücken war durchgedrückt.

Seine Augen schlossen sich wie von selbst. Dann trat er ein.

»Wohnst du auch hier?«, fragte die Kleine augenblicklich.

Er war verblüfft und sprachlos angesichts dieser Neugier. Das Kind sollte ihn in Ruhe lassen. Ihre Mutter fingerte am Briefkasten herum und scherte sich nicht um ihre Tochter oder um ihn. Es war schlecht möglich, der Kleinen nicht zu antworten, die ihn ansah, als wäre er der Weihnachtsmann.

»Besuche jemanden«, presste er hervor.

»Ich hab' dich noch nie gesehen. Kommst du öfter?«

»Lotte«, ermahnte sie ihre Mutter, doch sie sprach ihr Wort ins Leere, wie sie es wahrscheinlich hundert Mal am Tag tat. Ihn hatte sie immer noch keines Blickes gewürdigt. Die Tür war zugeschlagen. Siewert kam sich vor wie in einer Falle. Er war nicht mehr in der Verfassung, zu lächeln oder zu blinzeln. Unter der Mütze wurde ihm warm. Es zog ihn hinaus.

»Lass mich doch fragen. Oder ist das verboten?« Sie wandte sich an ihn. »Ist das verboten?«

Er schüttelte den Kopf. Spürte seinen trockenen Mund. Presste die Lippen aufeinander. Raus hier, er musste raus. Jenny Ostrowski, dessen war er sich nun sicher, würde das Rätsel schnell lösen, sie würde ihn erkennen, sobald sie herüberblickte. Sie hätte Zeit, ihn zu mustern. Wahrscheinlich würde sie fragen: »Sagen Sie, habe ich Sie heute Morgen nicht zum Freibad gefahren? Bloß hatten Sie da eine Pudelmütze auf dem Kopf. Wie kommt es, dass Sie hier sind? Spionieren Sie mir nach?«

Er durfte keinesfalls erkannt werden. Nicht vor der Zeit.

Die Kleine hatte ein weiteres Licht angeschaltet. Das Treppenhaus wurde erleuchtet.

»In welchem Stock wohnt dein Freund?«

»Äh.«

»Weißt du das nicht?«

»Lotte, hör auf«, verlangte ihre Mutter.

»Ich frag doch nur.«

Jenny kam auf ihn zu. Er drehte den Kopf zur Seite und senkte den Blick. Einen Teil ihrer Sendungen, die Reklame, hatte sie aussortiert und in einen Karton unter den Briefkästen geworfen. Den Rest hielt sie in der Hand.

»Man darf aber nicht einfach so fragen. Warum verstehst du das nicht? Du bist doch kein kleines Kind mehr.«

Das Mädchen glotzte Siewert weiter an.

Ihre Mutter schritt an ihnen vorbei. Warum erzog sie ihr Kind nicht ordentlich?

»Dritter Stock«, stieß er hervor, damit sie ihn endlich in Ruhe ließ.

Doch davon konnte keine Rede sein. Es war eine Situation wie in einem Albtraum. Die Kleine hatte die Arme ausgestreckt und zeigte ihm den Weg, auf dem nächsten Treppenabsatz wartete die Mutter. Beide waren sie wie die Schließer, die hatten auch an jeder Ecke gestanden und aufgepasst. Er wusste nicht, wohin mit sich.

Alles in ihm wollte weglaufen, und er brauchte seine ganze Kraft, um zu bleiben und sich klar zu machen, wie auffällig das wäre. Er stieg die Treppe hinauf, dabei brauchte er das Geländer, an dem er sich aufwärts zog. Machte langsam, damit die beiden Vorsprung bekämen. All dies war in keiner Weise geplant gewesen, und wenn die Stimme es mitbekam, würde sie schimpfen. Das Treppenhaus sah noch schlimmer aus als die Fassade, die Stufen waren ausgelatscht, von den Wänden platzte die Farbe ab. Das Deckenlicht gab nicht mehr Helligkeit als eine Funzel.

Möglicherweise war das sein Glück.

»Wie heißt dein Freund?«

»Lotte, nun ist gut, ja?«

»Mama mag es nicht, wenn ich frage.«

Siewert mochte es auch nicht, im Gegenteil, er hasste es. Er ging etwas schneller. An der Wand war irgendeine Schmiererei; aus einer Wohnung im ersten Stock kam Essensgeruch – Sauerkraut. Jenny schleppte sich vor ihm aufwärts. Ihre Tüten schienen schwer zu sein.

Sie besaß die Statur ihres Vaters, war kräftig und breit, mit großer Oberweite, und wirkte auch derb wie er. Ihr Haar war eine Löwenmähne, es reichte bis über die Schultern. Ein paar zu Wassertropfen getaute Schneeflocken lagen darauf.

Ihre Tochter dagegen war eine Klette, ein verfluchtes kleines Biest. Sie wich ihm nicht von der Seite, ging schneller, wenn er beschleunigte, und wurde mit ihm langsamer. Ihm war danach, sie anzubrüllen. Oder hinunterzustoßen.

»Sieht oll aus, was?« Die Kleine zeigte auf die Treppenhauswand. »Ich weiß auch nicht, wer das beschmiert hat. Im dritten Stock wohnt ein großer Junge, vielleicht war der das. Aber bald kommt das weg. Wenn das Haus … Mama, wie nennt man das noch mal?«

»Saniert.«

»Wenn das Haus saniert wird.«

Sein Mund wurde noch trockener, die Hände dagegen waren schweißnass. Er durfte nirgendwo gegenkommen. Keine Fingerabdrücke hinterlassen.

Auf was hatte er sich da eingelassen?

»Naja, wir wohnen im Zweiten«, erklärte die Kleine.

»Zum Glück«, rief ihre Mutter, die vor ihnen war und sich weiterhin nicht umdrehte, »sonst würdest du noch bis zum fünften Stock auf den armen Mann einreden.«

»Fünften Stock gibt's doch gar nicht.«

»Sag bloß.«

Die Kleine trottete höher. Er schwitzte. Dabei verabscheute er Schweiß.

Als die beiden endlich außer Sichtweite waren, riss sich Siewert als Erstes die Mütze vom Kopf und wischte sich mit dem Ärmel über die Stirn. Ein Zittern durchfuhr ihn. Er war dem Zusammenbruch nahe. Er hatte versagt, ein anderes Wort gab es nicht – er hatte elendig versagt. Und warum? Weil er von seinem Plan abgewichen war.

Die Stimme hätte recht, wenn sie schimpfte.

Er war unfähig, den Plan umzusetzen.

Wahrscheinlich hatte die Stimme ihn verwechselt und zu jemand anderem sprechen wollen.

Er griff nach dem Treppengeländer, war aber nicht in der Lage, hinabzusteigen. Eine kurze Pause. Er hockte sich auf eine der kalten Holzstufen. Der Kopf sackte ihm auf die Arme, und er konnte sich nicht vorstellen, jemals wieder aufzustehen. Er glaubte sich am Ende seiner Kräfte.

Kemal Aydin stand zusammen mit seinem jungen Kollegen, dem Kriminalkommissar Edgar Becker, am Absperrband des Tatorts. Er nahm einen letzten Zug von seiner Zigarette, dann schmiss er die Kippe fort. Dieser Becker benutzte ein aufdringliches Rasierwasser, stärker als jeder Tabakrauch. Überhaupt war ihm der Kollege nicht sonderlich sympathisch, weder sein Ohrring noch diese mit Gel aufgestellten Haare. Das Abziehbild eines jungen Deutschen. Seit zwei Jahren war dieser Mensch bei der Fünften. Ob sie ihn auch gefragt hatten, wie er den Kollegen Kemal Aydin einschätze? Ob er ihm die Dezernatsleitung zutraue?

Nein, wahrscheinlich nicht. So eine Frage wurde nicht diskutiert, die wurde einfach entschieden.

»Wo fangen wir an?«, wollte Becker wissen.

»Du gehst da rüber.« Kemal zeigte in Richtung auf das Tegeler Hafenbecken. »Klingelst, sagst deinen Satz, bist höflich. Vielleicht bekommst du eine brauchbare Auskunft.«

Diese Anordnung schien dem jungen Kollegen nicht zu gefallen. »Und du?«

»Ich gehe nach dort, ist doch klar.« Kemal zeigte in die andere Richtung. »Wenn wir uns trennen, kriegen wir in der gleichen Zeit das Doppelte geschafft.«

Von Becker kam kein Widerspruch, aber Kemal nahm wahr, dass dem Kollegen die Vorstellung nicht schmeckte, alleine nach Zeugen suchen zu müssen. Der Junge wand sich. Hatte die Finger ineinander verknotet und wich dem Blick des Älteren aus.

Kemal verkniff sich ein Grinsen. Um sich abzulenken, tastete er nach seinen Zigaretten in der Manteltasche. Es beruhigte ihn, sie bei sich zu wissen. »Falls du in Schwierigkeiten gerätst, kannst du mich anrufen. Ich habe mein Handy an. Die Nummer hast du doch eingespeichert?«

»Natürlich.«

Es verlangte Konzentration von Kemal, sein regloses Gesicht beizubehalten. Er wollte diesen dämlichen Becker loswerden. Selbst ein Hauch von Heiterkeit hätte den Jungen verunsichert und misstrauisch gemacht.

»Also los.«

Der Kollege setzte sich in Bewegung.

Als er außer Sichtweite war, steuerte Kemal die nächstgelegene Bäckerei an und bestellte den Tee, auf den er sich seit über einer Stunde freute. Auch wenn das kein leckerer Tee war, sondern einer aus dem Beutel.

Er kippte Zucker dazu.

Die Chance, einen Zeugen zu finden, stand mehr als schlecht. Rahlkes Idee; seine Dummheit und Hilflosigkeit. Aus dem Lehrbuch, Kapitel Zeugenaussagen und Täterbeschreibung. »Selbst wenn sich die Aussagen widersprechen, lässt sich in vielen Fällen ein Phantombild erstellen oder zumindest eine vage Beschreibung – Größe, Haarfarbe, Kleidung, Akzent – herleiten.«

Er glaubte nicht daran, seine Erfahrungen waren anders. Wenn jemand etwas gesehen hatte und reden wollte, dann kam der aufs Revier, rief zumindest an und wartete nicht darauf, dass die Kripo bei ihm klingelte. Im Gegenteil, meistens zogen sich die Leute zurück, wenn man ihnen auf die Pelle rückte.

Der Tee war heiß. Er umfasste den Becher mit beiden Händen und schlürfte, und der Wasserdampf stieg ihm in die Nase.

Selbst wenn Kollege Becker das große Glück haben sollte, den einen Zeugen zu finden, der etwas gesehen hatte und reden wollte, aber sich nicht von selber auf den Weg gemacht hatte, war noch nicht viel gewonnen. Die Leute beobachteten schlecht, und das Wenige, was sie gesehen hatten, mischte sich mit Bildern aus dem Fernsehen und mit ihrer Fantasie. Trotzdem würde Becker dann zu Rahlke rennen und seinen Erfolg melden, er würde darauf setzen, einen Fleißpunkt gutgeschrieben zu bekommen und überzeugt sein, dass er ein großartiger Kriminalist war und Karriere machen würde.

Und wenn schon.

Sich selbst fand Kemal zu alt für so einen Quatsch. Außerdem war ihm die Vorstellung abhandengekommen, wie er in Zukunft arbeiten sollte. Aber auch daran konnte er kaum denken, denn er war traurig. Vor Kurzem war sein Vater gestorben, sein Babou, und die Trauer lag ihm gleichermaßen auf der Brust und auf der Seele, sie beherrschte seine Tage und die Nächte und wollte einfach nicht verschwinden. Ihm war nicht klar gewesen, wie sehr er immer noch an dem Alten gehangen hatte.

Er war neun gewesen, als Babou die Familie nach Berlin geholt hatte. Der Alte war selber überfordert in der fremden und von der Mauer umschlossenen Stadt, trotzdem hatte er immer so getan, als hätte er alles im Griff. Als wüsste er auf jede Schwierigkeit eine Antwort.

Sie lebten in einer Hinterhauswohnung in Kreuzberg, in der Naunynstraße, zwischen verschüchterten Landsleuten, aufsässigen deutschen Studenten und alten Arbeiterfamilien. Bald konnten Kemal und seine Schwester besser Deutsch als Babou, mit dem die Kollegen in der Motorradfabrik ihr seltsames Ausländerkauderwelsch redeten, voller Infinitive und dämlicher Hilfskonstruktionen. Doch Babou wollte nicht wahrhaben, dass seine Kinder ihn überholt hatten. Nach seinem Selbstverständnis war er derjenige, der die Erfahrungen hatte und die Lösungen aufzeigte. Was nicht dazu passte, das blendete er einfach aus. Vor allem, dass seine Kinder von den Kreuzbergern als Ausländer behandelt wurden, als Menschen zweiter Klasse.

Man war mit Türken zusammen, er mit den Jungs, seine Schwester mit den Mädchen, in der Schule genauso wie in der Freizeit. Doch ganz ließ sich der Kontakt zu Deutschen nicht vermeiden, zu Lehrern, im Sportverein, im Bus oder beim Einkaufen. Klagen über dumme Sprüche und Beleidigungen waren tabu in der Familie, Babou mochte so etwas nicht hören, er nahm solche Andeutungen nicht auf, wahrscheinlich, weil er nichts dagegen tun konnte. Das Schweigen ging so lange, bis Kemal einmal die Tränen nicht zurückhalten konnte. Da hatten sie ihm die Uhr abgenommen und das Portemonnaie einschließlich der Monatskarte. Babou war von seinem Stuhl in der dunklen Küche aufgesprungen, hatte den Jungen mit sich gezogen, war mit ihm zum Auto geeilt und die Gegend abgefahren.

Die drei Jungs lungerten an einer Bushaltestelle an der Oranienstraße.

»Sind die das?«, hatte Babou gefragt. Auf Deutsch.

»Ja.«

Wie in einem Film setzte er die Reifen auf den Bürgersteig und rauschte mit dem Wagen auf die Jungs zu, die vor Schreck wie gelähmt waren. Babou sprang heraus, als sei er eine eigene Armee mit dem Befehl zum Angriff. Kemal folgte ihm vorsichtig. Babou packte den ersten am Revers, den zweiten bei den Haaren. War wütend, schimpfte. Und hielt ihnen, in seinem komischen Deutsch, eine Rede über Moral. »Macht man nicht sowas. Mein Sohn hat Angst.«

Kemal bekam alles zurück, was sie ihm gestohlen hatten, auch die Münzen, die im Portemonnaie gewesen waren. Und sie mussten sich bei ihm entschuldigen. Jeder von ihnen, mit Handschlag.

An diesem Tag hatte Kemal erlebt, wie stark sein Vater war, wie entschlossen. So hatte er ihn von da an immer gesehen. Für seine Kraft hatte er den Alten bewundert und ihn sich zum Vorbild gewählt. Er war auch seinem Wunsch, sich bei der Polizei zu bewerben, gefolgt.

Und nun war Babou tot.

Kemal dachte über einen zweiten Tee nach, auch wenn die Backstube zugig war und nach Aromastoffen roch, und auch wenn es niemanden gab, mit dem man beim Tee ein paar Worte hätte wechseln können.

Sein Handy klingelte.

Er vermutete Becker, aber es war Paula Wahlis. »Ich soll euch von Rahlke sagen, wir haben in einer Stunde Sitzung.«

»Wir sollen unsere Arbeit hier unterbrechen?«

Sie hatte kein Ohr für Zwischentöne. »Davon gehe ich aus. Jedenfalls hat Claas mich gebeten, euch Bescheid zu geben.«

»Ihr habt den Täter schon, was?«

»Soweit ich weiß, nicht«, antwortete sie. »Es ist einfach nur eine Sitzung.«

»Verstehe. Wir kommen. So schnell wie möglich.«

Kaum hatte er aufgelegt, um sich dem letzten Schluck Tee zuzuwenden, klingelte es erneut. Ostrowski. Zum zweiten Mal. Wenn es jemanden gab, mit dem er nicht reden würde, dann war es Ostrowski. Er drückte ihn wieder weg.

Eine Stunde später fanden sie sich im Konferenzraum ein, außer ihm und Becker auch Paula Wahlis und Köberle, der Kollege von der Spurensicherung. Jeder ließ sich auf einen der Stühle fallen, die um einen Kunststoff-Tisch standen. Es war gerade mal der erste Tag der Ermittlung, trotzdem sah er ihnen die Erschöpfung bereits an, Becker hatte sein kindliches Strahlen verloren, Schatten lagen um seine Augen, Paula Wahlis wirkte blass. Beide hielten sie den Rücken krumm. Köberle gähnte und fuhr erst mit der Hand vor den Mund, als ihm bewusst wurde, was er tat. Dann stützte er den Kopf auf die Fäuste.

Keiner von ihnen redete. Man tippte auf dem Handy herum oder starrte Löcher in die Luft. Jeder hatte seinen Becher mitgebracht, aus dem der Kaffee dampfte. Kemal studierte die unterschiedlichen Aufdrucke, ein Snoopy bei Paula, der Stern der Kripo auf dem von Becker und ein Berliner Bär bei Köberle, der ausrief: »Wir können alles – außer Schwäbisch.«

Wer nicht kam, war Rahlke.

Wo blieb der Herr Dienststellenleiter?

An der Stirnseite des Raums hing eine Uhr, einer Bahnhofsuhr ähnlich. Seine Augen folgten dem roten Sekundenzeiger, der stetig weiterwanderte. Vier Minuten waren vergangen. Kemal schloss die Augen. Auch er war müde, kurz nach fünf hatten sie ihn aus dem Bett geklingelt. Wenn er sich hätte ausstrecken können, er wäre sofort eingeschlafen. Aus Erfahrung wusste er, dass dieser Zustand andauerte und noch schlimmer wurde, bis sie den Mörder gefasst hatten. Danach gab es, sollte sich kein neuer Fall anschließen, zwei Tage frei. Zwei Tage zum Ausschlafen.

Er hätte eine Wohnungsbesichtigung gehabt, die er nicht einmal abgesagt hatte. Sofort nach Babous Tod hatte Ayse erklärt, sie müssten seine Mutter zu sich nehmen, man dürfe die alte Dame nicht allein lassen. Kemals Schwester lebte in Kanada und war dort verheiratet, dorthin war seine Mutter sicher nicht mehr zu verpflanzen. Deshalb Ayses Bestimmtheit. Er sagte es nicht offen, aber er war nicht begeistert. Dabei ging es ihm nicht um seine Mutter, sondern um die neue Bleibe, die gesucht werden musste. In ihrer jetzigen Wohnung teilten sich die Mädchen ein Zimmer, außerdem gab es das Elternschlafzimmer und den Wohnraum. Zu wenig Platz für eine weitere Person.

Er fühlte sich leer. Es tat ihm nicht leid, den Besichtigungs-Termin verpasst zu haben. Ayse würde er erklären, er könne schlecht nach einer Wohnung suchen, wenn er zu ermitteln habe.

Als er die Augen wieder öffnete, war eine weitere Minute vergangen. Die anderen schien es nicht zu stören, dass Rahlke sie warten ließ, sie machten den Eindruck, als seien sie froh um ein paar Momente Nichtstun. Sie dösten mit offenen Augen.

Rahlke kam acht Minuten zu spät. Sein Jackett stand offen, der Hemdknopf ebenfalls, der Schlips war gelöst. Fast sah er ein wenig verwegen aus. Auch er hielt einen Becher in der Hand, mit der Aufschrift Hertha BSC. Ohne einen der Kollegen anzusehen bat er um Entschuldigung für seine Verspätung, er habe noch ein wichtiges Telefonat führen müssen.

Er setzte sich an die schmale Seite des Tisches und begann, in einem Stapel Zettel zu blättern, die er mitgebracht hatte. Dann trug er vor: »Die Tote heißt Sabine Vollmer, 22 Jahre alt, gemeldet Finsterwalder Straße Nummer 9. Im Märkischen Viertel. Beruf: Verkäuferin. Es gibt eine Mutter hier in Berlin, mit der gleichen Adresse. Der Vater lebt offenbar in Bremen. Sie wurde – Kollege Köberle, korrigieren Sie mich, wenn ich etwas Falsches sage – mit einem Messer getötet, mit sehr scharfer Klinge, möglicherweise einem Rasiermesser oder einem, wie man es in japanischen Restaurants benutzt. Ein einziger Schnitt.«

Rahlke führte sich einen Finger an den Hals und zog ihn darüber. Kemal schüttelte unmerklich den Kopf. Was für eine dämliche Geste.

»Für einen solchen Schnitt braucht es nach Angaben des Pathologen gleichermaßen Sachkenntnis wie Entschlossenheit. Zögern darf man da nicht. Der Täter war offenbar darauf vorbereitet, dass eine große Menge Blut austreten würde. Er muss es aufgefangen haben, denn allzu viel davon haben wir nicht gefunden. Wahrscheinlich hat er dem Opfer ein Tuch oder einen Verband vor die Wunde gedrückt. Darauf lassen Faserspuren am Hals schließen.«

Er legte das Blatt zurück auf den Stapel. »Ein Mann also, der sehr genau weiß, was er tut. Und der entschlossen ist.«

Die Hand an seinem Becher, hob er den Kopf und sah nacheinander zu den Kollegen. Kemal hielt seinem Blick stand, woraufhin der andere seine Augen weiterwandern ließ.

»Er hatte also in der einen Hand sein Messer, in der anderen dieses Tuch oder den Verband. Irgendwie muss er das Opfer aber auch festgehalten haben, um seinen Schnitt ansetzen zu können. Wir haben – Kollege Köberle, ist das richtig? – keinen Hinweis auf einen zweiten Mann.«

Köberle verneinte.

»Insofern«, fuhr Rahlke fort, »ist der Tathergang noch nicht eindeutig geklärt.«

Er wandte sich wieder seinen Zetteln zu. »Was wissen wir über das Opfer? Bis jetzt nicht allzu viel. Frau Vollmer hat eine Ausbildung zur Fachverkäuferin begonnen, diese aber abgebrochen. Sie arbeitet seit fast vier Jahren in dem Zeitungskiosk, in dem sie ermordet wurde. Nach Aussage ihres Chefs war sie zuverlässig und ehrlich. Er habe noch nie eine bessere Mitarbeiterin gehabt. Von Feinden, die sie gehabt haben könnte, weiß er angeblich nichts. Was ihr Aussehen angeht – ihr Outfit, wie man heute sagt –, habe ich mich belehren lassen, dass es zur Gruppe der Emos passt. Andere sagen: Goths. Denen geht es um Kokettieren mit dem Tod. Ziemlich harmlos, soweit ich gehört habe.«

Rahlke atmete durch, dann streckte er die flache Hand aus, als wollte er etwas weitergeben. »Bitte, Kollege Köberle: Was für Spuren habt ihr gefunden?«

»Nun, es gab natürlich Mengen von Fingerabdrücken.« Kemal achtete auf seine schwäbische Sprache. »Esch gab nadürlich …«

»Bislang konnten wir die Abdrücke niemandem zuordnen. Wir haben unterschiedliche Fasern gefunden, Wolle, auch Filz, Kunststoffe. Ebenfalls schwer zuzuordnen. Dieser Raum wird nach Angaben des Besitzers eher selten gesäubert. Höchstens mal durchgefegt. Ein Lager eben. Er selbst geht regelmäßig hinein, seine Angestellten, auch die Lieferanten. Wir sind aber an den Filzfasern hängengeblieben, denn das ist, wenn man von Pantoffeln absieht, ein eher seltenes Material heutzutage. – Ein ähär seldenes Madärial heudzudag.«

Köberle hatte die Aufmerksamkeit seiner Zuhörer gewonnen. Alle warteten auf seine Pointe.

»Man findet es aber bei Hüten.«

»Filzhüte«, sagte Rahlke, und es klang, als sei ihm ein Licht aufgegangen.

Kemal wartete darauf, den Auftrag zu erhalten, alle Geschäfte anzurufen, die infrage kamen. Und wenn schon – dann hätte er Zeit zum Teetrinken und für die eine oder andere Zigarette.

Aber Rahlke sagte: »Möglich, dass er sich tarnen wollte. Vielleicht sogar eine Art Verkleidung trug. Das macht Zeugenaussagen noch schwieriger. Alles in allem ist mir diese Spur nicht konkret genug, um unsere geringen Kapazitäten darauf zu konzentrieren. Vielleicht hat der Täter schon vor Monaten so ein Ding besorgt, und kein Verkäufer erinnert sich mehr daran. Geschweige denn an den Mann. Was ist mit der Nachbarschaft? Kollegen Aydin und Becker?«

Becker blickte zu Kemal. Wie eine Bitte sah das aus.

Kemal sagte: »Wir haben niemanden gefunden, der etwas gesehen hat. Gestern Abend gab es Schneeregen, da hat man die Vorhänge zugezogen und das Licht angeschaltet, aber nicht aus dem Fenster geschaut. Zur wahrscheinlichen Tatzeit war es bereits dunkel.«

Rahlke verzog sein Gesicht, es wurde zu einer Grimasse, und der Ausdruck mochte in etwa heißen: Sogar Wetter und Jahreszeit sind gegen uns. So viele Widrigkeiten. Dann fuhr er fort: »Kollegin Wahlis hat Einzelheiten der Tat in den Computer eingegeben. Bitte, Paula.«

Sie strich sich ein paar ihrer roten Haare aus dem Gesicht. Kemal hatte wahrgenommen, wie viel freundlicher die Stimme des Chefs geklungen hatte, als er sie angesprochen hatte. Auch hatte Rahlke sich auf den Platz neben sie gesetzt. Was war da zwischen den beiden?

Er nahm sich vor, das herauszufinden. Informationen waren immer hilfreich.

»Ich bin auf einen Mord gestoßen, der vor 14 Jahren stattgefunden hat. Kann mich selbst noch dunkel an den Fall erinnern. Das war ebenfalls an einer jungen Frau, auch mit einem Messer.« Sie hob den Zeigefinger. »Und auch in Tegel. Der Täter damals war ein gewisser Bastian Siewert, der dann auch gefasst und verurteilt wurde. Er ist vor drei Wochen auf Bewährung entlassen worden.«

Was für eine kluge Fahndungsdatei, fand Kemal. Paula hatte sich verändert, und er konnte genau benennen, seit wann. Bei ihr lag der Fall anders als bei Becker, den er für schwerfällig hielt und dessen Gelfrisur und Ohrstecker ihn abstießen. Paula mochte er. Sie hatte immer den Kontakt zu ihm – und zu Ostrowski – gesucht, und beide hatten sie sich Mühe mit ihr gegeben. Das war bis zu dem Tag gegangen, an dem der Kriminalrat seinen neuen Dezernatsleiter vorgestellt hatte – Rahlke. Von Stund an hatte der Neue im Mittelpunkt von Paulas Aufmerksamkeit gestanden, und Kemal existierte nicht mehr.

»Eine Spur, der wir nachgehen müssen«, sagte Rahlke. »Allerdings sollten wir bedenken, wie oft dieser Siewert vor seiner Entlassung begutachtet wurde. Der müsste alle getäuscht haben, Psychologen, Bewährungshelfer und so weiter. Und kommt aus dem Knast – auf Bewährung, Herrschaften –, kauft sich ein Messer und legt wieder los.«

Er setzte eine nachdenkliche Miene auf, die Kemal lächerlich fand. »Klingt mir nicht allzu plausibel. Und trotzdem, wir werden den Mann überprüfen. Das volle Programm: die alten Akten, sein Persönlichkeits-Profil, auch ein mögliches Alibi. Soll uns niemand vorwerfen können, wir hätten eine Spur vernachlässigt. Allerdings bitte ich in diesem Fall um ein wenig Taktgefühl. Sonst heißt es wieder, wir folgten nur unseren Vorurteilen.«

»Das mache ich«, sagte Kemal.

Im gleichen Moment wusste er, dass er den falschen Satz ausgesprochen hatte.

Rahlke musterte ihn. Lange. Im Raum war Stille. Und Anspannung.

»Das macht Kollegin Wahlis. Sie hat diesen Zusammenhang aufgedeckt. Jetzt soll sie ihm auch nachgehen.«

Paula Wahlis senkte den Kopf und wurde rot. Kemal hätte am liebsten einen der Kaffeebecher in ihre Richtung geschleudert. Rahlke vermied es, ihn anzublicken.

Kemal ahnte, was folgte. Die Demütigung war noch nicht vorüber.

»Wir haben eine Reihe von Hinweisen aus der Bevölkerung, die wir überprüfen müssen.« Er fuhr mit dem Daumen durch seinen Zettelstapel, als sei es ein Telefonbuch und er noch beim falschen Buchstaben. »Ich habe im Moment die Liste nicht hier, aber ich würde Sie bitten … Und, Kollege Becker, vielleicht können Sie Herrn Aydin unterstützen. Umso schneller sind wir da durch und können unsere Kräfte auf andere Dinge lenken.«

»Selbstverständlich.«

Kemal musste grinsen, er bemerkte selbst, wie sein Mund breit wurde und der Ausdruck bitter. Er tat nichts, um die Regung zu unterdrücken. In aller Regel gingen solche Hinweise gegen missliebige Nachbarn, gegen Ausländer oder lärmende Jugendliche, und man verlor ganze Tage dabei, ihnen nachzugehen. Gemeinsam mit Ostrowski hatte er früher eine Art Filterverfahren gehabt, und was nach persönlicher Animosität muffte, hatten sie direkt unter den Tisch fallen lassen.

Das war früher.

Mit den Hinweisen würde er sich Zeit lassen, viel Zeit. Er würde Tee trinken und vielleicht Ayse eine Freude machen und die eine oder andere Wohnung besichtigen.

Er lehnte sich zurück.

Rahlke sagte: »Meine Herren, ich möchte Sie bitten, akribisch vorzugehen, wenn Sie diese Aussagen prüfen. Wir wollen uns nicht nachsagen lassen müssen, die Polizei habe entscheidende Dinge übersehen. Ich hoffe, ich habe mich klar ausgedrückt.«

Becker nickte.

Kemal verschränkte die Hände hinter dem Kopf.

Arschloch, dachte er.

Nach der Sitzung hatte er Hunger, ein Recht auf Pause und kaum Motivation für die Arbeit, dieweil Becker schon über der Liste saß. Der Junge hielt ein Brötchen in der Hand, aus dem die Wurst herausquoll. Schweinefleisch. Becker biss hinein, kaute und schmatzte, während er weiterlas.

Kemal war früher – noch letzte und vorletzte Woche – gemeinsam mit Ostrowski regelmäßig ins ›Antalya‹ gegangen, ein Lokal in der Nachbarschaft, in dem ihrer beider Getränke, Tee genauso wie gezapftes Bier, schmeckten. Er zögerte. Sollte er die Tradition nun alleine fortsetzen? Würde Ostrowski dort auf ihn warten? Er hatte überhaupt keine Lust, dem Dicken zu begegnen. Allerdings war dessen Weg aus Tegel nach Schöneberg weit, warum sollte Ostrowski ihn für ein Essen auf sich nehmen, zumal er seine kranke Frau hatte, um die er sich kümmern musste. Nein, es war höchst unwahrscheinlich, ihn dort zu treffen.

Doch als er die Tür aufzog, saß er da.

Das Lokal war hell, mit klobigen Holztischen. Hinter dem Tresen arbeiteten mehrere Männer in einheitlichen gelben Polohemden, schnitten Fleisch vom Spieß, verpackten Döner in Alufolie, dekorierten Teller. Am Eingang hing ein Foto der Köche zusammen mit dem früheren Bundeskanzler, der offenbar zum Essen gekommen war und laut zu lachen schien.

Den Türgriff in der Hand, zögerte Kemal. In diesem Augenblick fiel ihm ein, was ihm durch den Kopf gegangen war, als er Ostrowski zum allerersten Mal gesehen hatte, den massigen Mann, das faltige Gesicht, den kahlen Kopf. Das ist Deutschland, hatte er gedacht, so jemanden gibt es in der ganzen Türkei nicht, so kräftig und zuverlässig. Und dann, wie eine Überraschung, die Stimme: weich und verbindlich.

Eine Ewigkeit war das her.

Sein Exkollege saß an ihrem Tisch und hob zwei Finger. Umzukehren oder sich anderswo hinzusetzen, wäre eine handfeste Beleidigung gewesen, und dazu hatte Kemal keine Kraft. Gleichwohl sträubte es sich in ihm, zu dem Dicken hinüberzugehen.

Ostrowski hatte ein Bier vor sich, das Glas halb ausgetrunken. Er reichte Kemal die Hand. »Ich hab schon auf dich gewartet. Wenn du mich auch immer wegdrückst.«

»In Tegel kann man wohl nicht vernünftig zu Abend essen?«

»Zumindest nicht mit seinen Kollegen.«

Kemal rief seine Bestellung zum Tresen und setzte sich. Es wäre billig gewesen, Ostrowski – den Ex-Kollegen – zu korrigieren, so ließ er es, zumal er wenig Lust hatte, überhaupt ein Wort mit dem Dicken zu reden.

Ostrowski, du Scheißkerl.

»Habt ihr ihn schon?«

»Wen?«, fragte Kemal zurück.

»Siewert natürlich.«

Kemal stieß Luft aus, es klang wie ein Schlafgeräusch. »Und wie verbringst du den Tag?«

»Kerl, ich will nicht quatschen, ich will wissen, ob ihr Siewert festgesetzt habt.«

Je aufgeregter sein Gegenüber wurde, desto größer war

die Ruhe, die ihn überkam. Es überraschte ihn nicht, dass Ostrowski nach Siewert fragte, in keiner Weise.

Nur wollte er nicht antworten.

»Ich stelle mir manchmal vor«, sagte er und tat verträumt, »wie das sein wird. Keine Arbeit mehr und trotzdem genug Geld. Der Stress, der wegfällt. Dass man ausschlafen kann. Zeit hat. Dann werde ich in die Türkei fahren und lange bleiben. Wochen und Monate. Mir die Sonne auf den Pelz brennen lassen, bis ich dunkelbraun bin. Aber völlig zurückgehen werde ich nicht. Mein ganzes Leben habe ich in Deutschland verbracht. Warum soll ich das noch ändern, wenn ich alt bin? Und meine Kinder sind dann in Berlin …«

»Kemal!«

»Was schreist du?«

»Wollen wir jetzt Scheiße reden?«

»Wieso Scheiße? Was willst du eigentlich von mir?«

»Das kann ich dir sagen. Eine junge Frau ist ermordet worden. Bei uns in Tegel. Die Leiche lag genauso da wie die damals, ich hab sie doch gesehen, und das weißt du. Siewert ist raus aus dem Knast …«

»… und du bist in Pension. Was kümmert es dich?«

»Red nicht. Sondern gib mir eine Antwort. Habt ihr ihn schon?«

Sein Tee kam; er bedankte sich auf Türkisch. Nahm ein Stückchen Zucker, rührte es hinein. Der Löffel schlug gegen das Glas und machte einen hellen, vertrauten Ton. Es gab nichts Besseres als dieses Getränk, süß und bitter zugleich. Er fasste das heiße Glas mit spitzen Fingern an und schlürfte beim ersten Schluck, wie es sein Vater gemacht hatte, sein Babou.

Den Dicken schaute er nicht an. »Ich habe mir gedacht, dass du nach ihm fragen wirst.«

»Ach ne.«

»Doch.«

»Und?«

»Nichts: Und. Wir gehen verschiedenen Spuren nach. Siewert ist eine davon.«

»Ist doch nicht wahr, oder?«

»Wenn ich's dir sage.«

»Soll erst noch eine Frau ermordet werden?«

»Beschwerden solltest du an deinen Nachfolger richten, Kriminalhauptkommissar Rahlke. Die Nummer dürfte dir bekannt sein. War mal deine. Mich entschuldige bitte. Ich muss pinkeln.«

Er stand auf und ging. Kein vorgetäuschter Grund, sondern stinknormaler Druck auf der Blase.

So war das also, dachte Thomas Ostrowski. Er war abgeschnitten von allen Informationen, von jeder Besprechung. Von allem Handeln. Sein Freund – oder musste er sagen: sein ehemaliger Freund, so wie Kemal auch sein ehemaliger Kollege war – verschwand hinter einer Spiegelwand neben der Garderobe. Redete kein vernünftiges Wort mit ihm. Warum nicht? Kemal würde nach dem Essen an seinen Schreibtisch zurückkehren und weiterarbeiten. Er selbst aber hatte untätig herumzusitzen.

Blut stieg ihm zu Kopf. Er kam sich vor, als seien ihm Hemd und Hose zu eng geworden. Wie ein Luftballon kurz vorm Platzen.

Er bremste sich.

Es war ja richtig, was Kemal gesagt hatte: dass er sich rauszuhalten hatte. Sich zurücklehnen und entspannen sollte. Lernen, den Ruhestand zu genießen.

Lag es also an ihm? Konnte er die Finger nicht von der gewohnten Arbeit lassen?

Quatsch, sagte er sich.

In seiner unmittelbaren Nachbarschaft war eine junge Frau ermordet worden. Er glaubte zu wissen, wer der Täter war. Das war genug, um zu erwarten, dass die Mordkommission – seine alte Abteilung, mit einer grandiosen Aufklärungsquote – diesem Verdacht vorrangig nachging. Nicht nur vorrangig, sondern auch energisch.

In einem Zug kippte er sein Restbier herunter und bestellte sich ein Neues. Kemals Essen kam. Als der Kollege selbst an den Tisch zurückkehrte, hatte sich Ostrowski soweit beruhigt, dass er wieder in normaler Lautstärke und ohne spürbare Erregung reden konnte, auch wenn er weiterhin nicht begriff, was in Kemal gefahren war.

»Ist gut«, sagte er. »Erzähl.«

Kemal wartete, bis er heruntergeschluckt hatte. »Was willst du hören?«

Ostrowski bekam weite Augen. War erneut kurz davor, aus der Haut zu fahren. Bremste sich mit Gewalt. »Soll ich es noch mal sagen?«

»Rahlke leitet die Ermittlung.«

»Was heißt das?«

»Nichts.«

Er begriff nicht, warum Kemal so maulfaul war.

»Ich soll Hinweise aus der Bevölkerung prüfen. Und zwar akribisch.« Beim letzten Wort hatte Kemal Rahlkes

Sprechweise nachgeahmt und genau getroffen. »A-kribisch.«

»Und was ist mit Siewert?«

»Eine Möglichkeit unter anderen. Paula Wahlis geht ihr nach. Glaubst du, die hat schon ein Verhältnis mit Rahlke?«

»Wie kommst du darauf?«, fragte Ostrowski.

»Er glotzt sie so an.« Kemal schob sich ein Stück Fleisch in den Mund. »Spricht sanft mit ihr. Und sie – wird dann rot.«

Ostrowski setzte ein höfliches Grinsen auf. »Ich verstehe nicht, warum Siewert nur eine Spur unter vielen sein soll«, sagte er.

»Und ich verstehe nicht, wieso du dich da so reinhängst. Ist doch nicht dein Fall.«

»Doch. Irgendwie schon.«

»Irrtum, Alter. Du bist pensioniert. Sowieso ist es nicht wahrscheinlich, dass Siewert der Täter war.«

»So ein Quatsch. Und warum nicht?«

»Gibt keine Hinweise auf ihn. Keine Spuren, keine Fingerabdrücke, gar nichts. Habe ich gerade noch von Paula gehört.«

Ostrowski musterte sein Gegenüber, der kaute und gleichzeitig mit dem Besteck sein Essen auf dem Teller zurecht schob, als gäbe es nichts Wichtigeres auf der Welt. Er stellte sich vor, Kemal die Faust in die Fresse zu hauen. Benötigte erneut Kraft, um diese Regung zu unterdrücken.

»Wie hieß noch sein Gutachter?«, brachte er hervor. »Dieser Rechtspsychologe?«

»Dr. Gomin meinst du?«

»Genau, Dr. Gomin. Hast du mit dem gesprochen?«

Kemal lächelte auf arrogante Weise, und Ostrowski wurde erneut sauer. »Warum sollte ich? Ich habe doch ganz andere Aufträge. Ich muss den Hinweisen …«

Ostrowski winkte ab, und Kemal sprach nicht weiter. Er hätte viel dafür gegeben, zu erfahren, was los war, hatte aber begriffen, dass er das von Kemal nicht hören würde. Weil er pensioniert war? Oder woher diese plötzliche Distanz?

Er trank sein neues Bier. Kemal hatte inzwischen einen zweiten Tee vor sich stehen.

»Wo kam dieser Dr. Gomin noch her?«

»Bonnys Ranch, glaube ich«, sagte Kemal. Mit offizieller Stimme fügte er an: »Karl-Bonhoeffer-Nervenklinik.«

Ostrowski lehnte sich zurück. Sein Bierglas hielt er in der Hand. »Weißt du noch, wie Siewert entlassen wurde? Ist ja nicht lange her. Ich will nicht behaupten, dass ich Einwände geäußert hätte, wenn man mich gefragt hätte, der Mann hat 13 Jahre gesessen, das ist eine kleine Ewigkeit, und man kann davon ausgehen, dass die Zeit im Knast für einen Frauenmörder ziemlich unangenehm war. Trotzdem hat sich alles in mir gegen diese Bewährung gesperrt. Meistens erfahren wir doch gar nicht, wenn einer rauskommt, den wir festgesetzt haben. Und wenn, dann ist es mir egal. Außer bei Siewert.«

Kemal saß ihm gegenüber und war doch unendlich weit weg. Seine Antwort klang wie die eines Lehrers. »Ich sage dir was: Du verrennst dich. Wir haben am Tatort keine Hinweise auf Siewert gefunden, dabei hat der Computer ihn anhand der Falldaten sofort ausgespuckt. Also checken wir ihn. Paula, die macht das schon.« Er blickte sein Gegenüber nicht an. »Entspanne dich, blende den ganzen

Scheiß aus. Ich kann mir vorstellen, dass es nicht einfach ist, aus dem Betrieb rauszugehen. Aber so ist das jetzt.«

Ostrowski hätte wieder hochgehen können. Was für ein Mistkerl. Missverstand ihn mit Absicht.

»Vielen Dank für deine Ratschläge«, sagte er.

Danach war alles Gespräch tot. Kemal ließ ein halbes Glas Tee stehen, nuschelte, er müsse zurück an den Schreibtisch, zahlte am Tresen, verschwand ohne Gruß. Ostrowski blieb zurück, leer, unverstanden. Mit beiden Händen hatte er das Bierglas umfasst, die Handflächen waren breit und gerötet, mit Altersflecken und Adern, die hervortraten. Es ging doch nicht darum, dass er diese Hände nicht von der Arbeit lassen konnte. Es ging um Siewert. Um einen Frauenmörder.

Kemal hatte ja durchaus recht mit der Feststellung, dass er raus war. Er hatte nun Zeit für Hilde, für den Garten, fürs Rudern. Für die eine oder andere Wanderung durch den Tegeler Forst oder an der Havel entlang. Wie sehr ging ihm das Herz auf, wenn er den Wald roch oder Platz hatte, um in die Ferne zu schauen. Die weiten Blicke gehörten zu seinen besten Kindheitserinnerungen, zu Hause in Schmalkalden war das Auge nicht gleich gegen die nächste Hauswand gestoßen. Also, warum schnürte er nicht die Schuhe und machte sich auf?

Weil sich keine Freude einstellte. Nicht einmal bei dem Gedanken.

Es war Siewert, der ihn hielt. Immer wieder Siewert.

Als er das ›Antalya‹ verließ, war endgültig Abend, in der Kurfürstenstraße brannten die Straßenlaternen. Der Schneefall, der am Nachmittag eingesetzt hatte, hatte aufgehört, geblieben war ein matschiger Belag auf Fußwegen und Autoscheiben und Briefkästen. Die Luft war von einer Feuchtigkeit, die einem durch Schal und Winterjacke kroch. Kaum ein Mensch war unterwegs, nur der ewige Strom der Autos, obgleich der Feierabendverkehr vorüber war.

Er hätte zu Hilde zurück gemusst, es war Zeit für eine neue Portion ihrer Medikamente, ihrer Glücksbringer, und er war in der Pflicht. Trotzdem dachte er diesen Gedanken kaum zu Ende, sondern nahm den gewohnten Weg Richtung Dienststelle.

Der Pförtner nickte ihm zu und hob die Hand zum Gruß. Einen Ausweis verlangte er nicht. Ostrowski stapfte durch das erleuchtete Treppenhaus. Hörte sein Schnaufen, verweigerte sich dem Gedanken, vorsichtiger aufzutreten und den Kollegen aus dem Weg zu gehen. Nein, er war breit, er war sichtbar, so wie früher. Sollten sie alle denken, was sie wollten.

Vor der Tür von Kriminalrat Sommerfeld blieb er stehen, klopfte kurz, öffnete. Sommerfeld, der geschieden war, war bekannt dafür, dass er abends oft lange blieb, und tatsächlich saß er am Schreibtisch und studierte Akten. Er trug einen dreiteiligen Anzug mit Krawatte und hob den schmalen Kopf. Der Kriminalrat war in seinem Alter, und Ostrowski ging die Frage durch den Kopf, warum der Mann nicht selber in Pension gegangen war, sondern seinen Ersten Hauptkommissar gedrängt hatte.

»Herr Ostrowski. Und um diese Zeit. Das ist aber eine Überraschung.«

»Ich möchte Sie sprechen.«

Sommerfeld stand auf, streckte den Arm aus, reichte ihm die Hand. Auch er hatte nur ein Behördenzimmer, eng und ein wenig muffig, aber vertäfelt, dadurch düster, mit Schreibtisch, Computer, Regalen. Das Bild an der Wand und die Stehlampe hatte er sich wahrscheinlich selber mitgebracht.

»Nehmen Sie doch Platz.« Sommerfeld lächelte. »Gleich am ersten Tag. Nicht so einfach die Umstellung, wie?«

»Deswegen komme ich nicht.«

»Ach nein?«

War da Ironie in Sommerfelds Stimme? Und wenn schon.

»Es geht um den Mordfall Vollmer. Gestern Abend.«

»Ja, schrecklich.« Er tippte auf einen Aktenordner.

Ostrowski sprach nicht weiter. Er fragte sich, ob er auch so abgeklärt wirkte wie Sommerfeld. Da war durchaus Leben in den kleinen Augen seines Gegenübers, sogar Schalk, und gleichzeitig vermittelte Sommerfeld den Eindruck, dass man ihm nichts vormachen könne, dass er schon alles gesehen habe. Er war ein Taktierer, ein Fuchs. Es war bekannt, dass der Kriminalrat Verbindungen zum Innensenat hatte, alte Freundschaften, noch aus Studienzeiten, wie man sich erzählte. Ostrowski vermutete, als er dem Alten gegenübersaß, dass irgendjemand aus dieser Seilschaft Rahlke hatte befördern wollen. Deshalb, und aus keinem anderen Grund, hatte er weichen müssen.

Warum hatte er nicht nein gesagt? Was für eine Dummheit.

»Es ist«, stieß er hervor, »Siewert.«

Sommerfeld seufzte. Es dauerte lange, bis er eine Antwort gab: »Ich wusste, Sie würden diese Verbindung herstellen.«

»Sie ist offensichtlich.«

»Wenn Sie das sagen.«

»Das Problem ist nur«, fuhr Ostrowski fort, »dass die Fünfte nicht gegen Siewert ermittelt. Angeblich gab es keine entsprechenden Spuren im Zeitungskiosk.«

Sommerfeld legte die Stirn in Falten. »Ich rede mit Rahlke. Aber Sie sollten auch Vertrauen haben, Ostrowski. Ich kann mir vorstellen, dass das nicht ganz leicht ist. Rahlke und seine Leute werden diesen Fall lösen. Und zwar in der guten Tradition der Fünften.«

Für eine Sekunde oder zwei war Ostrowski sprachlos. Es lag etwas Falsches in der Rede des Kriminalrates, eine Zuversicht und Vertraulichkeit, die ihn auf Distanz halten sollte.

Was hatte er erwartet? Dass Sommerfeld ihn wieder anheuerte, um den Fall zu lösen? Sicher nicht.

Aber dass er ernst genommen wurde, das schon.

»Gleich morgen rede ich mit Rahlke über Siewert«, sagte Sommerfeld und bemühte sich um ein Lachen. »Er war ja damals nicht dabei, für ihn ist das alles nur dröge Geschichte. Ich gebe ihm den Hinweis. Im Übrigen denke ich, dass er ein fähiger Kopf ist.«

Ostrowski hörte ein erneutes Abwiegeln, ließ aber den Gedanken zu, dass er sich etwas einbildete. Vielleicht sorgte der Kriminalrat nur dafür, dass die Aktiven arbeiteten und der Pensionär sich heraushielt. Möglich, dass er vor allem Ordnung schaffte.

»Wie geht es Ihrer Frau?«, fragte Sommerfeld.

Ostrowski stand auf. »Danke gut«, erwiderte er.

3

Ostrowski wählte die Nummer der Karl-Bonhoeffer-Nervenklinik, und als sich eine Frauenstimme meldete, bat er darum, mit Dr. Gomin verbunden zu werden.

»Dr. Gomin? Den gibt es hier nicht mehr. Moment, ich stelle Sie in die Station durch.«

Diesmal war es ein Mann, der sich meldete. Ostrowski verstand etwas, das wie »Forensische Psychatrie, Hotting« klang. Er hatte vom Handy aus angerufen, deshalb war es ungefährlich, sich als Hauptkommissar der Mordkommission vorzustellen.

»Dr. Gomin«, hörte er und dann eine längere Pause. »Den können Sie nicht sprechen. Der gute Mann arbeitet hier nicht mehr.«

»Wo dann?«

»Gar nicht mehr, soweit ich weiß. Der ist in Rente.«

Noch einer, fuhr es Ostrowski durch den Kopf. »Und wo erreiche ich ihn?«

»Das darf ich Ihnen leider nicht sagen, Herr … Kommissar. Aus hoffentlich verständlichen Gründen geben wir nie Adressen von Mitarbeitern heraus. Und auch nicht die von ehemaligen Kollegen.«

»Er hat damals ein Gutachten geschrieben«, versuchte es Ostrowski. »Dazu habe ich ein paar Fragen.«

»Er hat im Laufe der Jahre viele Gutachten geschrieben. Das war eines seiner Steckenpferde.«

»Höre ich da eine gewisse Distanz?«

»Aber nein. War ein fleißiger Kollege, der Dr. Gomin.

Wenn so jemand weg ist, merkt man erst, wie viel der weggeschafft hat. Unseren Patienten fehlt er auch.«

»Und Sie können mir wirklich nicht sagen«, fragte Ostrowski erneut, »wo ich ihn finde.«

»Leider nicht. Aber ich kann Ihnen einen Tip geben: Versuchen Sie es doch mit dem Telefonbuch.«

Dr. Hans Gomin stand im Telefonbuch, zwischen Gomez und Gomist. Ostrowski stutzte angesichts der Adresse – Wittestraße, durch die floss im südlichsten Zipfel Tegels der Durchgangsverkehr. Warum wohnte ein gutbezahlter Arzt dort?

Wenig später stieg er in einen Bus, den er, gewohnheitsmäßiger Autofahrer, der er war, in seinem ganzen Leben noch nicht genommen hatte. Ein paar Kinder, vor allem aber alte Leute, saßen auf den Bänken. Alte, wie er. Er hockte sich an eins der Fenster.

Es war eine kalte Nacht gewesen, und die blasse Februarsonne hatte nicht genug Kraft, um den Frost zurückzudrängen. Der Schneematsch war zu bizarren Formationen gefroren, zu Zapfen und Kreisen und Kugeln. An den Straßen standen die Leute und kratzten ihre Windschutzscheiben frei.

Gomins Haus, unauffällig und ohne Farbe, war unten nicht abgeschlossen. Ostrowski trat ein und stieg hoch in den dritten Stock, wo er klingelte.

Der Mann, der ihm öffnete, trug ein weißes Oberhemd. Er wirkte ein wenig wie ein Künstler, fand Ostrowski. Das graue Haar war in der Mitte gescheitelt, trotzdem ließ es sich nicht richtig bändigen, und vielleicht wollte sein Besitzer das auch nicht. Über den Ohren kräuselte es sich. Gomin trug eine goldgerahmte Brille, die aus den 60er Jahren stammen mochte und die man wahrscheinlich nur noch auf dem Flohmarkt fand.

»Ja?«

»Mein Name ist Ostrowski. Kripo Berlin.«

Der Mann in der Tür brauchte einen Moment, um die Information sacken zu lassen. Ostrowski hatte ihn damals, vor 14 Jahren, im Gericht gesehen. Auf der Straße wiedererkannt hätte er ihn nicht, aber er erinnerte sich.

»Die Polizei? Oh. Was kann ich für Sie tun?«

»Ich hätte Sie gerne gesprochen. Es handelt sich um Bastian Siewert.«

»Siewert – ach ja. Bitte, kommen Sie herein.«

Vom Flur gingen drei Zimmer ab, Gomin führte ihn in das mittlere, eine Art Bibliothek. Drei Wände waren mit raumhohen Regalen ausgefüllt, aus manchen Fächern quollen Zeitschriften und Broschüren heraus. In der Mitte, auf einem weichen Teppich, stand ein runder Tisch, offenbar ein Arbeitsplatz, Zettel lagen darauf, aufgeschlagene Bücher und Aufsätze. Das Fenster war staubig, es ließ wenig Tageslicht herein. Eine Lampe brannte. Im Zimmer roch es nach kaltem Rauch. Auf der Fensterbank stand ein voller Aschenbecher.

»Sie sind in Rente?«, fragte Ostrowski, nachdem er sich gesetzt hatte.

Gomin winkte ab. »Seit fast zwei Monaten. Vor Weihnachten habe ich aufgehört zu arbeiten.«

»Gerne haben Sie nicht aufgehört?«

»Nein.«

»Verstehe. Trotzdem haben Sie zu tun?« Er deutete auf die Papiere.

»Ein paar Aufsätze hier und da. Unbezahlt und gedruckt in Zeitschriften, die kaum jemand liest.« Er hielt inne. »Besser als nichts«, sagte er dann.

»Sie erinnern sich an Bastian Siewert?«

»Selbstverständlich.«

»Lebhaft, wie mir scheint.«

»Ich habe den Mann mehrfach begutachtet. Zum ersten Mal im Jahr 1997, da saß er in U-Haft. Dann habe ich ihn ein paar Jahre später im Gefängnis besucht. Und schließlich vor etwa neun Monaten ein neues Gutachten geschrieben.«

»Beginnen wir mit der ersten Untersuchung«, sagte Ostrowski. »Warum war Siewert nicht schuldunfähig.«

»Warum hätte er es sein sollen?« Dr. Gomin vermittelte Ostrowski das Gefühl, schneller mit seinen Gedanken zu sein und schärfer, zumal sie über den Bereich redeten, in dem er zu Hause war.

»Mir kam er ziemlich verrückt vor.«

»So ein Eindruck zählt vor Gericht nicht. Da brauchen Sie eine handfeste Diagnose, und die muss mehr sein als eine normale Störung, Schizophrenie zum Beispiel oder pathologische Wahnvorstellungen. Dass jemand Stimmen hört, die ihn kontrollieren und ihn zwingen. Letztlich, dass so ein Mensch nicht Herr seiner Selbst ist. Und zwar zum Zeitpunkt der Tat. Das ist entscheidend. Am Ende müssen sie das dem Gericht plausibel machen.«

»Haben Sie das versucht?«

»Warum hätte ich das tun sollen? Ich war von der Schuldfähigkeit des Mannes überzeugt. Siewert war nicht irre. Er schien am Anfang recht verwirrt zu sein. Verwirrt wegen der Tat, aber nicht verrückt, als er sie beging. Übrigens war er der Überzeugung, zu Unrecht angeklagt zu werden. Ich weiß noch, wie er sagte, er sei Musiklehrer und ein ehrbarer Mann, er habe sich an niemandem vergangen. Das klang richtig empört. Ich habe ihm geantwortet, das zu überprüfen sei nicht meine Aufgabe.«

Gomin lehnte sich zurück und rieb sich mit Daumen und Zeigefinger über das Kinn. »Wir kommen hier bald in den Bereich der Schweigepflicht, das brauche ich Ihnen nicht zu sagen. Wenn Sie mehr wissen wollen, müssten Sie mir eine entsprechende Verfügung beibringen. Geht es um den Mord? Wann war das, gestern? Oder vorgestern?«

»Vorgestern.«

Gomin nickte. »Wenn es Siewert war, dann hat der Gutachter versagt.« Er schnaubte und lächelte zugleich, es wirkte bitter. »Sind Sie sicher, dass Siewert der Täter war?«

»Nein. Aber manches deutet darauf hin.«

Er legte die Stirn in Falten. »Verstehe …« Lange sprach er kein Wort. Ostrowski ließ ihm die Zeit.

»So viel darf ich noch sagen: Siewert wirkte recht unempathisch.«

»Er hatte kein Mitgefühl mit dem Opfer?«

»Richtig. Er besaß diese Egozentrik eines Menschen, dem man Böses zutraut. Brutale Gewalt hat in aller Regel damit zu tun, dass die Täter keine Vorstellung davon haben, was sie ihren Opfern antun. Dabei war Siewert eher überdurchschnittlich intelligent. Das eine hängt mit dem anderen nicht unbedingt zusammen. Alles in allem wirkte er ziemlich normal. Wenn man von der mangelnden Empathie absieht.«

»War er kalt?«

Gomin zog seine Hand vom Kinn weg. »Kalt? Vielleicht, ja. Wie gesagt, den meisten Schwerverbrechern fehlt die Empathie. Oder die Wärme, wenn Sie einen Laienausdruck bevorzugen. Haben Sie da andere Erfahrungen gemacht?«

»Nein«, sagte Ostrowski. »Ganz und gar nicht. Wie war es mit seiner Angst?«

»Angst? Ja, sicher. Die meisten Leute haben Angst, wenn ihnen das Gefängnis droht. Sie haben Geschichten gelesen und Filme gesehen und rechnen mit Gewalt und Hierarchiedenken. Und Siewert …«

Gomin dachte nach, Ostrowski vermutete, dass er sich zu erinnern versuchte. »Wie war das bei Siewert?«

»Nicht übermäßig. Da habe ich andere gesehen, bei denen war die Angst potenziert, die zitterten bereits, wenn nur die Rede auf den Knast kam. Siewert hatte eher …«, er suchte nach dem passenden Wort, »… diese Empörung. Das könnten wir mit ihm nicht tun, sagte er immerzu. Das sei nicht richtig.«

Gomin blickte ihn an. »Ich bin ein schlechter Gastgeber, fürchte ich. Kann ich Ihnen irgendetwas anbieten? Einen Tee?«

»Ich würde lieber fortfahren.«

»Wie Sie möchten. Zurück zu Siewert. Sie kennen ihn ja: diese langen Finger, das Schmale und Feingliedrige, das er hat. Stellen Sie sich den in einer Zelle neben so einem tätowierten Fleischkloß vor. Seine Angst hätte ich größer erwartet.«

»Und was bedeutet das?«

»Das war eine Antwort auf Ihre Frage nach seiner Angst. Ich kann mich daran erinnern, dass er damals gesagt hat: Dieser Verrückte hat mir alles kaputt gemacht. Ich glaube, damit waren Sie gemeint. Dann habe ich ihn ein paar Jahre später in der Haft gesehen, in Moabit. Ein anderer Mensch, würde ich sagen. Nicht nur, dass er sich eingerichtet hatte und seine Haft nicht mehr schlimm zu finden schien. Er sprach über Mitgefangene. Auch über sich. Hatte sich Gedanken gemacht.«

»Und Mitgefühl entwickelt?« Ostrowski zweifelte.

»Naja.« Gomin neigte seinen Kopf Richtung Schulter. »Soweit das möglich ist. Was bei mir eher hängen geblieben ist, das war ein denkwürdiger Satz von ihm, ein Satz, den ich noch nie von einem Gefangenen gehört hatte und seitdem auch nicht wieder gehört habe.«

»Und wie hieß der?«

»Siewert sagte: Ich habe einen Sinn im Leben. Als ich nachfragte, stutzte er und meinte, er wolle wieder hinaus und eine neue Existenz anfangen. So ähnlich wird es in der Fachliteratur beschrieben: Wer die Zeit der Gefangenschaft mit Inhalt füllen kann, der übersteht sie auch. Kann sogar davon profitieren.«

»Und der Sinn kann darin liegen, wieder hinauszukommen?«

»Ein neues Leben anzufangen, ja.«

»Sie haben ihm geglaubt?«

»Selbstverständlich«, erwiderte Gomin, »habe ich mich gefragt, ob sich Siewert seine Aussage – und auch dieses neue Mitgefühl, an dem ich sowieso Zweifel hatte – angelesen hatte. Aber warum hätte er das tun sollen? Es ging nicht um vorzeitige Entlassung, noch lange nicht. Nein, der Mann machte auf mich einen glaubwürdigen Eindruck, er war dabei, sich mit seiner Schuld auseinanderzusetzen, und er wollte ein neues Leben beginnen, irgendwann in ferner Zukunft. Meine Einschätzung deckte sich übrigens mit anderen Bewertungen aus der Anstalt. Er hat im Gefängnis gearbeitet – in der Tischlerei, glaube ich, oder war's die Schlosserei? Dort wurde er gelobt, und auch die Sozialarbeiter und Wärter haben sich positiv geäußert. Das war der eher seltene Fall eines Menschen, der sich seinem Schicksal gestellt hatte.«

Gomin hielt ein Päckchen Zigaretten hoch. »Stört es Sie?«

Ostrowski schüttelte den Kopf. »Wie die Tote vorgestern dalag, das hatte etwas – fast würde ich sagen: von einem Zitat. Wie eine Erinnerung an den Mord an Monika Harms vor 14 Jahren.«

Gomin zündete sich eine Zigarette an und zog tief. »So? Ach Gott, ein Zitat – das ist doch etwas für Intellektuelle. Für Cineasten, die Freude daran haben, wenn ein Regisseur sie auf alte Filme verweist und sie das dann erkennen. Ich habe Bekannte, die an so etwas Vergnügen haben. Das sind Codes, da spricht eine Gemeinde miteinander. Bei einem Mörder schwer vorzustellen.«

»Den typischen Mörder gibt es nicht«, entgegnete Ostrowski.

»Einverstanden, der Punkt geht an Sie. Trotzdem, bedenken Sie, was Sie da unterstellen. Jemand will mit einem Mord an einen früheren erinnern.« Die Zigarette hing ihm im Mundwinkel. Seine Augen flackerten, als wollte er lachen. »Im Falle Siewert hieße das: Ich bin wieder da. Nach 14 Jahren, und jetzt lege ich wieder los. Wissen Sie, ich habe im Laufe der Zeit manchen verworrenen Gedankengang erlebt. Aber so etwas?« Er schüttelte den Kopf. »Er würde sich ...«

Gomin stand auf und holte sich den Aschenbecher von der Fensterbank. Im Gehen redete er weiter. »Er würde sich mit einem solchen Verweis gleich selber anzeigen. Das ist ziemlich seltsam. Er weiß doch auch, wie die Polizei ermittelt und ihre Schlüsse zieht. Siewert verweist auf Siewert. Nun ja …«

»Und was, wenn er erkannt werden will?«

»Warum das?«

»Weiß ich nicht«, antwortete Ostrowski. »Diese Frage fällt in Ihren Bereich. Es ist so, dass ich die Leiche vorgestern gesehen habe. Sie lag nun genauso da wie seinerzeit die junge Monika Harms, das eine Bein über das andere geschlagen. Vor 14 Jahren war das linke über dem rechten, jetzt umgekehrt. Aber das Bild war gleich. Es geht dabei um Keuschheit, glaube ich. Darum, die Scham zu verbergen.«

»Damals lag das linke Bein über dem rechten? Und jetzt war es umgekehrt?«

»Ja. Hat das eine Bedeutung?«

»Vielleicht. Es klingt wie ein …«

»Wie was?«

»Kann diese ähnliche Lage Zufall sein?«

»Zufall?«, gab Ostrowski zurück. »Fällt mir schwer, daran zu glauben. Das Haar war genauso drapiert wie damals. Es lag nicht, wie es natürlicherweise gefallen wäre. Sondern wie eine Sichel um den Kopf.«

Gomin blies Rauch in die Luft und sah ihm nach.

»Wie ist es nun mit dem Gutachten, das zur Entlassung auf Bewährung geführt hat?«, fragte Ostrowski.

»Ich hatte Siewert bereits bei einem unserer ersten Treffen, noch in der U-Haft, gesagt, es sei wichtig, dass er sich mit seiner Schuld auseinandersetze. Dass er begreife, was er getan hat. Wie viel Leid er den Hinterbliebenen zugefügt hat.«

»Eine Schuld, die er zu Anfang geleugnet hat.«

»Das ist normal. Bei einem Mord, da gibt es Gefühle, die sind so mächtig, mit denen lässt sich nicht umgehen. Die Schuld. Auch die Angst. Aber vor allem die Schuld. Dann verleugnet man eben.«

»Und das hat sich verändert?«

»Ich kann Ihnen genau wiedergeben was er gesagt hat – es ist ja noch nicht lange her: Ich weiß, was ich getan habe. Dafür habe ich gebüßt. Aber jetzt möchte ich eine zweite Chance.«

»Und Sie haben ihm das abgenommen?«, fragte Ostrowski und bemühte sich darum, seine Worte wertfrei klingen zu lassen.

»An dieser Stelle waren wir schon. Sie wissen vielleicht, dass ein psychologisches Gutachten nicht aufgrund eines einzigen Gespräches verfasst wird. Wir versuchen, uns ein Bild zu machen. Aber am Ende bleibt: Ja, ich habe ihm geglaubt.«

»Und befürwortet, dass die Strafe zur Bewährung ausgesetzt wird.«

Gomin drückte die Zigarette aus. Ostrowski achtete auf seine Bewegungen, aber er fand weder Nervosität noch Ärger angesichts der Fragen.

»Wir diskutieren an dieser Stelle über einen Ansatz, den unsere Gesellschaft will. Machen Sie sich das bitte klar. Es geht um Resozialisierung. Das Prinzip brauche ich Ihnen nicht zu erklären – der Gedanke ist, ein Täter wird zurückgeführt in die Gemeinschaft, nachdem er seine Strafe abgesessen hat und geläutert ist. Das kann durchaus jemand sein, der ein Kapitalverbrechen begangen hat. Auch so ein Mensch wird nicht für den Rest seines Lebens weggesperrt wie in anderen Staaten.«

Gomin öffnete eines der verschmutzten Fenster. Augenblicklich strömte kühle Luft herein.

»Im Falle Siewert«, fuhr er fort, »reden wir über zwei Jahre, die ihm von 15 Jahren Gefangenschaft erlassen werden sollten. Zwei Jahre! Er hatte sich im Gefängnis gut geführt, auch von daher gab es keine Einwände gegen eine vorzeitige Entlassung. Dazu kam der Eindruck, den er auf mich gemacht hat und auch das, was er mir gesagt hat. So ergibt sich ein Gesamtbild.«

»Und das war positiv«, sagte Ostrowski.

»Sie scheinen das nicht akzeptieren zu können.«

Nun war es Ostrowski, der für längere Zeit eine Antwort schuldig blieb. »Es fällt mir schwer«, räumte er schließlich ein. »Ich will ehrlich zu Ihnen sein. Auch ich bin bereits pensioniert. Aber dieser Siewert …«

Gomin lachte. Es klang tief wie ein Raucherlachen. »Glaube ich nicht«, entgegnete er. »Es ist nicht Siewert, der Sie nicht loslässt, sondern die Arbeit allgemein. Sie blicken in das Loch, das sich vor einem auftut. Wie in aller Welt soll man es füllen?«

»Meinen Sie?«

»Willkommen im Club«, sagte Gomin. »Seit wann?«

»Erst seit ein paar Tagen.«

»Oh ja. Bei mir war es zu Weihnachten. Ein trübes Fest gab das. Aber irgendwann wird es leichter, glauben Sie mir. Spätestens dann, wenn man eine neue Beschäftigung gefunden hat.«

Den Rückweg machte er, da kein Bus kam, zu Fuß, immer an der Berliner Straße entlang, neben Lastwagen und Lärm und Gestank. Ihm war klar, dass er, der notorische Autofahrer, kein Recht hatte, sich zu beschweren. Und trotzdem nervten ihn die Abgase, der schwarze Rauch, der aus den Auspuffen kam. Der ununterbrochene Motorenlärm.

Es war nicht wärmer geworden, im Gegenteil, ein kalter Ostwind war aufgekommen. Während er hin und wieder kleine Eisstücke über den Bürgersteig kickte, hatte er die Hände in die Jackentaschen gestopft. Dr. Gomins Einschätzung ließ ihn nicht los. War es wirklich das plötzliche Loch, die fehlende Arbeit, die ihn an diese Sache band, und nicht Siewert? Er glaubte das nicht und sah gleichzeitig, dass er bereit war, dem Seelenkundler eine höhere Kompetenz einzuräumen.

Die Geschäfte hatten geöffnet, Apotheken, Zeitungsläden, Juweliere, Obsthändler, Arztpraxen. Auch die Ramschhändler und Billigläden, die mehr und mehr Einzug ins früher idyllische Tegel hielten. Ein normaler Vormittag an einem Wochentag. Wer ging zu dieser Zeit einkaufen? Alte Leute. Rentner. Und er? Wollte er nicht zu ihrer Gruppe gehören – war das sein Problem?

So mochte es von außen wirken. Von innen stellte sich die Sache anders dar. Die Polizei ermittelte nur lauwarm gegen Siewert, und ob Kriminalrat Sommerfeld wirklich mit Rahlke reden würde – und falls er es tat, in welcher Form –, das war nicht ausgemacht. Sommerfeld war nicht der Mann, der wirklich in laufende Ermittlungen eingriff.

Bei der Tat handelte es sich sicher nicht um ein zufälliges Zusammentreffen. Siewert war entlassen worden, kurz darauf gab es einen Frauenmord wie vor 14 Jahren. Und wo? In Tegel – wo Siewert bereits gemordet hatte. Und die Tat glich der ersten wie ein Zwilling dem anderen.

Was für ein Ziel mochte dieser Mann verfolgen? Oder hatte er gar kein Ziel, sondern war einfach seinen Trieben ausgesetzt, egal, was der Gutachter geschrieben hatte. So oder so – er blieb gefährlich. Ein weiterer Mord war der schlimmste denkbare Fall. Siewert als Täter, und eine Mordkommission, die nicht in der Lage war, die Zusammenhänge zu erkennen.

Er dachte an Kemal – der einzige Mensch, mit dem er sich vorstellen konnte, vernünftig zu reden. Kemal, der ihn bei jedem Anruf wegdrückte. Der ihn behandelte wie einen lästigen Straßenköter. Und der erklärt hatte, all das sei nicht mehr seine Sache.

Was hatte er diesem Mann getan?

Vor einer Bäckerei blieb er stehen, einem Backshop, der nichts tat als tiefgefrorenen Teig zu erhitzen. Er hatte Hunger. Die Auslagen wirkten künstlich, sie waren nicht nur aufgebacken, sondern mit Schichten von Zuckerguss bestrichen. Ein Stück die Straße hinauf gab es eine echte Bäckerei; und er würde diesen Mist nicht unterstützen. Er ging weiter. Ein paar Minuten später trat er ins Geschäft. Warme Luft schlug ihm entgegen. Ein paar Minuten ohne den Wind.

Als er seinen Weg schließlich fortsetzte, war er mit seinen Gedanken keinen Schritt weiter, er beschäftigte sich mit Siewert und mit Kemal. War zwischen ihm und dem alten Kollegen etwas vorgefallen, das er nicht bemerkt hatte, oder war eine solche Distanz normal, wenn der eine im Job blieb und der andere nicht? Er hielt seine Tüte in der Hand und achtete darauf, wie sie raschelte. Was scherte ihn all das? Vor ihm hatte es Polizisten gegeben, und es würde nach ihm welche geben.

Er war raus. Das war die ganze simple Wahrheit, drei Wörter: Du bist raus.

Und deshalb galt es, Siewert aus seinem Kopf zu verbannen. Er wechselte die Brötchentüte in die andere Hand und wieder zurück. Dann blickte er nach unten, auf seine Schuhspitzen, und begann, seine Schritte zu zählen. Eins, zwei, drei … Bevor er noch bei zehn angelangt war, war Siewert wieder in seinen Gedanken.

Zählte wieder, fünf, sechs, sieben. Kam wieder raus.

Auf diese Weise erreichte er den Tegeler Hafen.

Und hatte, stellte er fest, einen echten Spaziergang gemacht. Nicht durch den Wald, nicht an Feldern entlang und nicht am Havelufer. Aber er war gewandert, nach Pensionärsart.

Nur galt es nur noch, sich besser auf das neue Dasein einzustellen. Vielleicht ein Wanderlied zu singen, wie er es als Kind mit den Eltern getan hatte, und die Schritte zu genießen, selbst wenn man sie auf Asphalt setzte. Es galt, sich heranzuschleichen an den neuen Abschnitt.

Und immer weniger an Siewert zu denken.

Er schloss seine Wohnungstür auf und warf den Schlüssel auf den kleinen Tisch.

»Hilde«, rief er, »ich bin wieder da. Hab Schrippen mitgebracht.«

Die Sache nahm Formen an, die Kemal ganz und gar nicht behagten. Ayse war enttäuscht gewesen, dass er nicht bei der Wohnungsbesichtigung war. Gesagt hatte sie nichts –

das tat sie nie –, aber er kannte sie seit ewigen Zeiten und wusste ihre Regungen zu deuten, die Mundwinkel, die nach unten hingen, den weggedrehten Kopf, das lange Schweigen.

Sie wünschte sich eine größere Wohnung. Nicht nur ein Zimmer mehr für seine Mutter, sondern zwei, damit jedes der Mädchen eines bekäme wie die deutschen Kinder. Und sie erwartete, dass er den Plan umsetzte, diese Bleibe suchte und fand und am Ende den Umzug organisierte. Dabei schien sie sich nicht klarzumachen, dass er, auch wenn er sich im aktuellen Fall nicht engagieren würde, einen aufreibenden Job hatte. Zum Dienst erscheinen musste. Mitzuhelfen hatte, einen Mörder zu stellen.

Auf ihre stille Art war sie sehr ungeduldig.

Sie sah nicht, wie sehr ihm die Müdigkeit im Kopf saß, irgendwo nahe am Hirn, und da halfen kein Tee mehr und keine Zigaretten. Diese blödsinnigen Aussagen, die sich auf seinem Schreibtisch stapelten. Schlampig protokolliert von irgendwelchen Abschnittsbeamten. In einer Rechtschreibung, über die sogar er, der Türke, stolperte.

Was sollte bei dieser dämlichen Arbeit herauskommen?

Er wäre am liebsten zu Rahlke gegangen, hätte ihm den Packen auf den Tisch geschleudert und ihm die Meinung gesagt. Wahrscheinlich schlief der Kerl noch. Und mit wem, das war auch nicht schwer zu erraten, Paula hatte er an diesem Morgen auch noch nicht gesehen.

Becker neben ihm sonderte seltsame Geräusche ab, es schmatzte und brummte aus seiner Ecke und klang wie ein Hubschrauber, der seine Rotoren anlaufen ließ. Alles durch den Mund. Dabei war er rot im Gesicht. Sein dämlicher Ohrring glänzte.

Der Kollege wollte etwas sagen, aber Rahlke kam ihm zuvor. Riss die Tür auf. Hatte eine unangenehm gute Laune.

»Guten Morgen«, posaunte er in den Raum.

»Ich glaube, ich habe etwas«, stieß Becker hervor. Unterdrückte dabei ein Strahlen.

Als Rahlke sich seinem Tisch näherte, sagte er: »Ein Mann hat sich gemeldet. Der Freund der Toten. Er hat mitbekommen, dass Frau Vollmer am Abend ihres Todes heftigen Streit mit einem Kunden hatte. Mit einem Penner. So drückt sich zumindest der Zeuge aus.«

»Sehr gut, Becker. Um was ging der Streit?«

»Der Kunde wollte wohl anschreiben lassen. Aber das hat sie nicht akzeptiert.«

»Hätte ich auch nicht.« Rahlke lachte. »Becker, sprechen Sie mit dem Zeugen. Testen Sie, ob er glaubwürdig ist. Und wenn ja, dann müssen wir diesen anderen Kerl finden.«

Während er seinen Teebecher in der Hand hielt und auf die Aufforderung wartete, Becker bei seiner großen Aufgabe zu unterstützen, reimte sich Kemal seinen Teil zusammen. Ein Obdachloser, der nach einem Streit zurückkehrt und der Frau die Kehle durchschneidet. Der dann verschwindet, nicht ohne das Opfer ordentlich abgelegt und alles Blut aufgewischt zu haben, der aber das Geld in der Kasse zurücklässt. Eine ganz heiße Spur war das. Ein Trinker mit Streitlust im Bauch. Und gleichzeitig mit dem festen Vorsatz, trocken zu werden. Keinen Alkohol mehr zu kaufen, kein Geld mehr zu stehlen.

Rahlke verschonte ihn. Becker fuhr alleine nach Tegel. Der Junge wirkte stolz wie ein Drittklässler, den die Lehrerin gelobt hatte.

Jenny Ostrowski stand vor der Schule, ihr Taxi schräg eingeparkt, es ragte mit den Hinterrädern auf die schmale Straße, zum Missvergnügen all derer, die auszuweichen hatten. Sie entschied, sich nicht darum zu scheren, zumal ihre Laune alles andere als gut war. Sie hatte noch kaum Geld verdient, aber als letzte Fuhre einen alten Mann kutschiert – keine drei Kilometer weit, für ein paar Münzen –, der ununterbrochen geschimpft hatte, und das auch noch mit einer Stimme, die einem wie Zahnschmerzen an den Nerv ging.

»Die Fahrt zum Arzt wollen sie nu ooch nich mehr bezahlen. Scheiß Krankenkasse, ham die ne Macke oder wa? Wie soll ick denn da hinkommen? Zu Fuß, oder wie? Sollen mal bei sich anfangen zu sparen, diese Spinner. Oder bei die ganzen Ausländer.«

Sie hatte sich eine Antwort gespart. Und aufgeatmet und gelüftet, als der Kerl ausgestiegen war.

Es war unglaublich, was für einen Lärm die Kinder auf dem Pausenhof machten, sie tobten, sie schrien, sie lachten, dass es einem in den Ohren wehtat. Waren einfach laut. Dank Lotte dachte Jenny manchmal daran zurück, wie sie selbst sich mit neun oder zehn Jahren gefühlt hatte. Es hatte Reibereien gegeben, mit Lehrern, mit Freundinnen. Manchmal eine unglückliche Stunde oder einen schlechten Tag.

Aber dass die Welt auf sie wartete, daran hatte sie nie gezweifelt.

Was für ein Irrtum. Niemand hatte gewartet. Höchstens ein paar aufgetakelte Damen auf Shopping-Tour, die an einem Regentag am Kudamm standen und ein Taxi zu ihrem Hotel brauchten.

Nahe am Ausgang der Schule, an einem Zaun, hingen die Älteren ab, die bereits auf die Pubertät zugingen. Die Coolen. Jenny erinnerte sich gut an das Alter, in dem einem alles peinlich war, der in die Länge schießende Körper, die ersten Pickel. Das Alter auch, in dem die Sehnsucht sich langsam breitmachte, nach Liebe und nach Geborgenheit – auch wenn die Schüler diese Worte nicht benutzten und nicht kannten.

Die Sehnsucht hatte sich bei ihr ebenfalls nicht erfüllt. Geborgenheit stellte sich bestenfalls dann ein, wenn sie sie selbst schaffte, mit einer Wolldecke auf dem Sofa und einem Glas Rotwein. Vor der Glotze oder mit einem Buch.

Lotte ließ sich Zeit. Am Morgen hatte sie sie ermahnt, schnell herauszukommen. Aber bis zum Mittag hatte die Kleine alles vergessen.

Als sie endlich auftauchte, stand ihre Jacke offen, den Schal hatte sie in der Hand. Zwei Mädchen begleiteten sie, und alle drei waren in ein Gespräch vertieft.

»Lotte!«, rief Jenny und winkte sie zu sich.

Ihre Tochter sah auf, und sie selbst winkte heftiger, machte Bewegungen mit Händen und Unterarmen, um Lotte zu zeigen, dass sie sich beeilen sollte.

Aber nun kam erst der Abschied. Wie eine verschworene Gemeinschaft standen die drei Mädchen beieinander, quatschten, lachten.

Jenny war dabei, die Geduld zu verlieren. »Lotte!«

Ihre Tochter ließ sich nicht aus der Ruhe bringen. Sie grüßte ihre Freundinnen und kam dann auf sie zu geschlendert, langsam wie eine alte Frau.

Als sie das Auto erreicht hatte, sagte sie: »Mama, kannst du dir eigentlich vorstellen, wie peinlich das ist?«

»Was ist peinlich?«

»Dass du mich mit dieser Türkenschleuder abholst.«

»Türkenschleuder? Kannst du auch normal reden?«

»Wieso? Alle sagen das: Türkenschleuder. Das ist total normal.«

»Und was sagen die türkischen Kinder?«

»Genau dasselbe.«

Sie stiegen ein, Jenny ließ den Diesel an, aber der Verkehr war dicht, sie kam nicht aus ihrer Lücke. »Dir ist also mein schöner Mercedes peinlich?«

»Total.«

»Musst dich dran gewöhnen. Oder ich hole dich eben nicht mehr ab.«

»Du könntest doch zu Fuß kommen.«

Jenny schnaubte. »Meine Liebe, ich habe meine Arbeit unterbrochen, um dich zum Zahnarzt zu kutschieren. Und was sagst du? Vielen Dank, liebe Mama, dass du meine Termine so schön im Kopf hast und mich abholst. Stimmt's?«

»Vielen Dank, liebe Mama«, äffte die Kleine nach.

»Weißt du«, sagte Jenny, seufzte und wartete weiter darauf, aus ihrer Lücke herauszukommen, »wenn ich dich einem Fremden beschreiben müsste, dann würde ich sagen, manchmal kommt sie mir vor, als wäre sie schon in der Pubertät, dann ist ihr alles peinlich und am meisten ihre Mutter. An einem anderen Tag ist sie wie ein Kleinkind. Da fragt sie irgendwelchen Leuten Löcher in den Bauch.«

Ihre Tochter schien nicht zugehört zu haben. Zumindest gab sie keine Antwort.

»Lotte?«

Die Stimme der Kleinen hatte sich verändert. Sie klang, als käme sie aus der Ferne. »Da steht der Mann.«

»Welcher Mann?«

Wieder keine Antwort.

»Welcher Mann?«

»Na der, der gestern bei uns im Haus war. Dem ich angeblich Löcher in den Bauch gefragt habe. Der diese komische Mütze aufhatte.«

Jenny hatte keine Zeit, sich umzusehen, die Lücke war da, es galt, sie zu nutzen.

»Vielleicht holt er auch sein Kind ab?«

»Ja, zu Fuß. Ohne …« Lotte schluckte das Wort herunter. »Weißt du, was komisch bei dem ist? Der grinst immer so. Gestern auch. Warum grinst der so? Ist der blöd?«

»Ist man blöd, wenn man grinst?«

Nun versuchte sie doch, einen Blick auf den Mann zu werfen. Sie hielt nach einer karierten Jacke Ausschau. Vergeblich. »Ich sehe den nicht.«

»Kein Wunder«, sagte Lotte, den Kopf weiter zur Seite gerichtet. »Er ist weg.«

Thomas Ostrowski trank einen letzten Schluck Kaffee. Er hatte seine Brötchen gegessen, dabei aber mit Hilde kaum geredet und nicht auf sie geachtet. Ihre Mahlzeit war fast unberührt, sie war aufgestanden und ins Wohnzimmer gegangen – er hatte es nur wie von ferne wahrgenommen. Seine Gedanken gehorchten ihm nicht. Sie liefen in einer eigenen, in der immer gleichen Bahn.

Siewert.

Die Wohnung, in der die tote Monika Harms damals gelegen hatte, war besonders ordentlich gewesen. Jedes

Stück hatte seinen Platz gehabt, nichts lag herum. Ostrowski erinnerte sich an eine Garderobe im Flur, an der mehrere Haken unbesetzt waren. An einen samtenen Überzug über dem Telefon. An eine Schallplattensammlung, obwohl das CD-Zeitalter längst begonnen hatte. An ein schlichtes Holzkreuz an der Wohnzimmerwand.

Doch viel stärker als diese Bilder war die Erinnerung an den Schock, der ihn damals getroffen hatte. Sein erster Blick war auf die Haare der Toten gefallen, auf blonde Locken. Einen Moment lang hatte er seine Tochter auf diesem Fußboden liegen gesehen. Gleichzeitig hatten seine Beine nachgeben wollen.

Es war klar, die Tote konnte nicht Jenny sein. Ein anderes Gesicht. Wesentlich jünger. Eine Täuschung.

Nur im allerersten Augenblick war er ihr aufgesessen.

Allerdings hatte sich ihm dieser Augenblick eingebrannt. Er ließ sich nicht mehr löschen – und er war mit Siewert verbunden. Diesen Mann wurde er nicht mehr los.

Und deshalb lag der Psychiater mit seiner Einschätzung falsch, es war nicht die Arbeit, sondern dieser spezielle Fall, der ihn band. Es war sinnlos, sich einzureden, dass er raus aus allem war.

Damals hatte die Nachwirkung des Schocks dazu geführt, dass er Siewert gegenüber persönlich geworden war, ihm ein paar scharfe Worte gesagt hatte, die den Mann sofort hatten einknicken lassen. Kemal hatte ein Gesicht gezogen, als hätte er auf eine Zitrone gebissen.

Damals, vor 14 Jahren. Vorbei, erledigt. Und fast vergessen. Ostrowski stellte seine Kaffeetasse in die Spüle.

Hilde saß vor dem Fernseher. Das bläuliche Licht schwappte gemeinsam mit ein paar Tonfetzen zu ihm herüber. Sie sah eine Kochsendung, blitzende Töpfe und Pfannen, geschnittenes Gemüse in Glasschüsseln, saubere Schürzen, Häufchen von Gewürzen. Das Zischen von heißem Fett. Sie regte sich nicht, hatte keine Freude, empfand keine Teilnahme, auch keine Abscheu.

Er hätte alles dafür gegeben, bei ihr den Lebensfunken wieder anzuzünden. Dass er es nicht konnte – und sich auch nicht richtig um sie kümmerte –, machte ihm ein schlechtes Gewissen. Bei ihm hingegen brannte das alte Feuer, es war sogar stärker als in den letzten Jahren, er dachte an nichts anderes mehr als an Siewert und an den Fall, nahm kaum etwas wahr, was nicht zur Sache gehörte, war ganz Entschlossenheit und Kraft. Und Einseitigkeit.

Und Schuldgefühl. Denn er durfte, verdammt noch mal, Hilde nicht so viel allein lassen. Aber was dann? Sich neben sie hocken, auf die Glotze starren und darauf hoffen, dass sich alles zum Guten wendete, während unten auf den Straßen ein Mörder umherlief? Das war ihm nicht möglich, und umso weniger, weil die alten Kollegen den Ernst der Lage offenbar nicht erkannten.

Er zwang sich wieder in die Küche und machte Ordnung, um sich zu beruhigen. Packte Hildes Reste in den Kühlschrank, räumte Geschirr und Besteck in die Spülmaschine. Wischte den Tisch sauber.

Leider half seine Therapie nicht.

Er kehrte ins Wohnzimmer zurück und machte einen Schritt auf Hilde zu. Streckte die Hand nach ihr aus. Blieb auf halbem Weg stehen, als sei er festgefroren. Nichts in ihr reagierte auf ihn. Sie schien ihn in keiner Weise wahrzunehmen.

Was war es, das er ihr mitteilen wollte?

Er wusste, was er ihr zu geben hatte, war wenig genug, Versorgung, ein wenig Pflege, eine Portion Mitleid.

Darauf hatte sie ein Anrecht.

Aber nicht jetzt.

Seine Körperhaltung spiegelte seine Zerrissenheit, das eine Bein stand in Hildes Richtung, das andere zeigte zur Tür. Sich zu teilen, das war leider nicht möglich.

»Hilde«, sagte er, »ich muss noch mal weg. Ich hoffe, ich bin bald zurück.«

Während er die Jacke zuzog, überprüfte er, ob er die Nummern von Trudi und Lore eingespeichert hatte.

Für den Fall, dass es länger dauerte.

»Herrschaften«, sagte Rahlke, der sie wieder unter der nachgemachten Bahnhofsuhr im Konferenzzimmer versammelt hatte, »es gibt Neuigkeiten.« Er hatte Schwung in seiner Stimme, sogar eine gewisse Begeisterung. Kemal kam sie aufgesetzt vor.

»Wer soll anfangen? Viellcicht, Kollege Becker, erst die Dame?«

Becker nickte.

Paula Wahlis klemmte ein paar widerspenstige Haarsträhnen hinter ihrem Ohr fest. »Also von vorne: Bastian Siewert ist Mitte 40. Er hat 13 Jahre in der JVA Moabit gesessen. Verurteilt wegen eines Mordes aus sexuellen Motiven. Auch wenn es seinerzeit nicht zu Geschlechtsverkehr beziehungsweise einer Vergewaltigung gekommen ist.«

Mit Nüchternheit ging Paula über diese Sätze hinweg, trotzdem hörte Kemal ihre Verlegenheit, und er nahm ihr Aufatmen wahr, als sie es geschafft hatte.

»Bis dahin hat Siewert ein unauffälliges Leben geführt. Er war Lehrer an einer Musikschule in Tegel. Für Querflöte.«

Sie errötete.

»Übereinstimmende Aussagen ergaben damals, dass er sich für seine Schüler engagiert hat. Mehr als andere. Zum Beispiel hat er eine Reihe von Mädchen und Jungen zum Wettbewerb ›Jugend musiziert‹ gebracht.«

»Was haben die Schüler und besonders die Schülerinnen ansonsten über sein Verhalten erzählt?«, fragte Rahlke.

»Zeugenaussagen unter dem Eindruck der Anschuldigung«, warf Kemal ein. Wahrheitsgehalt unsicher, sollte das heißen.

»Das ist klar«, entgegnete Rahlke. »Trotzdem.«

»Es gibt keine Berichte zu irgendwelchen Übergriffen. Berührungen, Anfassen, nichts dergleichen. Zumindest ist nichts vermerkt, und diese Fragen wurden damals gestellt. Ich habe darauf geachtet. Ein Mädchen hat gesagt, sie könne sich nicht daran erinnern, Siewert auch nur ein einziges Mal die Hand gegeben zu haben.«

Kemal lehnte sich zurück. Er hatte Lust auf eine Zigarette. Die Kollegen hörten aufmerksam zu. Edgar Becker blickte Paula mit großen Augen an, wahrscheinlich waren seine Ohren genauso groß. Sie hatte zusammengeheftet, was sie aufgeschrieben hatte, und wenn sie umblätterte, strich sie die neue Seite glatt. Und Rahlke? Spielte Interesse. Er hatte eine Mimik wie ein schlechter Schauspieler, viel zu kräftig, viel zu deutlich.

Am meisten störte ihn Paula mit ihrer koketten Schüchternheit. Die Musterschülerin, deren Referat keinen Ansatz zu Kritik bot, denn sie hatte alles bedacht. Wahrscheinlich hatte sie Überstunden dafür gemacht.

Er wurde unruhig. Es kostete ihn viel, sitzen zu bleiben, er wollte raus, erst rauchen, dann arbeiten, ermitteln. Oder auf Wohnungssuche gehen. Egal, Hauptsache Bewegung und nicht auf dem harten Stuhl immer müder werden. Das Deckenlicht brannte, und als er blinzelte, funkelte es vor seinen Augen. Dann der Gähner, genauso überraschend wie tief. Obwohl er im letzten Moment die Hand vor den Mund riss, hatten ihn alle gesehen.

Paula hatte er aus dem Rhythmus gebracht. Sie stockte. Auf ihrem Gesicht lag Unsicherheit.

Darüber freute er sich. Auch wenn sie sich schnell wieder fing. »Siewert war verheiratet. Keine Kinder.«

»Ein ganz normaler Mensch«, sagte Rahlke, und es sollte wie ein Witz klingen, »hat eine Frau, geht arbeiten, zahlt Steuern.«

Niemand lachte, selbst Paula nicht. Sie sagte: »Ganz so ist es nicht. Er ist nach der Haftentlassung nicht in seine alte Wohnung gezogen, obwohl seine Frau dort noch gemeldet ist. Eine Wohnung in …«, sie musste in ihrer Vorlage suchen, »… in Borsigwalde.«

»Wo wohnt er jetzt?«

»In einem Wohnheim in der Kopenhagener Straße. In Reinickendorf.«

»Zusammen mit den Obdachlosen also.« Kemal wartete darauf, was Rahlke seiner Feststellung folgen lassen würde, aber da kam nichts mehr.

Paula nickte. »Ich habe versucht, ihn dort anzurufen. Er war nicht da, und niemand konnte mir sagen, wann er zurückkommt.«

»Also«, mischte sich Kemal ein, »gehen wir mal davon aus, dass er kein zuverlässiges Alibi hat.«

Er erntete keinen Widerspruch.

Paula fuhr fort: »Sobald Zeit ist, will ich mit Siewerts Bewährungshelfer sprechen. Ich habe bereits mit dem Psychiater, der ihn begutachtet hat, telefoniert ...«

Sie brach ab, während alle im Raum darauf warteten, zu hören, was sie herausgefunden hatte. Die Unterbrechung war kein dramatischer Trick. Ihr Vortrag stockte erneut, nur diesmal ohne Kemals Zutun.

Stille breitete sich aus.

»Und?«, fragte Rahlke schließlich.

»Das ist ein Dr. Gomin.«

Rahlke wurde ungeduldig. »Ja und? Was sagt der Mann?«

Sie presste die Lippen aufeinander und wirkte für einen Moment wie ein Kind, das dem Papi die Antwort verweigerte.

»Paula?«

»Er war ungehalten, als ich anrief. Richtig unwirsch. Er meinte, ich solle den Kollegen fragen, der wisse schon alles.«

»Welcher Kollege?« In Rahlkes Stimme war Erstaunen.

»Habe ich auch gefragt.«

»Und?«

Sie brachte den Namen nicht über die Lippen. Kemal ahnte ihn längst, er hätte ein halbes Monatseinkommen darauf verwettet, und als Paula endlich »Ostrowski« sagte, fühlte er sich als Sieger.

»Er hätte keine Zeit, meinte dieser Gomin, uns alles doppelt und dreifach zu erzählen.«

Wäre er ein freier Mann gewesen, Kemal hätte laut losgeprustet, nicht so sehr wegen Paulas roter Gesichtsfarbe sondern wegen Rahlkes Grimasse. Dessen Mund ging auf und zu, er sah aus wie ein Fisch an Land im Kampf um Sauerstoff. Und wie die Empörung in Person.

»Ostrowski«, brachte er schließlich hervor. Seine Stimme war tiefer als sonst. Autoritärer, fand Kemal.

Aufgesetzte Autorität.

»Der soll sich unterstehen, der Herr Pensionär. Der Wolf, der das Rauben nicht sein lassen kann. Na warte. Den knöpfe ich mir persönlich vor.« Er winkte ab und zwang sich zur Ruhe. »Ganz anders. Das lassen wir seinen offiziellen Gang gehen. Soll sich Polizeirat Sommerfeld kümmern. Ich werde Meldung machen.«

Er wandte sich an Paula. »Das ist sicher, dass Ostrowski bei dem Psycho-Fritzen war?«

Sie blickte ihn mit einer seltsamen Vertraulichkeit an, und in diesem Moment hätte Kemal auch darauf Geld gewettet, dass beide ein Verhältnis miteinander hatten. Allein der sanfte Klang ihrer Stimme sprach Bände. »So hat dieser Gomin das gesagt, ja. Ich hatte keinen Anlass, daran zu zweifeln.«

Rahlke klang immer noch betont ruhig, und unter dieser Ruhe schien es zu brodeln. »Nun gut. Ich kümmere mich. Bitte, Kollege Becker, Sie sind dran.«

Becker holte tief Luft. »Ich habe mit dem Freund der toten Sabine Vollmer gesprochen. Der junge Mann heißt Torsten Heisterkamp, ist 24, arbeitslos, hat ein Kind, aber mit einer anderen Frau. Er hat sich gemeldet, weil er am Abend des Todes von Frau Vollmer mit ihr zusammen war. Und zwar in dem fraglichen Kiosk. Er hat dort miterlebt, wie sich Frau Vollmer mit einem Kunden gestritten hat. Wir haben eine recht brauchbare Beschreibung dieses anderen Mannes.« Er hielt ein Phantombild in die Luft, dann reichte er Kopien davon herum. »Ich bin zuversichtlich, dass wir diesen Mann bald gefunden haben. Es stimmt übrigens, der Kunde wollte anschreiben lassen. Deshalb der Streit.«

»Was ist mit dem Alibi dieses Heisterkamp?«, fragte Rahlke.

»War zur Tatzeit mit seinen Freunden auf Sauftour. Ich habe angefangen, das zu überprüfen und es drei Mal bestätigt bekommen. Auch mit Details.«

»Okay«, sagte Rahlke. »Wie gehen Sie vor, um diesen … diesen Kunden zu fassen?«

»Wir werten Kamera-Bilder im Viertel aus. Ich würde auch gerne Passanten befragen. Aber …«

»Die Personalknappheit, ich weiß. Ich habe mir schon vorgenommen, mit dem Kriminalrat zu sprechen. Einstweilen, fürchte ich, müssen wir mit dem zurechtkommen, was wir haben. Kollege Aydin, ich würde Sie bitten, Becker zu unterstützen. Es ist wichtig, dass wir diesen Menschen finden. Und ihn unter die Lupe nehmen.«

Er hörte es kaum. Wieder hoch nach Tegel, wieder mit diesem Becker. Aber immer noch besser, als weiter in dem gesichtslosen Konferenzraum herumzusitzen.

Kemal stand auf.

»Dann los«, sagte er.

»Paula«, hörte er Rahlke noch sagen, »wir müssen dringend mit diesem Siewert sprechen. Bitte versuche, ihn aufzutreiben.«

Ostrowski hatte auch diese Adresse im Telefonbuch nachgeschlagen und festgestellt, dass sie sich nicht verändert hatte, Frau Harms lebte immer noch im südlichen Tegel, in einer gepflegten 30er-Jahre-Siedlung in der Nähe der alten Borsigwerke. Er hatte ein weiteres Mal den Bus genommen, klingelte an der Haustür, und als er eine brüchige Frauenstimme hörte, nannte er seinen Namen und bat, sie noch einmal sprechen zu dürfen.

Sie wohnte im zweiten Stock.

»Bitte entschuldigen Sie die Störung. Darf ich für einen Moment hereinkommen?«

»Selbstverständlich.«

Die Wohnung war so wie in seiner Erinnerung – die Garderobe, deren Haken nicht belegt waren, das Telefon mit dem Samtschutz. Nichts, was herumlag. Auch die Schallplattensammlung und das Holzkreuz an der Wand gab es noch. Ein Geruch von Reinigungsmittel lag in der Luft.

Frau Harms wies auf einen der beiden grauen Sessel und setzte sich auf den anderen.

»Ich muss Ihnen etwas mitteilen, Frau Harms, das ich Ihnen schon gestern in der Markthalle hätte sagen sollen. Die Sache ist die: Ich bin pensioniert.«

»Sie sind gar kein Polizist mehr?«

»Nein.«

Sie wiegte den Kopf. »Ich glaube nicht«, sagte sie dann, »dass Sie gekommen sind, um mir das zu sagen.«

Er lachte. »Da haben Sie recht.«

»Geht es um die tote Frau?«

Ostrowski nickte. »Es tut mir leid, dass ich Sie bitten muss, diese Dinge noch einmal hervorzuholen.«

Sie winkte ab. »Die sind sowieso immer da.«

»Ihr Mann hat Ihre Tochter damals gefunden?«

»Ja.«

»Könnten Sie etwas genauer werden«, bat er, als sie nicht fortfuhr.

Sie nickte, sagte aber kein Wort. Er konnte ihrem Gesicht ansehen, was er ausgelöst hatte, der Stirn vor allem, hinter der Aufruhr ausgebrochen zu sein schien. In ihrer Stimme war ein leises Zittern. »Dort lag sie.« Sie zeigte auf den Fußboden. »Und er kniete neben ihr. War über sie gebeugt. Und … das Messer …«

Sie betrachtete ihre Hände und strich mit der einen über die andere, eine mechanische Bewegung, in die sie sich versenkt hatte. An der Reibefläche wurde ihre Haut weiß. Er wartete. Schaute zu, wie sie sich gegen die bösen Erinnerungen zu schützen versuchte. Es war, dachte er, ein gewaltiger Unterschied, ob man sich mit dem Andenken an sein totes Kind eingerichtet hatte oder ob man die Details schildern sollte.

»… das Messer lag neben ihr.«

»Wo genau war Siewert?«

»Über sie gebeugt. Er hatte Blut – an den Händen und am Hemd.«

»Obwohl es wenig Blut gab?«

»Stimmt, es gab wenig. Er hatte es mit einem Tuch aufgefangen. Ein Moltontuch. Das lag auch da.«

Sie zeigte ein zweites Mal auf die Stelle am Fußboden, wo ein Teppich ausgebreitet war, ein dunkler Läufer, alt wahrscheinlich, weinrot und schwarz gemustert.

Er hatte die Länge eines menschlichen Körpers. Unter ihm mochte es getrocknete Blutflecken geben.

»Ihr Mann hat Siewert also gesehen. Hat er gesehen, wie er … wie er Monika getötet hat?«

»Er kam im nächsten Moment. Sie war bereits tot. Herr Siewert war damit beschäftigt, ihr das Moltontuch auf den Hals zu pressen. Auf die Wunde. Ich habe mich tausend Mal gefragt, was das sollte. Verstehen Sie – er muss sich das vorher überlegt haben, sonst hätte er das Tuch nicht dabeigehabt. Warum wollte er den Blutfluss stillen? Können Sie mir das erklären?«

Ostrowski wusste keine Antwort. Aber sie war in Wahrheit auch nicht auf eine aus.

»Ein Mörder, der kein Blut will? Das ist doch seltsam.«

»Ja, das ist es. Also hat Ihr Mann nicht gesehen, wie Siewert … dass er sie ermordet hat?«, fragte er zum zweiten Mal.

Siewert hatte in den Vernehmungen immer geschwiegen und schon von daher nie geleugnet, Monika Harms getötet zu haben. Oft wirkte er vollkommen abwesend. Erst vor Gericht, am Ende der Verhandlung, hatte er die Tat auf einmal bestritten. Ostrowski hatte seine Reden von damals als zusammenhanglos in Erinnerung, Gedankensprünge waren das, und die kamen auch noch gestottert und waren durchsetzt von quälend langen Pausen. Er war froh gewesen, die Verantwortung an den Psychiater abgeben zu können.

»Was soll das denn heißen?«, hörte er ihre zerbrechliche Stimme. »Der Mann kniete über Monika. Ihr Blut an den Fingern. Das Messer daneben. Das reicht doch wohl.«

»Sicher. Natürlich.«

Ostrowski achtete auf das Ticken der Wanduhr. Er kannte diese Gespräche mit Hinterbliebenen, die Begegnungen mit dem Schmerz, der nie zu verschwinden schien. Bei diesen Leuten stimmte die Weisheit nicht, dass die

Zeit alle Wunden heilte. Zu tiefe Wunden heilte nichts und bei niemandem.

»Wissen Sie, was seltsam war? Herr Siewert ist aufgesprungen, als er meinen Mann gesehen hat. Und hat sich, bevor er verschwunden ist, vor ihm verbeugt.«

Sie kämpfte mit sich. Ihre Augen wurden klein und der Mund noch schmaler. Ihre Stimme hatte überhaupt keinen Klang mehr, sie erinnerte an eine Telefonansage. Aber Tränen flossen nicht.

»Er hat sich nicht tief verbeugt, das war kein Diener oder so. Aber es war eine Verbeugung. Und dann ist er gegangen. Verstehen Sie, er ist nicht gerannt, sondern gegangen. Ich habe mich immer gefragt, warum er das getan hat. Warum hat er sich verbeugt? Was wollte er uns damit sagen? Dass sein Werk vollendet war? Ich meine, er war ja Künstler in gewisser Weise. Musiker. War das ein Auftritt auf der Bühne gewesen? Und ist er deshalb auch nicht weggelaufen?«

Die Verbeugung – auch ihn hatte der Bericht über diese Geste seinerzeit mitgenommen. Als er davon gehört hatte, war er Siewert gegenüber laut geworden: »Ich weiß nicht, was in Ihnen vorgeht. Ihre Gedanken kann ich nicht lesen. Aber ich kann Ihnen sagen, was ich denke. Sie haben ein Leben ausgelöscht. Das ist Mord. Und auch wenn Sie die Leiche besonders ablegen und sich im Anschluss verbeugen, als hätten Sie Applaus verdient, ändert das nichts. Sie haben dieses Mädchen getötet! Das ist die ganze, miese Wahrheit.«

Siewert hatte die Augen aufgerissen, als höre er eine Neuigkeit. Er hatte gekrächzt und die Hände vors Gesicht geschlagen, in dem der Mund offen stand. Ein Wort gesagt aber hatte er nicht.

»Abführen«, hatte Ostrowski gebrüllt.

Doch jetzt sagte er zu Frau Harms: »Eine Geste der Verlegenheit, schätze ich.«

»Wieso hat dieser Mensch sich verbeugt?« Sie versank erneut. Starrte in die Luft und schwieg. Erst nach einer Weile sagte sie: »Das war eine der Fragen, die immer wieder kamen. Warum dieser seltsame Abschiedsgruß? Dabei war das gar nicht besonders wichtig. Der Mann war verrückt, das reicht doch als Erklärung.« Ihre Rede wurde noch leiser, fast flüsternd. Dabei war ihre Stimme rau. »Wissen Sie, was sich in meinem Leben wirklich verändert hat? Ich fühle nichts mehr. Keine Liebe, auch keinen Hass. Nicht einmal gegen ihn. Keine Freude, keine Verärgerung. Irgendwie nicht einmal den Schmerz, der verdüstert nur alles. Dieser Teil von mir …«, sie tippte sich auf die Brust, »… ist mit Monika gestorben. Seitdem habe ich nur noch Instinkte, wie ein Tier. Ich merke, wenn ich hungrig bin oder müde. Aber Wärme oder so was, das habe ich nicht mehr …«

Er bezweifelte, dass ihre Selbsteinschätzung stimmte. Immerhin trauerte sie seit vielen Jahren, wie es schien.

»Ich will sie nicht mit meinem Leid langweilen. Was kann ich für Sie tun?«

»Wo ist Ihr Mann?«, begann er. »Monikas Vater?«

»Soweit ich weiß, ist er tot. Krebs. Ein Verwandter von ihm, ein Neffe, rief mich irgendwann an. Vor zwei oder drei Jahren. Da hatte ich ihn seit einer Ewigkeit nicht mehr gesehen und auch nichts von ihm gehört. Zehn Jahre bestimmt. Er lebte irgendwo auf dem Land, ich glaube, in der Nähe von Bielefeld. Warum ist denn das alles noch wichtig? Weil es doch einen Zusammenhang mit dem Mord hier in Tegel gibt?«

Ihr Gesicht war ein Schmerz, der sich aus Gewohnheit eingestellt hatte. »Sie gehen davon aus, dass …

»Dafür gibt es keine Anhaltspunkte. Es ist nur so, Frau Harms, dass wir allen Spuren nachgehen. Auch denen, die eigentlich gar keine sind.«

»Das müssen Sie jetzt sagen.« Sie nickte, ihr Kopf wanderte auf dem Hals vor und zurück, wieder und wieder, eine mechanische Geste. »Das darf einfach nicht wahr sein.«

»Ihr Mann … Ihr verstorbener Mann …«

»Wir haben uns bald danach getrennt. So einen Tod, das übersteht man nicht zusammen. Es sei denn, man hat sich … aber das war bei uns nicht der Fall.«

»Wie war sein Verhältnis zu Monika?«

»Nicht besonders gut.« Sie blickte an die Wand, als stünde dort, was sie erzählte. »Als Monika ein kleines Kind war, da schon. Da war er noch stolz auf ihr Talent. Aber als sie älter wurde …? Wissen Sie, ich habe viel Zeit gehabt, über all das nachzudenken.«

Sie fuhr nicht fort.

»Und zu welchem Schluss sind Sie gekommen?«

»Dass er eifersüchtig war. Oder neidisch, wenn Sie wollen. Mit ihrer Musik hatte sie eine eigene Welt, zu der er keinen Zutritt hatte. Konzerte waren für ihn ein Graus. Ich mochte nicht einmal neben ihm sitzen, weil er immer so unruhig war – er hat an seinen Fingern gezogen, mit den Knien gewackelt, was weiß ich. Wenn es irgendwie möglich war, hat er sich gedrückt. Sein Vergnügen war, mit seinen Freunden zum Fußball zu gehen und ordentlich einen zu trinken.«

»Nicht gerade eine gute Meinung, die Sie von ihm haben. Ich verstehe noch nicht, warum man eifersüchtig werden muss, wenn man keinen Zugang zu klassischer Musik hat. Selbst, wenn die Tochter ein Instrument spielt.«

»Es war mehr als das. Ich weiß nicht, wie ich Ihnen das erklären soll. Sie spielte ihr Instrument nicht nur, sie lebte dafür. Schauen Sie sich das Foto dort an.« Sie zeigte auf das Sideboard, auf ein Bild in einem silbernen Rahmen. Dann stand sie auf, nahm es und gab es Ostrowski. Ein junges Mädchen – Monika – mit der Querflöte. Die blonden Haare fielen zu einer Seite. Strahlende Augen.

»So war sie, wenn sie musizierte. Total versunken. Er hat das nur schwer ausgehalten. Dieser …«

Sie schloss die Augen, und es sah aus, als müsse sie innerlich Anlauf für ihren nächsten Satz nehmen.

»… dieser Herr Siewert übrigens, der hatte Zutritt zu ihrer Welt. Das hat sie manchmal erzählt. Er war ihr Lehrer, der sie auf die Hochschule vorbereitete. Er hat an ihrem Spiel hören können, ob sie fröhlich war oder schwermütig, ob sie Sorgen hatte oder vielleicht verliebt war.«

»War sie verliebt?«

»Schwärmereien. Altersgemäß.« Ein versonnenes Lächeln trat auf ihren Mund.

»Mehr nicht?«

»Ich bitte sie. Monika war 16.« Sie schüttelte den Kopf, während Ostrowski sich fragte, ob die Tochter der Mutter alle Geheimnisse ihres Lebens erzählt hatte.

»Ihr Vater dagegen«, fuhr Frau Harms fort, »konnte nichts von ihr verstehen. Er hat sich auch keine Mühe damit gegeben. Null.«

»Wie meinen Sie das?«

»Ich weiß noch, wie er den Fernseher laut gestellt hat, wenn sie übte. Oder sein blödes Radio. Als wollte er …«

»… dagegen angehen?«

»So ungefähr.«

»Kannte Ihr geschiedener Mann Bastian Siewert?«

»Flüchtig, würde ich sagen. Sie sind sich bei dem einem oder anderen Vorspiel von Monika begegnet. Ich begreife nicht, warum Sie das alles fragen. Sie haben gesagt, Sie wären pensioniert.«

»Das stimmt, ja.«

Sie fixierte ihn. »Dann gehen Sie also davon aus, dass er wieder getötet hat. Herr Siewert, meine ich. Sie wissen es. Aber Sie mögen es mir nicht ins Gesicht sagen.«

Gegen seine Überzeugung antwortete er: »Nein.«

»Doch«, erwiderte sie.

Mit diesem Wort starb die Unterhaltung.

Die Uhr tickte. Frau Harms war in Gedanken. Ostrowski glaubte, sie nicht stören zu sollen.

Nach einer Weile sagte sie: »Ich kannte Herrn Siewert natürlich. Er war Monikas Lehrer. Danach habe ich ihn nie wieder gesehen. Zwar war ich damals die Nebenklägerin, allerdings habe ich es nicht geschafft, zum Prozess zu gehen. Nach Monikas Tod konnte ich mir nur schwer vorstellen, überhaupt weiterzuleben. Ich war … am Ende. Mir gelang es kaum, auf die Toilette zu gehen, geschweige denn vor die Tür, und ich dachte, so holt mich der Tod, erst nimmt er mir die Lebenskraft und dann den Rest. Deshalb …« Sie setzte ein Lächeln auf, das bitter war, »bin ich die falsche Person, um über diesen Mann Auskunft zu geben. Wie gesagt, ich habe ihn nie wieder gesehen. Mein letztes Bild von ihm – das, das mir in Erinnerung geblieben ist –, ist aus zweiter Hand. Wie er über meine tote Tochter gebeugt ist. Wie er aufsteht und sich verbeugt. Mehr habe ich nicht und mehr weiß ich nicht.«

Sie machte wieder eine Pause, und ein weiteres Mal füllte allein das Ticken der Wanduhr das Zimmer. Ostrowski wollte aufbrechen, aber irgendetwas hielt ihn. Gab es etwas, das diese Frau ihm noch sagen konnte?

»Sagen Sie«, fragte sie, »lebt er hier, in Tegel?«

»Ich weiß es nicht sicher.«

Sie hielt sich die Hand vor den Mund. Er sah einen Ring – ihren Ehering wahrscheinlich, ein dünner goldener Reif, der ihr zu groß geworden war und am Finger mehr hing als steckte.

»Ich glaube, ich bekomme zum ersten Mal seit vielen Jahren die Ahnung eines Gefühls. Ich …« Sie blickte ihm in die Augen. »Ich habe Angst.«

Im Schutz des diffus-grauen Februarlichtes schritt Bastian Siewert durch die menschenleere Laubenkolonie an der Titusstraße. Eis lag auf dem Weg. Er trug seine Tasche bei sich, in der die Pistole lag, und blickte sich vorsichtig um. In den Gärten standen Blockhäuschen wie in Kanada, Fahnenmasten, an denen zur warmen Jahreszeit schwarzrot-goldene Wimpel hängen mochten, Satellitenschüsseln. An einer Tür hing ein Geweih. Die Gärten hatten bei aller Trostlosigkeit Ordnung, das Gras war geschnitten, die Obstbäume gestutzt, die Beete hergerichtet, auf ihnen konnte gesät werden, sobald sich der Frost verzog.

Siewert setzte seine Schritte leise. Der Weg war knochenhart, er hatte vorsichtig zu gehen, um nicht zu stolpern. Er hatte die Ohren gespitzt. Soweit er hören konnte, war es still. Nicht einmal ein Vogel zwitscherte. Auf dem Parkplatz hatte kein einziges Auto gestanden. Blieben die Wohnhäuser, die an die Rückseite der Anlage grenzten, knallgelbe Blöcke mit Loggien und flachen Dächern. Aus ihnen hatte man freien Blick auf die Gärten. Er wollte nicht gesehen werden.

Sein Ziel kannte Siewert. Er hatte es sich bereits angesehen, bei Dunkelheit. Im Schein eines Streichholzes den Namen an der Tür gelesen. Und den Weg aus dem Gedächtnis aufgezeichnet.

Kommissar Ostrowskis Laube.

Es handelte sich um eine wenig benutzte Hütte, um einen Garten, der kaum instand gehalten wurde. Er vermutete, dass es dem Kommissar zu mühsam war, seine Frau herzubringen. Sie schien krank zu sein, er hatte sie aus der Ferne beobachtet, ein kläglicher Rest von einem Menschen, jemand, der sicher keine Lust für Garten und Laube aufbrachte.

Das war der Grund, warum Siewert diesen Ort ausgesucht hatte. Ein gutes Versteck. Hauptkommissar Ostrowski würde nie auf die Idee kommen, die Waffe in seiner Laube zu suchen, in seinem zweiten Zuhause.

Er kicherte.

Deshalb war dieser Ort so geeignet.

Die Tür zu öffnen, war eine Kleinigkeit.

Mike, so hatte der Mitgefangene geheißen, dessen Zelle im gleichen Flur lag. Ein Mann wie ein Möbelpacker, mit Bürstenhaarschnitt und Wülsten, die ihm aus dem Nacken quollen, mit Armen, die dicker waren als Siewerts Oberschenkel, mit Tätowierungen am ganzen Körper. Das ganze erste Jahr war Siewert ihm aus dem Weg gegangen, er war in seiner Zelle geblieben, wenn er Mike draußen gehört hatte, hatte einen anderen Gang genommen und zur Seite geschaut, wenn sich eine Begegnung nicht vermeiden ließ. Die Angst war immer mit ihm gewesen. Er hatte nach ihr gerochen. Es war ihm fast egal gewesen.

Sein Leben war ihm egal gewesen.

Mike pflegte Alubesteck aus der Kantine mitgehen zu lassen, das hatte Siewert, der immer alleine aß, beobachtet. Er steckte Messer, vor allem aber Gabeln ein, und damit – und mit einem steifen Draht – öffnete er Schlösser. Nicht die großen, nicht die der Zellentür, aber kleinere an Schränken und Schubladen.

Später hatte Siewert manchmal hingeschaut, wenn Mike übte, verstohlen, aus sicherem Abstand, und sobald der andere aufschaute, hatte er den Kopf weggedreht. Ihn hatte die Zähigkeit fasziniert. Die Ausdauer. Die Fingerfertigkeit. Es kam ihm vor, als müsse Mike üben, um geschmeidig zu bleiben, wie ein Musiker zu üben hatte. Wenn ein Schloss aufsprang, machte der Mann es wieder zu und versuchte es erneut. Und noch einmal. Und noch mal.

Siewert hatte diesem Kerl zugeschaut, vor dem er Angst hatte.

»He, Musikus, wat glotzte so? Willste ooch mal?«

Selbstverständlich wollte Siewert nicht. Er wollte nicht geduzt werden und nicht wissen, wie man Schlösser öffnete. Und vor allem diesem Menschen nicht näher kommen.

Es war eine Zeit, da die Stimme noch nicht zu ihm sprach – oder er sie nicht hören konnte. Er erinnerte sich, auf seiner Pritsche liegend manchmal ein Rauschen wahrgenommen zu haben, konnte es aber nicht verstehen, nicht einmal einzelne Worte. Deshalb hatte er zu dieser Zeit noch keinerlei Plan für sein Leben danach gehabt.

Der andere hatte ihm mit seiner breiten Hand gewunken. Und er war zu ihm gegangen. Schrittweise, vorsichtig.

»Komm schon, du Pfeife, ick tu dir nüscht.«

Er wurde ausgelacht, weil er gezittert und das Besteck fallen gelassen hatte. Weil sich das Schloss nicht rührte.

Doch er hatte schnell gelernt.

»Na siehste. Geht doch. Man muss nur wissen, wie. Und sich nicht erwischen lassen.« Mike hatte gelacht wie ein Kutschpferd. Gewiehert.

Seitdem konnte Siewert Schlösser öffnen. Und er hatte jemanden gehabt, der ihm nicht feindlich gesinnt war. Dem er gelegentlich und auf vorsichtige Weise eine Frage stellen konnte.

Darüber hinaus hatte er in den vielen Jahren in der gefängniseigenen Tischlerei gelernt, zu schneiden und zu sägen. Er konnte mit Hobeln umgehen, mit Beiteln, mit Messern und Sägen. Als er in den ersten Tagen gefragt worden war, wo er arbeiten wollte, hatte er keine Antwort geben können. Er sei Musiklehrer, hatte er dem Wärter gesagt, wofür er ausgelacht wurde. Für so jemanden hätten sie nichts. Dann hatte er in die Wäscherei gewollt, aus der Überlegung heraus, dass die Arbeit dort schonender für seine Hände sei. Aber ob es nun Bosheit war oder die Wahrheit, man hatte ihm beschieden, dort sei kein Platz frei. Und ihn in die Tischlerei gewiesen.

Mit welcher Leichtfertigkeit diese Leute über einen verfügten.

Mike hatte ihn auch in den Trödlerladen im Wedding geschickt, wo er die Pistole gekauft hatte. Es war ein Albtraum gewesen. Kaum dass er bezahlt und die Waffe in die Tasche gesteckt hatte, war Polizei angerückt, eine Razzia. Und er, der auf Bewährung draußen war, in diesem verdächtigen Laden. Im letzten Moment hatte er sich auf den Hof verdrückt und dort im Regen gestanden und gewartet, bis sie endlich wieder abzogen, den Verkäufer in Handschellen zwischen sich.

Siewert ließ sich nichts vormachen, er kannte Verhöre. Die Kommissare würden diesem Mann Erleichterungen anbieten, wenn er ihnen Namen nannte. Namen von Kunden.

Seine Sicherheit war verloren.

Bevor er in die Laube eintrat, hielt Bastian Siewert noch einmal inne. Er spähte und lauschte. Aber da war nichts. Als er drinnen war, fühlte er sich so sicher, dass er sogar das Deckenlicht einschaltete.

Es roch nach Holz, nach Harz. Die Wände waren aus rohen Balken. Es gab zwei Räume und dazwischen eine enge Küche. Zwei Betten und einen wackeligen Schrank in dem einen, Tisch, Sessel und Fernseher im anderen. Im Bretter-Regal an der Wand lag Gartengerät, das da sicher nicht hingehörte.

Staub stieg Siewert in die Nase, er musste sie zuhalten, um nicht laut zu niesen. Die Ostrowskis waren offenbar seit Ewigkeiten nicht hier gewesen oder sie hatten nicht sauber gemacht. Er war sich ziemlich sicher, dass sie auch nicht kommen würden. Zwei Monate dauerte es noch bis Ostern, vorher würde sich niemand Gedanken um Laube und Garten machen.

Und danach hoffentlich auch nicht mehr.

Er nahm Ostrowskis Gartenwerkzeug in Augenschein.

Verrostete Scheren, ein Hammer mit abgegriffenem Stiel, sogar eine stumpfe Sichel. Eine kleine Lampe, die er einsteckte. Siewert entschied sich dagegen, seine Tasche ins Regal zu stellen und dort ein wenig zu tarnen, er suchte im anderen Raum nach einem Platz, überwand seinen Widerwillen gegen den Staub und schob sie unter eines der Betten. Erst wenn es ernst würde, würde er seine Waffe hervorholen.

Siewert raffte sich auf. Es war Zeit für den nächsten Schritt.

Vor 14 Jahren war Ostrowski, kaum dass er in der Harms-Wohnung Tatort und Leiche gesehen hatte, zu Jenny gerannt. Selbst wenn er längst wusste, dass sie nicht die Tote war. Er hatte Sturm geklingelt und in ein verdutztes Gesicht geblickt. Sie in den Arm genommen und mit aller Kraft an sich gedrückt. Hatte sie gar nicht wieder loslassen wollen.

An jenem Tag war ihm bewusst geworden, dass etwas nicht stimmte zwischen ihm und seiner Tochter. Sie war steif geblieben, sie hatte sich gegen ihn gewehrt. Und hatte ihm, als sei sie ins Mark erschrocken, ins Ohr gerufen, er solle sie loslassen.

Er wurde nicht in die Wohnung gebeten, die sie sich damals, lange vor Lottes Geburt, mit ihrem Freund teilte, einem angehenden Lehrer, der seine Sanftheit in keiner Lebenslage zu verlieren schien.

Noch im Flur hatte Jenny gefragt: »Was ist los? Was willst du?«

Er, in einer Mischung aus Erleichterung und plötzlicher Erschöpfung: »Ich habe mir Sorgen um dich gemacht.«

»Spinnst du? Warum das denn?«

Und nun spukte seine Tochter wieder in seinem Kopf umher. Er dachte so häufig wie in vielen Jahren nicht mehr an sie. Was war der Grund? Immerzu redete er in Gedanken auf sie ein. Und versicherte sich selber, dass er sie zu warnen hatte, wenn ein Frauenmörder in Tegel umging. Schließlich konnte niemand vorhersagen, was dieser Verrückte noch vorhatte.

Das Problem war, dass ihm der Gang zu ihr so schwer fiel. Er ertappte sich dabei, wie er sich drückte. Hilde brauchte Essen, also kochte er. Ihn verlangte nach einer Pause, deshalb streckte er sich auf dem Sofa aus und schloss die Augen. Danach Kaffee. Aus der geheizten Wohnung sah es draußen nach einem Wetter aus, bei dem man keinen Hund vor die Tür trieb.

Er riss sich los.

Zog die warme Jacke an und nahm Hildes Hand, während er sich zu ihr hockte. Da war der Hauch eines Leuchtens in ihren Augen. Eine Art Flackern.

»Tommy«, flüsterte sie.

»Ich bin auf dem Weg zu Jenny. Willst du mitkommen? Lotte ist bestimmt auch da.«

»Lotte?«

»Ja, deine liebe Lotte. Dein Enkelkind.«

Sie verzog das Gesicht, als hätte sie Schmerzen.

Er drückte ihre Hand fester. »Vor Kurzem hast du noch ganze Nachmittage mit ihr verbracht.«

Dass Jenny als Person in Gefahr war – deshalb, weil sie Jenny Ostrowski war, seine Tochter –, dieser Gedanke war einfach absurd. Weshalb sollte sich Siewert an ihr vergreifen? Ostrowski redete sich ein, dass er diese Möglichkeit ausschloss. Er stand auf und ging in dem engen Zimmer umher, drei Schritte zum Fenster, zwei zurück.

»Ich weiß ja«, sagte er in den Raum hinein, »dass diese Siewert-Sache mich nichts angeht. Ich bin raus. Aber die ganze Wahrheit ist das nicht. Irgendetwas ist da, das mit mir zu tun hat. Und wenn es nur das ist, dass mich diese Leiche damals so entsetzt hat. Und jetzt wieder.« Er lachte auf, obgleich er keinen freudigen Gedanken hatte. »Kemal würde sagen, dass ich einen Schatten habe. Einen Vollschatten.«

Hilde hörte zu, und das freute ihn. Ihr schmaler Sessel schien sie zu verschlucken, halbe Portion, die sie geworden war.

»Wie auch immer – ich möchte Jenny gerne sagen, dass sie besonders vorsichtig sein soll. Vor allem, wenn sie Taxi fährt. Da können doch alle möglichen üblen Typen einsteigen.«

Am Ende seines Satzes wurden Hildes Lider schwerer, als wollten sie zugehen, und sie sah aus, als würde sie müde.

Er wandte sich ihr zu. »Was ist, kommst du mit?«

»Hast du das Auto zurück?«

»Leider nicht. Blöde Werkstatt.«

Sie blickte ihn an, ohne dass er eine Antwort bekam.

»Wir können ein Taxi nehmen, wenn es dir zu Fuß zu weit ist.«

»Ne«, brachte sie hervor, mehr ein Stöhnen als ein Sprechen. »Lass.«

Zu gerne hätte er sie mitgenommen. Mit Jenny wäre es leichter gewesen. Aber nur, wenn sie freiwillig kam. Sonst, fürchtete er, würde sie kein einziges Wort sagen.

Er hielt für möglich, dass sein Verstand ihm einen bösen Streich spielte, wenn es ihm all diese Sorgen eingab, all die Warnungen. Das war sogar wahrscheinlich. Diese Angelegenheit hatte nichts mit Jenny zu tun.

Vor 14 Jahren war es auch nicht um Jenny gegangen.

Sie war nicht stärker in Gefahr als Hunderte, als Tausende anderer Frauen in Berlin. Und selbst wenn sich der Täter nur in Tegel herumtrieb, war Jenny, wenn man die Sache statistisch betrachtete, ein höchst unwahrscheinliches Opfer. Zumal sie kräftig war und sich wehren konnte.

Es war auch nicht gesagt, dass sich der Täter an einer weiteren Frau verging.

Das Einzige, was er mit Sicherheit wusste, war, dass dieser Siewert ihn auf eine unbegreifliche Art mit Jenny verband. Er konnte nichts dagegen tun. Dachte er an ihn, dann dachte er auch an sie. Und hatte Angst um sie.

Sie würde das sicher nicht verstehen.

Jahrzehntelang hatte er alles getan, um sie zu beschützen. Sie und Hilde. Ihrer beider Sicherheit war der wesentliche Grund, warum sie überhaupt in Tegel lebten. Natürlich, Hilde, die hier aufgewachsen war, hatte damals Aussicht auf eine Wohnung gehabt, die ein Glücksfall war. Zwei kleine Mietshäuser, jedes mit vier Wohnungen, daneben alte Villen, Gärten, Kastanien. Der Tegeler See in unmittelbarer Nachbarschaft. Man konnte ihn, wenn der Wind günstig stand, riechen, und wenn keine Häuser im Weg gewesen wären, hätte man ihn auch sehen können. Und der Wald war nicht viel weiter.

Aber viel entscheidender als die Lage war für ihn der Gedanke, dass sie in der Gabrielenstraße sicher lebten. Die Nachbarn kannten einander, man hatte ein Auge auf Haus und Wohnung des anderen, und wenn man die eigene Straße verließ, war ihr Stadtteil ein Dorf, nicht viel anders als in Thüringen.

Sicher, die Dinge änderten sich, der Unrat rückte näher und mit ihm die Gefahr. Er hasste den Ausdruck von der guten alten Zeit – ein dummes Rentnerwort, vergesslich obendrein. Aber die Wahrheit war: Tegel verlor. Man konnte dabei zusehen.

Damals hatte Tegel auf ihn den Eindruck gemacht, als hätten sich seine Bewohner dazu entschieden, die große Stadt und ihre Verwerfungen außen vor zu halten. Die Mauer – verlief hier nicht. Hausbesetzer und Demonstrationen gab's in Kreuzberg, Arbeitslosigkeit und Elend in Neukölln, Kriminalität und Schlägereien im Wedding, am Kudamm, an der Potsdamer Straße, und die Schwulen und die Spinner lebten in Schöneberg. In Tegel war die Welt immer heil gewesen. Eltern waren verheiratet, Väter gingen arbeiten, Mütter zogen die Kinder groß. In der Fußgängerzone blieb man auf ein Pläuschchen stehen. Man hielt einander die Tür auf und ließ Bekannten am Postschalter den Vortritt, die Bürgersteige waren gekehrt, die Fahrbahnen genauso. Gewählt wurde konservativ. Zu all dem passte, dass Tegel der Endhaltepunkt der U6 war. Hierher verirrte man sich nicht; wenn man kam, dann gezielt. Die U-Bahn verlief überirdisch, auch das war anders als in der Stadt. Hier gab es Platz.

Erst in jüngerer Zeit waren die Barrieren gegen das Elend mürbe geworden. Das alte Tegel focht einen letzten, einen aussichtslosen Kampf. Die Verwerfungen rückten immer näher, mit ihnen der Ramsch, die Schmiererei und Aggression. Die Vorstadt verkam. Das Publikum änderte sich.

Nur an Sommerwochenenden kehrte der alte Glanz zurück, dann kamen die Ausflügler, bevölkerten die Lokale mit Seeblick oder spazierten durch den Tegeler Forst. Ließen Geld da. Mancher von ihnen hatte sein Segelboot bei einem der Clubs am See, und wenn er lange genug Liegegebühren bezahlt hatte und sich auch sonst vernünftig aufführte, wurde er akzeptiert. Und im Ruderverein waren nur Tegeler, da war Ostrowski, der Thüringer, der Flüchtling, der Fremdeste. Hilde dagegen kannten alle.

Jenny war nie aus Tegel weggezogen. Trudi und Lore hatten ihr die Wohnung besorgt, sie kannten den Hausverwalter und die Besitzerin, eine Witwe. Ostrowski erinnerte sich daran, wie die beiden Damen fast um Entschuldigung gebeten hatten, weil das Haus an der Grußdorfstraße ein wenig schäbig war. Dabei hatte Jenny gerade das gefallen. Wenigstens einen Hauch von Berlin. Inzwischen gab es viele Häuser wie ihres.

Während er unterwegs war, wurde der Verkehr dichter, die Busse waren voll, das ließ sich trotz der beschlagenen Scheiben erkennen. Feierabendzeit. Die Leute gingen einkaufen. Sorgten sich um ihr Abendessen, nahmen vielleicht einen Strauß Blumen mit. Und machten sich dann auf nach Hause, wo sie erwartet wurden. Aber genauso gab es die, die auf der Straße das erste Bier köpften. Die keinen Platz machten, wenn alte Leute vorbeiwollten.

Ostrowski wechselte die Straßenseite. Wie fast immer, wenn er nicht die Fußgängerampel nutzte, meldete sich sein Polizistengewissen. Er ignorierte es. Zwei Querstraßen noch, dann war er bei Jenny.

Viele Jahre hatte seine Tochter kaum ein Wort mit ihm gewechselt. Sie hatte zwar ihre Mutter gesehen, Hilde aber außerhalb ihrer Wohnung oder während seiner Dienstzeit getroffen, sodass sie nicht in Gefahr war, ihm über den Weg zu laufen. Erst seit Hildes Ruhestand – seit ihrer Krankheit – hatte sich das verändert. Nur, über was redeten sie miteinander? Über Organisatorisches. Und er hatte sich ihren immergleichen Vorwurf anzuhören, er kümmere sich nicht genug.

Seit Langem wünschte er sich, sich mit ihr einmal auszusprechen, gleichwohl hatte er keine Vorstellung, wie er das anpacken sollte, und er bezweifelte, dass hinterher alles besser würde. Vor allem würde es Jenny nicht zu einem solchen Gespräch kommen lassen. Sie würde sagen, sie müsse Lotte abholen oder habe eine Fuhre. Und verschwinden.

Wie immer, wenn er sie sich vorstellte, baute sich ihre Unzufriedenheit vor ihm auf. Begabte Köchin, die sie schon als Jugendliche gewesen war, hatte sie ihre Lehre im zweiten Jahr abgebrochen, von einem Tag auf den anderen. Und nie über die Gründe gesprochen. Hilde hatte angedeutet, dass sie von einem Meister bedrängt worden war, der seine Hände nicht an der eigenen Schürze halten konnte. Als er dem Kerl den Marsch blasen wollte, hatte sie ihn zurückgehalten.

Sie lebte allein mit ihrer Tochter. Der Lehrer – Ostrowski hatte den Namen vergessen, Tom oder Tim, vielleicht auch Theo – war über alle Berge, und wenn er das richtig wusste, zahlte er nicht einmal, und Jenny war zu stolz, um den Unterhalt einzuklagen. Dann lieber Taxifahren. Ein Auto, das fast so alt war wie sie selber.

Natürlich war sie einsam. Abends, wenn Lotte schlief. Oder wenn sie im Auto an irgendeiner Rufsäule stand.

Echte Kollegen, mit denen man Freundschaft schließen konnte, gab es in diesem Beruf doch nicht, man arbeitete ja nicht zusammen, sondern war Einzelkämpfer. Und immerzu die Warterei.

Ja, er vermutete, dass sie einsam war.

Eine andere Frage war, ob es berechtigt war, dass sie all das ihm vorwarf.

Nur dass sie ihm Vorwürfe machte, dessen war er sicher. Aber warum?

Er bog in ihre Straße. Seitlich auf dem Fußweg lag ein Schneehaufen, zusammengekehrt in den letzten Wochen, und da es wieder kalt geworden war, schmolz er nicht. Dahinter ein Zeitungskiosk, und auf seiner Rückseite einer der Eingänge zum U-Bahnhof. ›Alt-Tegel‹, stand auf dem blauen Schild. Der Endhaltepunkt.

Jennys Haus lag gegenüber. Ostrowski überquerte die Fahrbahn. Im Erdgeschoss der Gebäude waren Läden und Geschäfte, ein Blumenhändler, Lebensmittel, in Jennys Haus ein Restaurant. Bevor er klingelte, drehte er sich um – eine alte Ermittler-Angewohnheit. Er empfand die Hürde, die er auf dem Weg zu seiner Tochter zu nehmen hatte und die mit jedem Meter höher geworden war. Vor seinem inneren Auge sah er sie im Wohnungsflur stehen, Ablehnung in ihrem Gesicht und Gereiztheit. Was sollte er ihr sagen? Einfach nur, dass ein Frauenmörder umging und sie vorsichtig sein sollte? Auslachen würde sie ihn. Ihn wie einen Dummkopf dastehen lassen.

Er blickte sich um. Das Licht der Gaslaternen wurde angeschaltet. Es flackerte gelblich. Gegenüber, zwischen Kiosk-Rückwand und Bahnhofseingang, stand ein einzelner Mann, klein und eher schmal. Er trug eine Mütze. Ostrowski konnte nur seine Umrisse ausmachen.

Trotzdem war er davon überzeugt, ihn zu kennen.

Er schaute ein zweites Mal hin. Die Sicherheit blieb.

Doch neben sie stellte sich ein anderes Gefühl. Schrecken. Sogar Angst.

Der Kerl war hier. Beobachtete sein Ziel bereits.

Ihn zog es mit aller Macht zu Jenny. Er wollte sie sehen, wollte wissen, dass es ihr gut ging, ihr und der kleinen Lotte. Gegen diesen Wunsch – und auch gegen den Schrecken, der ihm die Glieder steif gemacht hatte –, nahm er die andere Richtung, auf den Bahnhofseingang zu. Die ersten Schritte machte er wie ein Gehbehinderter, tastete sich vor, und die Kniegelenke reagierten, als wären sie eingerostet. Er musste drei Autos vorbeilassen, bevor er die Straße erneut überqueren konnte, das erste war sehr langsam, eine Fahrschule. Er verlor die Geduld und lief auf die Fahrbahn. Kassierte gehupte Vorwürfe.

Er hörte sie kaum. Sondern rannte in die Richtung, wo er Siewert gesehen hatte.

Bastian Siewert hatte sich wieder den Platz am Anfang der Grußdorfstraße gesucht, nahe an den Auslagen eines Kiosks und an der Treppe zur U-Bahn. Dort fiel man nicht auf, immerzu kamen Leute aus dem Bahnhof oder strömten hinein, andere kauften Illustrierte oder Zigaretten. Ein guter Ort für einen Beobachter. Diesmal würde er in sicherer Distanz bleiben, und wenn sie ihn trotzdem entdeckten, hätte er einen weiteren Sieg.

Er trug seine Wollmütze und pfiff sein Lied. Wahrscheinlich war Jenny Ostrowski wieder mit ihrer Tochter unterwegs. Die sorgende Mama. Siewert zog diesen Halbsatz in die Länge, übertrieb ihn und gab ihn der Lächerlichkeit preis. Doch die Wahrheit war, ohne Ärger konnte er diesen Gedanken nicht denken. Auch er hatte eine Mutter, aber die sorgte sich nicht, in 13 Jahren hatte sie es nicht für nötig befunden, ihn auch nur ein einziges Mal im Gefängnis zu besuchen.

Eine Verräterin neben vielen anderen Verrätern.

Er würde es ihnen zeigen.

Ein Mann ging an ihm vorbei, ein großer, dicker Kerl. Siewert schreckte auf. Ein tapsiger Gang war das, als habe der Mann Pakete zu schleppen. Als habe er ganze Eisberge aus seinem Weg zu räumen. Der Mann war so dicht neben ihm gewesen, dass Siewert ihn hätte berühren können. Er hatte gehört, wie der Kerl schnaubte, und selber die Luft angehalten.

Kommissar Ostrowski – er war sich sicher. Schon damals hatte er so geschnaubt.

Siewerts Freude war mit einem Schlag verschwunden. Er war aufgeregt – und er bekam Angst, die er körperlich empfand und die ihn starr werden ließ. War diese Begegnung ein Zufall? Was wollte Ostrowski hier? Wusste er schon von Siewerts Tun? So schnell?

Oder spielte etwa die Stimme ein doppeltes Spiel und redete auch zu seinem Feind? Das konnte nicht sein. Er ließ den Mann nicht aus den Augen. Das war der Mensch, den die Stimme leiden sehen wollte. Alleine deshalb würde sie nicht mit ihm reden. Ostrowski war doch die andere Seite.

Seit sie zum ersten Mal mit ihm gesprochen hatte – seit er ihre Worte zum ersten Mal verstanden hatte –, in einer unvergesslichen Sommernacht hinter Gittern, hatte er sich viele Jahre mit diesem Ostrowski beschäftigt, eigentlich die ganze Zeit im Knast. Die Stimme hatte ihn von der traurigen Erinnerung an die tote Monika befreit und ihm Hoffnung und neue Ideen geschenkt. Mit der Zeit hatte er sich einzelne Schritte überlegt und war sie wieder und wieder durchgegangen. Er hatte sie überdacht und überarbeitet. Und Anregungen bekommen.

Ohne die Stimme hätte er die Zeit der Gefangenschaft nicht überstanden. Sie war es, die Siewerts Leben einen neuen Sinn gegeben hatte. Die ihm ein Ziel aufgezeigt und einen Weg dorthin gewiesen hatte.

Und da stand er nun, der schwere Mann. Sein Feind. War wie aus dem Nichts aufgetaucht.

Ihre erste Begegnung seit langer Zeit.

Gegen seine Angst versicherte sich Siewert, dass der Herr Kommissar derjenige war, der leiden sollte.

Leid gegen Leid.

Der Mann hatte an der Haustür haltgemacht. Siewert summte längst nicht mehr, er stand einfach da, hob die Hand und ließ sie in halber Höhe verweilen, als könne er sich vor Kälte nicht rühren. Dabei hätte er verschwinden müssen. Der U-Bahnhof war so nah. Ostrowski verharrte an der Haustür auf der anderen Straßenseite. Er schien ratlos, er stutzte. Und glotzte.

Warum glotzte er so?

Siewerts Muskeln waren angespannt. Aus dem Eingang zum U-Bahnhof zog kalter Wind hoch. Er musste weglaufen, die nächste Bahn nehmen, ehe Ostrowski reagieren würde.

Nur kam er nicht fort. Es war, als wäre er festgefroren. So nahe war er seinem Feind noch nie gewesen. Sein

Mund stand offen, das Erstaunen fesselte ihn an diesen Ort. Allein die Hand bewegte sich. Sie griff nach dem Treppengeländer.

Dies waren die Tage, in denen er seinen Abschied vorbereitete. Von der Welt, von den Menschen, denen Siewert zurief, wie schlecht sie ihn behandelt hatten. Ihn, der nie etwas anderes gewollt hatte, als seine Leidenschaft weiterzugeben und Musik hinauszutragen zu denen, die ein wenig Begabung mitbrachten. Ein ehrenwertes Vorhaben, das er gehabt hatte.

Lange vorbei und vergessen. Inzwischen zählte nur noch die Vergeltung. Sein ganzes Leben hatte Siewert auf sie ausgerichtet. Ihretwegen hatte er überhaupt noch ein Dasein, wo vorher nur Trauer und Leere und Verzweiflung und Angst gewesen waren. Ohne Monika, hatte er gemeint, gäbe es keinen Sinn mehr.

Mit der Zeit war die Stimme deutlicher geworden. Siewert hatte gelernt, ihre Worte zu verstehen. Und so barsch sie geklungen hatte – all diese Befehle, vor denen er sich klein fühlte wie eine Maus –, sie hatte ihm das Leben gerettet.

Der Herr Kommissar setzte sich in Bewegung. Offenbar kam er auf ihn zu. Siewerts Aufregung schwoll an, seine Haut begann zu brennen. Er fror und schwitzte gleichzeitig.

Er musste weg.

Ostrowski setzte an, die Straße zu überqueren. Siewert ließ ihn nicht aus den Augen, während er sich vorsichtig zurückzog. Schwerfällig wie ein Walross stapfte der dicke Kommissar über den Damm. Ja, Ostrowski war ein Walross. Siewert freute sich an dem Bild, das er geschaffen hatte, auch wenn er keine Zeit hatte, es ausgiebig zu betrachten. Der schwere Mann da auf der Straße, und die Autos ließen ihn nicht durch. Hupten sogar.

Nicht mehr lange, dann würde der Herr Kommissar wissen, dass er das Ziel war.

Siewert schüttelte sich, um alle Kindereien hinter sich zu lassen, dann eilte er die Treppen zur U-Bahn hinunter. Er musste aufpassen, wo er hintrat, denn vor seinen Augen hatte sich ein feuchter Film ausgebreitet. Die Uhr, an der er vorbeilief, zeigte auf kurz vor sechs. Er musste ins Wohnheim, wo er musizieren sollte. War das klug? Würde Ostrowski ihn dort nicht suchen?

Es war eine Ewigkeit her, dass er das letzte Mal vor Publikum gespielt hatte, und als die Frage an ihn herangetragen worden war, hatte er sich geziert. Doch dann hatten sie ihm eine Gage versprochen. Und er hatte es als perfekte Tarnung angesehen, ein freundlicher Künstler zu sein. Doch jetzt war er sich nicht mehr sicher.

Bereits auf der Treppe spürte Ostrowski die ungewohnte Anstrengung. Er war nicht in Form. Woher auch? Das Rudern und Wandern waren nur Zukunftspläne. Die Hand am Treppengeländer, nahm er immer zwei Stufen auf einmal. Sein Herz klopfte.

Siewert – wenn es denn Siewert war – war verschwunden. Wohin? Gegenüber war ein zweiter Ausgang, der zur Brunowstraße führte. Rechts ging es zum Bahnsteig. Von Siewert war nichts zu sehen. In Sekundenschnelle entschied sich Ostrowski für die U-Bahn. Einer der orangefarbenen Züge stand am Gleis. Ostrowski rannte den Bahnsteig entlang und schien dabei so laut zu trampeln, dass die Leute aufsahen. In den letzten Wagen sprang er hinein. Und begann, jeden der Fahrgäste zu mustern.

Es war voll. Feierabendverkehr.

Bei Frauen und Kindern zog er sofort weiter; bei Männern verweilte er kurz. Eine schmale Figur, mit Mütze, wenn er es richtig gesehen hatte, das war, was er suchte. Im Abteil waren sie breit. Oder langhaarig oder zu jung, um Siewert zu sein. Oder zu alt.

Das Signal erklang, die Türen schoben sich zusammen, der Zug fuhr ab.

Er wollte es für möglich halten, dass er sich nur eingebildet hatte, Siewert erkannt zu haben. Größe und Figur stimmten, aber wie viele Menschen dieses Typs gab es? Die Dunkelheit und die Mütze hatten das Gesicht verdeckt, er hatte es nicht richtig ausmachen können, auch nicht, als er schon auf der Straße war, da war er zwar näher dran gewesen, hatte aber achtgeben müssen, nicht überfahren zu werden.

War es Siewert oder war er es nicht?

So oder so – er war nun in dieser Bahn und musste weitersuchen. Das Abteil war viele Meter lang. Die meisten Fahrgäste saßen, die Gänge waren leer, nur vor den Türen standen Leute in Trauben. Er ging systematisch vor, ließ niemanden aus. Brauchte nur eine Sekunde oder zwei pro Gesicht.

Wer hätte vor Jennys Haus gelauert, wenn nicht Siewert? Die Gefahr war viel näher, als er sich vorgestellt hatte. Ein Zweifler wie Kemal hätte eingewendet, dass Siewert zufällig an der Straßenecke gestanden haben konnte. Oder dass er eine andere Wohnung beobachtete. Oder er war, wie Dr. Gomin meinte, resozialisiert und hatte nur überlegt, ob er die U-Bahn oder doch lieber den Bus nehmen sollte.

Alles möglich.

Aber warum war er dann weggelaufen?

Ostrowski hatte keine Zeit für Zweifel. Sollte er wirklich feststellen, dass er sich geirrt hatte, dann ging er ein paar Wege zu viel. Dagegen stand die Gefahr, wenn er nichts tat. Da musste er nicht zweimal überlegen.

Als der Zug an der Station Borsigwerke hielt, hatte er das lange Abteil durchgesehen, den letzten Teil nur im Überblick. Aber das reichte. Er stieg aus und versuchte, den Bahnsteig zu überblicken. Überall Menschen. Fahrräder, Kinderwägen, Lärm. Seine Größe kam ihm zur Hilfe, zusätzlich stellte er sich auf die Zehenspitzen.

Siewert sah er nicht.

Als die Sirene erklang, sprang er ins nächste Abteil. Bis zum Kurt-Schumacher-Platz fuhr er mit und registrierte unzählige Männergesichter, vergeblich. Schließlich gab er auf. Der Letzte, den er musterte, war ein Arbeiter in Montur, eine Baseballkappe auf dem Kopf und einen schmutzigen Rucksack über der einen Schulter. Das war sicher nicht Siewert.

Er hatte ihn verloren.

Ostrowski trottete den Bahnsteig entlang, beide Hände in den Hosentaschen und die Schultern hochgezogen. Er hatte keine Zeit gehabt, einen Fahrschein zu ziehen, für die Rückfahrt brauchte er einen. In seiner Tasche fand er drei Münzen, einmal 50 Cent und zwei Zwanziger. Hoffentlich nahm der Automat auch Scheine.

Während neben ihm der Strom von Menschen nicht abriss, setzte er sich auf eine Bank und kramte sein Handy hervor. Die Werkstatt. Freitag Nachmittag, es ging auf fünf. Er wollte endlich sein Auto zurück. Höchste Zeit, nachzufragen. Er musste es lange klingen lassen, bis jemand abhob. Eine genervte Stimme.

Ostrowski fragte nach seinem Passat.

»Kennzeichen?«

Er nannte es.

»Moment.«

Er hatte lange zu warten.

»Is noch nich fertig.«

»Und warum nicht? War doch nur der Auspuff.«

»Die ham det falsche Teil jeliefert.«

»Wie bitte?«

»Den falschen Auspuff, Mann.«

»Moment mal. Ich brauche mein Auto am Wochenende.«

»Da kann ick Ihnen leider nich helfen.«

Ostrowski hätte losdonnern können, all seinen Frust und die Anspannung hinausbrüllen. Aber er bremste sich. »Ist nicht Ihr Problem, was?«

»Ne, is et nich. Ich kann doch nüscht dafür, datt se mir dit falsche Teil zujestellt haben. Montag kommt dit richtje. Hoffentlich.«

Er liebte Medikamente, zum Schlafen, zum Aufputschen, gegen Husten und Kopfweh und Depression. Grundsätzlich nahm er die stärksten, und wenn die Frauen in den Apotheken nachfragten oder die Stirn runzelten, verzog er keine Miene, obwohl er Stolz empfand. Die Sache mit der Gesundheit war nur eine Mode, von niemandem hinterfragt. Wer sagte denn, dass man alt werden sollte? Wozu sich die Mühe machen?

Die Apotheken wechselte er regelmäßig und kannte Hunderte von ihnen im ganzen Stadtgebiet. Doch nun zog es ihn zu einer zurück, in der er erst gestern gewesen war. Zu einer Apothekerin, die ihm nicht mehr aus dem Kopf ging. Dabei war ihm das Aussehen von Frauen eigentlich egal, solange sie nur jung waren. Was zählte, war allein die Situation – jenes Unbeschreibliche, der Kick, die Erregung. Doch diese Frau war fast zu hübsch, ihre Schönheit schmerzte. Ein strenges und ernstes Gesicht, eine melancholische Ausstrahlung. Die Anmutung einer Nordeuropäerin.

Es zog ihn mit einer Kraft zu ihr, die ungleich stärker war als er. Niemand hätte ihn halten können, am wenigsten er selbst. Er versuchte es erst gar nicht. Er war nichts als Anspannung und Konzentration, war auf sein Ziel ausgerichtet. Sah seine Schritte vor sich. Hörte seine Worte, bevor er sie gesprochen hatte.

Er öffnete die Tür.

Ihn empfing eine andere Frau, älter, routinierter. Die Chefin offenbar: »Bitte?«

Er war nicht enttäuscht, denn sie war da – er hatte sie gesehen! Sie arbeitete im hinteren Raum, wo sie Medikamente einsortierte.

Er zog sein Rezept aus der Tasche, strich es glatt und legte es auf den Tresen.

»Valium?«

»Wenn's da steht.«

Die Alte zog ab, und in der Zwischenzeit versuchte er, einen weiteren Blick auf die Schöne zu erhaschen. Er trat neben den Tresen, wo die Sicht besser war, und reckte den Hals. Sie war in ihre Arbeit vertieft, nahm die Packungen von einem Metallwagen, las die Aufschrift, zog eine Lade auf, legte das Medikament hinein. Ihr Kittel war von strahlendem Weiß. Das Haar war zusammengebunden. Sie gestattete ihm nicht, sie zu stören.

Er ertappte sich selber dabei, dass ihm der Mund offenstand. Dass er starrte, als wenn er nie eine Erziehung genossen hätte. Es fiel ihm schwer, aber er zog sich zurück hinter den Tresen, wo er sie nicht mehr sah, nur noch ahnte. Eine Ecke ihres Kittels kam in sein Blickfeld. Er musste sich festhalten, weil er zu schwanken drohte.

Die Apothekerin reichte ihm sein Valium, tippte den Betrag in die Kasse, er zahlte, bekam sein Wechselgeld und verschwand. Kein letzter Blick auf die Schöne. Kein Gruß.

Nicht mehr lange.

Seine Finger kribbelten. Die Dunkelheit senkte sich über die Straße.

Da war sie wieder, die Finsternis. Seine Freundin und Verbündete.

Ostrowski war sauer. Auf die blöde Werkstatt. Auf den Fahrkartenautomaten, der keine Scheine nahm. Auf Siewert – und am Ende und vor allem auf sich selber, weil er sich hatte abhängen lassen. Am liebsten hätte er gegen etwas getreten. Die Jungs, die sich, unbeeindruckt von allen Passanten, eine halbe Treppe höher prügelten, kamen ihm gerade recht. Zwei rannten davon, als er sie anbrüllte und einschritt. Aber ein anderer kniete noch neben dem, der auf dem Boden lag.

Ostrowski packte den Angreifer bei den Haaren und schleuderte ihn zur Seite. Der Junge war so überrascht, dass er keine Gegenwehr leistete. Auf dem Hinterteil schlitterte er über den Boden und krachte gegen die Wand, an der er zum Liegen kam. Ostrowski warf dem Opfer einen Blick zu. Ein Jugendlicher. Er blutete aus der Nase und hatte eine Platzwunde, schlimmere Verletzungen schien es nicht zu geben. So konnte er sich dem anderen zuwenden. Der sich schon wieder aufraffte. Wahrscheinlich fliehen wollte.

Ostrowski ballte die Fäuste, er spürte die Kraft in seinem massigen Körper. Sein Verstand war ausgeschaltet. Er war nur noch Wut und Energie.

Pure Aggression.

Der Junge riss die Hände vor den Kopf. »Aufhören! Aufhören! Ich habe nichts gemacht. Ich wollte doch nur helfen.«

Ostrowski packte ihn am Revers.

Sein Gegenüber hatte ein Milchgesicht, weich und recht hübsch, mit braunen Augen, die aufgerissen waren vor Angst. Student wahrscheinlich.

Was ihn nicht davon abhielt, andere zu bestehlen.

»Helfen? Du hast über ihm gekniet, um ihm die Nächste zu verpassen. Ihr wolltet ihn ausrauben.«

Der Junge ließ die Hände ein wenig sinken, gerade so weit, dass er Ostrowski in die Augen blicken konnte. Seine Stimme zitterte. »Nein! Was weiß ich, was die Kerle wollten. Ich gehöre nicht zu denen. Ich kenne die gar nicht.«

Ostrowski hatte die rechte Hand immer noch zur Faust geballt und war schlagbereit. »Das kannst du deiner Oma erzählen, vielleicht glaubt die dir. Ich rufe jetzt die Polizei. Untersteh dich, abzuhauen.« Er hielt seinem Gegner die Faust vor die Nase.

Während er sein Telefon aus der Hosentasche fingerte, lockerte er seinen Griff, ohne aber den anderen aus den Augen zu lassen. Der Junge war steif vor Angst und machte keine Anstalten, zu fliehen. Doch das hieß nichts. Bis eine Streife hier war, würde viel Zeit vergehen.

»Er hat recht«, kam es von der anderen Seite.

Ostrowski nahm den schwach gesprochenen Satz erst auf, als er ihn zum zweiten Mal hörte. Dann drehte er sich um.

Der Geschlagene. Hatte sich ein wenig vom Boden in die Höhe gedrückt. Und hielt sich ein Taschentuch vor die blutende Nase.

»Er hat wirklich recht«, wiederholte er. »Der Typ hat die anderen vertrieben. Er hat nichts mit denen zu tun.«

Ostrowski glaubte ihm nicht.

Er musterte den Braunäugigen, der vor ihm stand, und versuchte, Anzeichen von Verschlagenheit in seinem Gesicht zu finden, von Härte, von Brutalität.

Aber da war nichts. Das Gesicht wirkte so weich und sanft wie beim ersten Blick. Fast wie das eines Mädchens.

Vielleicht tarnte er sich gut.

»Können Sie trotzdem die Polizei rufen?«, bat das Opfer. »Die haben mich beklaut. Portemonnaie ist weg, Handy auch. Und du, vielleicht kannst du sie beschreiben. Hast du die Typen gesehen?«

»Es ging schnell«, antwortete der Braunäugige. »Aber trotzdem, ja. Ein bisschen schon.«

Den Streifenkollegen gegenüber sagte Ostrowski aus, keinen der Angreifer gesehen zu haben, und machte sich mit der nächsten U-Bahn in Richtung Tegel davon. Seine

Stimmung hatte sich gedreht wie der Wind auf See. Keine Wut mehr, nicht einmal Ärger. Auch wenn es ihm nicht leichtgefallen war, er hatte den Jungen um Entschuldigung gebeten, den er an den Haaren über den Fußboden gezogen hatte.

Ein Gedanke war dabei, ihn anzufressen: *Ich habe nichts gemacht. Ich wollte doch nur helfen.*

Was, wenn Siewert auch nur hatte helfen wollen?

Nun, das war natürlich Quatsch. Siewert war dem Mädchen nachgegangen. Er hatte ihr Vertrauen ausgenutzt und sich in die Wohnung geschlichen.

Weil er helfen wollte?

Totaler Quatsch.

Er war von einem Zeugen über der Leiche angetroffen worden. Vielleicht hatte der Mann nicht den unmittelbaren Mord gesehen, aber er war direkt danach eingetroffen, als Siewert neben dem Opfer kniete.

So wie der braunäugige Junge im Bahnhof neben einem Opfer gekniet hatte. Er sah aus wie ein Täter – und hatte nur helfen wollen.

Ostrowski schüttelte den Gedanken ab. Der Berufsverkehr war abgeklungen, in der Bahn, die ihn zurückbrachte, mischten sich Anzugträger, die ihre Rollkoffer bei sich hatten und vom Flughafen kamen, mit einsamen Stadtbewohnern, Männern wie Frauen, und mit jungen Leuten, die Bronx vorgaben, obwohl sie aus Tegel kamen. Er setzte sich. Er brauchte sich nicht umzusehen – tat es trotzdem –, denn Siewert war sicher nicht hier.

Sein Gedanke war wie ein Wurm, er wand sich zurück in sein Hirn. *Ich habe nichts gemacht, ich wollte doch nur helfen.*

Hatte Siewert auch nur helfen wollen, und er, Ostrowski, hatte einen Unschuldigen ins Gefängnis gebracht? Und dadurch möglicherweise die finstersten Instinkte in dem Mann geweckt.

Seine Racheinstinkte.

Nein. Es gab einen wesentlichen Unterschied. Der Braunäugige hatte sofort, noch während er bedroht wurde, seine Unschuld beteuert. Siewert dagegen hatte in den Vernehmungen überhaupt nichts gesagt. Er hatte die Tat nicht geleugnet. Warum nicht? Niemand ging freiwillig ins Gefängnis.

Es sei denn, die eigene Schuld war so stark, dass sie einen übermannte. Dass sie einem die Sprache verschlug und man nicht lügen konnte.

Ostrowski atmete lange aus. Eine Hand hatte er an der Haltestange, mit dem Rücken drückte er sich gegen das Plastik des Sitzes. Diese Sorge, versicherte er sich, brauchte er sich nicht zu machen, Siewert war nicht unschuldig. Aber die andere Sorge, die war da, und sie hatte mit Schuld oder Unschuld nichts zu tun. Der Mann schien irgendetwas vorzuhaben. Etwas, das mit Jenny zu tun hatte.

Warum hatte er dann die junge Frau in dem Zeitungskiosk getötet? Ostrowski wusste sich keine Antwort zu geben. Da war kein Zusammenhang.

Sicher war nur, er hatte sich seinerzeit nicht geirrt und Kemal auch nicht. Selbst wenn der Junge, den er am Bahnhof angegangen war, hatte helfen wollen, hieß das noch lange nicht, dass auch alle anderen Leute, die neben Opfern knieten, Helfer und keine Täter waren.

Und trotzdem ließen sich seine Gedanken nicht abstellen. Sie wurden unschärfer, ein unkontrollierter, leiser

Strom von Rede und Gegenrede. Der Zug erreichte die Endhaltestelle Alt-Tegel. Ostrowski stieg aus. Er schritt die Treppen hinauf und fand sich in der Nähe von Jennys Wohnung wieder. Hier hatte Siewert auf Posten gestanden.

Er musste etwas unternehmen.

Siewert hatte, was der Gutachter nicht für möglich hielt, offenbar alle getäuscht, das Gefängnispersonal, die Sozialarbeiter, Dr. Gomin selbst. Auf was sollte er aus sein, wenn nicht auf Rache? Danach war ihm egal, ob er wieder eingesperrt wurde.

Bei Jenny brannte Licht. Ostrowski zögerte, hineinzugehen.

Seinerzeit, versicherte er sich, hatte es einen Zeugen gegeben.

Nur eine blöde Frage blieb: Warum hatte dieser Zeuge nicht eingegriffen, wie er selbst es gerade im Bahnhof Kurt-Schumacher-Platz getan hatte? Warum hatte der Mann nichts unternommen? Es war doch um das Leben seiner Tochter gegangen.

Was hatte dieser Harms wirklich gesehen?

Er brauchte Klarheit. Und zwar schnell.

Becker kam ihm vor, als hätte er einen zu großen Schluck aus der Pulle Selbstvertrauen genommen. Baute sich vor den Leuten auf, wedelte mit seinem Ausweis. Trug das Holster so, dass noch der Kurzsichtigste erkennen konnte, dass er bewaffnet war. Und dazu noch dieser glitzernde Ohrstecker.

Kemal musste den Mann bremsen.

Bevor sie eintraten, zog er ihn am Ärmel. Hielt ihn, wie es ein Verteidiger im Strafraum mit einem gegnerischen

Stürmer macht. Und ging an ihm vorbei, hinein in den heruntergekommenen Raum der Sozialstation.

Es handelte sich um ein Haus aus den 70ern, das man in einer Nebenstraße versteckt hatte. Ein Ladenlokal, die Scheiben waren schmutzig, die Tür schloss nicht richtig, weil sich der Fußboden angehoben hatte. Darauf lag ein Teppich, der noch der originale sein mochte, 40 Jahre alt, früher orange, inzwischen abgewetzt und dreckig. Sollte keiner, der hier Kunde war, das Gefühl bekommen, es gäbe mehr zu holen als das absolut Notwendige. Und auch keiner, der zufällig hereinsah.

Ein junger Mann kam auf sie zu, die langen Haare zu einem Zopf gebunden, mit Brille, unrasiert. Er trug einen Pulli, der so alt sein mochte wie der Teppich. Der genauso löchrig war.

»Guten Abend, Aydin mein Name, Kripo Berlin. Wir suchen diesen Mann.«

Kemal entfaltete das Blatt mit der Phantomzeichnung, erstellt aufgrund der Angaben des Zeugen Torsten Heisterkamp.

Dem Langhaarigen reichte ein kurzer Blick. »Kenne ich nicht.«

»Vielleicht machen Sie sich die Mühe, etwas genauer hinzusehen«, sagte Kemal wider besseres Wissen. Wer nicht helfen wollte, der tat es nicht.

Auf einem langen Tisch lagen diverse Flyer in unterschiedlichen Farben. Hilfsangebote wahrscheinlich. Entzug, Therapie, Arbeits-Maßnahmen. Darunter stand ein Napf aus Plastik, mit Wasser gefüllt. Für die Hunde der Alkis.

Der Langhaarige hatte etwas länger hingesehen. Aber

das Blatt nicht in die Hand genommen. Auch das erzählte Kemal viel über seine Bereitschaft zur Kooperation.

»Ne, kenne ich nicht.«

»Der Mann steht unter Mordverdacht«, mischte sich Becker ein.

»Ach ja?«

»Er soll mit einer Frau gestritten haben, die kurz danach auf grausame Weise getötet wurde.«

»Der da?«, fragte der Langhaarige.

»Sie kennen ihn also?«

»Nein, ich kenne ihn nicht. Ich glaube, das sagte ich schon.«

»Hören Sie, Herr …«, versuchte es Becker weiter.

»Thies.«

»Herr Thies.«

Der Langhaarige schüttelte den Kopf. »Einfach nur Thies. Das ist mein Name.«

Kemal ahnte, was kommen würde. Er konnte mit ansehen, wie der Ärger in Becker aufstieg. Wie er sich mit seinem neuen Selbstvertrauen mischte. Der junge Kollege wollte einen Erfolg. Und sich das nicht von einem Idioten vermasseln lassen, der nur einen Vornamen hatte.

»Thies, bitte schauen Sie sich das Bild noch einmal an.«

»Habe ich nun schon zweimal.«

»Wir haben Grund zu der Annahme, dass der Mann hier in der Sozialstation verkehrt.«

»Bei mir nicht.«

Der Satz, der für Becker zu viel war. Er wurde scharf. »Wir können auch andere Seiten auffahren.«

»Oh, da krieg ich aber Angst. Vater Staat zeigt seine Fratze. Oder sein wahres Gesicht. Ich habe Ihnen gesagt, ich kenne den nicht. Ich kann mich zumindest nicht an ihn erinnern. Und jetzt sind Sie dran.«

Er streckte beide Hände vor, bereit für die Handschellen. Dann hätte er wenigstens wieder etwas zu erzählen, abends, beim Bier mit seinen Genossen.

Kemal legte Becker die Hand auf die Schulter. Kein Trikotziehen mehr, sondern eine fast freundschaftliche Geste, die ihn selber überraschte.

»Komm. Wir gehen.«

Der Mann stand und wartete. Die Leute, die auf der Straße an ihm vorbeizogen, interessierten ihn nicht. Er nahm sie kaum wahr, erst recht machte er sich keine Gedanken darüber, ob er einem von ihnen auffallen könnte. Das alles war so egal.

Nur sie zählte. Die Schöne.

In ihm war eine Erregung, die auch die letzte Faser seines Körpers erfasst hatte und seine Gedanken und sein Fühlen beherrschte. An Armen und Beinen waren die Muskel angespannt, der Hals war steif, die Finger genauso. Sein Geschlecht beulte die Hose aus. Ihm war, als stünde er unter Strom.

Er plante niemals, er spielte nur. Wie unwürdig, Menschen auszuspionieren, ihnen nachzustellen. Ein Vorhaben klappte – oder es klappte nicht. Alles war eine Frage des Augenblicks.

Da wurde die Apothekentür geöffnet. Beide Frauen kamen heraus, die Ältere genauso wie die Jüngere. Sie winkten einander zu, er hörte Worte wie »schönen Abend«, »viel Spaß« und »tschüss«, und dann gingen sie auseinander, jede in eine andere Richtung.

Es war ein guter Augenblick.

Die Schöne ging südwärts.

Der Mann wechselte die Straßenseite. Er hielt Abstand. Aber er folgte ihr.

Sie hatte einen kräftigen Schritt, und das gefiel ihm, eine junge Frau, die gewohnt war, ihre Beine zu benutzen und nicht für jeden kleinen Weg das Auto nahm. Ja, sie war etwas Besonderes. Das war ihm sofort aufgefallen.

Wann hatte er sich je getäuscht?

Sie trug Mantel, Häkelmütze und einen weinroten Schal, den sie zweimal um ihren Kragen gewickelt hatte. Wie leicht es gewesen wäre, sie zu erwürgen. Er brauchte nur zu ziehen.

Er stellte sich ihr Gesicht vor, das blonde Haar, den vollen Mund, die Brille, die sie so ernst aussehen ließ. Er freute sich darüber, wie mühelos er sich ihr Bild hervorrufen konnte, das Bild einer seriösen Apothekerin, deren Rat man unbedingt vertrauen durfte.

An diesem Abend war ihr offenbar kalt. Die Hände hatte sie in den Taschen, die Schultern waren hochgezogen.

Der Mann ließ den Abstand nicht zu groß werden. Auf der Berliner Straße war weiterhin einiges Volk unterwegs. Die Supermarkt-Einkäufer, die sich am Abend leere Kassen versprachen. Die Rentner, die dann auch gingen.

Die Apothekerin marschierte an ihnen allen vorbei, und in dem Mann wuchs die Anspannung noch weiter. Er hätte platzen, hätte explodieren können. In die Erregung mischte sich auch noch Vorfreude. Seine Zunge hing im Mundwinkel, in den Ohren drückte ihn ein heller Ton. Auch sein Geschlecht war in Aufruhr.

Er tänzelte.

Die Schöne ging weiter.

Wo wollte sie hin?

Er schloss auf.

Warum spielte sein Körper nur dann mit, wenn Blut im Spiel war? In vielen Jahren hatte er keine Antwort auf diese Frage gefunden. Jetzt sollte sie ihn nicht stören.

Die Straßenbeleuchtung war hell. Autos kamen ihm entgegen. Er liebte diese Situation. Wer war so primitiv, einer Frau in der Dunkelheit nachzustellen? Nein, wenn, dann dort, wo Menschen waren.

Wo sie eine Chance hatte.

Er bezweifelte, dass sie ihre Chance überhaupt ergreifen wollte. Tief in ihrem Inneren hatte sie bestimmt erkannt, dass nach ihm jedes Erlebnis schal würde, so schal, dass man besser verzichtete.

Während er ihr nachging, achtete er darauf, im Gleichschritt mit ihr zu sein. Links, rechts. Links, rechts. Sie gehörten zusammen.

Er kam noch etwas näher. Ihr Schal war vor ihm. Sie schien sich warmgelaufen zu haben, die Schultern hatten sich entspannt.

Ob sie wirklich wusste, dass er da war?

Sicher wusste sie das. Sie hatte doch auf ihn gewartet.

Vor ihnen lag ein Bürohaus mit sechs oder sieben Stockwerken. Mit einer kleinen Hecke, die das Grundstück zum Bürgersteig hin abgrenzte.

Wer dem Augenblick vertraute, der erkannte auch die Möglichkeiten, die er einem bot.

Er holte weiter auf.

Hatte sie erreicht. »Entschuldigen Sie bitte, dass ich Sie anspreche.«

Sie blieb stehen. »Ja?«

Die Mütze stand ihr gut. Sie umrahmte ihr Gesicht. Es war rund und knackig, von der Kälte gerötet. Ein frischer Apfel.

Er fasste sich an die Brust. »Ich habe … Herzrasen. Ich fürchte … mir …«

Er ließ sich ein wenig in sich zusammensacken und machte zwei kleine Schritte auf die Hecke zu. Es sollte aussehen, als ob er stolperte. Sich krümmte. Gleich zusammenbrach.

»Soll ich einen Notarzt rufen?« Sie war schon neben ihm, Mitleid in der Stimme und Wärme, Besorgnis in ihrer Haltung.

Was für eine wunderbare junge Frau.

Er fasste ihr um den Leib und zog sie, die zu überrascht war, um sich zu wehren, zu sich heran. Ehe sie geschaltet hatte, ließ er sich mit ihr über die niedrige Hecke fallen. Beide plumpsten sie auf den harten Boden.

Er presste ihr die Hand auf den Mund. Mit der anderen griff er in seine Hosentasche. Sie lag bereits auf dem Rücken und hatte die Augen aufgerissen.

Das gute Kind hatte Angst. Schade, dass man das nicht vermeiden konnte. Immer, wenn der Tod kam, hatten die Leute Angst, darin unterschieden sie sich nicht von den Tieren, selbst Käfern und Insekten konnte man ihre Todesangst ansehen, wenn man sie in die Enge trieb.

So wie der Schönen. Hoffentlich machte die Angst nicht allen Genuss zunichte.

Er lag über ihr. Sie gefiel ihm so sehr, dass er sie hätte küssen mögen.

Aber dazu war er nicht da.

Als er ihr das Messer auf den Hals setzte, nickte er ihr zu. Sie sollte Vertrauen haben. Dann der Schnitt. Und sofort danach, wie ein Gag, das Tuch, das er aus seiner Aktentasche zog und ihr auf die Wunde presste.

Kemal hatte Becker eine Kopie der Zeichnung in die Hand gedrückt und ihn wieder fortgeschickt, mit dem alten Argument, auf diese Weise mehr zu schaffen. Der Junge war weiterhin nicht begeistert davon, alleine arbeiten zu müssen, trotzdem hatte er sich mit zwei Fingern durch die gegelten Haare gestrichen und war abgezogen. Kemal zündete sich eine Zigarette an und überlegte, was er tun sollte, und wie immer kam ihm Tee in den Sinn, ein leckerer Çay, der den Geist aufmunterte und die Seele gleich mit.

Sollte er immer so weiter machen als Rahlkes dummer Junge? Idiotischen Hinweisen nachgehen – gegen Afrikaner, gegen einen verquatschten Postzusteller, einen Obdachlosen oder einen Pfarrer, allesamt Leute, die anderen ein Dorn im Auge waren? Oder Alkoholikern und Pennern nachjagen, die als Täter nicht infrage kamen? Er dachte an die Zeit mit Ostrowski zurück. Was für ein kollegiales Arbeiten das gewesen war. Was für ein Verständnis.

Ostrowski. Du Arschloch.

Und dann die Sache mit der Wohnung. Ins Märkische Viertel könnten sie ziehen, dort gab es Wohnungen, er hatte es in einem Schaukasten der Gesobau gesehen. Fünf Zimmer, nicht einmal teuer. Alles, was Ayse verlangte.

Nur wollte sie nicht ins Märkische Viertel. Und er, wenn er ehrlich war, auch nicht.

Also würde er weitersuchen, in ihrer Nähe, rund um den Humboldthain. Dann müssten die Mädchen die Schule nicht wechseln. Dort, wo sie waren, schienen sie sich wohlzufühlen, dort hatten sie Freundinnen und waren vertraut.

Hinter seinen Überlegungen stand eine andere Frage. Er hatte grundsätzlich zu klären, wie er in Zukunft arbeiten wollte. Die Entscheidung über die Dienststellenleitung war gefallen, und es war kaum zu erwarten, dass Sommerfeld sie rückgängig machte, deshalb ging es um Kemals Umgang mit der Situation. Er konnte – ein echt deutscher Ausdruck – Dienst nach Vorschrift leisten. Sich von Rahlke weiterhin zum Hilfsarbeiter degradieren lassen und darauf achten, dass er pünktlich Feierabend hatte. Dann hätte er Zeit für die Wohnungssuche und die Familie.

Die andere Möglichkeit war, das zu tun, was er selbst für richtig hielt, und zwar unabhängig von Rahlkes Vorgaben und seiner Unfähigkeit.

Für Ayse wäre das keine Frage gewesen. »Der Chef heißt Chef, weil er Chef ist«, hätte sie gesagt. Immer plädierte sie dafür, sich unterzuordnen. In diesem Geist erzog sie auch die Mädchen. Kemal hatte sich an manchem Wochenende dabei ertappt, zu widersprechen und Stärke zu verlangen, wie Babou sie besessen hatte, und dafür böse Blicke von ihr geerntet.

Außerdem beschäftigte ihn sein Verhältnis zu Ostrowski. Je stärker seine Kollegen sich verrannten, desto größer wurde sein Bedürfnis, mit dem Dicken zu sprechen. Ostrowski hatte gelernt, eine Situation zu analysieren, und früher waren sie stark darin gewesen, im Hin und Her auf Ideen und Lösungen zu kommen. Dagegen stand die Wut, die er auf Ostrowski hatte. Sie war zu stark, um ihn anzurufen.

Er steuerte einen türkischen Imbiss in Tegel an, grüßte mit »Merhaba« und bestellte sich einen Tee, der heiß war und gut schmeckte. Anders als in seiner Gegend, im Wedding, waren hier die meisten Gäste Deutsche. Sie aßen Döner – die einzige Speise, die seine Landsleute in einem halben Jahrhundert in Deutschland etabliert hatten. Kemal stellte sich aufrecht hin. Er musste aufpassen, nicht in Trübsal zu versinken. Am Ende lag alles an einem selber, und er würde nicht in den Verein der Jammerer eintreten. Auch dann, wenn er seine Frage an diesem Abend nicht löste, würde er einen Weg finden. Wichtig war, aufrecht stehen zu bleiben. Er war keiner, der den Rücken krumm machte. Genauso wenig wie Babou.

Sein Handy klingelte. Er brauchte nicht aufs Display zu sehen, um zu wissen, wer ihn anrief. Als wenn er es schon am Klingelton hörte.

Er ging hinaus, sein Teeglas in der Hand, und nutzte die Gelegenheit, sich eine Zigarette anzustecken.

»Ja?«

»Claas Rahlke hier, hallo, Herr Aydin. Wo sind Sie?«

»In Tegel.«

»Okay. Und wo genau?«

»In der Nähe vom Tegeler Hafen.«

»Verstehe. Was gibt es Neues?«

»Die gesuchte Person haben wir noch nicht gefunden.«

»Haben Sie eine Spur?«

»Leider nicht. Wir sind auseinander gegangen, Kollege Becker und ich, um mehr zu schaffen.«

»Ich weiß.«

Er hatte also bereits mit Becker telefoniert. Auch das war ein Signal.

»Becker hat den Eindruck, ein Sozialarbeiter habe nicht alles gesagt, was er weiß.«

»Möglich«, erwiderte Kemal. »Es ist immer schwer, in andere Leute hineinzusehen. Aber es war deutlich, dass dieser Mensch nicht mit uns zusammenarbeiten wollte.«

»Dann werde ich mir den mal vornehmen. Gleich morgen früh.«

Kemal grinste. Der Chef persönlich. Wie großartig. »Gibt es etwas Neues über Siewert?«

»Nein«, erwiderte Rahlke, »das hätte ich Ihnen selbstverständlich mitgeteilt. Was haben Sie heute noch vor?«

»Ich frage noch ein wenig weiter. Aber es wird nicht leichter in der Dunkelheit. Und dann wollte ich nach Hause gehen.«

»Machen Sie das. Kollegin Wahlis macht auch Schluss für heute und ich auch. Wir können alle ein paar Stunden Schlaf gebrauchen. Was ist mit Becker?«

»Ich sage ihm Bescheid.«

»Ne, ich mach schon. Ich rufe ihn noch mal an. Bis morgen.«

Kemal legte auf. Heute hatte er sich eine Frage gestellt. Morgen würde er eine Antwort finden.

»Sie sind aber ein aktiver Pensionär«, sagte Frau Harms, als er wieder an ihrer Tür stand. Sie bat ihn herein. Er hörte Fernseh-Geräusche aus ihrem Wohnzimmer. »Abends um diese Zeit – da arbeiten doch ihre Kollegen nicht mehr?«

»Gelegentlich schon«, antwortete er, um nicht sagen zu müssen: Wenn Gefahr im Verzug ist.

Sie zeigte auf den Sessel und stellte den Fernseher aus. Er setzte sich, doch als er in ihr vor der Zeit gealtertes Gesicht sah, dann zu der Schallplattensammlung auswich, zu dem Kreuz an der Wand und zu dem Läufer über dem Blutfleck, da fehlten ihm die Worte. Was er wissen wollte, war heikel. Er musste vorsichtig sein.

Sie blickte ihn erwartungsvoll an.

»Sie haben mir von der Eifersucht Ihres früheren Mannes erzählt. Ich möchte gerne ... wenn es Ihnen recht ist ... an der Stelle noch einmal nachhaken.«

Sie machte eine indifferente Geste, weder Nicken noch Kopfschütteln. Ihre Stimme hatte die Leichtigkeit, mit der sie ihn begrüßt hatte, verloren.

»Es gab eine Zeit, da wollte ich gerne über Monika sprechen. Ich hatte einen richtigen Drang dazu. Damals war niemand da, der mir zugehört hätte, auch meine Bekannten nicht. Wissen Sie, die Leute weichen einem aus, wenn es zu schwer wird. Ich habe immer gedacht, sie wollten sich vor der Wucht meiner Trauer schützen. Inzwischen ist das anders geworden. Dieses Kapitel ist ... wie soll ich das sagen? Es hat seinen festen Platz irgendwo da drin.«

Mit zwei Fingern tippte sie auf ihren Oberkörper. »Es ist verschlossen. Mein Schatzkästchen.«

»Wie ist Ihr Mann damit umgegangen?«

»Mit seiner Eifersucht?«

»Ja.«

Sie hob die Schultern. »Mehr Bier, mehr Fußball.«

»Sonst nichts?«

Sie reckte den Kopf, sodass sie in Richtung Zimmerdecke blickte, und dachte nach. Er ließ ihr Zeit.

Als sie ihn wieder ansah, waren ihre Augen feucht.

»Manchmal hat er versucht, ihr alles madig zu machen, die Musik, überhaupt ihre ganze Welt, auch eine Ausbildung auf dem Konservatorium. Kinderträume, hat er das genannt, das soll sie sich schnell abschminken und stattdessen einen anständigen Beruf lernen. Er hat immer verlangt, dass sie bald auf eigenen Füßen steht, sie soll ihm nicht noch als Erwachsene auf der Tasche liegen, das kommt für ihn nicht infrage. So hat er geredet.«

»Und Sie? Was haben Sie gesagt?«

»Ich habe mich nicht getraut, zu widersprechen, dann wurde er unberechenbar, da konnte ihm auch die Hand ausrutschen. Nur wenn wir alleine waren, Monika und ich, dann habe ich ihr gesagt, sie soll das alles nicht so ernst nehmen, er werde schon einverstanden sein.«

»Hat sie Ihnen geglaubt?«

Frau Harms betrachtete ihre Finger, die sie gespreizt hatte und vor sich hielt. »Monika war anders als ich, viel freier und unabhängiger. Sie hätte niemandem erlaubt, sie von ihrem Weg abzubringen, auch ihrem Vater nicht. Das weiß ich genau. Ich wusste es auch damals. Vielleicht hätte sie sich um ein Stipendium beworben. Oder sie wäre nebenbei arbeiten gegangen. Da gibt es doch Möglichkeiten für Studenten.«

Sie setzte ab und sann dem Klang ihrer Worte nach.

»Und er?«, fragte Ostrowski. »Wurde die Situation für ihn noch schlimmer? Schließlich hat er ihre Unabhängigkeit genauso erlebt wie Sie.«

»Ich weiß nicht, wie genau er sich seine Tochter überhaupt noch angesehen hat. Er hat sich zurückgezogen, auch wenn das in unserer kleinen Wohnung kaum möglich war. Er wurde stumm. Hat stundenlang vor dem

Fernseher gehockt. Und war, wann immer es ging, mit seinen Kumpels in der Kneipe.«

Ostrowski holte Luft. Die Frau ihm gegenüber hatte etwas Mechanisches, in ihrer Stimme genauso wie in ihren Antworten, in ihrer Rede lag kaum Farbe und wenig Leben. Ihr Schatzkästchen hatte sie für ihn nicht geöffnet, an ihren wirklichen Erinnerungen ließ sie ihn nicht teilhaben. Er war sich auch nicht sicher, ob er das wollte.

»Wie kam es eigentlich, dass ausgerechnet Ihr Mann, der so selten zu Hause war, Monika gefunden hat? Auch noch an einem Nachmittag.«

Ihre Augen waren fast durchsichtig, irgendwo zwischen beige und grau. Damit musterte sie ihn, mehr als das, sie starrte ihn an.

Er hielt ihren Blick.

»An dem Tag«, sagte sie schließlich, und nun war es nicht mehr zu überhören, dass sie zitterte, »war er arbeitslos geworden. Nein, das stimmt nicht ganz. Seine Firma hatte ihm angekündigt, dass sie ihn entlassen würden. Ihn und ein paar andere. Die Aufträge fehlten, verstehen Sie? Ja, dann ist er dort abgehauen, ist trinken gegangen. Und dann nach Hause. Wo er sie … So war das.«

Als die Wohnungstür hinter Ostrowski ins Schloss fiel, war er sich nicht sicher, ob er sich überhaupt verabschiedet hatte. Hitze stieg ihm in den Kopf. Langsam schritt er die Treppen hinunter, Stufe für Stufe, und er brauchte das Geländer, um sich festzuhalten.

Der einzige Belastungszeuge: ein Alkoholiker. Ein Mann, der am gleichen Tag die Kündigung bekommen hatte. Und irgendwohin musste mit seiner Wut und Verzweiflung.

Auf dem Treppenabsatz hielt er inne. Hinter der schmalen Fensterscheibe war Nacht. Er drückte sein Gesicht gegen das kühle Glas. Wieso hatte er all das nicht ermittelt? Warum hatte er sich von dem trauernden Vater blenden lassen und dessen tränenreiche Aussage für bare Münze genommen?

Zu wenig, Ostrowski. Ganz und gar zu wenig.

Er musste den Tatsachen ins Auge sehen. Es war möglich, dass er Schaden angerichtet hatte. Einen Schaden, dessen ganzes Ausmaß noch gar nicht abzusehen war.

Siewert sann auf Rache.

Während er weiter abwärts ging, die linke Hand am Geländer, und während die Tritte seiner Absätze auf die Steinstufen schlugen, bemühte sich etwas in ihm, die Verantwortung auf mehrere Schultern zu verteilen. Auf die von Kemal, der genauso überzeugt gewesen war, dass sie den Richtigen gefasst hatten. Auf die des Staatsanwalts, der ihre Ergebnisse übernommen und die Höchststrafe gefordert hatte. Schließlich auf die des Richters, dessen Aufgabe es war, zu bewerten, was Polizei und Staatsanwalt ihm vorgelegt hatten.

Er ließ sich diesen Versuch nicht durchgehen.

Selbst wenn andere ebenfalls Verantwortung trugen, entlastete ihn das in keiner Weise. Die Wahrheit war, er hatte nicht sorgfältig gearbeitet. Weder bei dem Zeugen einen Alkoholtest machen lassen noch sich für dessen Lebensbedingungen interessiert.

Eine einzige Tatsache blieb, die er zu seinen Gunsten anführen konnte, und er hielt sie hoch wie ein einsames

Fähnchen auf einem weiten Platz. Es blieb, dass sich Siewert nicht geäußert hatte. Warum hatte der Mann zugeschaut, wie er verurteilt wurde, ohne auch nur den Versuch zu unternehmen, sich zur Wehr zu setzen?

Doch, Siewert hatte gesprochen. Einen einzigen Satz hatte er gesagt: »Mein Leben ist auch vorbei.«

Mehrere Male diesen einen Satz. »Mein Leben ist auch vorbei.«

Was sollte das heißen?

Ostrowski hatte keinerlei Klarheit, nur eine Menge von Zweifeln. Sollte Siewert unschuldig eingesperrt gewesen sein, dann war es vorstellbar, dass er sich all die langen Jahre an Rachegedanken festgehalten hatte. Was für eine Idiotie. Jeder normale Mensch hätte sich verteidigt, hätte Revision angestrebt. Trotzdem entließ Siewerts Verhalten Thomas Ostrowski nicht aus seiner eigenen Verantwortung. Erst recht half es ihm nicht aus seiner Schuld. Er hatte schlampig gearbeitet. Und war möglicherweise indirekt verantwortlich für den Tod einer jungen Frau.

Am liebsten hätte er sich in Luft aufgelöst. Da das nicht möglich war, hieß die Frage, wie er weitermachen sollte. Wegzulaufen war keine Lösung, auf der ganzen Welt würde er keinen Ort finden, an dem er seine Scham loswürde. Es galt, die Wahrheit herauszufinden: Hatte er einen Unschuldigen hinter Gitter gebracht? Einen Mann, der nun auf Mordzug war?

Gleichzeitig galt es, Schlimmeres zu verhüten. Deutlich wie ein Foto stand ihm vor Augen, dass Siewerts Rachedurst mit nur einer Toten nicht gelöscht war.

Jenny.

Auf der Straße wählte er die Nummer von Dr. Gomin. Wie zufällig schaute er dabei auf seine Armbanduhr. Es war kurz nach neun. Dass es spät für einen Anruf war, darauf konnte er keine Rücksicht nehmen.

Es klingelte lange. Schließlich hob Gomin ab. »Ja?«

Er klang weicher als bei ihrem Treffen. Vielleicht war das seine Abendstimme?

»Ostrowski hier.«

Ein Seufzer. »Schon wieder die Polizei? Ach richtig, Sie sind ja pensioniert, deshalb wissen Sie nichts voneinander. Ihrer Kollegin sollte ich erzählen, was ich Ihnen gesagt hatte. Jetzt sind Sie wieder am Telefon. Um was geht es? Wollen Sie wissen, was ich der Beamtin erzählt habe?«

»Nein. Ich habe eine Frage.«

»Die selbstverständlich nicht bis morgen Zeit hat.«

»Halten Sie es für möglich, dass Siewert gesessen hat, obwohl er damals nicht der Täter war?«

Schweigen. Dann ein lang gezogenes Ausatmen. Sein Gesprächspartner dachte nach.

»Ob ich das theoretisch für möglich halte? Sicher. Möglich ist alles.«

»Ist es wahrscheinlich?«, fragte Ostrowski.

»Nein.«

»Warum nicht?«

Ostrowski hörte, dass Gomin keinerlei Lust auf ein Gespräch hatte. Er schien sich aber zusammenzureißen.

»Eine solche Frage ist nicht nebenbei zu beantworten; da müsste man tiefer eindringen. Aber ich gebe Ihnen ein paar Hinweise: Warum hätte Siewert so lange im Knast bleiben wollen? Das ist doch kein Urlaub. Also würde das bedeuten, dass eine Gefangenschaft ihn von seiner Struktur her stützt und er sich hinter Gittern irgendwie wohlfühlt. Dann wäre die nächste Frage, wie er sein kleines Problem bis dahin gelöst hat. Nur mit Selbstdisziplin? Aber gerade die Zwanghaften machen Fehler, und das hieße in Siewerts Fall: Er hat Spuren hinterlassen. Als Letztes führe ich noch an, dass er viele Leute getäuscht hätte, mich eingeschlossen. Nicht dass ich unfehlbar wäre, aber so eine Täuschung verlangt viel, nicht nur psychologisches Wissen, sondern auch gekonntes Schauspiel und Selbstbeherrschung. Kann er das?«

»Sagen Sie es mir«, bat Ostrowski. »Meine Befürchtung ist, dass Siewert auf Rache aus ist. Und ich frage mich, wie ich das verhindern kann?«

Gomin machte wieder eine lange Pause. Ostrowski hörte seinen Atem. »Das wäre dann ein Fall, den man unbedingt dokumentieren sollte. Ein Mann geht ohne Gegenwehr in den Knast. Dort schmiedet er Rachepläne. Und sobald er raus ist, legt er los.«

»Ist das unmöglich?«

Gomin lachte auf. »Unmöglich ist gar nichts, die Psyche ist zu fast allem in der Lage. Dieser Siewert ist, wenn Sie auf der richtigen Spur sind, ein faszinierender Fall. Obwohl er mich bloßstellt.«

»Haben Sie einen Rat für mich?«

»Einen Rat? Hören Sie, Herr Ostrowski, ich bin … ich war forensischer Psychiater, kein Psychotherapeut. Was soll ich Ihnen raten? Finden Sie den Mann. Setzen Sie ihn außer Gefecht. Und dann reden Sie mit ihm. Aber das wissen Sie doch selber.«

Ostrowski verstummte, legte aber auch nicht auf.

»Halten Sie mich auf dem Laufenden«, hörte er noch. »Der Fall ist nicht uninteressant.«

Gomin klang kalt. Wahrscheinlich war er einfach froh, den späten Anruf beenden zu können.

4

Als das Telefon klingelte, hatte sich Kemal gerade mit einem Kugelschreiber und der Seite mit den Wohnungsanzeigen an den Tisch gesetzt, ein erstes Glas Tee vor sich. Die Mädchen hatten auf dem Fußboden gespielt, während Ayse das Frühstück bereitete. Eine neue Leiche. Wieder eine Frau und wieder in Tegel. Er war sofort losgefahren.

Der Tatort, eine Freifläche am südlichen Ende der Berliner Straße, war bereits abgesperrt. Becker, der ein entsetztes Gesicht zog, und Köberle waren schon da, Rahlke und Paula noch nicht.

Wie er es von Ostrowski gelernt hatte, überblickte er die gesamte Situation, bevor er sich den Details zuwandte. Was er sah, war eindeutig. Das Verschlossene, was das Opfer hatte. Die Hand vor der Scham, der Kopf zur Seite gewandt. Der tiefe, blitzsaubere Schnitt über der Gurgel. Haut und Fleisch bildeten zu beiden Seiten eine Wulst, die Wunde sah aus wie eine Vulva. Dann das wenige Blut um die Leiche herum, obwohl es herausgespritzt sein musste. Kemal bekam Schuldgefühle. Hätte er sich von Anfang an darauf konzentriert, Siewert zu finden – und seinen Dezernatsleiter und dessen Anweisungen ignoriert – wäre diese Frau vielleicht noch am Leben.

Was für ein dummer Gedanke. Nicht er trug die Verantwortung. Wie konnte man, als Beamter in Deutschland, seinen Vorgesetzten ignorieren?

Auf den ersten Blick erkannte man, dass dieser Mord das Werk eines Irren war. Was er nicht begriff, war der

Plan, nach dem der Täter vorging. Junge Frauen in Tegel, ja; aber das war zu wenig. Dieses Opfer hier war offenbar eine Akademikerin, die andere nicht, diese hier war schmal, die andere mollig, ein ganz anderer Typ Frau. Welchen Zusammenhang zwischen ihnen gab es? Nur wenn er den fand – und wenn er Rahlke anschließend überzeugte oder aber alleine handelte und eine gute Erklärung dafür fand –, würde er einen nächsten Mord verhindern können.

Bei dieser Überlegung traf Rahlke ein. Mit wehendem Mantel, ein paar Bartstoppeln im Gesicht.

»Oh Gott«, brachte er hervor.

Und wandte sich an Köberle. »Derselbe Täter, oder?«

»Die ersten Eindrücke deuten darauf hin.«

Rahlke schüttelte den Kopf. In seinen Wangen war keinerlei Spannung, der Mund stand offen, die Augen waren groß wie bei einem Fisch.

»Verfluchter Mist«, zischte er.

Kurz darauf kam Paula. Rahlke hob den Kopf, nickte ihr zu, dann sank er zurück in sein Entsetzen. Der Gerichtsmediziner trug, als er hinzukam, bereits seinen Overall, er grüßte allgemein und kniete sich neben die Tote. Die Kollegen waren dabei, den Tatort aufzunehmen, nach Spuren zu suchen, nach Fingerabdrücken.

Alle außer Rahlke, der nervös wirkte und nicht bei der Sache war.

Kemal wollte ihn ignorieren. Rahlke gab keine Anweisungen, koordinierte den Einsatz nicht, ließ sich auch nicht berichten. Er schien von seiner Panik beherrscht zu werden. Es gab diesen Ausdruck im Deutschen, dessen Sinn Kemal nie richtig verstanden hatte, in 40 Jahren in diesem Land nicht, dennoch drückte er ihn seinem Dienststellenleiter auf die Stirn: Dem Mann ging der Arsch auf Grundeis.

Ob der Mann überhaupt wusste, wo er war? Wie man an einem Tatort arbeitete?

Kemal baute seinen Fotoapparat auf und überprüfte Lichtverhältnisse und Einstellungen. Köberle war dabei, Dinge, die er aufhob, mit seinem Pulver zu bestreichen, um Fingerabdrücke sichtbar zu machen.

»Finden Sie etwas?«, fragte ihn Rahlke.

Der Schwabe sah nicht auf. »Bestimmt. Alles eine Frage der Zeit.«

Rahlke zog weiter zum Gerichtsmediziner, der verschiedene Untersuchungen an der Leiche vornahm, die Temperatur maß und ihr in die Augen schaute, bevor sie abtransportiert wurde.

»Vor allem müssen wir wissen, wie lange sie tot ist.«

»Das ist klar. Die Aussage bekommen sie bald. Die Leichenstarre hat eingesetzt.«

»Und was heißt das?«

»Dass sie mindestens fünf Stunden keinen Herzschlag mehr hat. Eher länger. Aber noch nicht so lange, dass sie sich wieder gelöst hätte. Gestern um diese Zeit hat die Frau noch gelebt.«

Gereizt erwiderte Rahlke: »Soweit ich gehört habe, hat sie gestern Abend bis halb sieben hier gearbeitet.«

»Woher soll ich das wissen?«, entgegnete der Arzt nicht weniger gereizt.

Kemal hätte gerne gewusst, was Rahlke so sehr in Panik versetzt hatte. War es nur Überforderung? Angst, diesem Fall nicht gewachsen zu sein? Fürchtete er, ein Dienststellenleiter auf Probe zu sein? Und wenn er keine Ergebnisse brachte, würde Sommerfeld nicht lange fackeln, andere Kollegen hinzuzuziehen, vielleicht eine andere Mordkommission beauftragen.

Möglich, dass es das war. Dass Rahlke Schiss hatte, degradiert zu werden.

Oder aber der Mann traute sich einfach nicht zu, diesen Mörder zu fassen.

Hinter dem Absperrband drängten sich Schaulustige. Zwei Streifenbeamten hielten sie zurück. Auch Presseleute, leicht zu erkennen an ihren Fotoapparaten und den Schreibblöcken, trafen ein. Nur für Ostrowski hoben sie es an. Es schien sich noch nicht herumgesprochen zu haben, dass er nicht mehr im Dienst war.

Kemal registrierte, dass Rahlke den Ankömmling nicht gesehen hatte. Er war bei Paula, die ihn wie eine Mutter ansah. Fehlte nur noch, dass sie ihrem Kleinen übers Haar strich. Kemal fragte sich, ob sie beide am Morgen aus dem gleichen Bett geklingelt worden waren.

Dann wandte er sich seiner Aufgabe zu. Er registrierte, dass er sich freute, obwohl er nach wie vor sauer auf Ostrowski war. Der Fall war schwierig genug, da war es gut, jemanden in der Nähe zu wissen, der etwas von der Sache verstand. Allein wie der Dicke den Tatort mit den Augen abging! Stück für Stück nahm er sich vor, als sei der Raum in Planquadrate eingeteilt, und er sichtete, von der Leiche ausgehend, eins nach dem anderen und suchte nach Auffälligem. In diesen wenigen Minuten hätte Rahlke etwas lernen können.

Auch früher hatte sich Ostrowski kaum Notizen gemacht oder Fotos angesehen. Alles, was er brauchte, hatte er in seinem Kopf gespeichert. Er lebte mit dem Fall und seinen Einzelheiten, bis er abgeschlossen war. Kemal glaubte, ihm beim Registrieren und Verarbeiten der Informationen zuschauen zu können, er meinte sehen zu können, wie Ostrowskis graue Zellen arbeiteten. Er hätte viel dafür gegeben, die Gedanken des Ex-Kollegen zu lesen. Wie dieser Mann vorging, das war nicht nur Erfahrung, darin lagen Konzentration, Selbstbeherrschung und Ruhe. Da wollte jemand etwas begreifen.

Während er Ostrowski aus den Augenwinkeln beobachtete, ebbte Kemals alter Zorn weiter ab. Viel stärker empfand er den Verlust. Es tat ihm weh, zu erleben, wie viel er verloren hatte. Dieser Mann dort war die Kompetenz in Person, mit ihm zu arbeiten, war eine Freude gewesen. Sie hatten sich verstanden und einer die Fähigkeiten des anderen geschätzt. Ostrowski war ein außergewöhnlicher Kriminalist. Jemand, den er zutiefst respektiert hatte und immer noch respektierte.

Er zog sogar in Erwägung, den Dicken einzubinden. Dann wäre gleichzeitig seine Frage, wie er in Zukunft arbeiten sollte, entschieden. Sie wären wieder ein Team.

Ein Bekannter aus dem Ruderclub hatte ihn angerufen, und Ostrowski hatte sich sofort auf den Weg gemacht. Das Zitat erkannte er auf den ersten Blick. Diesmal war nicht das Bein übergeschlagen, aber die Hand lag auf der Scham, eine flache Hand, die eine schützende Funktion hatte und ganz sicher nicht von selbst so gefallen war. Also hatte der Täter sie dort hingelegt. Die Botschaft war wieder eindeutig: sie hieß Keuschheit. Geschlechtsverkehr hatte nicht stattgefunden und sollte auch nicht stattfinden. Darum ging es nicht. Doch, um Sex ging es auch, zum

Beispiel bei der sauberen Wunde, aber auf eine seltsame, distanzierte Art. Sex im Kopf. Gedanken-Sex.

Die Botschaft des Bildes hieß Reinheit. Unberührtheit. Da war eine Kälte, die einen regelrecht ansprang. Und es gab wieder erstaunlich wenig Blut. Bei einem Schnitt wie diesem, wo eine Schlagader durchgetrennt wurde, spritzte das Blut nur so heraus. Darauf war der Täter vorbereitet, und das wollte er nicht. Es ging nicht um Exzesse oder Rituale, vielmehr handelte es sich um eine Operation. Um etwas Klinisches. Genauso wie im Zeitungskiosk.

Das Gesicht sah er erst, als er in weitem Bogen um die Leiche herumgegangen war, wobei er darauf geachtet hatte, nicht auf seinen Nachfolger zu stoßen. Aber der schien nicht viel wahrzunehmen.

Nadine. Er wandte sich ab. Der Schmerz durchfuhr ihn wie eine Welle. Erst neulich noch hatte er mit ihr geflirtet – »Guten Tag, schöne Frau.«

Was ging hier vor?

Siewert – welchen Plan hatte der Kerl?

Oder war er so irre, dass man sein Vorhaben nicht verstehen konnte?

Die Tote lag wahrscheinlich seit dem Abend dort. Es gab Frostspuren, und starr war sie auch. Er würde den genauen Zeitpunkt herausfinden müssen, ging aber davon aus, dass sie nach Feierabend ermordet wurde. Das hieß, wenn sie den Weg zu Fuß gemacht hatte, zwischen 18.45 und 19.00 Uhr.

Die nächste Welle, die ihn durchzog, war eine von Kraft und Entschlossenheit. Wie von selber spannten sich seine Muskeln an, er hob den Kopf. Er musste diesen Verrückten finden, und zwar schnell.

Er musste einfach.

Doch vorher hatte er eine bittere Pflicht zu erledigen und Katja zu informieren. Ob er sie schon in der Apotheke antreffen würde? Er bezweifelte das. Es war erst acht.

Sie kam ihm auf der Straße entgegen, mit eiligem Schritt und offenem Mantel. Ein Ereignis wie dieses sprach sich schnell herum in Tegel.

Vor ihm blieb sie stehen. »Die Polizei hat mich herbestellt. Thomas – ist sie es?«

Er nickte stumm.

In Bruchteilen von Sekunden änderte sich der Ausdruck ihres Gesichts mehrfach, erst bemühte sie sich um Haltung, dann verlor sie jede Kontur, Tränen schossen ihr in die Augen. Sie gab sich noch einmal Mühe, legte die Stirn in Falten und biss auf die Zähne. Schließlich gab sie auf. Sie fiel ihm in die Arme. Er spürte, wie sie schluchzte. Und er ertappte sich bei dem unpassenden Gedanken, dass es unendlich lange her war, seit er zum letzten Mal eine Frau im Arm gehalten hatte.

»Wer tut so etwas?«, flüsterte sie.

Er führte sie zurück zum Absperrband, das der Streifenkollege ein weiteres Mal in die Höhe hielt. Die Kollegen waren bei der Arbeit. Katja hatte nach seiner Hand gegriffen. Er achtete darauf, dass sie genug Abstand hielten.

Sie zitterte, als sie Nadines bleiches Gesicht sah. Er hielt sie. Zögerte damit, sie schnell wieder fortzuziehen. Sollte sie doch die Zeit bekommen, die sie haben wollte.

Dann hörte er in seinem Rücken die Stimme, mit der er bereits gerechnet hatte, nur klang sie gepresster, heller. Nervöser. »Was machen Sie denn schon wieder hier?«

»Ich wohne in der Nachbarschaft.«

»Das habe ich doch neulich schon gehört.«

»Kein Wunder. Der zweite Mord hier in Tegel innerhalb von drei Tagen. Das spricht sich schnell herum. Außerdem habe ich jemanden hergebracht, der die Tote identifizieren kann.«

Katja an seiner Hand schluchzte auf. Er hielt sie weiter fest und nahm wahr, dass sie nach Parfum roch, ein Blumengeruch, ganz leicht nur. Ihre Hand krampfte nicht mehr. Die Haut war weich.

Rahlke war neben ihm angelangt. Er war rot im Gesicht. »Und wer soll das sein?«

»Ich bin … ich war … sie ist …«, brachte Katja hervor.

»Die Tote hat für diese Dame gearbeitet«, half ihr Ostrowski. »In einer Apotheke, etwa einen Kilometer die Berliner Straße hoch.«

»Ist das wahr?«

Katja nickte.

»Können Sie auch reden?«

»Nun ist es gut, ja? Die Frau steht unter Schock.«

»Danke für die Belehrung, Herr Ostrowski. Eine stumme Identifizierung nützt mir nichts. Das sollten Sie wissen.«

»Sie heißt … hieß Nadine Hansen.«

Rahlke schrieb den Namen in ein Notizbuch. »Adresse?«

»Die finden Sie selber heraus«, sagte Ostrowski. »Steht bestimmt im Telefonbuch.«

Er führte Katja zurück zum Absperrband.

»Ja, verschwinden Sie, Ostrowski. Wenn Sie nicht damit umgehen können, dass Sie im Ruhestand sind, dann lernen Sie das, in Gottes Namen. Und lassen Sie uns unsere Arbeit tun.«

Erst hinter dem Band drehte sich Ostrowski zu ihm.

»Und wenn wir schon einmal dabei sind«, rief Rahlke, dessen Kopf noch röter geworden war, er sah inzwischen aus wie eine Tomate. Als viele Augen ihn anstarrten, kam er Ostrowski hinterher, um leiser weitersprechen zu können. »Hören Sie auf mit den Privatermittlungen. Wir wissen, wo Sie sich schon überall herumgetrieben haben. Das ist Amtsmissbrauch. Ich habe schon Kriminalrat Sommerfeld eingeschaltet. Wir brauchen Sie nicht und wir wollen Sie nicht. Habe ich mich verständlich ausgedrückt? Gehen Sie rudern, wenn Ihnen langweilig ist. Oder kaufen Sie sich eine Modelleisenbahn. Oder ein Heft mit Kreuzworträtseln.«

Ostrowski ließ Katja nicht los, löste seinen Arm aber ein wenig. »Wenn Sie mir so viele gute Ratschläge geben, dann habe ich auch einen für Sie: Lösen Sie diesen Fall, und zwar schnell. Die ganze Angelegenheit ist ziemlich offensichtlich. Und die Leute in der Nachbarschaft haben Angst. Wir wollen hier keine dritte Tote.«

Rahlke plusterte sich auf wie ein Hahn, dann blies er die Luft aus, um gleich darauf neue einzusaugen. Ostrowski wartete nicht auf eine Replik. Er zog an Katjas Hand und nahm sie mit sich fort.

Sie stand weiterhin unter Schock. Er würde sie zum Arzt bringen.

Er nahm ein Taxi und fuhr mit Katja ins Humboldt-Krankenhaus, wo sie nicht allzu lange warten mussten, und später begleitete er sie, die Tabletten bekommen hatte und schlafen sollte, nach Hause. Sie bewohnte eine Etage eines Altbaus am Brunowplatz, im beschaulichen Teil Tegels, mit Kopfsteinpflaster, Gaslaternen und Kirche. Das Haus war ein Klinkerbau, ihre Wohnung lag im dritten Stock, hatte hohe Decken und einen kleinen Balkon. Als sie aufgeschlossen und ihn hereingebeten hatte, empfing ihn eine warme Atmosphäre mit dunkelgelben Tönen, ein helles Wohnzimmer mit Büchern und Zimmerpflanzen. Sie bot an, Tee zu kochen. Angesichts ihrer blassen Gesichtsfarbe – und weil er immerzu an Siewert denken musste – wollte er ablehnen. Aber sie bat ihn darum, sie nicht gleich alleine zu lassen.

Ihm war klar, worauf er sich einließ. Das Entsetzen, das nun Raum bekam. Die Fragen, die sich immer einstellten – warum Nadine, warum ausgerechnet sie, sie habe doch niemandem etwas getan? Was für ein Mensch machte so etwas?

Er hatte keine Antworten. Es gab auch keine. Der Beistand lag daran, zuzuhören und mitzuleiden. Er war bereit dazu, und als sie nebeneinander auf dem Sofa saßen, den dampfenden Tee auf einem Tischchen vor sich, hielt er ihre Hand und strich darüber. Er, der verheiratete Mann. Mit einer depressiven Frau zu Hause.

»Man kann sich nicht vorstellen, wieder in die Apotheke zu gehen«, sagte sie. »Ich – ich kann mir das nicht vorstellen. Da würde Nadine so sehr fehlen. Aber es ist mein Geschäft.«

»Das wird wieder. Lass dir Zeit.« Ein hilfloser Rat.

»Wenn das so einfach wäre.«

»Vielleicht kannst du jemanden finden, der dich vertritt?«

Über ihre Apotheke schien sie nicht weiter mit ihm sprechen zu wollen. »Was ist los, Thomas? Geht da ein Verrückter um? Ein Psychopath?«

»Sieht so aus.«

»Und keiner weiß, wann er wieder zuschlägt?«

All diese Fragen. Es war zu simpel, wenn er versuchte, sie zu beruhigen. Was aber sollte er sagen? Immer noch hielt er ihre Hand. Abwechselnd blickten beide auf ihre ineinander verschränkten Finger. Sie trug zwei schmale Ringe, einen silbernen am kleinen Finger, und einen goldenen mit einem dunkelroten Stein. Ein Ehering war das nicht.

»Was ist mit der Polizei? Mit deinen ehemaligen Kollegen?«

Er legte Zuversicht in seine Stimme. Vielleicht ein wenig zu viel, er antwortete zu kräftig. »Die werden das schon hinkriegen. Wir sollten vertrauen.«

Sie zog ihre Finger aus seinen, aber nur, um ihre Hand seinen Arm hinauffahren zu lassen, fast bis zur Schulter, wo sie sie ohne Kraft zusammendrückte.

»Ich vertraue *dir*«, sagte sie.

Später machte er sich ein weiteres Mal auf den Weg zu Jenny. Er hatte Angst um sie. Am Eingang zum U-Bahnhof blieb er stehen, dort wo er Siewert am Vorabend gesehen hatte. Er warf einen neuerlichen Blick in den Tunnel, in dem der Mann verschwunden war.

Siewert war natürlich nicht da.

Er hätte viel dafür gegeben, zu erfahren, ob nun endlich nach diesem Mann gefahndet wurde. Sollte er Kemal anrufen? Offenbar hatten die früheren Kollegen in der Fünften darüber gesprochen, dass sich Ostrowski den einen oder anderen Gedanken in dieser Sache gemacht hatte. War das, weil Kemal ihnen gesteckt hatte, dass sich ihr früherer Chef mehr für den Fall interessierte, als für einen Pensionär normal war? Er hatte keine Vorstellung, was in Kemal vorging – in jenem Kemal, der ihm den guten Rat gegeben hatte, sich zurückzulehnen.

Sicher war nur, dass Rahlke besser nicht erfuhr, dass er Informationen wollte. Mit Dr. Gomin hatten sie gesprochen und vielleicht auch mit Frau Harms und auf diese Weise von seinen Aktivitäten gehört.

In Jennys Wohnung brannte Licht. Rahlke, so musste er einräumen, hatte in gewisser Weise recht, er, Ostrowski, war zu weit gegangen, viel zu weit. Er selbst hätte nicht anders auf einen Privatermittler reagiert, wahrscheinlich deutlich heftiger.

Allerdings hätte er seinen Ermittlerjob auch besser gemacht als Rahlke.

So oder so: Die Möglichkeit, seine Suche einzustellen, gab es nicht mehr. Er brauchte Siewert, und zwar schnell. Er musste ihn aufhalten. Und er wollte verstehen. Wenn es dem Mann um Rache ging, um Rache an dem Kommissar, der ihn seinerzeit festgesetzt hatte, warum dann diese toten Frauen, mit denen Ostrowski weder verwandt noch befreundet war? Nur weil sie in Tegel lebten? Das reichte doch nicht als Grund. Ihr Tod machte Ostrowski zwar betroffen, doch wirklich weh tat er ihm nicht.

Ostrowski war klar, dass er nicht weiterkommen würde. Er war nicht fähig, sich in Siewerts Gehirnwindungen zu versetzen. Es gab nur eines: den Mann zu stellen.

Diesmal ließ er sich von nichts und niemandem abhalten. Die Haustür stand offen, er ging hinauf, klingelte.

Lotte öffnete ihm. »Opa! Was machst du denn hier?«

»Ich wollte euch mal besuchen.«

»Ist Oma nicht mit?«

»Leider nicht. Die kommt … wann anders.«

Er folgte der Kleinen in die Küche, wo Mutter und Tochter bei einem späten Wochenend-Frühstück saßen. An einem echten Jenny-Tisch: weiße Decke mit Bügelfalte, die in die Höhe stand, Tassen und Teller aus dünnem Porzellan, Servietten aus Stoff. Es gab Rührei mit Kräutern, mehrere selbst gemachte Pasten, eine dunkelrot, eine andere grün, die dritte weißlich. Verschiedene Marmeladen, die Etiketten mit der Hand beschriftet. Einen Käseteller, mit Radieschen dekoriert. Kaffeegeruch lag in der Luft. Lotte hatte einen Becher heißer Schokolade vor sich stehen.

Ostrowski konnte sich kaum abwenden. Er bekam Appetit.

Jenny hob den Kopf, dann schnitt sie sich ein Brötchen auf. Kein Hallo, kein guten Morgen.

Er wartete nicht darauf, dass sie ihm einen Platz anbot, sondern setzte sich von selber. Die Küche war eine Mischung aus Edelstahl und Holz, mit großem Herd, breiter Arbeitsplatte, teuren Geräten, Espressomaschine. Eine Profi-Küche. An der Wand, auf die er schaute, hing ein Filmplakat in einem Rahmen. Das Einzige, was es in einer Restaurantküche nicht gegeben hätte.

»Möchtest du einen Kaffee?« Er hörte ihren Unwillen, die Störung, die Überwindung zur Höflichkeit.

»Gerne.«

Sie stellte das Mahlwerk der Espressomaschine an.

Als es wieder leiser wurde, sagte er: »Ich möchte euch etwas fragen. Ob euch etwas aufgefallen ist in der letzten Zeit?«

Jenny stand mit dem Rücken zu ihm und hantierte mit dem Kaffee. »Was meinst du?«

Lotte aß. Sie hatte den weichen Mund ihres Vaters und seine dunklen Haare, aber Jennys blaue Augen. Während sie kaute, hatte sie sie auf ihn gerichtet. Auch sie schien auf eine Erklärung zu warten.

Eine Erklärung, die er nicht geben mochte.

»Seltsame Leute vielleicht.«

Als sie ihm den Kaffee brachte – mit einem dünnen Schaumfilm wie in einem italienischen Restaurant –, rümpfte Jenny die Nase, als hätte er die seltsamste Frage aller Zeiten gestellt und einen dummen Kommentar dazu geliefert. Gleichzeitig konnte er miterleben, wie die Erinnerung in sein Enkelkind einschoss.

»So ein Komischer, der immer grinst? Und dämlich kichert?«

Auf Lottes Gesicht hatte sich rund um Augen und Mund ein Strahlen ausgebreitet, das von Intelligenz zeugte, davon, dass es ihr Freude machte, ihren Verstand zu benutzen. Neun Jahre war sie alt, wenn er es richtig im Kopf hatte. Er hatte sich schon oft vorgenommen, sich mit ihr zu treffen, seit Hilde das nicht mehr konnte. Wenn er noch lange wartete, dann war es zu spät, dann hatte sie ihre Freunde und Interessen, und ein alter Großvater musste sich ganz hinten anstellen.

Aber es war wie früher – es war wie immer: ein Fall, der alles andere schlug. Seine gesamte Zeit beanspruchte.

»Wo hast du den gesehen, mein Kind?«

»Neulich bei uns im Haus. Und dann noch mal vor der Schule. Weißt du noch, Mama? Als du mich abgeholt hast mit deiner Türk … mit deinem Auto. Da stand er auf der anderen Straßenseite.«

»Ich habe niemanden gesehen.«

»Jenny, es ist wichtig.«

»Bla bla. Es war immer wichtig.« Sie wurde lauter. »Interessiert dich, was mir wichtig ist? Ja? Soll ich es dir sagen? Mir ist wichtig, am Sonnabend mit Lotte in Ruhe frühstücken zu können.«

»Das kannst du doch. Sieht alles wunderschön aus.«

»Kann ich eben nicht. Du nimmst jedenfalls keine Rücksicht.«

»Gut, entschuldige bitte. Ich mache das nicht aus Spaß. Sag mir bitte, ob du den Mann auch gesehen hast, von dem Lotte spricht. Kannst du ihn beschreiben? Wie sah er aus?«

Ihr Gesicht wurde knallrot – zornesrot –, während Lotte auf ihren Teller starrte und nicht wagte, sich zu rühren. Mit leiser, aber knurrender Stimme sagte Jenny: »Du hörst kein Wort, stimmt's? Nicht eines, dass dich nicht interessiert. Das ist ein Phänomen. Weißt du, wie man das nennt? Selektive Wahrnehmung. Filter im Kopp, kannste ooch sagen.«

Er schluckte eine Erwiderung herunter. Mit seiner Tochter war nicht zu reden. Ihr Unwille war so offensichtlich, dass er nichts von ihrem Frühstück genommen und vom Kaffee nicht mehr als zwei Schluck getrunken hatte.

Er wandte sich an Lotte. »Und vor der Schule, das war der gleiche Mann wie im Treppenhaus?«

»Papa, was soll das?«

»Ja, da hat er wieder so komisch gegrinst«, sagte die Kleine. »Wie ein Clown.«

»Kannst du diesen Mann beschreiben?«

»Papa, hör auf! Sag uns wenigstens erst mal, was los ist. Das ist das Mindeste. Warum stellst du diese Fragen? Hängt das mit dem Mord zusammen?«

»Zwei«, erwiderte er.

Sie begriff nicht. »Wie?«

Er hatte Scheu, die Tatsachen vor dem Kind auszubreiten. Aber es war nicht an ihm, Lotte hinauszuschicken. Und wenn sie erfuhr, was geschehen war, würde sie vorsichtiger sein.

»Es sind zwei Morde. Zwei Frauen, die getötet wurden. Die zweite ist heute Morgen gefunden worden.«

»Das ist ja furchtbar«, sagte Jenny.

Ostrowski wandte sich wieder an Lotte. »Also, wie sah dieser Mann aus, der mit dir im Treppenhaus war und vor der Schule?«

Er sah ihr an, dass sie Angst bekommen hatte, und er hätte sie am liebsten auf seinen Schoß genommen und an sich gedrückt. Sie hob die Schultern und machte ein Gesicht, als hätte er ihr eine Matheaufgabe gestellt aus dem Stoff für eine höhere Klasse.

»Der hat gegrinst«, sagte sie.

»Wie groß war er?«

»Papa, du machst ihr Angst.«

»Kleiner als du, glaube ich. So wie Mama. Ja, ungefähr so wie Mama. Ich habe beide auf der Treppe gesehen. Die waren gleich groß.«

»Weißt du, wo er hinwollte?«

Sie schüttelte den Kopf. »Zu irgendeinem Freund oder so.«

»Papa, ich will das nicht. Lass es sein. Lotte ist ein Kind.«

»Und du?«, fragte er Jenny.

»Er hört einfach nicht auf«, sagte sie. »Eine Unterbrechung ist nicht möglich, denn der Herr möchte etwas wissen. Okay, ich gebe mich geschlagen. Er ist weiter nach oben gegangen, glaube ich. Doch, ich bin mir ziemlich sicher. Und es stimmt, er wollte jemanden besuchen.«

»Also habt ihr mit ihm gesprochen.«

»Nur ganz kurz. Nicht mehr als zwei Sätze.«

»Und vor der Schule?«

»Keine Ahnung. Da habe ich niemanden gesehen«, sagte Jenny. »Und außerdem beenden wir die Befragung an dieser Stelle.«

»Aber du schon?«, fragte er Lotte.

»Ist das der Mörder?«

»Das weiß ich nicht.«

»Und wenn er es wüsste,« mischte sich Jenny ein, »würde er es dir nicht sagen. Mir übrigens auch nicht, wenn dich das tröstet. Dein Opa redet nur, wenn es ihm passt.«

Er rang mit sich um Gelassenheit. Wenn er sich provozieren ließ, würde alles nur noch schlimmer.

»Jenny, ich bin Pensionär …«

»Dann verhalte dich auch so!«

»… und kein Polizist. Könntest du dich mal fragen, warum ich zu dir komme?«

»Interessiert mich einen Scheißdreck.«

»Warum denn, Opa?«

»Um euch … damit ihr … Ich wollte euch sagen: Da treibt ein böser Mensch sein Unwesen. Es ist nicht so, dass ich euch Angst machen will, obwohl das natürlich jetzt passiert ist, das ist mir klar. Ich möchte euch sagen, dass ihr aufpassen sollt. Seid bitte vorsichtig. Alle beide.«

»Du lügst«, entgegnete Jenny trocken. »Du wolltest eine Personenbeschreibung.«

In erzwungener Ruhe nahm er seine Tasse, führte sie zum Mund, trank. Der Kaffee war inzwischen kalt geworden. Er bemühte sich darum, alle Aggression aus seiner Stimme zu tilgen und wartete deshalb, bis er die Tasse wieder abgestellt hatte.

»Jenny, was soll ich nur tun? Ja, ich habe nach einer Person gefragt. Aber ich bin doch nicht deswegen gekommen. Manchmal habe ich den Eindruck, ich kann machen was ich will, es ist eh falsch.«

»Klasse, Papa. Da haben wir's ja wieder. Du bist der Milde, der sich alle Mühe gibt. Und ich die Verbockte. Alles wie gehabt.«

»Soll ich lieber gehen?«

Während sie nickte, schob sie ihren Teller mit dem Messer darauf Richtung Tischmitte. Ihr Frühstück war beendet. Sie hatte einen roten Kopf und Tränen in den Augen.

Er strich Lotte zum Abschied über den Kopf. Es war schwer vorstellbar, sie manchmal nachmittags zu einem Spaziergang oder auf ein Eis zu treffen. Ihre Mutter würde das nicht zulassen.

Auf dem Rückweg ließ er seinem Frust freien Lauf. Siewert, immer wieder Siewert. Lotte hatte zweimal denselben Mann gesehen – den, der auch vor ihrem Haus auf

Beobachterposten gestanden hatte. Siewert war da, er war allgegenwärtig. Ostrowski konnte ihn spüren, die Kälte, die er verbreitete, das Blut. Die Bedrohung. Die vor allem.

Draußen herrschte die Geschäftigkeit des beginnenden Wochenendes. Ihm kamen die Tüten der Discounter entgegen, in gelb und blau und rot, voll gepackte Beutel, die nach Hause geschleppt wurden. Auch er musste einkaufen. Aber zunächst galt es, nach Hilde zu sehen.

Wieviel einfacher wäre es für ihn, würde Hilde mit Jenny sprechen. Das war aus und vorbei; es war sinnlos, darüber überhaupt nachzudenken. Wahrscheinlich war es schon viel, Hilde allein in der Wohnung zu lassen. Wenn Jenny und Lotte in Gefahr waren, dann war sie es auch. Am liebsten hätte er seine ganze Familie genommen, in sein Auto verfrachtet und wäre davongefahren, nach Süditalien oder nach Portugal. Bis dahin, wo es nicht mehr weiterging.

Dass sein Auto in der Werkstatt stand, war dabei das kleinste Problem.

Was hatte Siewert vor? Immer wieder die gleiche Frage. Und keine Antwort. Er hatte lose Enden in der Hand, Taue – und war davon überzeugt, dass sie zusammengehörten. Aber wie? Da waren die toten Frauen, zwei Fremde, und da war Siewerts Auskundschaften von Jennys Haus.

Was bedeutete das? Was genau? Und was konnte er tun?

Er sog die feuchte Luft ein. In der Fußgängerzone kamen ihm all die Tegeler entgegen, die Schaufenster ansahen, Neuigkeiten entdeckten, Preise verglichen. Sie waren unendlich weit weg von ihm. Er sah sie wie durch einen Nebel.

Der Gedanke, Siewert töte fremde Frauen, um ihm, Ostrowski, seine Rache anzukündigen, war so ungeheuerlich, dass er ihn verwarf. So monströs konnte dieser Kerl nicht sein.

Konnte er wirklich nicht? Siewert hatte alle getäuscht, den psychiatrischen Gutachter, das Gefängnispersonal, das Gericht und wer sonst über seine Bewährung zu entscheiden hatte. Hieß das nicht, dass er zu allem fähig war?

Ostrowski empfand die Schleife, in der sein Denken gefangen war, es lief wie auf einer Acht immer die gleichen Bahnen, und er versuchte auf immer gleiche Weise, ihnen zu widersprechen. Am Ende gab es keinen Ausgang. Und keine Sicherheit.

Er musste mit den Zweifeln leben. Musste hinnehmen, dass ihm schleierhaft blieb, was der Mann vorhatte. Und dass er zurzeit nicht wusste, welchen Anteil er selber an Siewerts böser Entwicklung hatte. War dieser Mann wirklich nur ein unbescholtener Musiklehrer gewesen, der hinter Gittern einen mörderischen Plan entwickelt hatte?

Zweifel und Unsicherheit. Willkür und Gewalt, die stärker waren als jedes Recht. Auch wenn er sich jahrelang gegen die Einsicht gewehrt hatte, wusste Ostrowski, dass hier sein Lebensthema lag. Als versuche er immerzu, einen Zaun zu ziehen, den die dunklen Mächte nicht übersteigen konnten.

Begonnen hatte es im Frühsommer '61 im Zug, als sie aus Thüringen nach West-Berlin unterwegs waren. All die Tage vorher hatte er Angst gehabt, hatte schlecht geschlafen und heftig geträumt. Dabei hatten die Eltern ihm nur gesagt, sie machten einen Ausflug nach Berlin, mehr nicht, und er hatte auch nicht fragen können, so abweisend, wie sie waren, so nervös. Im Zug wurden die Türen aufgeschoben, zwei Männer in Lederjacken und mit Lederhüten traten ein und verlangten die Ausweise. Und nachdem sie sie ausführlich studiert hatten, forderten sie seinen Vater auf, mit ihnen zu kommen.

Er selbst war zehn Jahre alt und sah aus wie 14. Stand auf, ehe sein Vater reagiert hatte, und stellte sich den Männern entgegen.

Das Erstaunen der Lederhüte. Ihre offenen Münder. Sein donnernder Herzschlag, die ungeheure Aufregung.

Eine Sekunde für die Ewigkeit.

Bis die bekannte strenge Stimme befahl: »Thomas, setz dich wieder hin.«

Erst vier Jahre später, in West-Berlin, sah er den Vater wieder. Im Auffanglager in Marienfelde war er jeden Tag ans Tor gelaufen, um nach ihm Ausschau zu halten und auch, um dem steten Gejammer der Mutter zu entfliehen. Später rechnete er nicht mehr mit ihm, dachte kaum noch an ihn, und als er dann endlich kam, war er ein gebrochener Mann, kein Vater mehr, sondern ein Fremder mit Schlafstörungen und Wutausbrüchen, außerdem schwerhörig.

Viele Jahre später, nach Zeiten auf See und in der Polizeischule, der Vater war längst tot, wurde Ostrowski klar, wem er sich damals – und seitdem immer wieder – hatte entgegenstellen wollen, seinen eigenen Feinden nämlich, der Unsicherheit und Willkür, der Rohheit und Gewalt.

Er wollte gegen das Unrecht vorgehen. Wollte beschützen. Damals den Vater, später die, die seinen Schutz benötigten. Das war gelungen, wenn man die Aufklärungsquote seiner Mordkommission zum Maßstab nahm. Nun galt es, für Jenny und Lotte zu sorgen, deren Haus Siewert ausgekundschaftet hatte. Er musste sich darüber hinwegsetzen, dass seine Tochter ihn nicht machen ließ, genauso wenig wie der Vater ihn gelassen hatte. Der alte Herr hatte im Zug gesehen, dass sein Sohn ein wenig zu groß geraten war, aber in keiner Weise leisten konnte, was er sich vorgenommen hatte, und in sein Unglück lief.

Bei Jenny lag der Fall anders. Er war Experte, ein alter Hase, er kannte das Geschäft.

Warum in aller Welt sah sie das nicht ein?

Die Stimmung im Raum war eine andere geworden, nicht mehr allein Erschöpfung, sondern Hilflosigkeit und Angst. Jeder einzelne zeigte sie, Paula kritzelte mit dem Kugelschreiber auf einem bereits vollgeschriebenem Zettel herum, und Kemal hätte gewettet, sie wusste nicht, was sie tat, Becker sah aus, als hätte ihn jemand geohrfeigt, und selbst ein alter Fahrensmann wie Köberle schob das Kinn hin und her und mahlte mit den Zähnen. Der Schlimmste war Rahlke, der blass wirkte, als hätte er Fieber. Der Mann hätte ins Bett gehört, am besten unter ärztlicher Aufsicht.

Ihnen allen war nur allzu bewusst, was sich verändert hatte. Ein Mord war eine Einzeltat, die es aufzuklären galt. Zwei Morde waren etwas ganz anderes. In ihnen lag die Gefahr, fast die Ankündigung, dass es auch einen dritten geben würde. Sie hatten es aller Wahrscheinlichkeit nach mit einem Serientäter zu tun.

Und jeder wusste das.

Rahlke hatte ihnen zu Beginn der Sitzung berichtet, dass Kriminalrat Sommerfeld bereit war, ihnen mehr Personal zur Verfügung zu stellen. Dabei hatte er ein Strahlen unterdrückt. Rahlke wirkte wie ein Junge, der einen Männeranzug trug. Erst war er stolz gewesen, endlich erwachsen zu sein und dazuzugehören, aber nun begriff er, dass von ihm erwartet wurde, die neue Kleidung auch auszufüllen. Er schien sich zu fragen, ob er da hineinwachsen konnte. Ob es ihm gelingen würde, den Mörder zu stellen.

Kemal sah den zweifelnden Jungen in ihm. Den kleinen Claas.

Aus verschiedenen Zetteln stoppelte Rahlke ein Kurzporträt der Toten zusammen. Eine wenig auffällige Person, kein eifersüchtiger Freund, kein Geliebter, soweit man wusste. Eine durchschnittliche junge Frau. In Pankow gemeldet, allein lebend, ein paar Freundinnen. Arbeitsam und unauffällig. Den Todeszeitpunkt habe der Gerichtsmediziner auf 19.00 bis 20.00 Uhr eingegrenzt.

Mit einer Handbewegung reichte Rahlke schließlich das Wort an Paula Wahlis weiter.

»Die Ähnlichkeiten zu der ersten Toten sind frappierend. Wieder der Schnitt durch die Gurgel, wieder wesentlich weniger Blut, als man erwarten würde. Wir müssen endgültig davon ausgehen, dass wir es mit einem psychopathischen Täter zu tun haben.«

»Gab es am Opfer Spuren eines Kampfes?« Becker brachte ein, was er in der Schule gelernt hatte. Zeigte sein Engagement. Auch um den Preis, dass alle seinen roten Kopf sahen.

»Das hätten wir Ihnen doch berichtet«, erwiderte Rahlke. »Sie waren ja auch am Tatort. Also haben Sie gesehen, dass das Opfer der Jahreszeit entsprechend angezogen war, Mantel, Handschuhe und so weiter. Für den Täter gilt Entsprechendes, und deshalb gibt es keine Hautpartikel oder ähnliche Spuren an ihr.«

»Ich würde gerne fortfahren«, sagte Paula.

Rahlke nickte ihr zu. »Dieser Frauenmörder von damals.«

»Siewert«, sagte sie, »Bastian Siewert.«

Kemal zeigte nicht, dass sein Interesse erwacht war.

»Man könnte sagen, beide Morde entsprechen seiner Handschrift. Aber vieles spricht gegen diesen Verdacht. Ich habe mich mit dem Bewährungshelfer des Mannes unterhalten, und von dem kommt eine eindeutige Botschaft. Siewert ist von all seinen Klienten derjenige, der sich am meisten Mühe mit dem neuen Leben gibt. Er hat einen Job in Aussicht, eine Halbtagsstelle bei der Stadtreinigung, der BSR. Den soll er nächsten Monat antreten. Er hat offenbar eine ansprechende Bewerbung verfasst.«

»Wird er Müllmann?«, fragte Kemal.

»Ne, in der Verwaltung.«

Es klang zu schön, was die Kollegin referierte. War ihr nicht einmal der Gedanke gekommen, dass Siewert alle zum Narren hielt? Und in der Zwischenzeit zwei Frauen getötet hatte?

»Auch in sozialer Hinsicht verhält sich Siewert vorbildlich.« Paula kämpfte mit ihren Haarsträhnen, dazu machte sie eine Pause, und als sie wieder einsetzte, schaute sie die Kollegen hintereinander an. Dann kam ihre Pointe: »Entscheidend ist: Zumindest für den zweiten Mord – für gestern Abend – hat er ein Alibi.«

Kemal lachte still. Siewert war dieser Frau über. Er war hintertrieben, sie naiv. Mochte sie hundertmal die Musterschülerin sein, wenn sie es mit Menschen zu tun hatte, verfing sie sich in Fallstricken.

Siewert und ein Alibi – lachhaft.

Rahlke schien kaum hinzuhören. Kemal dachte an Ostrowski, der an dieser Stelle eingehakt und seinen Zweifel kundgetan hätte.

»Ich glaube«, fuhr Paula fort, »ich hatte schon berichtet, dass Siewert von Beruf eigentlich Musiklehrer ist – war. Und nun wurde er gebeten, zum Geburtstag des Heimleiters ein kleines Konzert im Wohnheim zu geben. Erst hat er sich, soweit ich gehört habe, geziert und gesagt, dass er sein Instrument länger als zehn Jahre nicht gespielt hat. Aber nach einiger Überredung hat er seinen Auftritt sehr ernst genommen und sogar geübt. Und schließlich vorgetragen. Und zwar gestern Abend. Zur fraglichen Zeit. Vor rund 30 Leuten.«

Was auch immer es war, es stimmte nicht, dessen war sich Kemal sicher. Entweder hatte es mit der Tatzeit zu tun oder mit diesem obskuren Konzert. Sein Handy brummte. Er drückte auf die entsprechende Taste. Eine Kurzmitteilung. »Warum lebt er überhaupt im Wohnheim?«

Paula senkte den Blick. Die Vorzugsschülerin wusste offenbar die Antwort nicht. »Er ist da hingezogen. Äh … nach seiner Entlassung.«

»Ich glaube nicht, dass das im Moment so wahnsinnig wichtig ist«, sprang ihr Rahlke bei.

»Hast du Siewert inzwischen vernommen?«, setzte Kemal nach.

»Bislang noch nicht. Das kommt aber noch.«

Er würde es selber tun müssen. Paula schien an Märchen zu glauben.

»Alles in allem«, meinte Rahlke, »bietet sich uns folgendes Bild: Wir haben einen Mann, der Aussicht auf eine regelmäßige Arbeit hat, nicht irgendwo im Graubereich,

Im- und Export oder so, sondern bei einem renommierten städtischen Unternehmen. Darüber hinaus handelt es sich um jemanden, der ein wasserdichtes Alibi vorweisen kann. 30 Leute. Herrschaften, wir müssen in andere Richtungen weitersuchen.«

Kemal drückte auf eine andere Handy-Taste. Die Mitteilung öffnete sich, und er las: »Fahndet ihr endlich nach Siewert?«

Kein Gruß.

Er musste grinsen. Ostrowski ließ sich nicht zum Narren halten. Ihm passte der Anzug, den er trug.

Dennoch hielt er seine Finger zurück, eine Antwort zu tippen. Vielleicht würde er Ostrowskis Hilfe brauchen, um Siewert zu fassen, denn mit den Laien im Konferenzraum war das nicht zu bewerkstelligen. Dennoch war der Schritt groß. Er würde Ärger bekommen. Eine ganze Wagenladung voll.

Rahlke sprach ihn an: »Was meinen Sie, Kollege Aydin?«

Kemal ließ ihn zappeln, bevor er eine Antwort gab. »Wir können nichts und niemanden ausschließen.«

»Natürlich nicht.«

»Ist es ganz sicher, dass Alibi und Tatzeit übereinstimmen?«

Diesen Satz hatte er leiser gesprochen. Rahlke war mit seiner Aufmerksamkeit zu Paula weitergewandert.

»Wird Siewert eigentlich irgendwann in eine eigene Wohnung ziehen?«, fragte er.

»Das ist ein Thema, ja. Der Bewährungshelfer ist ihm bei der Suche behilflich. Die BSR übrigens auch.«

Rahlke wiegte den Kopf. »Wir sollten uns die Mühe machen, das Alibi dieses Siewert für den Donnerstagabend zu cheken, für die Tatzeit des ersten Mordes. Einfach deshalb, weil die Tat so sehr seine Handschrift ist. Andererseits müssen wir aufpassen, dass wir eine gelingende Resozialisierung nicht gefährden. Deshalb meine Bitte an alle Kollegen: Macht nichts kaputt. Zeigt ein wenig Fingerspitzengefühl.«

Kemal begann, eine Antwort an Ostrowski einzutippen. »Nein«, schrieb er. Und setzte, auch wenn er seinen Stolz überwinden musste, hinzu: »Lass uns reden.«

Er schloss die Augen, während er seine Mitteilung abschickte. Ihm war nicht wohl. Hatte er nun seine Entscheidung getroffen? Möglicherweise, und dann führte sein Weg ins Ungewisse. Er stellte fest, dass sich seine Einstellung zu den Kollegen schlagartig verändert hatte. Auf einmal wollte er ihnen etwas erklären. Warum? Damit sie endlich begriffen, um was es ging, und er auf seinen Alleingang verzichten konnte?

»Wenn wir systematisch vorgehen«, begann er, »dann ist der erste Schritt, von einem Täter auszugehen, der für beide Fälle verantwortlich ist. Das ist doch klar, oder? Beide Opfer waren junge Frauen, beide wurden an ihrer Arbeitsstelle oder in der Nähe davon getötet, jeweils abends, und zwar mit einem einzigen Schnitt durch die Kehle. Das scheint mir ziemlich eindeutig. Dann die Frage nach dem Motiv. In beiden Fällen geht es offenbar nicht um eine sexuelle Handlung, die Frauen hatten vor ihrem Tod keinen Verkehr, erst recht sind sie nicht vergewaltigt worden. Okay? Trotzdem gehen die Psycho-Leute bei solchen Fällen von sexuellen Motiven aus. Nur dass der sexuelle Akt, also auch die Erregung, im Töten liegt. Mir hat mal einer gesagt: Geschlechtsverkehr ist gar nicht mehr nötig.«

»Das heißt, wir suchen einen Verrückten?«, rief Rahlke. »Davon rede ich doch die ganze Zeit.«

»Wir suchen einen Psychopathen«, erwiderte Kemal. »Was ist das für ein Mensch? Er ist eiskalt, der merkt überhaupt nichts, sonst könnte er nicht auf diese Weise Hälse durchschneiden. Und dann ist er, wie gesagt, irgendwie pervers. Weil er im Töten Befriedigung findet.«

»Kann es sein«, warf Becker ein, »nur mal theoretisch gefragt, dass der zweite Mord nachgeahmt war? Dass wir also eventuell doch von zwei Tätern ausgehen müssen?«

»Möglich«, entgegnete Kemal. Die Aufmerksamkeit der gesamten Runde war bei ihm, auch Rahlke hörte ihm zu, als wäre Kemal der Prophet persönlich. »Möglich, aber ziemlich unwahrscheinlich. Es stand zwar in der Zeitung, dass die Frau in dem Zeitungskiosk, also Frau Vollmer, ermordet wurde. Allerdings ohne alle Einzelheiten. Die beiden Morde waren sich verdammt ähnlich. Auch in der Art und Weise, wie die Opfer auf dem Fußboden lagen.«

Als sein Handy wieder brummte, brach er ab.

»Wann?«, fragte Ostrowski.

Der Dicke hatte recht, die Lehrveranstaltung hatte lange genug gedauert, es galt, einen Mörder zu finden. Am Ende war er nicht der Nachhilfelehrer für junge Kollegen oder überforderte Chefs.

»Das macht Nachahmung in der Tat unwahrscheinlich«, sagte Rahlke. »Wenn wir nicht davon ausgehen, dass der Täter in unserem Kreis zu finden ist. Unter den Leuten, die am Tatort waren.«

Er blinzelte in die Runde, als warte er auf Reaktionen auf seinen Scherz. Aber die Kollegen waren entweder zu müde, oder Rahlkes Satz animierte sie nicht zum Lachen.

Immerhin zogen Paula und Becker den Mund ein wenig in die Breite.

Rahlke senkte den Kopf.

Der kleine Junge, dessen Witz nicht angekommen war.

Er bekam von der Sekretärin einen Zettel hereingereicht. »Im Unterschied zur ersten Tat«, sagte er, nachdem er ihn gelesen hatte, »hat sich ein vielversprechender Zeuge gemeldet. Gerade eben, per Telefon. Wie Paula vermutet hat. Jemand, der zur fraglichen Zeit in der Nähe des Tatorts war und etwas bemerkt hat.«

Kemal sah voraus, was kam.

»Kollege Aydin, ich möchte diese Befragung in Ihre bewährten Hände legen. Wir haben Namen und Adresse des Zeugen. Bitte suchen Sie ihn auf.«

Kemal reagierte nicht, schüttelte nicht einmal den Kopf.

Er musste Siewert finden.

»Ich rufe dich an«, schrieb er an Ostrowski.

»Es ist klar, dass ein Bild des Täters ein Meilenstein auf unserem Weg wäre. Das heißt, wenn es eine Chance auf eine einigermaßen zuverlässige Erinnerung gibt, bringen Sie den Zeugen hierher. Lassen Sie ein Phantombild erstellen. Damit könnten wir dann an die Presse gehen. Und ich selbst will noch mal nach diesem Kerl suchen, der Streit mit dem ersten Opfer hatte. Dieser Mann, der anschreiben lassen wollte. Wir dürfen keine Spur vernachlässigen.«

»Soll ich mitkommen, Chef?«, fragte Becker.

»Ist gut. Einverstanden.«

Rahlke unterdrückte seine Freude, aber man sah sie trotzdem. Der kleine Claas war erleichtert, dass er nicht allein hinaus musste in die feindliche Welt.

Kemal sortierte sich. Es war schlecht möglich, Rahlkes Auftrag nicht zu erledigen. Und die Sache hatte ihr Gutes, die Befragung würde ihn wieder nach Tegel führen, dort konnte er sich mit Ostrowski besprechen und das weitere Vorgehen festlegen. Mit Siewerts Alibi stimmte irgendetwas nicht. Er legte den Kopf auf die Seite und stellte sich vor, Siewert zu stellen. Zusammen mit Ostrowski? Das war kaum denkbar, wenn es rauskam, wäre das Geschrei groß. Er hatte disziplinarische Maßnahmen zu erwarten. Nicht weniger Geld, aber einen scheiß Job und keine Aufstiegschancen.

Ayse wäre entsetzt, wenn sie wüsste, welche Möglichkeit er in Betracht zog.

»Der Kriminalrat«, fuhr Rahlke fort, »hat mit mir ausführlich über das Thema Öffentlichkeit und Presse gesprochen. Er ist der Überzeugung, mit der Journaille zusammenarbeiten zu müssen. Sonst wird es übel. Die Panik und Hysterie wird sowieso in der Welt sein, ganz egal, wie wir uns verhalten. Deshalb scheint es Sommerfeld besser zu sein, den Fluss der Informationen selber zu steuern, als allzu viel Raum für Spekulationen zu lassen. Ich sehe das genauso. Das heißt, wir werden die Presse regelmäßig informieren. Der Angst der Bürger begegnen wir am besten, wenn wir den Täter schnell fassen, meint der Kriminalrat.« Rahlke grinste verlegen. »Nicht so einfach.«

»Wir werden Unmengen von Hinweisen erhalten«, sagte Kemal, »sobald das in der Zeitung steht.«

»Deshalb die zusätzlichen Kollegen. Drei Mann, genau für diese Aufgabe. Sie werden die einlaufenden Hinweise bündeln, nach Plausibilität bewerten und dann abarbeiten. Und Sie, Kollege Aydin, wären frei für andere Aufgaben. Das ist doch in unser aller Interesse.«

In Rahlkes Blick lag etwas, das fast ein Flehen war. Der kleine Claas bettelte um Hilfe.

Kemal fragte sich, was diesen Mann, mit seinem Babyspeck und seinen blonden Haaren, in den Augen der Vorgesetzten befähigte, eine Mordkommission zu leiten. Es war offensichtlich, dass er mit einem Fall wie diesem nicht zurande kam. Nicht nur, dass er nervös war, er hatte keine Idee, machte keinen Vorschlag, folgte keinem Plan.

Rahlke hatte Angst. Angst, zu versagen. Und diese Angst bestand zu Recht. Er hatte sich bereits von Siewert ablenken lassen.

Warum sah der Kriminalrat all das nicht?

Oder gab es Gründe für diese Beförderung, die Kemal verschlossen geblieben waren? Freundschaften, Abhängigkeiten, Parteizugehörigkeiten?

Er konnte sich das kaum vorstellen. Nicht in Deutschland.

War Rahlke am Ende der einzige Bewerber deutscher Herkunft gewesen? Hatte er deshalb den Zuschlag bekommen?

In Bezug auf die Ermittlung waren viele entscheidende Fragen noch nicht gestellt worden, und Kemal überlegte, ob es an ihm war, die Diskussion ein weiteres Mal voranzubringen. Es widerstrebte ihm und er hielt sich zurück, während er seinen Dienststellenleiter betrachtete. Es war doch nicht etwa wahr, dass Rahlke ihm auch noch leidtat?

Mit brummiger Stimme fragte er in den Raum hinein: »Gibt es biographische Gemeinsamkeiten?«

»Was meinen Sie?«, wollte Rahlke wissen.

»Genau das, was ich sage. Ob es Gemeinsamkeiten in den Leben der beiden Opfern gibt. Haben sie die gleiche Schule besucht? Sind beide geschieden? Haben sie den gleichen Freund gehabt? Gab es Abtreibungen?«

»Ein richtiger Gedanke«, schoss es aus Rahlke heraus. »Den hatte ich mir auch schon notiert und wollte ihn als Nächstes äußern. Paula?«

»So weit bin ich noch nicht.«

»Dann überprüfe ich das«, sagte Kemal.

Seine Anregung – sein Job.

Aber Rahlke schüttelte den Kopf. »Ich möchte, dass Sie diesen Zeugen befragen. Davon verspreche ich mir viel. Der andere Teil der Ermittlung bleibt vorerst in den Händen von Kollegin Wahlis. Bitte, Paula, ja? Becker kann helfen.«

»Ich helfe Ihnen doch schon, diesen Menschen aus dem Kiosk zu finden.«

»Dann mache ich das eben allein«, sagte Rahlke unwirsch.

Was für ein Kindergarten. Kemal schloss die Augen, und sofort stellten sich Bilder der alten Zeit ein, Ostrowski als Leiter der Mordkommission, ihr Vertrauensverhältnis, die Freundschaft zwischen ihnen.

Es war keine Frage, was er zu tun hatte.

Rahlke löste die Sitzung auf. Stühle knarrten, müde Kollegen drängten zur Tür hinaus.

Rahlke hielt ihn zurück. Mit der Hand auf der Schulter.

»Kollege Aydin, nehmen Sie's mir bitte nicht übel, dass ich Ihnen einen anderen Auftrag gegeben habe. Ich brauche Sie. Sie und Ihre Routine. Sie stellen die richtigen Fragen, ziehen die richtigen Schlüsse. Hat man heute wieder gesehen. Wir müssen diesen Killer finden. Unbedingt.«

Kemal gab ihm keine Antwort. Er würde Siewerts Alibi überprüfen.

Das Wohnheim lag an der Grenze zwischen den Bezirken Reinickendorf und Pankow. Früher hatte hier die Mauer gestanden, und die Bezirksverwaltung hatte für die Obdachlosen ein billiges Grundstück in deren Schatten herausgerückt. Eine gesichtslose Gegend, ein wenig Industrie und Kleingewerbe, Bahngleise, Tankstellen, Discounter, und am Wochenende alles menschenleer. Es war ein grauer Tag, mit einer durchgehenden Wolkendecke, nicht sehr kalt, aber ungemütlich.

Ostrowski spürte das Wetter kaum. Zu Jenny hatte er ein wahres Wort gesagt, nämlich dass er Pensionär war, kein Polizist. Er empfand, wie allein er dastand. Auch Siewert mochte allein sein, aber der machte die Vorgaben, und selbst wenn es Ostrowski gelingen sollte, ihn zu überraschen, wäre der Vorteil gering. Er hatte nichts in der Hand. Konnte den Scheißkerl nicht festnehmen.

Siewert würde ihn auslachen.

Wenn er ihn überhaupt antraf.

Er näherte sich einem Funktionsbau mit Betonfassade und flachem Dach. Keine Nachbarschaft. Es gab drei Stockwerke. Die Tür war aus Drahtglas, mit einer schräg angebrachten Stange, an der sie geöffnet werden konnte.

Mancher ehemalige Knacki kam hier unter. Die wenigsten, die gesessen hatten, hatten noch Kontakt zu ihren Angehörigen. Die Frauen ließen sich scheiden, wenn ihre Männer eingesperrt waren, zu den Kindern bestand kein

Draht mehr. Einen Ort, an den sie nach der Entlassung konnten, hatten sie nicht. Nur das Wohnheim.

Ostrowski öffnete die Tür.

Abgestandene Luft empfing ihn, außerdem war es überheizt. Die Halle war gefliest. Sie sah aus wie der Eingang zu einer Behörde, nur ohne Geschäftigkeit. Linker Hand ging eine Tür ab, ein Schild wies darauf hin, dass sich dahinter das Büro befand. Sie war verschlossen. Am Wochenende arbeitete hier niemand.

Wie sollte er vorgehen? In der Halle standen ein paar Stühle und ein Tisch. Er konnte sich eine Zeitung kaufen, sich dorthin setzen und auf Siewert warten.

Und dann?

Er durchschritt die Halle. Das Geräusch, das seine Absätze machten, klang wie im Treppenhaus bei Jenny, nur weniger laut. Sein Zorn war offenbar verraucht.

Eine Treppe führte in die oberen Stockwerke. Ein junger Mann kam sie herunter, dunkelhaarig, mit asiatischen Augen hinter einer kräftigen schwarzen Brille und weichem Gesichtsausdruck.

»Guten Tag«, sagte er. »Was kann ich für Sie tun?«

Ostrowski zog seinen Ausweis und hielt sie dem anderen hin. »Kriminalpolizei. Wer sind Sie?«

»Henry Sin. Ich bin hier der Pfortendienst.«

»Ich suche Bastian Siewert. Ist er da?«

Der Junge hob die Schultern. »Soweit ich gehört habe, hat die Polizei doch schon angerufen und nach ihm gefragt.«

Ostrowski versuchte, sein Gegenüber einzuordnen. Er war vernünftig angezogen, mit Hemd und Pullover. Hatte ein intelligentes Gesicht. Ein Hänfling. Student wahrscheinlich. Irgendwas Technisches.

»Wir sind eben gründlich. Wann haben Sie ihn das letzte Mal gesehen?«

»Gestern Abend.«

»Geht's etwas genauer?«

»Durchaus«, erwiderte der Junge, »aber, wie gesagt, ich glaube, diese Informationen hat die Polizei schon.«

»Und ich überprüfe sie. Also?«

Der Junge seufzte. Er stand weiterhin auf einer der Treppenstufen. »Wir hatten gestern Abend eine Feier. Anlass war der Geburtstag unseres Heimleiters.«

»Von wann bis wann ging diese Feier?«

»Von halb sieben ... von 18.30 bis 20.00 Uhr.«

»Und Siewert war anwesend?«

»Nicht nur das, er hat ein kleines Konzert auf seiner Querflöte gegeben. Das hatte etwas ausgesprochen Anrührendes, nicht nur für mich, sondern auch für den Chef und für die Bewohner. Es war still, alle haben zugehört, ohne dumme Sprüche, die sonst bei jeder Gelegenheit fallen. Und am Ende bekam er viel Applaus.«

»Wie lange hat er gespielt?«, fragte Ostrowski. »Eine halbe Stunde?«

»In etwa, ja.«

»Und danach?«

»War er hier, dessen bin ich ganz sicher. Es gab ein Buffet, er hat gegessen wie alle anderen auch. Viele haben ihm gratuliert. Irgendwie stand er im Mittelpunkt, verstehen Sie? Deshalb weiß ich so sicher, dass er bis zum Ende da war. Verdächtigen Sie ihn wirklich?«

Ostrowski überging diese Frage. »Und jetzt? Ist er zu Hause?«

Der Junge wiegte seinen Kopf.

»Heißt das ja oder heißt das nein.«

»Das heißt: Ich weiß nicht. Es ist eine ziemlich klar definierte Geste.«

»Ach so? Dann sehen Sie doch mal nach.«

»Das kann ich nicht tun.«

»Und warum nicht?«

»Es ist mir nicht gestattet, Auskünfte über Heimbewohner zu geben. Zu gestern – das verstehe ich ja noch. Aber irgendwo ist eine Grenze …«

Er stand schräg vor Ostrowski, und der begriff, dass er es auf einmal mit diesem netten, schlauen Jungen nicht mehr leicht haben würde. »Wenn die Kripo um Auskünfte bittet, gelten andere Regeln. Wir beide gehen jetzt auf Siewerts Zimmer. Sie haben doch einen Generalschlüssel in der Tasche?«

»Ich habe zwar einen Generalschlüssel. Aber ich werde Ihnen damit kein Zimmer aufschließen. Es sei denn, Sie weisen ein entsprechendes Schreiben vor. Das Haus legt größten Wert auf den Schutz der Privatsphäre seiner Bewohner.«

»Gut, das zu hören. In diesem Fall machen wir mal eine Ausnahme.«

Der Junge grinste. Ganz fein, kaum merklich.

Ostrowski wusste, wenn er sich reizen ließ, hatte er verloren. Er musste cool bleiben.

»Warum sollte ich eine Ausnahme machen?«

»Weil Gefahr im Verzug ist. Das reicht als Begründung immer.«

»Und welche Gefahr, wenn ich fragen darf?«

»Junge, übertreib es nicht.«

Doch der blieb auf seiner Treppenstufe stehen, griff

nach dem Geländer, verharrte regelrecht. Er hatte etwas von einem Esel.

»Wir gehen hoch.«

»Nein. Ich möchte eine plausible Begründung. Ansonsten kann ich Ihnen nicht helfen.«

Ostrowski machte einen Schritt auf ihn zu. Er brachte seinen breiten Kopf so nahe an das schmale Gesicht des Jungen, dass er ihn mit der Zunge hätte berühren können, hätte er sie ausgefahren.

»Eine Begründung willst du? Oben in Tegel sind in den letzten Tagen zwei junge Frauen ermordet worden. Und darüber will ich mit Siewert reden, unabhängig davon, ob er gestern Abend hier war oder nicht. Mag sein, dir ist das alles scheißegal, Hauptsache Schutz der Privatsphäre. Aber vielleicht hast du ja auch eine Freundin. Oder einer deiner Kumpels an der Uni. Und möchtest nicht, dass sie die Nächste ist, die irgendwo mit durchgeschnittener Kehle gefunden wird. Und wenn das so ist, dann hilfst du mir jetzt. Verstanden?«

Der Junge trat einen Schritt zurück, auf die nächsthöhere Stufe.

»Okay.« Er deutete mit seinen Händen eine dämpfende Geste an. »Okayokay.«

Als sie nach oben gingen, fragte Ostrowski: »Hast du ihn heute noch gar nicht gesehen?«

»Weiß ich nicht mehr.« Eine flapsige Antwort. Hörbar gelogen.

Ostrowski wartete, bis sie den Flur erreicht hatten. Dann packte er den Jungen am Arm und riss ihn zu sich heran.

»So, jetzt ist Schluss mit den Spielchen. Ist das klar?«

Dem Jungen war die Brille auf der Nase verrutscht. Er nickte.

»Es geht also wirklich um den Frauenmörder. Die Sache macht im Netz richtig Furore. Die beiden Frauen, denen der Hals aufgeschnitten wurde.«

»Beide? Das steht schon im Internet?«

Der Junge grinste – mitleidig, wie Ostrowski fand.

»Im Netz ist alles schnell. Weil jeder schreiben kann. Ein User, der am Tatort vorbeikommt, reicht. Und Sie verdächtigen Siewert? Aber das kann nicht sein …«

»Das habe ich auch nicht behauptet«, antwortete Ostrowski. »Ich will ihn sprechen, das ist alles. Also, wann hast du ihn zum letzten Mal gesehen?«

»Heute Morgen. Vielleicht gegen acht. Ich habe meinen Dienst um sieben angefangen, da war es hier noch total ruhig. Ist eben Wochenende. Siewert kam irgendwann runter.«

»Wie sah er aus? Irgendetwas Auffälliges?«

»Ne, nichts. Er war wie immer. Total ordentlich, mit diesem Halstuch, das er immer umhat. So, wie auch sein Zimmer ist. An dessen Mantel gibt's keinen einzigen Fussel, und die Schuhe sind geputzt. Ganz anders als bei den meisten anderen hier.«

Der Junge blieb vor einer grauen Tür stehen, auf die die Nummer ›205‹ aufgeklebt war. Mit einem Blick versicherte er sich bei Ostrowski, und als der ihm zunickte, zog er seinen Schlüssel aus der Tasche und öffnete.

Ostrowski betrat den Raum. Er war leer. Sein erster Eindruck war der von Leblosigkeit. Das Fenster war geschlossen. Nichts lag herum, weder auf dem Tisch oder am Fensterbrett noch auf der Kommode, keine Klamotten, keine Zeitschrift, gar nichts. An der Wand stand ein Fernseher. Der Stecker war gezogen, die Fernbedienung steckte in einer Halterung am Gerät. Die Vorhänge waren geöffnet und wurden von einem Stoffband gehalten, das jeweils in einem kupferfarbenen Haken steckte.

»Hier lebt jemand?«

»Das ist Siewerts Zimmer, ja.«

Ostrowski öffnete die Tür zum Badezimmer, wo sich das gleiche Bild bot. Keine Zahnbürste, kein Rasierapparat, die auf dem Waschbecken lagen. Nicht einmal ein Kamm. Immerhin schien das Handtuch benutzt zu sein. Es hatte seine Bügelfalten verloren.

Er kehrte zurück und öffnete eine der Kommodenschubladen.

Der Junge atmete hörbar. Er hatte seine Hände in die Taschen gestopft und die Schultern zusammengezogen.

»Beruhige dich. Denk immer dran: Es ist Gefahr im Verzug.«

Ostrowski fuhr mit der Hand in die Lade. Ein Pullover, einige Paar Socken, sauber ineinander gelegt, ein Hemd. Nichts, was ihm weitergeholfen hätte.

Die anderen beiden Schubladen waren leer.

Unter das Bett war ein kleiner Koffer geschoben, ein kariertes Ding aus Hartpappe, ohne Rollen, ohne ausfahrbaren Griff. Er wirkte wie aus einen anderen Zeit und war leer.

»Hat er noch eine andere Möglichkeit, Sachen abzustellen?«

Der Junge schaute ihn an.

»Gibt's einen Aufbewahrungsraum? Irgendetwas anderes in der Richtung?«

»Einen Kofferkeller, ja. Aber soweit ich weiß, hat Siewert da unten nichts stehen.«

»Wie kann man das überprüfen?«

»Gar nicht. Die Leute bekommen einen Zettel, wenn sie etwas einstellen. Und wenn sie's wiederhaben wollen, müssen sie den Zettel zurückgeben.«

»Das stimmt doch nicht. Wie viele von den Zetteln gehen zwischenzeitlich verloren?«

»Viele, das ist wahr. Wir haben eine Regelung, nach der man seine Sache identifizieren kann. Entweder durch einen passenden Schlüssel oder indem man beschreibt, was im Koffer ist. Hat noch nie Ärger gegeben.«

Er verließ mit dem Jungen Siewerts Zimmer.

»Und woher willst du wissen, dass er da unten keinen Koffer hat?«

»Ich hatte Dienst, als er einzog. Ist noch nicht lange her. Ich erinnere mich daran, wie ich dachte, da kommt einer nach Jahren aus dem Knast und hat nur so einen kleinen Koffer.« Henry lachte.

»Was ist daran lustig?«

»Nichts. In all den Jahren fast keinen Besitz angehäuft. Und ich dachte ...« Er zögerte.

»Was dachtest du?«

Ein Lächeln trat auf das Gesicht des Jungen. »Wie viel Freiheit darin liegt. Und dass Besitz unfrei macht.«

Sie kehrten in die Halle zurück.«

»Wir machen Folgendes«, sagte Ostrowski. »Du versiehst ganz normal deinen Dienst. Und du nimmst meine Karte, und wenn Siewert auftaucht, rufst du mich an. Einverstanden?«

Der Junge machte eine zustimmende Kopfbewegung.

Ostrowski zog eine seiner alten Karten aus der Brieftasche, mit Rangbezeichnung und Berliner Wappen, dem Bären. Er unterstrich die Handynummer, und dabei wurden die Nummern im Kommissariat unleserlich.

»Da rufst du an. Okay?«

»Okay«, sagte der Junge. Und rang sich sogar noch zu einem weiteren Satz durch: »Ich hoffe, dass Sie den Mörder fassen. Aber Siewert war gestern Abend hier. Ganz bestimmt.«

»Ich glaube dir.« Ostrowski grüßte zum Abschied. Als er die gläserne Haustür öffnen wollte, zog jemand an ihrer anderen Seite.

Kemal, grinsend. »Dann brauche ich dich ja nicht anzurufen. Vater Staat spart Gebühren.«

»Siewert hat ein Alibi für gestern Abend.«

»Schon gehört. Ich wollte es gerade überprüfen.«

»Die Spucke kannst du dir sparen. Wann war der Todeszeitpunkt?«

»Zwischen 19.00 und 20.00 Uhr.«

»Siewert war von 18.30 bis 20.00 Uhr im Haus.« Ostrowski breitete die Arme aus. »Ich verstehe das nicht. Hier stimmt etwas nicht.«

»Vielleicht hat unser Freund einen Doppelgänger?«, meinte Kemal.

»Der den Mörder macht oder den Musiker?«

»Was hast du in diesem schönen Haus gesehen?«, fragte Kemal.

»Nichts von Belang. Ein Zimmer, von dem du glaubst, es steht leer. Da soll er wohnen. Und der Scheißkerl ist nicht da.« Ostrowski verzog das Gesicht. »Gehen wir irgendwo hin, wo es einen guten Tee gibt?«

»Ich bin auf dem Weg zu einem Zeugen in Tegel. Aber ein Stündchen habe ich.«

Sie fuhren in Kemals Toyota nach Tegel, wo sie eine alteingesessene Konditorei ansteuerten. Wenn überhaupt irgendwo, glaubte Ostrowski, dann gab es hier einen Tee, der dem Urteil des Kollegen standhalten konnte.

Er selbst bestellte Kaffee. Als die Kellnerin abgezogen war, fehlten beiden die Worte. In Kemals schwarzes Haar hatten sich graue Strähnen eingeschlichen. Seine Nase war kräftig wie eh und je. Er sah müde aus – kein Wunder bei einem Fall wie diesem. Neben ihm auf dem Tisch lagen seine Zigaretten. Er hielt die Hand darauf. Ostrowski wusste, dass Kemal unter dem Rauchverbot in Lokalen litt. Tee und Tabak, das hatte für ihn immer zusammengehört. Und zu ihm gepasst. Ostrowski registrierte, dass seine Sympathie für Kemal ungebrochen war.

Jahrelang waren sie eines der großen Gesprächsthemen in der Dienststelle gewesen, Ziel aller Lästermäuler, der Deutsche und der Türke, die Freundschaft pflegten und sich blind zu verstehen schienen. Häufig hatten sich Kollegen bemüht, Ostrowski in eine ihrer Gruppen zu ziehen, hatten ihn zu Kegelabenden eingeladen oder zum Grillen und Saufen.

Und er? Hatte abgelehnt. War mit Kemal ins ›Antalya‹ gegangen. Es war ihm hundertmal lieber gewesen, sich mit Kemal zu unterhalten, als an diesen bierseligen Kollegen-Treffen teilzunehmen, wo man sich auf die Schulter klopfte und Anzüglichkeiten austauschte.

Doch seit einigen Tagen, seit seinem Ruhestand, hatte sich manches verändert. »Was ist hier los?«

»Gute Frage«, entgegnete Kemal. »Ich habe auch eine: Wer ist dafür verantwortlich, dass Rahlke Dienststellenleiter geworden ist?«

»Weiß ich nicht. Der Kriminalrat, würde ich sagen. So was geht natürlich nur in Absprache mit den anderen hohen Tieren. Am Ende segnet der Polizeipräsident die Entscheidung ab.«

»Und du? Was hast du damit zu tun?«

»Nichts.«

Die Getränke kamen. Kemal schlürfte laut von seinem Tee, und Ostrowski kam es vor, als wollte er aller Welt zeigen, dass er ein Türke war. Tatsächlich sahen Leute von den Nachbartischen verstohlen herüber.

»Du hast damit nichts zu tun?«

»Nein!«

»Thomas, ich will eine ehrliche Antwort. Hattest du deine Finger im Spiel, dass Rahlke Dienststellenleiter geworden ist?«

»Ich? Bist du verrückt?«

»Glaube nicht, nein. Es gab bei uns in all den Jahren keine Personalentscheidung, wo du nicht mitgemischt hast.«

»Als es um diese Sache ging, bin ich gerade selber herauskomplimentiert worden, vielleicht erinnerst du dich daran. Das wollte ich auch nicht.«

»Du hast also mit der Rahlke-Sache nichts zu tun?«

»Ich sag's gerne um dritten Mal: Nein. Bestimmt nicht.«

Kemal lehnte sich zurück und musterte sein Gegenüber. Er ließ sich Zeit. Ostrowski wich ihm nicht aus.

Dann sagte Kemal: »Ist okay. Aber das musste ich wissen. Ein Türke wird eben nicht Dienststellenleiter in einer deutschen Behörde. Scheiß drauf. Wenn du mir in den

Rücken gefallen wärst, das hätte ich dir nicht verziehen.« Er nickte. Seine Hände hielten seine Tasse umschlossen. »Jetzt is' okay. Nun lass uns über diesen dämlichen Fall reden.«

»Also los: Wer hat diese beiden Frauen getötet? Habt ihr irgendetwas?«

»Nichts«, sagte Kemal. »Rahlke ist hinter irgendeinem Alki her. Das kannst du komplett vergessen. Ich kann mir einfach schwer vorstellen, Siewert hier auszuschließen. Es passt alles zu genau. Der Kerl ist raus aus dem Bau, kurz danach geht's los, und die Morde gleichen denen von früher.«

»Allerdings ist es nicht mehr sicher, dass Siewert damals Monika Harms getötet hat.«

Kemal sah ihn erstaunt an. »Wie kommst du denn darauf?«

Ostrowski erzählte ihm, was er herausgefunden hatte. »Und ich dachte«, sagte er, »dort liegt Siewerts Motiv – Rache.«

»An wildfremden Frauen?«

»Er war bei Jenny. Schon zwei oder drei Mal. Er kundschaftet ihr Haus aus.«

»Weißt du das sicher?«

»Ziemlich.«

»Aber inzwischen ist die ganze Geschichte nicht mehr rund. Wir müssen offenbar in eine andere Richtung denken.«

»Da bin ich mir nicht sicher«, entgegnete Ostrowski. »Warum steht der Scheißkerl dann vor Jennys Tür? Ist sogar in ihrem Haus.« Im gleichen Moment, als er es aussprach, bezweifelte er, dass es wirklich Siewert war, den er erkannt zu haben glaubte. Ein fremder Mann – weggegangen, weil er eine Bahn kriegen wollte. Und was Lottes Beobachtung anging, das konnte irgendjemand sein. »Unser Ansatzpunkt sollte sein, dass die Morde sich gleichen. Das heißt, der Mörder von heute hat Detailkenntnis von damals. Was wiederum den Kreis ganz schön einschränkt.«

Kemal hob die Hand. »Gehen wir's mal durch.« Er streckte den kleinen Finger in die Höhe. »Paula.«

»Eine Frau? Nein.«

»Glaube ich auch nicht.« Der Finger fuhr wieder herunter. »Becker? Ich weiß nicht, ob der damals überhaupt schon geboren war. Und außerdem bezweifle ich, dass es hinter dessen glatter Stirn überhaupt irgendwelche Fantasien gibt. Rahlke wiederum hatte irgendeinen anderen Job.«

»Allerdings hat er Zugang zu allen Akten.«

»Von mir aus.« Kemals kleiner Finger ging zum zweiten Mal in die Höhe. »Rahlke also. Außerdem Köberle. Und der Gerichtsmedizinier. Das sind schon drei.«

»Und alle von uns.« Ostrowski blies die Wangen auf. »Dann kommst du auch infrage. Und ich. Und der Kollege Alois Bade. Wo ist der eigentlich abgeblieben?«

»Bei der Sitte.« Nach Kemals Worten fielen beide in Schweigen.

»Mit dem sollten wir mal reden«, sagte Ostrowski schließlich. »Und was wir noch tun können – wir gehen in die Forensik. Ich hätte gerne eine Vorstellung davon, was für einen Mann wir eigentlich suchen. Wie ist es mit deinem Zeugen?«

»Ich sage Rahlke, dass ich warten musste.«

Alois Bade lebte in einem Häuschen in Alt-Wittenau, mit kleinem Garten und identischen Gebäuden in der Nachbarschaft. Er hatte den gleichen Eierkopf wie früher, inzwischen einen Bierbauch und ein heftiges Doppelkinn, war fast kahl und trug wie zum Ausgleich einen Dreitagebart. Sein Mund war verkniffen, die Ohren rot. Er musste, meinte Ostrowski, Mitte 50 sein.

»Ihr beide. Was führt euch denn hierher?«

Er bot ihnen einen Platz in der Küche an, wo eine Kaffeekanne auf dem Tisch stand. Seine Frau war einkaufen.

»Ihr seid immer noch ein Herz und eine Seele, was? Wie damals.«

»Es geht um damals«, sagte Ostrowski. »Um den Mord an einer jungen Frau in Tegel.«

Bade brauchte einen Moment, in dem seine Augen Richtung Decke blickten und die Stirn in Falten lag. »Siewert«, sagte er dann. »Bastian Siewert. Hat lebenslänglich bekommen.«

»Ja«, erwiderte Ostrowski, »und ist inzwischen auf Bewährung raus. Und es gibt zwei frische Morde in seinem Stil. Das Problem ist nur: Er hat ein Alibi.«

»Als Täter«, ergänzte Kemal, »kommt nur jemand infrage, der die Situation damals kannte. Genau kannte.«

Bade sperrte den Mund auf, was ihn nicht unbedingt besser aussehen ließ. »Und da kommt ihr zu mir? Habt ihr sie noch alle?«

»Wir überprüfen alle, die damals dabei waren«, sagte Kemal, und Ostrowski hörte, wie sehr sich der Kollege um Gelassenheit bemühte. »Jeden Einzelnen. Meinst du, wir machen das gerne? Du kennst doch den Job.«

»Und euch beiden Herzchen? Wer überprüft euch?«

»Andere Kollegen«, sagte Ostrowski.

»Papperlapapp.« Bade stand auf. »Nicht mit mir. Ich bin seit über 30 Jahren bei dem Verein. Und jetzt kommt ihr mir mit so einem Scheiß. Ist das der Dank?«

»Alois, bitte ...«

»Gerade du, Ostrowski. Du mit deinem Türken-Kumpel. Ihr beide zusammen seid das Arroganteste, was mir je begegnet ist. Die exklusiven Zwei, so hieß es damals. Verpisst euch.«

»Alois, beruhige dich.«

»Raus.« Er streckte den Arm aus. »Oder nehmt mich fest, wenn ihr einen Tatverdacht habt.«

Vor der Tür reichte ein Blick, den sie sich zuwarfen, dann stiegen sie in Kemals Auto. Es war nicht weit zu Bonnys Ranch, der Karl-Bonhoeffer-Nervenklinik. Dort schritten sie durch ein parkähnliches Gelände auf die Häuser zu. Die Bäume hatten kein Laub und das Gras keine Kraft, doch fiel es Ostrowski nicht schwer, sich die Anlage im Frühling vorzustellen, wenn alles blühte.

Trotz ihrer Dienstausweise mussten sie die Sicherheitschecks über sich ergehen lassen. Schließlich fanden sie sich in einem Haus wieder, das einem Gefängnis ähnlich war, mit versperrten Wegen und Gittern, mit Türen, die verschlossen waren. Der diensttuende Psychiater empfing sie, ein hagerer Rothaariger mit gelblichen Zähnen, der sich als Dr. Otting vorstellte.

Er wusste sofort, wen er vor sich hatte. Ostrowski dagegen brauchte einen Augenblick. Am Telefon hatte er den Namen des Mannes falsch verstanden.

»Haben Sie den Kollegen Gomin erreicht?«

»Habe ich, ja.«

»Und er hat Ihnen weiterhelfen können.«

»Woher wissen Sie das?«

»Ganz einfach, weil er ein leidenschaftlicher Psychiater ist. Ich glaube, es gibt wenige Fragen zum Fach, die er nicht beantworten kann. Viele unserer Klienten waren enttäuscht, als er ging.«

»Weil er so gut mit ihnen gearbeitet hat?«

»Ja.« Otting zog ein Päckchen Zigaretten aus der Tasche. »Sie rauchen nicht zufällig?«

»Doch«, rief Kemal.

Sie gingen vor die Tür, Ostrowski schloss sich ihnen an.

Als sie in der Kälte standen und die Zigaretten brannten, fuhr Otting fort. »Viele Kollegen hier sind mehr oder weniger abgestumpft, nicht nur die Psychiater, auch die Sozialarbeiter und das Wachpersonal. Es ist ein verdammt schwerer Job, und man muss aufpassen, dass man nicht zu viel davon mit nach Hause nimmt. Für den Kollegen Gomin war das kein Problem, warum auch immer, der hat sich auf jeden neuen Patienten eingelassen und eine Beziehung aufgebaut. Wir anderen haben uns manchmal gefragt, wo er die Kraft hernimmt. Er kam vielen Patienten wirklich nahe. Das macht einen natürlich auch ein wenig … nun, sagen wir: sonderbar.« Otting blies seinen Rauch in die kalte Luft. »Aber sie sind nicht hergekommen, um mit mir über Dr. Gomin zu sprechen.«

»Nein«, sagte Ostrowski.

»Mich würde schon interessieren, was Sie mit den Eingesperrten hier machen«, sagte Kemal.

»Wir haben zwei Wege und in der Regel gehen wir sie beide: Medikamente und Therapie. Viele unserer Klienten haben vom Gericht eine Therapieauflage. Und natürlich dürfen sie nicht verschwinden. Es handelt sich um einen Haftersatz.«

»Die Krankheitsbilder sind vielfältig?«

»Durchaus.«

»Und die Medikamente …«

»… sedieren oft, ja. Die Körperfunktionen werden chemisch heruntergefahren. Das führt dazu, dass die Patienten immer müde sind und oft stumpf.«

Sie gingen, nachdem Otting und Kemal ihre Zigaretten ausgedrückt hatten, wieder hinein. Ostrowski fiel die Ruhe auf, die im Haus herrschte. Nicht nur, dass niemand schrie oder gegen die Wände schlug, es wurde kaum gesprochen. Die Medikamente schienen wirksam zu sein. Im Gemeinschaftsraum lief ein Fernseher, vor dem keiner saß.

»Wir kommen wegen des Frauenmörders«, sagte er. »Und meine Frage ist: Was könnte das für ein Mensch sein, den wir suchen?«

Otting lachte auf. »Das weiß ich nicht.«

»Doch, ich glaube schon«, sagte Kemal.

»Also gut. Ein Mann, würde ich sagen.«

»Sehen Sie. Da fällt schon mal die Hälfte der Verdächtigen weg.«

Otting deutete ein Grinsen an. »Es gibt viele Störungen. Und für den Einzelnen viele Wege, mit seinem Problem umzugehen. Das könnte ihr Nachbar sein, mit dem sie am Zaun quatschen. Sie müssten das nicht merken, wenn er sich im Griff hat und über irgendein Ventil seinen Druck ablässt.«

»Also null Anhaltspunkte?«, fragte Kemal.

Der Psychiater neigte den Kopf zur Seite. Er dachte nach. Sie standen in einem geheizten Raum mit hoher

Decke. Ein paar Kunstdrucke hingen an den Wänden, in einer Ecke stand eine üppige Zimmerpflanze.

»So ein krankhafter Trieb – und darum handelt es sich –, der ist immer da. Verstehen Sie? Deshalb sagte ich, es kommt darauf an, wie jemand damit umgeht. Sie könnten sich fragen, welche Strategien der Selbstbeherrschung ein Verdächtiger in all den Jahren benutzt hat. Oder andersherum: Warum bricht der Trieb jetzt hervor? Gibt es einen Anlass?«

»Was könnte das sein?«

»Eine gute Frage. Die ich nicht beantworten kann. Eine Veränderung im Leben. Aber wenn ich's mir genauer überlege, kann die so winzig sein und sich nur in seinem Kopf abspielen. Nehmen wir einen Zwangspatienten als Beispiel. Der geht jeden Tag an einem Ast vorbei und streicht mit den Fingern darüber. Dann weiß er, dass alles gut ist.«

»Und eines Tages wurde der Baum gefällt«, sagte Ostrowski.

»Ja. Und unser Mann verliert die Kontrolle. In seinem Inneren bricht eine Lawine los, klein erst, aber bald nicht mehr zu beherrschen.«

»Er rastet aus.«

Otting nickte. »Ich fürchte, ich konnte Ihnen nicht weiterhelfen.«

Er begleitete sie zum Ausgang, wo er sich die nächste Zigarette anzündete. Sie saßen kaum im Auto, als Kemals Handy klingelte. Er schaute aufs Display.

»Rahlke«, sagte er und stellte aus, »meine Arbeitskontrolle.«

»Was ist das für ein Zeuge, den du verhören sollst?«

»Hat angeblich etwas bei dem zweiten Mord gesehen.«

»Halte mich auf dem Laufenden.«

Kemal ließ Ostrowski in Tegel aussteigen. Zum Abschied drückten beide die Hände gegen einander. Das alte Team.

An der angegebenen Adresse, einem Altbau an der Schlieperstraße, öffnete eine alte Frau. Kemal war es gewohnt, Leute mit den Augen gewissermaßen zu fotografieren, eine Berufskrankheit. Er sah weißliches Haar, zu einer Dauerwelle frisiert, ein fülliges Gesicht, eine Brille mit Goldrand.

Er hatte seinen Ausweis in der Hand. »Frau Linger? Kriminalpolizei. Mein Name ist Aydin.«

Er schätzte sie auf 70, wahrscheinlich das Durchschnittsalter in Tegel. Neben sie trat ein Mann, kaum größer, fast kahl und mit einem Bauch, der von zwei Hosenträgern eingerahmt wurde.

»Zeig mal her«, sagte er und zog ihr den Ausweis aus der Hand. »Sie sind Türke?«

»Ich hoffe, Sie haben nichts dagegen?«

Anstelle einer Antwort musterte der alte Mann ihn.

»Was wollen Sie?«

»Sie haben sich als Zeuge gemeldet, dazu möchte ich Sie befragen. Wollen wir das hier vor der Tür besprechen?«

Der Alte machte keine Anstalten, den Eingang freizugeben.

»Ich dachte, die schicken einen deutschen Beamten. Ich weiß ja gar nicht …«

»Was wissen Sie nicht?«

Der Alte nahm sich wieder den Ausweis vor und rückte seine Hornbrille zurecht.

»Wann sind Sie geboren, Herr …«

»Aydin. Am 4.1.66. In Istanbul.« Kemal ließ einen Augenblick verstreichen und setzte dann hinzu: »Im asiatischen Teil der Stadt.«

Linger zögerte weiter, starrte auf den Ausweis, auf dem aber weiter nichts stand, und auf ihn.

»Komm, Herbert, lass gut sein«, sagte seine Frau schließlich, nahm ihm den Ausweis aus der Hand und gab ihn Kemal zurück. »Kommen Sie rein.«

In der Wohnung war alles getilgt, was an Altbau erinnerte. Die Decken waren abgehängt, auf den Dielen lag Teppichboden, und die Oberlichter der Fenster waren verhängt. In der Luft hing der muffige Geruch von altem Essen.

Kemal hätte am liebsten das Fenster aufgerissen.

»Wollen Sie nun mit einem türkischen Beamten der Berliner Kripo sprechen?«, fragte er. »Oder soll ich lieber einen Kollegen schicken?« Er hielt inne, mochte aber den Nachsatz nicht herunterschlucken. »Einen echten deutschen Kerl.«

»Geht denn das?«, fragte der Alte.

Kemal nickte. »Kein Problem. Dauert vielleicht ein paar Tage.«

»Herbert«, sagte die Frau ein weiteres Mal. »Was soll das nun?« Zu Kemal sagte sie: »Bitte, nehmen Sie Platz.«

Die Sessel hatten einen lila-blauen Grundton. Kemal hockte sich an den Rand.

»So, was haben Sie denn nun gesehen?«

Der Mann blieb am Türrahmen stehen. Er atmete schwer. Asthmatisch, dachte Kemal. Wahrscheinlich sein Leben lang geraucht. Wie er selbst.

Sie antwortete: »Wir kamen von meiner Schwester und dem Schwager und sind die Berliner Straße hoch. Zu Fuß, weil der Bus gerade weg war. Und da standen zwei Leute, ein Mann und eine Frau. Direkt an diesem Bürohaus. Ja, und der Mann hat sich irgendwie gekrümmt, als hätte er Bauchweh. Und als sie heute Morgen das von der Toten im Radio durchgegeben haben, habe ich sofort daran gedacht.«

»Wo genau war das. Und um wie viel Uhr?«

»Gestern Abend. Herbert, wie viel Uhr mag das gewesen sein.«

Sein Kopf fuhr auf dem Hals von einer Seite auf die andere. »Dreiviertel sieben. Oder sieben. So ungefähr.«

»Und wo?«

»Na da, wo dieses Bürohaus ist«, sagte sie.

»Das müssen Sie doch kennen«, brummte er.

»Direkt an der Berliner Straße. Ein einzelnes Haus mit fünf oder sechs Stockwerken. Da hängt immer irgendwelche Reklame dran.«

»Ich weiß, wo das ist.«

»Und wieso fragen Sie dann?«, raunzte er.

Kemal hob den Kopf und musterte den Mann. Immer schön freundlich bleiben, sagte eine Stimme in ihm.

»Wie wir unsere Befragungen führen, das müssen Sie schon uns überlassen, Herr Linger. Wissen Sie, wie die beiden Leute aussahen?«

Wieder antwortete sie. »Nein, weiß ich nicht. Wir hätten natürlich geholfen, wenn es nötig gewesen wäre. Aber die Frau war ja da.«

»Und wie sah das aus, als der Mann sich gekrümmt hat?«

»Blöde Frage«, sagte er. »Wie's eben aussieht, wenn sich einer krümmt.«

»Der hatte die Hände am Bauch und den Oberkörper vor.«

»Und die Frau?«

»Ging zu ihm. Sie wollte ihm helfen.«

»Warum wollen Sie das denn so genau wissen?«, fragte er.

Der Mann hatte beide Daumen unter die Hosenträger gesteckt. Seine Brille war breit und rund, die Augen darunter wirkten vergrößert. Wenn er Luft holte, klang es wie ein Rasseln.

Kemal hatte keine Lust, ihm eine Antwort zu geben.

Er tat es trotzdem. »Weil wir Informationen brauchen. Um uns ein Bild machten zu können.« Die Frau fragte er: »Können Sie sich wirklich nicht daran erinnern, wie die beiden aussahen? Vielleicht die Haarfarbe. Waren sie klein oder groß? Was hatten sie an? Jedes Detail könnte wichtig sein. Irgendetwas, das Ihnen aufgefallen ist.«

»Nee, weeß ick nich. Wie gesagt, ich habe mir die nicht angesehen. Man bleibt doch nicht einfach so stehen und glotzt fremde Leute an.«

»Wenn es jemandem schlecht geht?«

Sie schüttelte den Kopf. Dann sagte sie: »Ich meine mich zu erinnern, dass der Mann helle Haare hatte.«

»Ne, der war dunkel«, sagte Linger.

»Meinst du? Ich glaube, der war blond. Vielleicht dunkelblond, das kann sein.«

»Wie groß war der Mann?«

»Normal groß«, antwortete er. Linger zeigte eine Höhe an, die etwa seiner entsprach.

»Herbert, der war doch größer als du.«

Er schnitt eine Grimasse. »War er nicht.«

Kemal unterdrückte ein Seufzen.

»Und die Frau?«, fragte er.

»Die stand mit dem Rücken zu mir«, sagte sie. »Und im Winter ist es erst recht schwer, jemanden zu erkennen. Ich meine, wenn alle so dick angezogen sind.«

Kemal zog ein Foto der Toten aus der Tasche und legte es auf den Tisch.

»Kann das diese Frau gewesen sein?«

Sie sah sich das Bild an, ohne es aufzuheben.

»Möglich. Herbert, was meinst du?«

Er machte sich kaum die Mühe, näherzukommen.

»Ja, kann sein.«

»Aber sicher sind Sie nicht?«

»Ich sagte doch«, antwortete sie, »ich habe nur ihren Rücken gesehen. Und etwas Komisches bemerkt, weshalb Herbert Sie dann angerufen hat. Aber deshalb bleiben wir doch nicht stehen und sehen uns die Leute an.« Sie stieß Luft aus, ein Ausdruck der Empörung. »Wer denkt denn auch an sowas. Nee. Also neugierig bin ich nicht.«

»Manchmal ist ein wenig Neugier nicht schlecht«, sagte Kemal.

»Ich kann Ihnen zu dem Mann was sagen. Der war einen Kopf größer als Herbert. Er hatte helles Haar. Und ich glaube, er hatte eine Mütze auf. Herbert?«

Herbert dehnte den Gummizug der Hosenträger mit seinen Daumen. Die Lippen hatte er auf seltsame Art aufeinander gepresst. Er ärgerte sich. Er schmollte, fand Kemal.

»Ich glaube nicht, dass der größer war als ich. Und

was die Haare angeht ... oder die Mütze ...« Er hob die Schultern. »Das ging doch alles so schnell. Man geht, sieht etwas, dreht sich für eine Sekunde um, und schon ist man weiter. So ist das doch. Habe ich nicht recht?«

Kemal nickte.

»Ich glaube, der Mann war dunkelhaarig. Aber sicher bin ich mir nicht.«

Es gab hier nichts zu holen. Trotzdem wandte er sich noch einmal der Frau zu. »Wie können Sie die Haarfarbe erkannt haben, wenn er eine Mütze trug? Hatte er so langes Haar, dass es herausstand?«

Sie gab keine Antwort. Reagierte überhaupt nicht. Ihr Mann auch nicht.

»Sie können sich nicht erinnern?«, fragte Kemal.

Sie nickte, als wäre sie ertappt worden.

Kemal stand auf. »Dann bedanke ich mich. Und achte darauf, dass man Ihnen bei der nächsten Zeugenaussage einen deutschen Beamten schickt.«

Linger ließ seine Hosenträger los.

»Das wäre gut«, sagte er und blieb im Zimmer, während sie ihn zur Tür begleitete.

»Ich finde«, sagte sie zum Abschied, »Sie sprechen ganz gut Deutsch.«

Vor der Tür spuckte er aus.

Hilde saß vor der Glotze, die Arme auf den Sessellehnen. Sie wirkte steif und abwesend. Ein Licht brannte nicht, obwohl von draußen nur diffuses Grau hereinkam. Ostrowski schaltete die Stehlampe an.

Sie hatte kurz aufgesehen. Ein Film ging zu Ende, ein alter Streifen, schwarz-weiß, mit allen Namen im Abspann und ohne dass auf der anderen Bildschirmhälfte bereits auf die nächste Sendung hingewiesen wurde.

Danach kam eine Sondersendung. Eine überschminkte Moderatorin zog die Stirn in Falten und starrte ernst in die Kamera, während sie, in einer Rede voller Kunstpausen, vom Drama des zweites Mordes berichtete. Ein Foto der toten Nadine wurde eingeblendet, ein älteres Bild, das ein blondes Mädchen zeigte, das auch für den Fotografen kein Lächeln aufsetzen wollte.

Es folgte ein Filmbericht vom Tatort, der Berliner Straße, mit Streifenpolizisten und Absperrbändern, die im Wind flatterten, und einem Statement des Polizei-Pressesprechers, der auf steife Art umschrieb, dass er nichts wusste. Auch Passanten waren befragt worden, aber mehr als einsilbige Antworten gab keiner von ihnen. »Schlimm«, »Furchtbar«, »Weeß ick nich.« Zum Abschluss gab es eine Live-Schaltung, und der Reporter berichtete von Angst, die in der Luft läge.

Die Morde wurden auch Thema der politischen Auseinandersetzung, wie ein Nachrichtensprecher vorlas. Die Opposition warf der Landesregierung vor, bei der Polizei zu viel gespart zu haben, und das sei nun das Ergebnis. Ein Sprecher des Senats wies die Unterstellung zurück. Die Mordkommission sei aufgestockt worden und werde den Täter schnell fassen.

Ostrowski war erleichtert, aus all dem raus zu sein, aus dem Betrieb mit all seinen Gesetzmäßigkeiten und steten Wiederholungen. Der Ruhestand kam ihm geradezu verlockend vor. Es war nur blöd, dass es ihm nicht gelang, sich auf ihn einzulassen

Wegen der Bedrohung?

Er nahm sich einen Stuhl und fragte Hilde, ob er ausstellen dürfe. Sie gab sich Mühe, sich ihm zuzuwenden. Er hatte Mitleid. Warum in aller Welt gab es nichts, das sie aus ihrem Loch herauszuholen vermochte? Irgendeinen Zaubertrank?

Oder wollte sie das gar nicht? Gefiel es ihr, dort zu sein, wo sie war? Zumindest kämpfte sie nicht mit sich, so wie er das tat.

Sparte er sich sein Mitleid besser?

Er setzte sich mit dem Bauch gegen die Stuhllehne und ließ die massigen Arme darüber hängen, doch als sich auch noch sein Rücken krumm machen wollte – als er schlapp wurde –, drückte er sich zurück in eine aufrechte Haltung.

»Was habe ich falsch gemacht?«, fragte er. »Mit Jenny?«

Sie bewegte den Kopf.

»Wenn ich bei ihr bin, kommt es mir vor, als wollte sie mich so schnell wie möglich loswerden. Warum? Kannst du mir das erklären?«

»Ach, Tommy.«

Sein Rücken gab wieder nach, die Brust drückte gegen die Lehne. Er sah ihr an, dass sie nicht nur wusste, wovon er sprach, sondern auch eine Antwort hatte. »Geht's ein wenig präziser?«

»Ihr beide – das war immer schwierig.«

»Und warum?«

Sie starrte auf die schwarze Mattscheibe. Er war davon überzeugt, dass die Worte ihr ganz vorne im Mund lag. Warum sprach sie sie nicht aus?

»Hilde?«

»Ihr seid euch zu ähnlich«, sagte sie leise. Ihr Kopf sank zu einer Seite. Er fand, dass Anmut in dieser Geste lag, sogar eine gewisse Überlegenheit. »Der gleiche Dickschädel.«

»Und was wirft sie mir vor?«

Ein Lächeln trat auf ihren Mund. Sie schien in ihrer Erinnerung zu sein.

Er gab sich die Antwort selber. »Dass ich mich zu wenig um sie gekümmert habe. Ist es das? Hilde? Ist es das?«

»Ja.« Sie machte eine Pause und setzte dann hinzu: »Sie hat so oft auf dich gewartet. Vor allem, wenn sie gekocht hatte. Du kamst nicht. Das Essen wurde kalt. Und sie ...«

»... und sie?«

»... hat es in den Müll geworfen. Und meistens die Tüte gleich runtergebracht. Als wollte sie nicht mehr daran erinnert werden. Oder ...«

Er wartete, um sie nicht weiterzutreiben.

Er musste lange warten.

»Oder sie wollte nicht, dass du siehst, wie viel Mühe sie sich gegeben hatte.«

»Für mich gegeben hatte, willst du sagen. Jaja! Aber was soll man machen, wenn man zu einem Einsatz gerufen wird? Das würde ich sie gerne mal fragen. Dann läuft ein Mörder frei rum. Es gibt Gefahr. Man weiß nicht, schlägt der noch einmal zu? Oder verwischt er seine Spur? Deshalb werden dann alle Kräfte gebündelt, man arbeitet bis zur Erschöpfung, schläft ein paar Stunden, duscht und isst und fängt wieder an. Solange, bis man ihn hat. Aber wem sage ich das? Du hast es jahrelang – jahrzehntelang – mitgemacht.«

Schon während er sie aussprach, wusste er, dass seine Worte falsch waren. Es ging nicht darum, sich zu rechtfertigen – Tatsache war, er hatte seine Tochter verloren, sein einziges Kind.

Jenny wollte nichts mit ihm zu tun haben.

»Mir hat es nie etwas ausgemacht, Tommy, dass du viel arbeiten musstest. Doch, manchmal schon. Aber …

»Hätte einer wie ich besser kein Kind gezeugt?«

»Sag so etwas nicht.«

»Dann muss ich also damit leben, dass meine Tochter mich ablehnt. Dass sie mich sogar dann fortschickt, wenn ich sie warne.«

Wieder die falschen Sätze. Selbst wenn alles schief gegangen war im Vater-Tochter-Verhältnis, er würde es nicht hinnehmen. Irgendwann musste man mit dem Reden anfangen. Sein Stuhl und seine Haltung waren unbequem, der Nacken begann zu schmerzen. Er stand auf und machte die paar Schritte hinüber zum Sofa, wo er sich dann aber doch nicht hinsetzte. Stattdessen starrte er zum Fenster hinaus, auf die Gärten der Nachbarn. Mit ihrer Gegend, dem langweiligen Tegel, hatte es also nichts zu tun und auch nicht mit ihrem Taxijob.

Sondern allein mit ihm. Mit seiner Arbeit. Seiner Aufgabe.

Er kehrte zu Hilde zurück, nahm sie an beiden Händen und zog sie vorsichtig in die Höhe. Es war nicht gut, sich weiter seinen Gedanken zu überlassen. Er würde noch trübsinnig.

»Hast du eine Idee, was ich tun kann? Im Moment lässt sie es nicht so weit kommen, dass wir uns unterhalten. Dabei wäre es richtig, wenn einmal alles auf den

Tisch käme. Dann wüsste ich wenigstens, woran ich bin. Und, wer weiß?, vielleicht würde es ihr auch helfen, in dem Sinne, dass es sie erleichtert.«

Sie war steif, wie sie vor ihm stand, und er hatte den Eindruck, es war ihr sogar zu anstrengend, dass er ihre Hände hielt.

»Vielleicht kommt eine Zeit«, sagte sie und wollte zurück in ihren Sessel.

Er ließ sie los, stellte sich aber vor ihren Platz. »Lass uns die Mäntel anziehen und hinausgehen. Frische Luft wird uns guttun. Was meinst du?«

Sie verzog das Gesicht, aber er führte sie in den Flur hinaus und half ihr sogar, die Straßenschuhe anzuziehen. Mantel und Schal schaffte sie alleine.

Die Feuchtigkeit stand immer noch in der Luft wie ein Nebel. Die Temperatur mochte um den Gefrierpunkt liegen, gerade tief genug, dass die Schneehaufen nicht schmolzen. Der Dreck war gewaltig, Reste vom Sylvesterfeuerwerk und Mengen von Papier und Plastik, und auf den Fußwegen war Granulat gestreut, das unter den Schritten knirschte.

Zwei Hertha-Anhänger in blau-weißen Trikots und mit Pudelmützen kamen ihnen entgegen, sonst sahen sie lange niemanden. Er hatte Hilde untergehakt. Sie ging unsicher, ihre Beine waren steif, und er musste einräumen, dass Jenny recht hatte, sie brauchte mehr Bewegung. Zumindest in diesem Punkt hatte Jenny recht.

Als sie an der Kreuzung auf Leute stießen, waren es nicht, wie sonst, vor allem Frauen mit Kindern und Alte. Die Männer waren dabei, und sein geübtes Auge erkannte, dass sich viele von ihnen bewaffnet hatten, sie trugen Messer am Gürtel und hielten, damit sie nicht herunterfielen, die Hand darauf, hatten Schraubenschlüssel bei sich oder Holzknüppel. Wäre es nicht so ernst gewesen, er hätte auflachen können. Ein neues Spiel machte die Runde: Tegel sucht einen Mörder.

Hilde sah, was er gesehen hatte.

»Wie die Kinder«, sagte er. »Diesen Job sollten sie besser der Polizei überlassen.«

Sie bewegte den Kopf. Er nahm es als Erwiderung.

»Stimmt schon, hinter solchem Verhalten steht Angst, und das kann man irgendwie verstehen, nach zwei Morden und den Fernsehberichten.«

Eine Sirene jaulte auf. Die Alarmanlage eines Autos. Wie auf Kommando drehten sich alle Leute um, auch Hilde und er. Mancher hatte seinen Knüppel oder Schraubenschlüssel bereits schlagbereit. Die Frauen hielten ihre Kinder fest.

Es war mühsam für Hilde – und mühsam mit ihr. Er schob sie mehr, als dass sie von selber ging, und es war deutlich, der kleine Ausflug machte ihr keine Freude. Trotzdem, Ostrowski wollte weiter. Die Luft, auch wenn sie feucht war, tat ihm gut, sie brachte Frische an die Haut und vor allem in sein Hirn.

Sie machten an einer Fußgänger-Ampel halt. Vor ihnen rauschten die Autos vorbei. Hilde wirkte selbst im Stehen kraftlos, und er dachte, vielleicht war Bewegung das Wundermittel, das er suchte. Wenn er sie jeden Tag mehrmals spazieren führte und sie wieder zu Kräften käme, würde sich womöglich auch ihr Gemüt aufhellen.

Als die Ampel umsprang, konnte er nicht mehr an sich halten: »Ich stecke in einem Fall und sehe nicht durch. In keiner Weise. Gestern hätte ich gesagt, ich weiß, wer es ist. Ganz sicher.« Er trat gegen ein Steinchen. »Hat nicht lange gehalten, die Sicherheit.«

Hildes Schritte wurden noch unsicherer. Er musste sie stützen und glaubte, ohne seine Hand unter ihrem Arm wäre sie umgeknickt. Und dazu immer weiter die elende Schleife in seinem Kopf.

»Wie es jetzt aussieht, war es einer unserer Leute. Das habe ich in 35 Dienstjahren nicht erlebt. Erst wo ich raus bin, kommt so was. Ich habe keine Ahnung, wie ich mich verhalten soll. Davon abgesehen, dass es am Ende sowieso auf Kemal ankommt. Der ist schließlich der aktive Bulle.«

Sie blieb stehen.

»Hilde, was denkst du?«

»Ich kann nicht mehr.«

»Wir sind doch gerade erst losgegangen.«

»Ich bin müde, Tommy.«

Er wurde ärgerlich. Wenn Bewegung ihr half, warum machte sie nicht mit? Was wollte sie zu Hause?

»Von mir aus, dann kehren wir um. Oder besser, wir drehen eine kleine Runde. Richtung See, einverstanden? Komm schon, Hilde. Ich helfe dir.«

Sie machte sich steif.

Er war kurz davor, sie anzuschnauzen und musste sich bremsen. »Ist gut, Hilde. Wir gehen zurück. Schaffst du das?«

Sie nickte.

»Ist dir mein Gequatsche zu viel?«

Keine Antwort.

Immerhin ging sie, da sie auf dem Rückweg waren, wieder leichter.

»Kemal hat, wie es aussieht, niemanden mehr in der Truppe, dem er vertrauen kann. Gut, er hat mich. Aber drinnen – da weiß er nicht. Furchtbare Situation.«

Sie hielten bereits wieder auf ihr Haus zu.

»Und dann die Sache mit diesem Siewert. Ein Mann, den ich vor 14 Jahren festgesetzt habe. Er ist raus, und ich bilde mir ein, dass er Jenny verfolgt.«

Er hörte, dass sie etwas erwiderte, verstand es aber nicht. »Was sagst du?«

»Dass du im Ruhestand bist.«

Ruhestand? Hatte sie aufgenommen, was er gesagt hatte? Dass es um seine Tochter ging.

Und um ihre.

Er führte sie nach Hause. Als er die Wohnungstür aufschloss, sah er auf die Uhr, da waren sie keine 20 Minuten unterwegs gewesen. Viel zu wenig, fand er. Immerhin ein Anfang. Er nahm sich fest vor, jeden Tag mit ihr spazieren zu gehen.

Im Wohnzimmer öffnete er das Fenster und ließ frische Luft herein, während Hilde sich aufs Sofa hockte, an den Rand, sodass er glaubte, sie habe ihm Platz gelassen und warte auf ihn. Auch schien sie wach zu sein, anwesend mit Kopf und Gemüt.

Er schloss das Fenster und setzte sich neben sie.

»Dieser Siewert«, sagte er. »Ich weiß nicht, ob ich damals einen schweren Fehler gemacht habe, und dann hätte er gesessen, obwohl er nur zufällig in der Wohnung aufgetaucht ist, wo die Leiche lag. Das liegt alles schon Ewigkeiten zurück, das war noch im vorigen Jahrhundert. Ich habe manches davon vergessen. Aber was ich noch weiß, ist, dass er sich überhaupt nicht verteidigt hat. Auch mit seinem Anwalt hat er nicht gesprochen. Deshalb konnte der arme Kerl auch nicht viel sagen.«

Er zog sein Handy. »Entschuldige, ich …«

Mit seinen kräftigen Fingern tippte er auf die Tasten und sandte Kemal eine Mitteilung: »Ich brauche die Gerichtsprotokolle von Siewerts Verhandlung. Kannst du die besorgen?«

Es dauerte eine Zeit lang, bis eine Antwort kam: »Warum sagst du nicht, du brauchst die Nofretete, die würde so schön auf deine Schrankwand passen?«

Er lachte, und als Hilde ihn ansah, las er ihr die Kurzmitteilung vor, auf die sie aber nicht reagierte.

»Ich kann mich noch daran erinnern«, sagte er zu ihr, »wie der Richter im Prozess die Geduld verloren hat. Siewert solle sich klar machen, wessen er beschuldigt werde, nämlich dass er ein Leben ausgelöscht habe, und in welchem Unglück die Familie und Freunde der Toten zurückblieben. Ob er sich denn nicht entlasten wolle. Und Siewert – was glaubst du?«

Hilde fuhr mit der Hand Richtung Mund und legte einen Finger vor die Lippen. »Hat nichts gesagt.«

»Ganz genau. Hat immer weiter geschwiegen. Seinem Anwalt war das derart unangenehm, der hat sich vor Gericht fast entschuldigt – er habe kein Mandat für eine Aussage. Und jetzt ist Siewert wieder draußen.«

»Und lässt dir keine Ruhe.«

»Irgendwie nicht, nein. Ich bilde mir ein, ihn gesehen zu haben. Vor Jennys Haus. Auch Lotte ist jemand aufgefallen; das könnte er sein.«

»Er will dir Angst machen.«

»Angst? Mir?«

»Hat er doch schon.« Ihre Augen waren zur Hälfte geschlossen, und ihr Gesicht hatte etwas Entrücktes, als sei sie bereits auf halbem Weg in den Schlaf. »Ich glaube«, flüsterte sie, »Trudi kennt den. Oder ... nicht ihn. Aber irgendwas war da mit dem Mädchen, das er damals ...«

»Trudi?«

Ihre Augen gingen vollkommen zu. »Du weißt doch, die alten Tegeler ...«

Jenny war durch die Waschstraße gefahren und hatte zwei 50-Cent-Stücke für den Staubsauger geopfert. Die Flecken auf den Polstern gingen natürlich nicht mehr raus, dafür aber die Granulat-Steinchen, ganze Haufen davon, und sie klingelten im Rohr, als sie sie aufsaugte. Der asphaltierte Platz, auf dem sie stand, war weit, neben der Waschanlage war ein Getränkehandel, ein Stück weiter ein Supermarkt. So stellte sie sich Amerika vor, voller Beton, autogerecht, gesichtslos.

Neben ihr stand eine dieser rollenden Burgen, ein aggressives Auto mit getönten Scheiben und einer Stoßstange wie ein Geweih, und der Besitzer glotzte ihr auf den Busen. Dabei tat er so, als mache er sein Auto sauber. Ununterbrochen starrte er herüber. Er hatte einen Bauch und war fast kahl, was seinem Selbstbewusstsein keinen Abbruch zu tun schien. Glotzende Kerle – das war ihr Alltag. Sie ignorierte ihn.

Alle Männer in den ganzen letzten Jahren hatte sie im oder am Taxi kennengelernt, immer waren es entweder Kollegen oder Kunden gewesen, dabei sagte sie zu jeder Aufforderung reflexhaft nein. Ob sie mit nach oben kommen wolle? Nein. Ob sie das neue Wasserbett testen wolle, das bei Bewegungen schaukle? Nein. Ob sie sich im Büro ein gutes Trinkgeld verdienen wolle? Keine schwere Arbeit, im Gegenteil. Haha.

Nein.

Bei Martin hatte sie ja gesagt. Warum? Weil er nett geklungen hatte. Unten in seinem Haus habe eine neue Cafébar aufgemacht, ob er sie dorthin einladen dürfe, der Kaffee sei wirklich gut.

Sie wollte ablehnen. Und sagte: »Warum nicht?« Um gleich hinterher zu schieben: »Viel Zeit habe ich nicht.«

»Ich auch nicht.«

Der Kaffee war wirklich gut und der Mann kultiviert, er arbeitete in einem Geschäft für Fernsehgeräte und Hifi am Gendarmenmarkt. Eine Designermarke. Er schien Geschmack zu besitzen. Konnte sich gut ausdrücken. War einigermaßen geistreich.

Alles Irrtümer. Außer Sex interessierte ihn nichts. Er lästerte über ihre altertümliche Glotze, ihre Küche dagegen nahm er nicht einmal wahr. Rief ab und zu an, verabredete sich mit ihr. Und zwar immer zu seltsamen Zeiten. Sie hatte ihn nie gefragt, war sich aber sicher, dass er noch eine andere Frau hatte. Oder genauer: dass sie die andere Frau war.

Mindestens zehn Mal hätte sie schon Schluss machen müssen. Und schaffte es nicht – brachte es nicht fertig, den einzigen Mann aus ihrem Leben zu kicken. Auch wenn der ein Arschloch war.

Im Kofferraum lag ihre Tasche mit den Einkäufen, eine Flasche Wein fehlte noch, die würde sie hier kaufen. Der Blick auf den bevorstehenden Abend bereitete ihr nicht viel Freude. Für jemanden zu kochen, der schlang. Dem es egal war, ob er Currywurst mit Fritten vorgesetzt bekam oder ein richtiges Essen.

Zu Hause packte sie aus, was sie eingekauft hatte. Da Lotte bei einer Freundin war und dort auch über Nacht bleiben wollte, kam Martin zu ihr. Viel Mühe würde sie sich nicht geben, zumal es eine seltsame Zwischenzeit war, nicht mehr Mittag, noch nicht Abend, und schmecken konnte er sowieso nicht. Sie plante eine Tomatensuppe und danach Forelle in Folie, mit Zitrone und Knoblauch, kein Dessert. Der Weißwein, den sie gekauft hatte, war mittelmäßig.

Ohne dass sie das wollte, spürte sie bereits die Erleichterung, die sich einstellen würde, wenn er wieder ging. Was normalerweise ziemlich bald geschah.

Sie wollte dieses Gefühl nicht. Wollte sich die Stimmung nicht weiter verderben lassen. Sie stellte Musik an und begann, die Tomaten zu schneiden und den Fisch zu waschen.

Als die Suppe auf dem Feuer köchelte und die Forellen im Ofen waren, richtete sie den Tisch her, ohne Decke, ein paar Papierservietten waren genug. Der Kerzenständer blieb auf der Fensterbank. Dazu trank sie ein erstes Glas Wein, und weil er besser schmeckte als erwartet, gleich noch eins. Langsam kam sie in Stimmung. Nicht, dass sie sich auf Martin als Person gefreut hätte. Aber darauf, Männerbesuch zu bekommen.

Es klingelte vor der Zeit. Sie wunderte sich, denn Martin kam meistens zu spät. Auch so ein Aufblitzen seiner Macht. Unabhängig von jeder Verabredung traf er ein, wann es ihm passte, so als hätte er keine Uhr. Sein Geschäft schloss er sicher auf die Minute pünktlich auf.

Heute war er zu früh.

Sie hatte zwei Klingeltöne in ihrer Wohnung, je nachdem, ob jemand noch an der Haustür war oder bereits oben. Er war an der Wohnung.

Sie trocknete sich die Hände ab und zog die Schürze aus. Dann machte sie auf. Es war nicht Martin.

»Papa? Was willst du denn schon wieder?«

Sie hörte ihn seufzen. »Jenny – ich muss mit dir reden.«

»Aber doch nicht jetzt. Und überhaupt, hast du kein Telefon und kannst dich anmelden?«

»Bitte«, sagte er. »Es ist wichtig.«

»Wegen Mama?«

»Lass mich herein, ja?«

Er ging schnurstracks in die Küche.

»Bekommst du Besuch?«

»Nach was sieht's denn aus?«

Fast tat er ihr leid, der massige Kerl, der darunter litt, abgewiesen zu werden. Zumindest seit er nicht mehr arbeitete. Vorher hatte er sie jahrelang nicht besucht. Jetzt gleich zwei Mal an einem Tag.

Er zeigte auf den Stuhl. »Darf ich mich setzen?«

Sie stellte die Flamme unter der Suppe aus und wollte ein paar Brotstückchen rösten.

»Eigentlich nicht. Ich habe zu tun. Komm wann anders wieder.«

»Das geht nicht.«

»Und warum nicht?«

»Wo ist Lotte?«

»Bei einer Freundin.«

»Über Nacht?«

»Ja, Mensch, über Nacht! Kinder lieben das.«

Er schüttelte den Kopf. »Kannst du mir die Adresse geben.«

»Kommt nicht in Frage. Papa, ich will nicht, dass du uns tyrannisierst. Vielleicht könntest du so freundlich sein, das zu respektieren.«

Bevor er noch antworten konnte, klingelte es erneut. Wieder an der Wohnungstür. Martin.

Sie ließ sich von ihrem Gast auf den Mund küssen, dabei stieg ihr sein Rasierwasser in die Nase. Die Hälfte davon hätte es auch getan, und das Gel wäre auch nicht nötig gewesen, mit dem er sein Haar an den Kopf geklatscht hatte und das später ihren Kopfkissenbezug beschmieren würde. Er trug eine beige Jacke, die er sicher sportlich fand, und darunter ein Hemd, von dem die ersten drei Knöpfe offen standen. Offenbar hielt er sich für unwiderstehlich.

Sie führte ihn in die Küche. Beide Männer waren überrascht.

»Das ist Martin, ein Freund. Und das ist mein Vater.«

Sie gaben einander die Hand.

»Mein Vater wollte gerade gehen.«

Trudi lebte in einer Altersresidenz mit Blick auf den Tegeler See, wofür das Erbe ihres verstorbenen Mannes draufging, und Lore besuchte sie jeden Tag und wartete darauf, dass ein Zimmer im gleichen Heim frei wurde. Ostrowski fand beide in einem Aufenthaltsraum mit Sitzecken und Panoramascheibe in Richtung Wasser. Die Männer lasen Zeitung oder starrten in die Luft, die Frauen unterhielten sich.

Hildes Freundinnen begrüßten Ostrowski so laut, dass

alle anderen aufsahen. Ein fremdes Gesicht im Haus. Ein wenig Abwechslung.

Er setzte sich zu ihnen. »Ich habe eine Frage«, sagte er zu Trudi. »Hilde sagt, du kanntest das Harms-Mädchen, das damals getötet wurde.«

»Kommst du als Polizist?«

Er gab keine Antwort.

»Ich kenne Ingeborg Seiler. Die ist mit uns aufgewachsen. Stimmt's nicht, Lore?«

»Aber sicher.«

»Ingeborg – wer?«, fragte Ostrowski.

»Ingeborg Seiler. Die Mutter des Mädchens.«

»Die heißt doch Harms.«

Trudi winkte ab. »Für mich heißt sie Seiler. Für dich doch auch, oder, Lore?«

Lore nickte heftig.

»Ich weiß nicht, wo sie diesen Harms aufgegabelt hat. Auf irgendeiner Tanzveranstaltung, soweit ich mich entsinne. Den Kerl … also, um's ehrlich zu sagen, ich hätte den nicht genommen.«

»Das hatte die Ingeborg gar nicht nötig«, meinte Lore. »Die war doch ganz hübsch.«

»Was ist mit der Tochter? Hilde sagte …«

»Ich kann nicht behaupten«, erwiderte Trudi, »dass ich das Mädchen gekannt hätte. Ingeborg und ich, wir waren nicht gerade beste Freundinnen, weil ich diesen Harms nicht mochte. Dann geht man sich eben aus dem Weg. Selbst in einem so kleinen Ort wie Tegel.«

»Und die Tochter?«, wiederholte Ostrowski.

»Die spielte Flöte. Querflöte, glaube ich. Und das wohl ganz ordentlich.«

»Hilde meinte …«

Außer Lore hatten sie keine Zuhörer. Der See unterschied sich in seiner Farbe kaum vom Himmel, ein Grau, das in das andere überging. Und trotzdem sah man gerne hinaus. Ostrowski kam die Frage in den Sinn, wo er leben sollte, wenn er sich und Hilde nicht mehr versorgen konnte.

Er ging ihr nicht nach.

Ihn beschäftigte etwas anderes.

»Ich erinnere mich, was ich Hilde erzählt habe. Hätte ich längst vergessen, wenn Monika nicht … na ja, ermordet worden wäre. Aber so behält man diese Dinge im Gedächtnis, und sie verschwinden nicht mehr, selbst im Alter nicht, wobei ich sagen muss, dass mein Gedächtnis nach wie vor …«

Ostrowski war dabei, die Geduld zu verlieren, setzte sich aufrecht hin, stützte die Arme auf die Knie, und blickte ihr in die Augen.

»Es war so«, sagte sie, »dass ich die Monika mal gesehen habe, in Begleitung eines Mannes. Damals lebte meine Molly noch, und mit der musste ich immer raus, bei Wind und Wetter. Weißt du noch, die gute alte Molly?«, fragte sie Lore.

»Ein lieber Hund.«

»Und dann?«, fragte Ostrowski.

»Dann habe ich eines Abends in der Dämmerung Monika gesehen. Zusammen mit einem Mann. Und der war – das habe ich deiner Frau erzählt – wesentlich älter als sie. Erst dachte ich, das wäre ihr Vater, also dieser Harms. Aber sie ging Hand in Hand mit ihm, und die Finger waren ineinander verschränkt wie bei einem Liebespaar. Und außerdem war er es nicht. Ich wusste ja, wie der aussieht.«

»Was war das für ein Mann?«

Sie lachte auf. »Zwei Beine, zwei Arme, ein Kopf, ein Hals. So ungefähr.«

»Warst du dabei?«, fragte er Lore.

Lore verneinte.

»Würdest du ihn wiedererkennen?«, wollte er von Trudi wissen.

»Wie lange ist das her? 15 Jahre? Oder 20?«

»Wahrscheinlich 14 Jahre.«

Trudi dachte nach, sie rechnete. Dann sagte sie. »Du hast recht, 14 Jahre. Bald darauf ist Molly gestorben.«

»Trudi, es wäre wichtig, wenn du den beschreiben könntest.«

Sie wandte sich Lore zu und gab die Überforderte. »Ich bin zwar für mein gutes Gedächtnis bekannt. Aber das, wie soll das gehen? Wirklich.«

Lore stimmte ihr zu.

Er rief Kemal an, und kurz darauf saßen sie nebeneinander in dessen dunkelblauem Toyota. Der Motor war kalt, die Heizung arbeitete nicht. Ostrowski wurde erneut bewusst, wie sehr sich die Dinge verändert hatten. Sie hatten kein Büro, wo sie sich austauschen konnten, stattdessen hockten sie wie die Teenager im Auto.

Oder wie die Alten.

Kemal schien das weniger auszumachen. »Wozu willst du diese Protokolle?«

»Um mich besser erinnern zu können.«

»Und weshalb? Es geht doch nicht um Siewert.«

»Da bin ich mir nicht sicher.«

»Alter, denk an das Alibi.«

»Ja schon. Trotzdem …«

Ein Handy klingelte. Kemal zog seins aus der Tasche, sah aufs Display, verdrehte die Augen und sagte: »Schon wieder Rahlke. Als wenn er riechen könnte, dass ich neben dir sitze.«

Er nahm das Gespräch an. »Aydin.«

Während er zuhörte, zog er ein Gesicht. Machte Glupschaugen und bekam einen schiefen Mund. Ostrowski musste lachen.

»Die Zeugenbefragung hat leider nicht viel ergeben … Nein … Die Leute widersprechen sich. Sie sagt, der Mann war blond, während er sich an einen Schwarzhaarigen erinnert, und ob er 'ne Mütze aufhatte, wissen beide nicht.«

Während Rahlke redete, hielt Kemal das Telefon von seinem Ohr weg. Man hörte die Stimme des anderen, wenn auch verzerrt.

»Nun«, sagte Kemal ins Telefon, »es gibt ja noch ein paar andere Hinweise. Die werde ich akribisch abarbeiten, damit wir nichts übersehen.«

Ostrowski nahm die Bosheit wahr. Kemal, der Zyniker.

»Wo ich bin? Noch in Tegel. Um 18.00 Uhr?« Er sah auf die Uhr. »Um die Ergebnisse zusammenzutragen. Verstehe. Doch, das schaffe ich. Bis dann.«

Ohne Gruß legte er auf.

»Was ist los?«, fragte Ostrowski.

Kemal zog einen Mundwinkel nach außen, eine seiner typischen Gesten. »Rahlke hat mal wieder eine Besprechung angesetzt.« Er sah auf die Uhr. »Ich muss gleich los. Lass uns Klartext reden, Thomas.«

»Einverstanden. Punkt eins: Der Mörder hat Detailkenntnisse – das ist der wichtigste Ansatz. Punkt zwei: Es gibt Zweifel, dass Siewert damals Monika Harms getötet hat.«

»Warum soll das im Moment so wichtig sein?«

»Weil dieser Mann in Tegel umgeht. Und weil das Siewert-Morde sind, selbst wenn er es nicht war.«

»Stimmt nicht«, entgegnete Kemal. »Wenn er damals nicht getötet hat, sind das keine Siewert-Morde.«

»Auch wieder wahr. Tatsache bleibt aber, dass wir damals schlecht gearbeitet haben, Kemal. Auch dass Monika einen Freund hatte, hat uns nicht interessiert. Soweit ich mich erinnere, spielte das in dem Fall überhaupt keine Rolle.«

»Sie hatte einen Freund?«

Ostrowski nickte. »Ich habe eine Zeugin, die beide gesehen hat. Hand in Hand, wie ein verliebtes Paar. Ein älterer Mann.« Er setzte ab. »Könntest du mit Hilfe dieser Zeugin eine Phantomzeichnung herstellen lassen?«

»Thomas, ich bitte dich. Nach 14 Jahren.«

Doch Ostrowski ließ sich nicht umstimmen. Er blieb stur.

»Was versprichst du dir davon?«, fragte Kemal.

»Irgendwie liegt ein Schlüssel in der alten Geschichte.«

»Aber wir sind in der Gefahr, uns zu verzetteln. Warum nicht die Leute durchgehen, die infrage kommen?«

»Es fällt mir mehr als schwer«, sagte Ostrowski, »mir vorzustellen, dass ein Kollege aus der Fünften ein Frauenmörder ist.«

»Mir doch auch, Alter. Trotzdem ist das der sinnvolle Weg. Und das andere – das ist viel, was du von mir verlangst.«

»Wie meinst du?«

»Stell es dir vor: Ich bringe eine Zeugin in die Dienststelle. Rahlke weiß von nichts und läuft uns über den Weg. Was sage ich ihm? Entschuldigen Sie, ich ermittle selbstständig? Oder was?«

»Richte es einfach so ein, dass er dich nicht sieht. Die Kriminaltechnik sitzt im ersten Stock, ihr im zweiten.«

Kemal schüttelte den Kopf, während ihm Ayse vor Augen stand. »Das Risiko ist zu hoch. Der Scheißkerl packt mich an den Eiern, wenn er das mitkriegt. Und lässt mich nie wieder los.«

»Dann schieb's auf mich. Wenn er dich sieht, sagst du, der verrückte Ostrowski hätte dich gezwungen.«

Er lachte. Lachte laut und andauernd, weit über seinen Vorschlag hinaus. Im Auto beschlugen die Scheiben. Dann stieg er aus, und Kemal fuhr davon. Ostrowski sah sein Feuerzeug im Auto anspringen. Eine weitere Zigarette.

Die frische Luft tat ihm gut, sie nahm ihm die Hitze von den Wangen. Ihn hatte niemand zu einer Dienstbesprechung gerufen. Seine Pflicht war Hilde. Also ab nach Hause.

Auf dem Heimweg stellte er sich die Frage, was er mit seiner Zeit anfangen sollte, wenn dieser Fall gelöst war. Wenn er endgültig ein Pensionär war.

Er nahm sich vor, für einen geregelten Tagesablauf zu sorgen. Mit Zeit für Hilde, für Einkauf und Haushalt – und mit Zeit für sein Vergnügen, fürs Rudern und Wandern und für den Garten. Die Tage wurden wieder länger. Ein neues Jahr begann. Es gab keinen Grund, sich die Zeit nicht schön zu machen.

Er war auf der Berliner Straße, beide Hände in den Taschen. Mit der Dämmerung kehrte die Kälte zurück. An einer roten Ampel neben ihm hielt ein Bus.

Sein Blick blieb an einem Mann hängen, der neben der mittleren Tür stand, einen Arm um die Haltestange geschlungen. Er trug eine Pudelmütze – und ein Halstuch. Ostrowski erkannte ihn, aber er brauchte einen Moment, bis er schaltete und begriff: Siewert.

Der Mann, der ihn aus dem Bus angrinste, war der, den er unbedingt sprechen musste.

Das war Siewert.

Die Ampel sprang auf Grün, der Bus fuhr los.

Ostrowski rannte hinterher.

Der Bus war schnell, denn es gab wenig Verkehr. Er rumpelte durch Schmelzwasser, das aufspritzte. Auch auf dem Bürgersteig war kaum ein Mensch. Ostrowski pumpte. Jedes einzelne seiner überzähligen Kilos an Bauch und Hüften war zu spüren. Und er merkte, wie seine Kraft nachließ.

Der Bus war ein ordentliches Stück voraus.

Ostrowski beschleunigte, obwohl sein Körper bereits gegen die ungewohnte Anstrengung rebellierte – die Beine waren weich, sein Kopf verlangte, dass er langsamer machte. Unter seiner Winterjacke brach ihm der Schweiß aus.

Er hechelte.

Weit vor ihm fuhr der Doppeldeckerbus den Blinker aus. Er war dabei, eine Haltestelle anzusteuern. Die Bremslichter leuchteten auf.

Aber dann kam er nicht weiter. Sondern stand und hupte. Irgendjemand schien die Haltestelle zu blockieren, vielleicht ein Transporter. Oder ein Tourist mit seinem Wohnmobil, der den Stadtplan zu Hilfe nehmen musste.

Ostrowski sah seine Chance. Gegen alle Erschöpfung beschleunigte er noch einmal. Er nahm nicht wahr, dass er durch Pfützen trampelte, dass seine Schuhe nass und die Hosenbeine bespritzt wurden. Er keuchte wie kurz vor dem Infarkt.

Verschwendete keinen Gedanken daran, was er Siewert sagen würde. Ob der Mann zuhören würde.

Ostrowski lief. Er lief immer weiter.

Der Busfahrer hatte mit seiner Hupe das fremde Fahrzeug von seinem Halteplatz vertrieben. Die Bremslichter gingen aus, er rollte vorwärts. Bog in die Haltestelle ein.

Es kam drauf an, wie viele Leute einstiegen. Wer von ihnen nur die Monatskarten vorzeigte und wer bezahlen musste. Vielleicht Wechselgeld bekam.

Bis die Fahrschein-Geschäfte erledigt waren, musste der Bus stehen bleiben.

Ostrowski konnte die Haltestelle nicht einsehen, sie lag im Dunkeln. Und er durfte auch nicht anhalten, um nach Siewert zu suchen.

Er lief. Spürte die Erschütterungen der Schritte. Die Knie schmerzten, die Fußgelenke ebenso. Er hatte seine Leistungsgrenze längst erreicht. Die Beine waren dabei, den Dienst zu verweigern.

Er konnte nicht mehr.

Aber der Bus stand nur noch ein paar Meter vor ihm.

Ein Stück noch. Los, Alter, weiter.

Als er das Ende der Haltestelle erreichte, schloss der Busfahrer die Türen, erst die beiden hinteren, dann die vordere. Ostrowski fuhr das zischende Geräusch in die Ohren.

Der Bus blinkte nach links, Richtung Straße. Ein oranges Flackerlicht.

Er blinkte, aber er fuhr nicht los.

Erschöpft stand Ostrowski vor der Tür. Er klopfte. Einmal. Noch einmal. Heftiger.

Der Fahrer sah ihn an. Schüttelte den Kopf.

Ostrowski klopfte wieder. Er war versucht, seinen Dienstausweis zu ziehen. Hatte die Hand schon in der Tasche.

Da wurde die Tür geöffnet.

Er keuchte, als er eintrat. Warf sofort einen Blick in den Bus hinein und wollte nach hinten durchgehen. Sein Atem mochte sich kaum beruhigen.

»Fahrkarte?«, herrschte der Busfahrer ihn an.

Ostrowski dachte wieder daran, seinen Ausweis vorzuzeigen, entschied sich aber anders. Er wollte kein Aufsehen.

Er fand nicht genug Münzen in seinem Portemonnaie, so musste er mit einem Schein bezahlen. Der Busfahrer schüttelte den Kopf, als habe Ostrowski ihn persönlich beleidigt, ersparte ihnen beiden aber den Spruch, der ihm offenbar auf der Zunge lag. Ostrowski bekam seinen Fahrschein und musste sich das Wechselgeld aus der Schale nehmen.

Der Bus fuhr an.

Er schritt durch den Innenraum, langsam, suchend. Hielt sich an den Stangen fest, während er sich weiter vorwärtszog. Er sah in jedes Gesicht. Es waren fast nur alte Leute im Fahrgastraum, nur weiße Haare. Ein Seniorenbus.

Kein Siewert. Genau wie in der U-Bahn. Das durfte nicht wahr sein. Er sah Gespenster.

Er drehte sich um und schaute zurück. Es hatte sich nichts verändert. Siewert war nicht hier. Er nahm die hintere Treppe und stieg in den oberen Stock.

Dort suchte er auf genau die gleiche Weise, nur dass er sich diesmal von hinten nach vorne arbeitete, vorbei an Eltern und Kindern, an einzelnen Männern, denen er ins Gesicht sah, an jungen Leuten.

Siewert fand er nicht.

Er sackte in sich zusammen und musste sich setzen. Was war los? Hatte er sich etwas eingebildet? Oder hatte Siewert ihn rennen sehen und war abgehauen, ohne dass er das bemerkt hätte?

Er begriff es nicht. Und er konnte sich, als er sie sich endlich klarmachte, auch die Frage nicht beantworten, was er Siewert hätte sagen wollen. Ihn wegen Jenny zur Rede stellen? Lächerlich. Ihm drohen? Mit was denn? Ihn einschüchtern, indem er ihm die Faust unter die Nase rieb? Vor allen Leuten? Schwachsinn.

Er hatte sich verrannt.

Sein Herz klopfte immer noch laut, die feuchte Baumwolle klebte ihm auf der Haut, die Haare waren verschwitzt. Er hatte sich im doppelten Sinne verrannt. Auch auf der Stirn stand der Schweiß. Er zog, was nicht ganz einfach war, da er saß, sein Taschentuch hervor und wischte ihn ab.

Der Bus fuhr in die falsche Richtung, er hätte raus gemusst. Aber er hatte nicht die Kraft, aufzustehen und die Treppe hinunterzuklettern. Seine Beine konnten einfach nicht. Und die Arme wollten ihn nicht hochziehen.

Er blieb sitzen, und der Bus fuhr weiter.

Etwas hatte sich verändert. Kemal hätte es nicht benennen können, aber es war offensichtlich, die ganze Stimmung war eine andere, gelöst, fast heiter. Rahlke hatte sie, da die neuen Kollegen noch nicht dabei waren, in sein Zimmer gerufen. Ein Chefzimmer, mit einem größeren Schreibtisch als ihr Standardmobiliar. Darauf ein paar Fotos in Glasrahmen, die aber in die andere Richtung zeigten. Eine Couch, ein paar bequeme Stühle. Eine alte Stadtansicht an der Wand.

»Wenn ich Sie am Telefon richtig verstanden habe«, sagte Rahlke, der neben Paula auf der Couch saß, als wollten sie nun aller Welt zeigen, dass sie ein Paar waren, »hat Ihre Befragung der Zeugen nichts ergeben, Herr Aydin. Nicht genug für ein Phantombild.«

Phantombild. Ostrowski fiel ihm ein. Ein Glück, dass er dessen Quatsch abgelehnt hatte.

»Es würde ein sehr widersprüchliches Bild. Für den Mann war die Person kaum größer als 1,60, für die Frau war er 1,75. Der eine sagt dunkel, die andere blond. Und so weiter. Immerhin waren sie sich einig, gegen 18.45 oder 19.00 Uhr in Tatortnähe jemanden gesehen zu haben. Einen Mann mit Magenschmerzen und eine Frau, die ihm helfen wollte.«

»Vielleicht ein Trick des Täters. Die Zeit zumindest passt.«

»Die Stimmung in Tegel«, sagte Kemal, »ist voller Angst. Die Leute laufen mit Knüppeln in der Hand herum.«

»Das wird sich wieder ändern. Ich kann Ihnen mitteilen, wir haben erste Ergebnisse. Genau zwei, und darauf können wir aufbauen. Es gibt eine biografische Gemeinsamkeit zwischen beiden Opfern. Paula hat das herausgefunden.«

Er hatte sich zu ihr gedreht und lächelte, während er ihr zunickte.

»Beide haben im gleichen Sportstudio trainiert«, sagte Paula Wahlis. »Das ist die Verbindung, die ich zwischen beiden gefunden habe. Sie kannten sich nicht und hatten, ihren Adressbüchern nach, auch keine gemeinsamen Bekannten.«

Sie sprach zu Rahlke. »Wir können von zwei unterschiedlichen Hypothesen ausgehen. Entweder hat sich der Täter seine Opfer wahllos gegriffen. Oder diese Verbindung über das Sportstudio ist kein Zufall.«

»Wahllos war das bestimmt nicht«, warf Becker ein. »Dafür gibt es zu viel Kalkül in diesen Taten. Da steigt einer in einen Kiosk ein, raubt aber nichts. Der wusste doch, was er wollte. Und ein paar Tage später fängt er eine Frau auf ihrem Heimweg ab.«

»Das sehe ich genauso«, sagte Rahlke. »Kann das Treffen mit dem zweiten Opfer als Zufall durchgehen, eine günstige Gelegenheit, wenn Sie so wollen, so gilt das für den Kiosk nicht. Woher sollte der Täter wissen, als er durch die hintere Tür eingestiegen ist, dass vorne eine junge Frau arbeitet und nicht zum Beispiel der Besitzer. Das muss er ausgekundschaftet haben.«

Er schaute die Kollegen nacheinander an. Kemal regte sich nicht, aber Paula und Becker nickten.

»Deshalb werden wir unsere Kapazitäten auf dieses Sportstudio konzentrieren. Die neuen Kollegen übernehmen, sobald sie zu uns gestoßen sind, die Hinweise aus der Bevölkerung. Wir vier, wir werden uns dieses Studio vornehmen. Und zwar gründlich.«

»Könnte allerdings sein«, sagte Kemal, »dass wir den Täter aufschrecken. Dann setzt er sich ab. Oder wechselt den Bezirk.«

Rahlkes Gesichtsausdruck wandelte sich. Wo er eben noch gestrahlt hatte, verlor sein Mund die Form, und auch die Wangen sackten herab.

Der kleine Junge war ein weiteres Mal ausgebremst worden.

Er riss sich zusammen. »Haben Sie eine bessere Idee?«

Leise vorgehen und dezent, dachte Kemal. Das Studio umkreisen, ohne irgendjemanden aufzuschrecken. Anmeldeliste abgleichen. Den Kreis enger ziehen.

Alles Dinge, die Überlegung vorausgesetzt hätten. Ein strategisches Vorgehen.

»Nein«, antwortete er.

»Nun gut. Dann will ich euch noch mitteilen, dass ich den Mann gefunden habe, der Streit mit dem ersten Opfer hatte.«

»Wie das denn?«, rief Becker.

Rahlke setzte ein Lächeln auf, und Kemal begriff endlich, was sich verändert hatte. Der Dienststellenleiter war wieder obenauf.

»Lasst es mich so sagen: Es war Glück. Vielleicht auch ein wenig Beherztheit. Vor allem aber Glück.«

Er machte eine Pause, vielleicht wartete er darauf, dass jemand den dummen Satz vom Glück des Tüchtigen einwarf.

Aber den Gefallen tat ihm niemand.

»So oder so – zwei Streifen bringen ihn gerade her, denn der Mann war recht bockig. Ich werde ihn vernehmen. Und danach machen wir uns auf den Weg zu diesem Sportstudio. Es gibt noch einiges zu tun heute Abend.«

Während er durch die Tür auf den Flur trat, hatte Kemal den Eindruck, ein Laientheater zu verlassen. Vielleicht gab es den einen oder anderen guten Ansatz, doch für einen Fall wie diesen war das zu wenig. Und es war zu viel Eitelkeit im Spiel.

Er rief sich seinen Babou ins Gedächtnis, als er sein Handy aus der Tasche zog. Seine Hände waren feucht. Die Mitteilung, die er Ostrowski schickte, bestand nur aus zwei Wörtern: »Bin einverstanden.«

Kemal trat aus dem Gebäude des Landeskriminalamtes, einem wilhelminischen Altbau, errichtet, um das gemeine Volk einzuschüchtern. Um nicht gesehen zu werden, blieb er im Schatten der Wand. Für den Fall, dass Rahlke ihm über den Weg lief und wissen wollte, wer die Zeugin war, hatte er keine Erklärung parat. Ihm fiel keine ein. Keine, die ausreichend plausibel gewesen wäre.

Rahlke war in seiner Vernehmung. Deshalb war dies die richtige Zeit, um die Zeugin einzuschmuggeln. Ostrowski stand mit der Frau an der Straßenecke. Eine alte Dame war das, ihr Wintermantel hatte einen Pelzkragen, und sie trug Lederhandschuhe. Kemal hielt es für ausgeschlossen, dass sie nach all den Jahren irgendwelche brauchbaren Angaben machen konnte. Was versprach sich Ostrowski von dieser Aktion?

Sie verabredeten, dass er im ›Antalya‹ wartete. Kemal forderte die Zeugin auf, ihm zu folgen. Dem Pförtner nickte er zu. Es war normal, dass Beamte fremde Personen hereinbrachten.

»Wir müssen in den ersten Stock. Können Sie Treppen steigen?«

»Das geht schon.«

Er führte sie durch das ungeheizte Treppenhaus hinauf. Dabei sprach er kein Wort mit der Frau, obwohl man Zeugen so die Aufregung nahm. Stattdessen überblickte er den nächsten Stufenabsatz, schaute in die Flure, blieb an Ecken stehen und hatte es gleichzeitig eilig. Die alte Dame musste sich anstrengen, um hinterherzukommen.

Bei dem Kollegen der Kriminaltechnik hatte er sich angemeldet. Der Mann trug auch im Winter ein kurzärmliges Hemd. Er machte es besser mit der fremden Frau, nahm ihr den Mantel ab und bot ihr einen Platz neben dem Computer an. Kemal hockte sich in eine Ecke und sah zu, wie die Zeugin langsam auftaute, sie begann zu reden, sprach von der langen Zeit, die vergangen war, und dass sie schon versucht habe, sich zu erinnern. Diese Art von Zeichnungen kenne sie aus dem Fernsehen.

Der Techniker versuchte es mit verschiedenen Kopfformen. Mit Wangenknochen und Augen. Sie verwarf, zögerte, hielt für möglich.

Kemal stöhnte leise. Nach 14 Jahren – was sollte das?

»Ja, das könnte sein«, sagte die Frau.

Sie waren beim Mund.

»Vielleicht etwas weicher. So ist es besser.«

Einen Bart nahm sie nicht. Die Haare bezeichnete sie als schütter. Probierte ein paar Frisuren, entschied sich dann.

Eine halbe Stunde arbeiteten sie. Kemal hörte kaum zu. Er rang mit sich, ob er auf eine Zigarette verschwinden durfte, aber das Rauchen war im ganzen Haus verboten, er hätte vor die Tür gemusst, und das war zu weit. Also litt er, gab sich aber alle Mühe, sich das nicht anmerken zu lassen. Als der Kollege mit dem kurzärmligen Hemd die Zeichnung ein paar Mal ausdruckte, atmete er auf.

»Sieht fast aus wie Sommerfeld«, meinte der Kriminaltechniker und lachte.

Kemal warf einen Blick auf das Bild. »Ja, fast.« Dann führte er die Zeugin wieder hinaus.

Auf dem Flur kam ihnen Paula entgegen.

Ausgerechnet Paula.

Sie hatte ein paar Akten im Arm und einen eiligen Schritt. Trotzdem hielt sie an. Musterte die alte Frau in Kemals Schlepptau und nickte ihr zu. »Es dauert noch etwas, bis wir losfahren. Die Zeugenbefragung hat gerade erst angefangen. Aber wir sollen alle im Haus bleiben, sagt Claas.«

»Wenn Claas das sagt.«

Ohne ein weiteres Wort ging er weiter, und die Zeugin folgte ihm. Wenn Paula ihrem Claas die Begegnung zutrug, würde er doch noch eine Erklärung brauchen. Er hatte immer noch keine.

Ostrowski saß im ›Antalya‹ vor einem Bier. Kemal reichte ihm einen der Ausdrucke. »Fast wie der Kriminalrat, meint der Zeichner.«

»Ja wirklich. Sommerfeld, ein paar Jahre jünger.«

In der U-Bahn, während Trudi über gemeinsame Bekannte hergezogen war, hatte er auf das Phantombild gestarrt und sich gefragt, ob das wirklich Sommerfeld war, oder ob seine Sinne ihn täuschten. Dummerweise kannte Trudi den Namen des Mannes, der offenbar der Geliebte von Monika Harms gewesen war, nicht.

»Ich bin doch gar nicht bei denen stehen geblieben. Was meinst du, wie unangenehm die Situation für uns alle war. Das kann man sich doch vorstellen! Ein alter Mann und so ein junges Mädchen.«

Er machte sich klar, dass Sommerfeld Einzelheiten von damals kannte, so wie Paula und Köberle, wie Alois Bade und Kemal und er selbst. Sommerfeld – der dezente Herr und Anzugträger. Der Karrierebeamte.

Unvorstellbar. Ausgeschlossen.

Man würde es gar nicht merken, hatte der Psychiater in Bonnys Ranch gesagt.

Er brauchte Sicherheit. Irgendwo gab es einen Karton mit alten Fotos, ein gelbes Postpaket, in das sie all die Bilder gestopft hatten, die nicht in eines der Alben kamen.

Aber im Schlafzimmerschrank war es nicht. »Hilde, weißt du, wo die Fotos sind?«

Keine Antwort.

»Hilde!«

Sie wurde immer schmaler und blasser. Ihr Sessel schien sie zu verschlucken. Sie hatte noch nichts gegessen und wahrscheinlich auch seit Langem nicht mehr getrunken. Ein Glück, dass Jenny nicht da war. Er deckte den Tisch und öffnete sich dabei ein Bier. Hilde ließ sich aus ihrem Sessel ziehen. Er schenkte ihr Tee ein, tat ihr Salat auf und schmierte ihr ein Brot, das er in Häppchen schnitt. Und tatsächlich nahm sie davon und aß und trank.

Er allerdings hatte kaum Ruhe, neben ihr zu sitzen, und erst recht keine Geduld für ihr langsames Essen. Was er suchte, waren Bilder irgendwelcher Feiern aus jenen Jahren, Weihnachten, der Ausstand eines Kollegen, ein runder Geburtstag. Irgendjemand hatte immer eine Kamera dabeigehabt und später Abzüge verteilt. Er nahm ihre Hand, die kalt war wie immer in der letzten Zeit. Ohne jede Kraft antwortete sie auf seinen leichten Druck.

»Hilde, ich brauche den Karton mit den alten Fotos. Wo kann der sein?«

Sie stand auf, schlurfte ins Wohnzimmer, wo sie die Tür eines alten Schranks öffnete, die gelbe Pappkiste herausnahm und zurückbrachte. Er riss sie auf. Alte Bilder quollen heraus. Er schob das Geschirr Richtung Tischmitte und begann, die Umschläge zu öffnen und zu stapeln. Es gab kein System in der alten Sammlung, oft nicht einmal Jahreszahlen. Ihm kamen Bilder der kleinen Lotte in die Hand, vom Ruderverein, aus dem Garten. Fotos aus glücklichen Tagen, schwarz-weiß genauso wie in Farbe. Seine alte Mutter, die Schwiegereltern. Jenny in verschiedenen Altersstufen. Und endlich auch ein paar Abzüge aus dem Büro. Sommerfeld fand er lange nicht, die Stapel auf dem Tisch wurden immer höher. Hilde war verschwunden.

Am Ende hatte er zwei ältere Fotos des Kriminalrates in der Hand. »Sieh dir das an, Hilde.«

Sie reagierte nicht. Ihr Fernseher lief. Er ging zu ihr und bat sie, die Fotos und das Phantombild zu vergleichen.

»Hilde, bitte. Ist das derselbe Mann?«

Sie schaute kaum hin. »Weiß nicht.«

Er rief Kemal an, der sogar abnahm, und berichtete ihm von seinem Bildervergleich. »Es hilft nichts, du musst mit Sommerfeld reden. Er ist mindestens so verdächtig wie Alois Bade. Frag ihn, wo er an den beiden fraglichen Abenden war.«

»Mache ich gerne, Thomas. Und dann frage ich ihn auch gleich, ob er damals eventuell Monika Harms umgebracht hat. Und stillgehalten hat, als Siewert dafür verknackt wurde. Und wann er plant, mich ins Archiv zu versetzen.«

Ostrowski hockte sich zu Hilde und nahm wieder ihre Hand. Minutenlang brachte er kein Wort heraus.

»Du bist der Meinung, dass ich mich nicht auf meinen Ruhestand einlassen kann, stimmt's?«

Sie schüttelte den Kopf. Als sie antwortete, waren ihre Worte leise wie immer. »Tommy, was soll ich sagen? Ich weiß doch, dass es nicht schön ist, nach Hause zu kommen. Zu mir ... Und dann dieser neue Fall.«

Sie brach ab, ihr Kopf bewegte sich hin und her. Dann setzte sie hinzu: »Ich kann die Bilder nicht vergleichen. Ich kann einfach nicht.«

Sein Platz war unbequem, er stand auf, und da er auf den Füßen war, holte er sich eine neue Flasche Bier. Im Gehen sagte er, und es war nicht klar, ob er sich an sie wandte oder an sich selber: »Wo ist der Zusammenhang, verfluchte Scheiße? Sommerfeld – das sprengt mein Vorstellungsvermögen. Auch dass er einfach geschwiegen hätte. Andererseits sind in diesem Fall so viele Dinge nicht ausgesprochen worden. Damals hat der Richter betont, Siewert täte sich selbst und den Angehörigen der Toten einen Gefallen, wenn er redete. Damit könne er sich entlasten, und die Angehörigen hätten Klarheit, die eine wichtige Voraussetzung dafür sei, dass sie irgendwann einmal neuen Frieden fänden.«

Er umfasste die kalte Flasche mit beiden Händen und war sogar versucht, sie sich an die Wangen zu drücken.

Siewert hatte gegrinst.

»Sie grinsen?«, hatte der Richter gefragt. Ohne Empörung in der Stimme.

Schweigen.

»Ist das lustig?«

Wieder Schweigen. Keine Regung in Siewerts Gesicht.

»Sie haben, nach all dem, was bisher zusammengetragen wurde und was der Tatzeuge ausgesagt hat, ein Leben zerstört, Herr Siewert. Mehr als ein Leben, mehr als das des Opfers, die ihre Schülerin war. Auch das Leben einer Mutter, das eines Vaters. Und Sie grinsen?«

Ob Siewert ihn aufwühlte, war dem Richter nicht anzumerken. Seine Stimmlage blieb ohne jede Aggression. Das war der Grund, warum dieser Moment so dramatisch wirkte. Auf der einen Seite ein Mann, der bereit war, auch einen Mörder wie einen Menschen zu behandeln, auf der anderen jemand, der jede Aussage verweigert hatte und am Ende nur widersprüchliche, irgendwie kryptische Sätze von sich gab.

Und der nun, kurz vor Abschluss des Prozesses, grinste.

»Ich hatte den Eindruck«, sagte Ostrowski zu Hilde, »als hätten alle Leute im Saal den Atem angehalten. Eine unwirkliche Ruhe war das. Das war wie im Film, da gab es nur die beiden, als wenn die Kamera mal den einen und mal den anderen in Nahaufnahme zeigt. Ich weiß nicht mehr, wie lange der Moment gedauert hat. Wie lange schweigt so ein Publikum? Ich meine, ohne dass einer hustet oder sich schnäuzt oder seinem Nachbarn etwas ins Ohr flüstert. So war es nämlich, zumindest in meiner Erinnerung. Ein einziges Schweigen. Eine Totenstille.«

Ihm wurde klar, dass er ohne die Verhandlungsprotokolle auskam, die Erinnerung war, auch wenn er sie lange nicht angeschaut hatte, gespeichert. Er musste sie nur abrufen. Sein Handrücken fuhr über die Bierflasche, als wollte er sich ihrer versichern.

»Soll ich dir sagen, wie das ausging? Siewert hat doch gesprochen. Einen einzigen Satz hat er von sich gegeben, und der spukt mir nun im Kopf umher. Ich weiß ihn noch, als hätte ich ihn gestern gehört.«

Hilde gab sich alle Mühe, sie versuchte sogar interessiert zu wirken und aufmerksam. Ob sie es wirklich war – das war eine andere Frage.

Ostrowski trank, bevor er fortfuhr. »Der Satz hieß: Mein Leben ist auch vorbei. Mehr nicht. Der Richter hat gefragt, ob er diese Aussage als Geständnis werten dürfe. Denn so musste man das verstehen, als hätte Siewert sich damit abgefunden, für den Rest seines Lebens in den Knast zu gehen. Deshalb dieser Satz, und den hat er nach der Frage des Richters einfach wiederholt. Mein Leben ist auch vorbei. Ohne weitere Reaktion.«

Er wanderte im Zimmer umher. Unruhe hatte ihn erfasst, und er spürte den Alkohol in seinem Kopf. Dabei standen ihm die Bilder von damals so deutlich vor Augen, als sähe er sie in einem Fotoalbum.

»Der Richter hat gesagt, sollte das eine Art Geständnis sein, dann müsse er ihn trotzdem wegen Mordes verurteilen. Er gehe von niederen Beweggründen aus und werde die Tat als Sexualdelikt werten, auch wenn kein Geschlechtsverkehr stattgefunden habe. Allerdings sei er bereit, über das Strafmaß nachzudenken, wenn er ein wirkliches Geständnis erhalte und Reue spüren könne. Siewert hat wieder nur geschwiegen. Damals dachte ich, er bereitet sich innerlich schon auf die kommende Zeit vor, schließlich weiß er, dass er lebenslänglich bekommen wird.« Er ließ die Flasche sinken und schüttelte langsam den Kopf. »Ich bin mir nicht mehr sicher.«

Auch als er auf die Toilette verschwand, blieben die Gedanken. Sommerfeld war nicht bei dem Prozess erschienen. Warum hätte er das tun sollen? Und warum hatte sich Siewert nicht verteidigt? Was sollte sein Satz bedeuten: »Mein Leben ist auch vorbei.«

Er konnte sich keinen Reim darauf machen. Siewert musste doch wissen, welchen Eindruck er mit seinem Schweigen vor Gericht machte. Sein Verteidiger hatte ihn viele Male darauf hingewiesen.

Und wer war Monikas unbekannter Geliebter? Sie hatten sich heimlich getroffen, Monikas Mutter wusste nichts von ihm, die hatte von Schwärmereien gesprochen. Welche Rolle spielte dieser Mann?

Als er zurückkam, saß Hilde genauso auf ihrem Platz wie vorher, mit steifem Hals, mit dem Blick ins Nichts. Früher hatte er viel auf ihre Einschätzungen gegeben, da gab es Momente, wo er den Abend regelrecht herbeigesehnt hatte, um ihr vom laufenden Fall zu erzählen und von dem Punkt, wo er steckengeblieben war. Entweder hatte das Erzählen ihm selbst Klarheit verschafft, oder sie hatte einen entscheidenden Gedanken beigetragen oder eine treffende Frage gestellt.

Früher.

Was hatte Siewert mit seinem Satz sagen wollen: »Mein Leben ist auch vorbei«?

Wem hatte er das zugerufen? Dem Gericht? Den Angehörigen der Toten? Sich selbst? Oder ihm, dem Polizisten, der ihn gefasst hatte?

Warum war er auf das Angebot des Richters nicht eingegangen, ein milderes Strafmaß gegen ein echtes Geständnis einzutauschen?

Wer war dieser Mann? Tatsächlich Sommerfeld? Das blieb jedes Mal, wenn er daran dachte, unvorstellbar.

Ostrowski hatte sich festgefahren wie ein Auto im Schlamm. Das Bier hatte ihn müde gemacht, aber er hatte keine Muße, sich hinzulegen. Nicht, bevor er seine Antworten gefunden hatte.

Der Gutachter hatte Siewert Schuldfähigkeit bescheinigt, der Richter hatte ihn wie einen verantwortlichen Menschen behandelt, nicht wie einen, mit dem man redet wie mit einem Kind und den man nicht für voll nimmt.

War das richtig gewesen?

Man musste sich auf den Experten verlassen, gerade in der Frage nach der psychischen Gesundheit. Oft genug gingen die Gutachter bei solchen Delikten davon aus, dass bei dem Täter die Sicherungen dauerhaft durchgebrannt waren. Sie schlugen Therapie vor, geschlossene Anstalt, aber kein Gefängnis. Und wurden dafür in der Öffentlichkeit niedergemacht.

Siewert war ihnen allen wie ein normaler Mann erschienen. Ein normaler Mann, der einer jungen Frau die Kehle durchschneidet? Und sie auf dem Fußboden herrichtet wie einen keuschen Engel?

Ostrowski schmerzte der Kopf. Er begann, wieder durch das Zimmer zu wandern, überzeugt, einem falschen Gedankengang zu folgen. Wo war der Ausweg aus seiner Endlosschleife? Er fürchtete, dass die Erinnerung ihn trog. Wenn er doch die Protokolle las, würde er erkennen, wo sein Fehler lag. Sie konnten sich nicht geirrt haben, das war nicht möglich. Nicht alle, Richter, Staatsanwalt, Kriminalpolizei.

Das würde bedeuten, dass der unbekannte Geliebte der Toten keine Rolle spielte.

»Er hatte alles verloren«, hauchte Hilde.

»Das ist klar.«

»Deshalb sein Satz.«

»Was meinst du: alles?«

»Alles. Sonst ist ein Leben nicht vorbei. Wenn man noch etwas hat, dann ist es nicht vorbei. Ich hab' noch …«

»Aber was will er jetzt? Was will er von Jenny – von mir? Ich habe es ihm doch nicht genommen!«

»Und wenn er das glaubt?«

»Dann geht es ihm um Rache. An dem Punkt war ich auch schon. Wo du gesagt hast …«

»… dass er dir Angst macht.«

Er ließ sich mit einer Wucht auf den Sessel nieder, dass der Holzrahmen knackte. Seine Hände packten die Lehnen, und er schloss die Augen. »Dann hat ihn wirklich allein der Gedanke an Rache gehalten. Und jetzt ist Zahltag.«

Es zog ihn zu Jenny, denn am Ende kehrten seine Gedanken immer zu ihr zurück. Sie war in Gefahr. Wenn er nicht seinen Einbildungen erlegen war, dann war sie in Gefahr.

Die Uhr zeigte kurz nach acht. Er hatte keine Vorstellung, ob ihr Besuch noch da war, aber da es ein Mann gewesen war, musste man davon ausgehen, dass er länger blieb, wahrscheinlich über Nacht. Sie noch einmal zu überfallen, war also ausgeschlossen. Er rief sie an, auf das Risiko hin, dass sie genervt war.

Während er ihre Nummer wählte, achtete er auf die Stimmen aus Hilde Fernsehprogramm.

Jenny hatte ebenfalls den Fernseher an. Eine Show. Publikum, das klatschte, Prominente, die Fragen zu beantworten hatten. Ihr Besuch war weg. Sie trug eine ausgeblichene Trainingshose und ein Oberteil, das offenbar zu ihrem Schlafanzug gehörte. Dazu dicke Socken. Neben sich hatte sie in einem Glas einen Rest Wein stehen.

Ihr Unwillen war nicht zu übersehen.

»Was gibt es?«, fragte sie.

Seinem Drängen am Telefon hatte sie nachgegeben, aber im gleichen Satz darauf bestanden, dass er nicht lange bleiben könne. Nachdem sie ihm geöffnet hatte, hatte sie sich wieder hingesetzt.

Er stand. »Ist Lotte nicht da?«

»Papa, sie schläft bei einer Freundin. Das habe ich dir vorhin schon gesagt.«

»Ja, richtig. Ich muss mit dir reden.«

»Zum zweiten Mal heute. Und zwar jetzt gleich, oder wie?«

»Ja.«

Sie seufzte, den Blick auf das Gerät. »Um was geht's?«

Es war unwürdig, wie sie ihn behandelte, die Aufmerksamkeit auf die Mattscheibe, und bot ihm nichts an, nicht einmal einen Platz. Mit jeder Geste ließ sie ihn spüren, wie wenig willkommen sein Besuch ihr war.

Er setzte sich darüber hinweg und begann zu reden, auch wenn es ihm schwerfiel, die richtigen Worte zu finden. Bevor sie antwortete, stand sie auf und verschwand

Richtung Küche, ohne das geringste Signal an ihn. War das eine Aufforderung, ihr zu folgen? Er wartete.

Dann ging er ihr nach.

Sie sah ihn an.

»Jenny«, sagte er.

»Ist Mama zu Hause?«

Er nickte. »Sieht die gleiche Show wie du. Es ist einfach … Irgendwas stimmt hier nicht. Ich weiß nicht, was das ist.«

»Das hast du schon gesagt. Und Lottchen ordentlich Angst eingejagt. Ich musste sie zu ihrer Freundin begleiten, obwohl sie den Weg sonst alleine geht.«

»Es ist verdammt ernst.«

»Ein Frauenmörder, der umgeht. Warum sollte er sich ausgerechnet mich aussuchen?«

»Weil …« Er brachte nicht über die Lippen, was er sagen wollte: Weil du meine Tochter bist. »Ich fürchte, er will Rache nehmen.«

»An mir?«, fragte sie.

»An mir«, sagte er.

»Also kennst du ihn?«

Er nickte wider besseres Wissen. In Wahrheit hatte er nichts als Vermutungen. »Die Kollegen ermitteln in eine andere Richtung. Aber …«

»Aber was?«

Er hob die Schultern. »Möglich, dass sie falsch liegen. Es kann natürlich auch sein, dass ich mich verrannt habe. Nur …«

»Nur warnst du lieber einmal zu viel als einmal zu wenig.«

»Genau«, sagte er.

»Ach, Papa. Ist nichts mit Ruhestand, oder?« Da war ein Grinsen auf ihrem Mund. Ironie? Vielleicht sogar ein Hauch von Sympathie?

Er wagte nicht, sich zu freuen. »Kannst du nicht mit Lotte eine Zeit lang wegfahren?«

Sie lachte. »Das wäre schön. Zwei Wochen Kanarische Inseln, mitten im Februar. Ein bisschen Sonne, am Strand liegen, ins Wasser gehen. Leider muss ich arbeiten und meine Miete bezahlen. Und Lotte hat Schule. Das sind so die kleinen Sachzwänge des Alltags.«

Er selbst, musste er einräumen, wäre an ihrer Stelle auch nicht weggefahren, nicht auf eine so vage Warnung hin. In keinen Süden der Welt.

»Ich …«, sagte sie und vermied es, ihn anzusehen.

Er stand ihr gegenüber in ihrer blitzsauberen Küche. Auch das gehörte zu einem Profi, dass man hinterher aufräumte und putzte. Sie war eine kräftige junge Frau. Attraktiv, solange man nicht ein Mädel mit Modelmaßen suchte. Wenn es nicht so schwierig gewesen wäre, hätte er sie in den Arm genommen.

»Ich …«, wiederholte sie.

Er spürte, wie sie mit sich rang, wie sie Anlauf nahm, als müsse sie über eine Hürde springen.

»Ich finde es nett … also, ich bemerke es, dass du dauernd herkommst und dir Sorgen um mich machst. Und um Lotte. Aber das ist wirklich nicht nötig. Ich passe schon auf.«

Wie Rahlke angeordnet hatte, fuhren sie alle vier mit zwei Autos vor dem Sportstudio vor, das in einem Wittenauer Gewerbegebiet lag, eine Leichtbauhalle neben anderen

Leichtbauhallen, in denen nordische Möbel verkauft wurden und Motorradzubehör. Auch der Imbiss um die Ecke fehlte nicht.

Kemal hatte keine Zeit für diese Aktion und den Kopf nicht frei. Er bezweifelte die Sinnhaftigkeit des großen Auftritts. Wen wollte man antreffen, am Wochenende und um diese Abendstunde? Eine Aushilfe? Ein paar alleinstehende Männer und Frauen, die ihre Einsamkeit lieber an Eisengewichten vergaßen als vor ein paar Bier oder dem Fernsehprogramm?

Sich mit kritischen Fragen an Sommerfeld zu wenden, war ihm nicht möglich, bei aller Wertschätzung, die er im Prinzip für Ostrowski hatte. Aber in diesem Fall schien der Dicke seine Klarheit verloren zu haben. Täuschte er sich, oder wurde der Kerl von einer seltsamen Panik geleitet? Nur weil er meinte, Siewert, diesen schmächtigen Kerl, irgendwo auf der Straße gesehen zu haben? So oder so: Er würde Sommerfeld nicht zur Rede stellen. Um zu dieser Einsicht zu gelangen, brauchte er nicht einmal Ayses Mahnungen in seinem Kopf.

Allerdings galt es, die Ehefrau des Kollegen Bade abzupassen, am besten dann, wenn er zum Dienst war. Das hätte mehr gebracht als dieser Ausflug, auch wenn er bezweifelte, dass Bade die Energie für diese Taten hatte.

Es war wahrscheinlich, dass der Schlüssel zum aktuellen Fall in der alten Geschichte lag, wie Ostrowski vermutete. Was nicht recht dazupasste, war, dass Siewert ein Alibi hatte. Außerdem widerstrebte es ihm, den alten Fall während der laufenden Ermittlungen aufzurollen, dazu war hinterher noch Zeit. Der beste Weg wäre, alle Kräfte zu konzentrieren und diejenigen, die in Frage kamen, zu verhören, alle auf gleiche Weise, das schaffte am wenigsten Ärger. Aber sein Chef sah das nicht.

Rahlke war wieder auf dem falschen Weg. Die Vernehmung seines Zeugen hatte nichts eingebracht. Zwar hatte der Obdachlose zugegeben, Streit mit dem späteren Opfer gehabt zu haben, aber kurz darauf seinen Ärger an zwei Streifenbeamten ausgelassen, und die hatten ihn am Ende mit auf die Wache genommen, wo er stundenlang ausharren musste.

Eine sinnlose Disziplinierungsmaßnahme.

»Das scheint mir keine heiße Spur zu sein«, hatte Rahlke eingeräumt, nachdem Becker den Sachverhalt überprüft und bestätigt hatte.

Ein Grund allerdings, ganz neu nachzudenken, war dieser Rückschlag für Rahlke nicht.

Kemal trottete als Letzter auf den Eingang zu, während Rahlke mit Paula vorneweg schritt und Becker sich beeilte, den Anschluss nicht zu verlieren. Immerhin begriff er nun, warum Rahlke sie von ihrer Arbeit abhielt – er wollte einschüchtern. Vier Polizisten auf einmal.

Als Kemal nach den anderen eintrat, zischte Rahlke ihm an der Tür zu: »Sind Sie bei der Sache, Kollege Aydin?« Dann knöpfte er sein Jackett zu und legte seine Marke vor. »Wir hätten gerne den Geschäftsführer gesprochen.«

Eine Frau mittleren Alters empfing sie. Man sah ihr an, dass sie die Geräte benutzte, ihr Kreuz war breit, der Körper muskulös. Sie war ungeschminkt und trug einen Pferdeschwanz. Ihren Dienst machte sie zusammen mit einem Kollegen, der in der Halle unterwegs war

»Der ist nicht da. Ich bitte Sie, am Sonnabend und um die Zeit! Aber der Kollege dort, das ist sein Stellvertreter. Soll ich ihn holen?«

»Nein, lassen Sie. Das machen wir selber.«

Sie fanden sich in einer Halle, die mit Neonlicht erleuchtet war. Wenige Leute verloren sich in ihr, die meisten Geräte standen leer. Es gab keine Musik – die er erwartet hatte. Auch keine Bar mit isotonischen Getränken. Nur Nüchternheit. Die Tür, durch die sie hereingekommen waren, war offenbar die einzige. Weglaufen konnte hier niemand.

Der stellvertretende Geschäftsführer, ein junger Mann mit Mittelscheitel und Ziegenbärtchen, muskulös und ohne Fett auch er, stellte sich als Dieter Förster vor. Er führte sie in eine Art Büro mit Telefon und Computer auf dem Tisch. Es gab nur drei Stühle. Becker und Kemal mussten stehen.

Der junge Mann war eingeschüchtert, er verschanzte sich hinter dem Tisch und fragte, was die Kripo von ihm wolle. Rahlke gab in knappen Worten Bericht und hob hervor, dass beide Mordopfer in diesem Studio trainiert hätten. Das sei die Parallele zwischen ihnen.

Förster wurde blass.

»Sie meinen …«

»Ich meine gar nichts«, sagte Rahlke. »Wir gehen Spuren nach, mehr nicht.«

»Was kann ich also für Sie tun?«

»Ich brauche Daten. Wann haben die beiden Frauen trainiert? Kamen sie zu festgesetzten Zeiten? Oder eher planlos? Hatten sie einen bestimmten Trainer?«

»Das gibt es bei uns nicht«, unterbrach Förster.

»Sondern?«

»Man dreht seine Runden alleine, und wenn man Hilfe braucht, spricht man einen der Kollegen an, die gerade da sind. Zwei Trainer sind immer in der Halle, oft mehr. Oder man vereinbart eine Übungsstunde. Aber auch da wollen wir nicht, dass die Kunden sich auf einen der Kollegen einschießen. Der Wechsel bringt Anregung. Das ist die Überzeugung des Hauses.«

Kemal nahm wahr, wie Förster auf vorgefertigte Formulierungen zurückgriff und dadurch Sicherheit gewann, in der Stimme genauso wie im Ausdruck. So mochte er neuen Kunden die Vorteile des Studios präsentieren: Zwei Trainer mindestens sind immer in der Halle, oft mehr … Kemal begann, sich für die Antworten zu interessieren, auch wenn dieser Strang weiterhin nicht plausibel war.

»Verstehe«, sagte Rahlke. »Wir brauchen in jedem Fall die Termine, wann die beiden Frauen, Sabine Vollmer und Nadine Hansen, hier trainiert haben. Kamen Sie regelmäßig oder mehr zufällig, wenn sie Zeit hatten?«

Förster verzog den Mund. »Ich weiß nicht, ob ich das herausgeben darf. Da steht der Datenschutz gegen.«

»Die Frauen sind tot«, antwortete Rahlke. »Da spielt der Datenschutz keine große Rolle mehr.«

Förster nickte. »Also gut. Das ist kein Problem, Herr Kommissar. So was wird im Computer festgehalten. Kann ich Ihnen ausdrucken. Fürs letzte halbe Jahr. Wenn Sie weiter zurückgehen wollen, dann dauert das allerdings etwas.«

Er war schon mit seiner Tastatur beschäftigt, als Rahlke sagte: »Sechs Monate, das reicht fürs Erste.«

Kurz darauf setzte sich der Drucker in Bewegung. Förster stand auf und reichte Rahlke zwei Blätter. Er wirkte erleichtert, der Polizei ohne viel Mühe geholfen zu haben – und sie wieder loszuwerden.

»Kann ich sonst noch etwas für Sie tun?«

»Das können Sie.«

Förster stützte die Hände auf seinen Tisch auf. Als Rahlke nicht weitersprach, entschied er sich dafür, sich wieder zu setzen.

»Bitte?«

»Wir brauchen Namen und Adressen, sowohl der Kunden als auch der Mitarbeiter. Von jedem, der Zutritt zu diesem Studio hat.«

Förster sackte in seinem Lederstuhl zurück. Die Lehne fuhr durch den Druck ein wenig nach hinten. Der junge Mann war rot im Gesicht geworden. Er verschränkte seine Arme vor der Brust.

»Das geht nicht.«

»Warum nicht?«

»Datenschutz. Und zwar bei Menschen, die am Leben sind.« Förster ließ ein künstliches Lachen erklingen. »Ich weiß nicht, wie weit mein Spielraum in einem solchen Fall reicht. Das muss ich erst überprüfen.«

Rahlke nickte. »Dann überprüfen Sie.«

Förster sah auf die Uhr. »Wie stellen Sie sich das vor? Samstagabend. Wen, glauben Sie, erreiche ich um die Zeit?«

»Was ist mit morgen?«

Förster schüttelte den Kopf. »Montag. Wir haben in Köln ein deutschlandweites Head-Office. Da springt sonntags bestenfalls der Anrufbeantworter an.«

Rahlke verstummte. Paula sah ihn an, Becker schien gespannt darauf zu sein, wie er reagieren würde. An der Wand tickte eine Uhr.

Auch Kemal wartete.

Er sah in seinem Chef wieder den kleinen Jungen, der den Mund verzog, weil er seinen Willen nicht durchsetzen konnte. Was für ein hilfloser Mensch. Einer zudem, der auf dem falschen Pfad war.

Als Rahlke seinen Mund nicht wieder aufbekam, überkam es Kemal. Er trat nach vorne. Stemmte beide Fäuste auf die Tischplatte und schob den Kopf in Richtung des Angestellten.

»Hören Sie zu, Herr …«

Der Name stand auf einem Schild, das der Mann am Hemd trug. Kemal sprach ihn trotzdem nicht aus.

»Förster«, ließ er den anderen sagen.

»Herr Förster. Da draußen läuft ein Mörder herum. Niemand weiß, wann der wieder zuschlägt. Da ist Gefahr im Verzug, verstehen Sie das? Kennen Sie diesen Begriff? Wir werden nicht bis Montag warten. Spätestens morgen früh sind wir mit einer richterlichen Anordnung zurück, und dann kommen wir mit zehn Mann und nehmen uns die Daten, die wir brauchen. Sagen wir, so gegen elf, wenn ihre Sportler zwischen Frühstück und Mittagessen ein paar Kilos abtrainieren wollen. Ja, um elf, das ist eine gute Zeit. Wer sagt denn, dass wir möglichst unauffällig arbeiten müssen?«

Förster hatte im Laufe von Kemals Rede die Gesichtsfarbe gewechselt, er war nicht mehr rot, sondern weiß.

Sein Mund stand offen. »Ich muss … ich muss telefonieren. Würden Sie mich bitte … einen Moment allein lassen?«

»Vorher noch eine Frage, Herr … Kann sich hier jemand umsehen, auch wenn er nicht angemeldet ist?«

Der junge Mann strich sich über sein Ziegenbärtchen, als dächte er nach. »Kommt darauf an, was Sie darunter verstehen. Wir haben Leute, die zum Probetraining kommen, die werden nicht vermerkt. Andere, die nur mal hereinschauen, wenn sie draußen vorbeigehen. Aber dass jemand öfter kommt, um unsere Kunden gezielt zu beobachten, das schließe ich aus. Das Personal ist wachsam. Wir wollen hier keine Spanner.«

Kemal nickte, und sie gingen alle vier hinaus, während Förster sein Telefon bediente. Hinter dem Türrahmen blieb Rahlke stehen und ließ die anderen vorbei. Als Kemal neben ihm war, nickte er ihm zu.

Sein Gesicht war verkniffen. Aber er hatte ein Lächeln aufgesetzt. Der kleine Claas wollte Freundschaft schließen.

Ostrowski ließ sich seine Genugtuung nicht anmerken, er hüpfte nicht, sondern setzte seine Schritte maßvoll. Jennys Satz war nicht unbedingt ein Ausbruch von Tochterliebe gewesen, bestenfalls ein winziges Zeichen von Anerkennung. Immerhin. Sie fand es nett, dass er sich Sorgen machte. Das war das Freundlichste, was sie in vielen Jahren zu ihm gesagt hatte.

Es war dunkel. Die alten Leute hatten die Straßen geräumt. Wer noch draußen war, kam aus der U-Bahn und strebte nach Hause. Oder ein Hund musste noch einmal vor die Tür geführt werden. Die meisten Leute trugen Pudelmützen. Es war wieder kalt geworden, die Temperatur lag deutlich unter dem Gefrierpunkt, und wo tagsüber Wasser gewesen war, hatte sich Eis gebildet. Die Winterluft füllte seine Lungen.

Er dachte an Katja.

Wie mochte es ihr gehen?

Dass er sich sorgte, war nicht die ganze Wahrheit. Er hatte Lust, sie zu sehen. Auch wenn es dafür streng genommen zu spät war.

Andererseits war es nicht weit zu ihr.

Er versuchte sich abzulenken, zog sein Handy hervor, um Kemal anzurufen. Aber dann steckte er es zurück. Es war Feierabend.

Als er die schwach beleuchtete Kopfsteinpflasterstraße zu ihrem Haus entlangschlenderte, begleiteten ihn leise Zweifel. Durfte er sie auf diese Weise überfallen? Was, wenn sie Besuch hatte? Oder sich ein Beruhigungsmittel gegeben hatte und schlief? Dann würde er sie wecken.

Er war nicht der Typ, der viel auf Einwände gab, auch dann nicht, wenn sie von ihm selbst kamen. Wenn er störte, würde er das merken und wieder gehen. Das war nicht allzu schwer. Sicher, er hätte vorher anrufen müssen. Hatte er aber nicht.

Na und?

Er sah hinauf zu ihrem Fenster. Da brannte Licht. Er klingelte an ihrer Tür.

Es dauerte einen Moment, dann meldete sie sich über die Gegensprechanlage. »Hallo?« Viel Kraft war nicht in ihrer Stimme.

»Hier ist Thomas. Ostrowski.«

»Thomas«, wiederholte sie. Aus der Art, wie sie seinen Namen ausgesprochen, wie sie ihn gedehnt hatte, hörte er, dass er willkommen war.

Der Summer erklang. Er drückte die Haustür auf.

Im Treppenhaus ging das Licht an. Sie wartete vor ihrer Wohnung.

»Ich weiß«, sagte er, während er die letzten Stufen hinaufstieg, »es ist spät, und ich hätte anrufen sollen. Aber ich hatte deine Nummer nicht.«

»Ich stehe im Telefonbuch.«

»Das Telefonbuch! Da habe ich nicht nachgesehen. Störe ich?«

Sie schüttelte den Kopf. »Komm rein.«

Er deutete eine Umarmung an.

Sie sah ausgesprochen hübsch aus. Ihr Gesicht war voll, aber es hatte nicht, wie in der Apotheke, die Anmutung der Geschäftsfrau, sondern war weich und ein wenig entrückt. Der Schock vom Morgen wirkte offensichtlich nach. Er ließ sie zart erscheinen. Fast zerbrechlich.

Das Licht in ihrem Wohnzimmer war gedimmt, dadurch erschien es weniger hell als am Vormittag, weniger freundlich, aber stilvoller. Er nahm den alten Sekretär wahr, ein Damenmöbel, und den Polsterstuhl davor. An der Wand hing eine Berliner Landschaft aus der vor-Auto-Zeit.

»Ich habe Wein im Haus. Magst du?«

»Einen Schluck, ja«, sagte er, der das Bier des Abends noch in Kopf und Bauch hatte.

Er folgte ihr in die Küche und nahm ihr Flasche und Korkenzieher ab. Das Biest von Korken saß fest, er musste die Flasche auf den Boden stellen und mit den Füßen einklemmen, um ihn herauszuziehen.

»Ich wollte nach dir sehen«, sagte er, nachdem sie sich gesetzt und angestoßen hatten.

»Danke. Ich habe den halben Nachmittag verschlafen. Ich war so unendlich müde, dass ich gar nicht wieder zu mir kam.«

»Das ist der Schock. Die Belastungsstörung. Ihre Nachwirkungen.«

»Ja, Herr Doktor.«

»Oh pardon. Du bist diejenige, die vom Fach ist.«

»Ich wüsste auch keine andere Diagnose zu stellen. Nur dass der Fachausdruck ›Belastungsreaktion‹ heißt, könnte ich sagen.«

»Wie auch immer, du solltest ein paar Tage ausruhen.«

Sie presste eine Hand vor den Mund. »Jemand muss in die Apotheke. Den Kolleginnen geht's doch auch nicht besser.« Dann machte sie eine Pause. »Ich weiß gar nicht, ob deine Kollegen …«

»… ihre Untersuchungen schon abgeschlossen haben, meinst du. Das weiß ich auch nicht. Aber was sollten sie in der Apotheke groß suchen? Sie werden Nadines Privatsachen mitnehmen, mehr nicht.«

»Montag«, sagte sie, »halte ich noch geschlossen. Muss nur ein Schild in die Tür hängen.« Sie schloss die Augen. »Was soll ich darauf schreiben? Wegen Mordes geschlossen?«

»Katja …« Wie von selbst fanden sich ihre Hände, und er strich über ihre Knöchel. Sie war gefangen von den Erlebnissen des Morgens, und er sah, dass sie Tränen zurückhielt, und fragte sich, was er tun würde, wenn sie weinte. Konnte er sie einfach freundschaftlich in den Arm nehmen? Oder würde das zu viel bedeuten?

Es dauerte, bis sie wieder sprach. »Als ich schlafen wollte, da kam mir dieses Bild, immer und immer wieder, Nadine, wie sie da lag. Als hätte sie jemand abgelegt. Das war so furchtbar, dass ich mich nicht getraut habe, meine Augen zuzumachen. Bis ich endlich eingeschlafen bin. Ich mag nicht glauben, dass sie nicht mehr sein soll.«

Er rückte ein wenig näher, ohne sie loszulassen, und legte ihr die andere Hand an die Schulter. Es war nicht mehr viel Abstand zwischen ihnen. Eine kleine Ewigkeit verging, ohne dass ein Wort fiel.

»Mir fällt ein«, sagte sie schließlich, »ich kann Montag gar nicht geschlossen halten. Wir haben Notdienst.«

»Aber nicht du?«

»Nein, für die Nacht werde ich eine Kollegin bitten. Aber tagsüber …« Sie trank von ihrem Wein und bemühte sich um Tapferkeit. »Ich freue mich, dass du gekommen bist.«

»Kannst ruhig sagen: dass ich dich überfallen habe.«

»Nicht jeden Überfall findet man schlimm«, entgegnete sie.

Der Mann hatte dunkle Erinnerungen, wie Schatten, formlos, gespenstisch und flüchtig. Er ahnte mehr als dass er wusste. Irgendetwas hatte er getan, was er nicht hätte tun sollen. Was war das? Das Bild blieb wie ein altes, vergilbtes Foto. Es wurde nicht scharf.

Er duschte. Ließ sich heißes Wasser über den Rücken laufen, dann kaltes und wieder heißes. Er duschte so lange, bis seine Haut knallrot war. Kam heraus, trocknete sich ab, zog sich an.

Aber bald danach musste er schon wieder unter das Wasser. Er war noch nicht sauber. Die Hände nicht, die Fingernägel auch nicht. Das Gesicht. Der Geist.

Abwaschen. Ab-wa-schen.

Aber was?

Er hatte Dinge weggeschmissen. Hatte fremde Tonnen geöffnet und hineingeworfen, was er loswerden wollte. Irgendetwas hatte er sogar verbrannt. Es hatte eine Stichflamme gegeben, und dem Geruch nach, den er in der Nase hatte, hatte er Benzin benutzt. Einen Brandbeschleuniger.

Auch das lag im Nebel. Er stocherte darin, ohne auf eine feste Form zu stoßen. Träumte er? Er machte den alten Test und kniff sich in den Schenkel, und als er den Schmerz empfand, wusste er, dass er nicht schlief. Sondern wach war. Verdammt wach sogar.

Weshalb kam er sich so schmutzig vor? Schon wieder zog es ihn unter die Dusche. Die Haut juckte ihn bereits. Er wollte sich auf seine Arbeit konzentrieren. Rang mit sich, zwang den Geist. Und verlor. Verlor immer wieder. Da war nichts zu machen.

Er trat auf die Straße. Autos brausten an ihm vorbei. Was tat er hier? Doch nicht spazieren gehen? Zigaretten und Alkohol – das war ein probates Mittel, um die Geister zu vertreiben.

War das sein Plan? In Wahrheit wollte er wissen, was er bisher nur ahnte. Er hatte etwas getan, und das schlummerte in ihm wie ein wildes Tier, das sich zur Ruhe gelegt hatte. Kein Mensch konnte vorhersagen, wann es wieder erwachte. Welcher Stimmung es dann sein würde.

Ob der alte Hunger zurück war.

Er stand vor seinem Haus, unschlüssig, wohin er sich wenden sollte. Der Abend war alles andere als schön. Die Kälte sah er mehr, als dass er sie spürte, auch wenn er nur eine dünne Jacke übergezogen hatte. Sie hing an den

Dächern gegenüber, stand zwischen den Doppelfenstern, hatte die kahlen Bäume im Griff und die wenigen Passanten, die vorüber huschten.

Auch sie waren Schatten.

Er irrte in einem Schattenreich, war in einer Gegend, wo es kein Leben mehr gab, keinen Atem. Wo alles kalt war.

Wa er da wirklich?

Warum fühlte er sich dann so schmutzig?

Er drehte um, machte sich an die Rückkehr und wollte sich wieder waschen, gründlich diesmal, dass der Dreck wirklich abging. Und hoffte danach auf den Schlaf. Auf Gnade.

5

Hilde war durch die Wohnung getapert und hatte ihn früh geweckt, und er war aufgestanden, als es noch dunkel war. Um sieben war er bereits rasiert und geduscht und saß mit ihr am Frühstückstisch. Er aß viel, Eier, Wurst, Toastbrot und Marmelade, und ließ sich nicht davon stören, dass Hilde wieder nur wie ein Spatz von ihrem Teller pickte. Kochte neuen Kaffee. Wusch ab und räumte die Küche gründlich auf. Wischte sogar den Boden.

Als er hinausging, war es kurz nach acht. Niemand war unterwegs. Die Siewert-Adresse hatte er im Telefonbuch gefunden, einer alten Ausgabe, denn er hielt es für überflüssig, jedes Jahr die neueste Auflage nach Hause zu schleppen.

Es war etwas wärmer geworden. Ein dünner Regen ging nieder, an der Grenze zur gefrorenen Form. Ungemütlich war es weiterhin. Er musste nach Borsigwalde, einem Ortsteil, der einst für die Arbeiter der Borsigwerke errichtet worden war. Sein Auto stand nach wie vor in der Werkstatt. So entschied er sich für einen Fußmarsch. Schlug den Kragen auf, steckte die Hände in die Taschen und wanderte los.

Tegel schlief noch, abgesehen von den Hundebesitzern, die morgens die Ersten zu sein schienen und abends die Letzten. Die Tiere schnüffelten am Geschäft eines Vorgängers, hoben die Beine an Mauern und Bäumen, hockten sich hin. Und hinterließen immer neue Spuren im alten Schnee.

Erst in der Nähe der Tankstelle begegneten ihm Leute ohne Hunde, mit Brötchentüten und Zeitungen in der Hand. Wie er hatten sie die Krägen aufgestellt oder drückten sich unter Schirme. Vor allem bemühten sie sich darum, ihr Papier nicht nass werden zu lassen.

Er brauchte eine halbe Stunde. Das Haus, das er schließlich erreichte, war ein Nachkriegsbau, nur Mauern, Fenster und ein Dach, ohne jeden Schmuck, der Putz hatte keine Farbe, und Balkone gab es nicht. Die meisten Namen neben den Knöpfen waren kaum leserlich. Die Haustür stand offen.

Ostrowski stieg in den dritten Stock, wo er klingelte.

Drinnen rührte sich nichts.

Er hielt das Ohr an die Tür. Nichts zu hören. Er klingelte erneut, diesmal länger. Und vernahm ein schwaches Geräusch. Irgendetwas, das umgefallen war. Glas, das schepperte.

Er blieb, wo er war, und ließ Zeit verstreichen. Klingelte ein drittes Mal, in dem Wissen, dass jemand zu Hause war. Verharrte auf dem menschenleeren Flur. Wo mochten die Nachbarn sein? Alle noch im Bett?

Auf der Tür lag ein Film von altem Fett und Schmier. Er vermied es, sie zu berühren, nahm aber sein Ohr nicht weg. Geräusche gab es nicht mehr.

Er klopfte.

Und hörte endlich ein Schlurfen. Als wenn sich ein alter Mensch durch die Wohnung schleppte.

Vielleicht hatte er sich geirrt. Das falsche Haus, die falsche Wohnung? Oder die Adresse stimmte nicht mehr. Egal, dann würde er um Entschuldigung bitten und wieder abziehen.

An die Frau, die ihm öffnete, konnte er sich nicht erinnern. Sie trug eine verfilzte Strickjacke, die in die ebenfalls verfilzten Haare überzugehen schien. Im Gesicht hatte sie Altersflecken, obwohl sie, wenn man genauer hinsah, so alt noch nicht sein konnte. Ihr Blick war glasig.

Sie stand in der Tür und starrte ihn an wie eine Erscheinung.

»Mein Name ist Ostrowski. Frau Siewert?«

Keine Antwort.

»Sind Sie Frau Siewert?«

»Und wenn«, fragte sie zurück, »was wäre dann?«

Sie lallte, der Atem, der ihr aus dem Mund kam, stank nach Alkohol.

»Dann würde ich Ihnen gerne ein paar Fragen stellen. Ich bin ... ich war der Kommissar, der damals Bastian Siewert verhaftet hat.«

Sie schnitt eine Grimasse, als verstünde sie kein Wort.

»Begreifen Sie, was ich gesagt habe?«

»Bastian Siewert? Das ist doch ewig her.«

»Darf ich reinkommen, oder müssen wir das im Flur besprechen?«

Es dauerte einen Moment, bis sie schaltete, dann trat sie einen halben Schritt zur Seite und gab den Weg frei.

Die Wohnung war eng, ein größeres und ein kleineres Zimmer, zu dem die Tür angelehnt war. Eine kleine Küche, in die er blicken konnte. Ein Bad. Es stank nach Schweiß, nach alten Socken, nach Urin.

Ihr Lager war, wie es aussah, das Sofa. Dort gab es eine zerwühlte Wolldecke und ein Kissen, auf dem ein Kopf gelegen hatte. Flaschen auf dem Tisch.

Sie setzte sich. Er hockte sich auf den Rand eines fleckigen Sessels.

»Ich verstehe kein Wort«, brachte sie hervor. »Was wollen Sie von mir? Ich hab keinen Bock auf Besuch.«

»Ich würde gern wissen, ob Sie Bastian Siewert gesehen haben.«

»Der ist im Knast.«

»Nicht mehr. Er ist raus.«

»Ist nich wahr, oder? So einen kann man doch nicht freilassen. Ihr seid bescheuert. Komplett plemplem.«

»Bei Ihnen aufgetaucht ist er nicht?«

»Gott bewahre.«

»Und Sie haben nichts von ihm gehört? Er hat nicht angerufen und nichts?«

»Nein, verdammt. Und ich will auch nichts von dem hören, von diesem Scheißkerl. Wissen Sie, was der getan hat? Einem Mädchen die Kehle aufgeschlitzt. Und mit dem habe ich jahrelang in einer Wohnung gewohnt. Können Sie sich vorstellen, wie ekelhaft das ist? Neben so einem Mörder. Hätte sein können, dass er mir auch den Hals durchschneidet.«

»Haben Sie ihn im Gefängnis besucht?«

»Was wollen Sie eigentlich? Normalerweise rede ich überhaupt nicht mit Bullen.«

»Das lässt sich manchmal nicht vermeiden.«

»Ph«, machte sie. »Für einen Zwani bin ich bereit, eine Ausnahme zu machen.«

Sie streckte die Hand aus. Ihre Finger waren aufgequollen. Es gelang ihr nicht, sie ruhigzuhalten. Diese Frau soff sich zu Tode. Wenn ihr keiner half, war es bald vorbei.

Vielleicht das, was sie wollte.

»Ich gebe Ihnen kein Geld. Sie sagen mir auch so, ob Sie ihn im Gefängnis besucht haben.«

»Warum sollte ich das tun?«

»Weil ich Sie darum bitte.«

»Lustig. Haben Sie einen besseren Grund?«

»Habe ich. Bastian Siewert ist frei. Ich muss mit ihm reden.«

»Hat er … hat er …«, sie hatte die Augen aufgerissen, ihre Hand tastete nach der Flasche auf dem Tisch, »… wieder zugeschlagen?«

»Nein, das glaube ich nicht. Ich will ihn nur etwas fragen. Aber Tatsache ist, dass zwei junge Frauen ermordet wurden.«

»Ich raste aus. Ich platze gleich. Dieses Drecksschwein. Dieses miese Drecksschwein. Und ihr Idioten lasst den frei. Wie dumm kann man eigentlich sein?« Sie griff nach der Flasche und drehte sie auf. Es war Korn. »Den Alk hat er auch hier reingeschleppt. Hat mich an die Flasche gebracht, die blöde Sau. Wahrscheinlich, weil er dachte, ich merke nichts, wenn ich besoffen bin. Aber so ist es nicht.«

Sie trank, und Ostrowski dachte, dass sie es sich zu leicht machte, wenn sie die Verantwortung auf Siewert schob. Am Ende war es ihre Entscheidung, zu trinken. Er aber war nicht gekommen, um sie zu belehren. »Noch einmal: Haben Sie ihn im Gefängnis besucht?«

»Warum denn? Ja, ganz am Anfang mal. Is ewig her. Er war so widerlich. Eiskaltes Arschloch. Da bin ich nich mehr hingegangen.«

»Briefe? Anrufe?«

Sie verzog das Gesicht, und das war Antwort genug.

»Sie haben also keinerlei Kontakt. Und wissen auch nicht, wo er stecken könnte.«

»Keine Ahnung. Was soll das jetzt? Hältst du mich für blöd oder warum fragst du alles dreimal?«

Sie nahm einen neuen Schluck, prüfte, wie viel noch in der Flasche war, drehte sie zu und stellte sie ab.

»Ich hab Siewert nicht gesehen und ich will ihn auch nicht sehen. Das ist ein verfluchter Scheißkerl. Ich bin auf den reingefallen. Ich war eine hübsche junge Frau, da hätte ich ganz andere kriegen können. Die Bewerber standen Schlange. Können Sie sich vorstellen, warum mir Siewert gefiel? Weil der nett war. Nett getan hat. Musiklehrer und so. Feinsinnig. Verstehen Sie? Nicht so einer, der nur …«

Sie brachte ihren Satz nicht zu Ende und schlug anstelle dessen die flache Hand auf die Faust der anderen. Ein Spuckefaden lief ihr aus dem Mund.

Angesichts ihres Selbstmitleids – und um darüber nicht grinsen zu müssen – zog er die Stirn in Falten. Du arme Frau, dachte er.

»Dass das so ein Monster war – ich fasse es immer noch nicht. So, und noch mal langsam, zum Mitschreiben: Ich habe den nicht gesehen. Das Kapitel ist für mich abgeschlossen. Im Übrigen finde ich auch nicht, dass es richtig ist, so einen aus dem Knast zu lassen. Das ist doch ein Psycho. Wirklich. Was soll denn das? Jetzt haben die Leute Angst. Nur weil ihr so weich seid. Gesetze und dieser ganze Mist. Wenn Sie mich fragen, so einem muss man die Eier abschneiden. Das ist das Einzige, was hilft.«

Ihre Augen waren auf der Flasche, und er konnte zuschauen, wie sie mit sich rang. Es war nicht mehr viel Korn übrig, möglicherweise ihre Tagesration. Trotzdem verlor sie ihren Kampf. Nahm die Flasche, drehte sie auf, trank.

»Zwei Tote«, sagte sie. »Das hätte ich euch gleich sagen können, dass man den nicht mehr rauslassen darf. Aber auf mich hört ja keiner. Da gibt's irgendwelche hochbezahlten Richter. Mit Leibwächtern und all dem Scheiß, damit denen niemand zu Leibe rückt. Und die entscheiden das dann. Wer sagt eigentlich, dass Siewert das nicht war? Ich meine, wenn er raus ist.«

Sie wischte sich über den Mund.

Ostrowski glaubte ihr, sie hatte ihn nicht gesehen. Und ihr Lamento hatte er ausreichend vernommen. Er stand auf, nickte ihr zu, grüßte knapp und ging. Siewert lebte im Wohnheim. Aber dort tauchte er nur selten auf. Irgendwo musste er einen zweiten Ort haben.

Die Frage war, wo?

Auf der Straße stieg ihm die regennasse Luft in die Nase. Was vorhin noch kalt gewesen war, war nach dem Muff der Wohnung frisch, ein Genuss. Er sog sie ein. Warum machte die Frau nicht wenigstens gelegentlich die Fenster auf?

Er erinnerte sich daran, sie befragt zu haben. Damals war sie ein anderer Mensch gewesen. Nicht nur, dass sie inzwischen älter geworden war und Alkoholikerin. Auch zur Verhandlung war sie erschienen, nicht an jedem Tag, aber doch regelmäßig, und er hatte sie beobachtet, hatte ihren Kampf erlebt, der darum ging, Siewert anzuschauen. Er hatte auch das Entsetzen in ihrem Gesicht gesehen angesichts der Einzelheiten und ihren fordernden Blick, der bedeutete: Stimmt das? Sag mir die Wahrheit.

Damals war sie eine berufstätige Frau gewesen, nicht nur ihrer Kleidung nach, sondern auch wegen der Art, wie sie auf die Uhr sah und die Verhandlung verließ oder spät kam. Was für einen Absturz dieser Mensch hinter sich hatte.

Er glaubte nicht, dass Siewert für ihre Sucht verantwortlich war. Vom Gutachter war ausgeschlossen worden, dass er während der Taten unter Alkohol gestanden hatte, und er selbst hatte zu Protokoll gegeben, dass er nie trinke, dass er Alkohol und seine Wirkung verabscheue. Er wolle klar im Kopf bleiben.

Ob sie sich hatte scheiden lassen, als er im Gefängnis war? Zumindest ihren alten Namen hatte sie nicht wieder angenommen. Kontakt zu Siewert hatte sie offenbar nicht. Den Ekel und das Entsetzen, das konnte sie nicht gespielt haben. Nicht so glaubwürdig.

Ihm fiel ein, wie Siewert nach der Urteilsverkündung aufgestanden und die Hand ausgestreckt hatte. Seine Frau fühlte sich angesprochen, auch wenn die Hand in Richtung auf alle Publikumsreihen ging. Frau Siewert stand vor ihrer Bank, unschlüssig, kaum drei Meter entfernt von ihrem Mann und den Polizisten, die ihn abführen wollten.

Und er mit der ausgestreckten Hand. Ein seltsames Bild.

Sie war gemeint, niemand sonst. Zögerte, die wenigen Schritte in seine Richtung zu machen. Zu einem verurteilten Frauenmörder. Doch dann überwand sie sich, während die beiden Polizisten neben ihm ausharrten, offensichtlich bereit, ihm diese kleine Abschiedsgeste zu gewähren. Sie reichte ihm die Hand. Während er sie schüttelte, wich sie seinem Blick aus.

Dann wurde er abgeführt.

Die letzte Berührung der Eheleute. Ihre letzte Begegnung offenbar.

Es sei denn …

Oh Scheiße.

Er machte kehrt, eilte zurück zu ihrem Haus. Nahm im Treppenhaus immer zwei Stufen auf einmal. Und klingelte und klopfte gleichzeitig.

Diesmal musste er nicht so lange warten.

Sie öffnete einen Spaltbreit und stand auf ihrer Seite der Tür, nicht bereit, jemanden hereinzulassen.

»Schon wieder Sie? Was ist?«

»Ich muss noch einmal rein.«

»Kommt nicht in Frage, Bulle. Verpiss dich.«

Sie wollte die Tür schließen, aber er stellte den Fuß davor.

»He! Was soll der Mist. Ich ruf um Hilfe, wenn du den Fuß nicht wegnimmst.«

Er hatte keine Sorge, dass irgendein Nachbar sich rühren würde. Nicht, weil im Haus eine Frau laut wurde.

»Alter, du bist doch nicht ganz dicht. Ich rufe die … die anderen Bullen, meine ich. Das ist immer noch meine Wohnung. Hau ab!«

Er drückte die Tür auf. »Dauert nicht lange.«

»Was? Nicht lange? Du kommst hier gar nicht rein, du Arsch. Raus. Bisschen plötzlich.«

Er ging in das kleinere Zimmer.

Dort traf er auf die gleiche abgestandene Luft. Er knipste das Deckenlicht an. Der Raum war eine einzige Rumpelkammer, alte Klamotten, Türme von Zeitschriften und Büchern, auch Noten, die auf dem Boden verstreut waren, halb ausgepackte Umzugskartons, Getränkekisten, leere Flaschen, zum Teil in Plastiktüten, zum Teil lose. Es gab nicht einmal Schneisen durch das Chaos, Wege zum Fenster oder zur gegenüberliegenden Wand.

Aber eine Ecke sah anders aus.

Dort stand eine Matratze, ordentlich gegen die Wand gelehnt. Der Boden war freigeräumt und sauber. Eine Wolldecke war gefaltet, und zwar so, dass kein Ende überstand. Auf ihr lag ein Kissen. Glatt gestrichen. Auf der anderen Seite der Ecke ein Stuhl, er lag nicht, war nicht umgefallen, sondern er stand. Und hatte auch noch alle vier Beine.

Wie ein Zeichen kam ihm diese Ecke vor. Wie eine Visitenkarte. Und sie hatte sogar eine Grenze, einen schmalen, sauberen Pfad, der um sie gezogen war. Persönliche Dinge schien es nicht zu geben.

»Wusste ich's doch. Er war hier.«

Die Siewert war hinter ihm an der Tür.

Er war aus dem Dunstkreis ihres Atems herausgetreten. Sie schien, wie sie am Türpfosten lehnte, nicht mehr auf Gegenwehr zu sinnen, sondern darauf zu hoffen, dass der ungebetene Besuch bald wieder verschwand.

»Quatsch, Alter.«

»Er war hier!«

»Bulle, wie kommst du darauf?«

»Ich sehe es. Und ich weiß es.« Er zeigte auf die ordentliche Ecke. »Dort hat er sich ein Lager eingerichtet. Ein Nachtlager.«

Sie lachte, und es sollte höhnisch klingen. »Siewert spaziert hier rein, und ich merke nichts. Ist doch kompletter Blödsinn.«

»Das ist leider kein Blödsinn. Wissen Sie, ob er noch einen Schlüssel zur Wohnung besitzt?«

»Keine Ahnung. Nein! Wieso sollte er?«

»Wenn man aus dem Gefängnis entlassen wird, bekommt man seine Wertsachen zurück. Geld, Armbanduhr, Hosenträger. Und Schlüssel. Das Gefängnis verliert nichts, da wird alles quittiert. Wenn er also einen Schlüssel hatte, als er verhaftet wurde, hatte er nach 13 Jahren wieder einen.«

Sie begann ein Gekreisch, mit einem hohen, dabei brüchigen Ton. Er war kurz davor, sich die Ohren zuzuhalten.

»Ich flippe aus. Der Scheißkerl. Der verfluchte Scheißkerl. Der kann doch nicht einfach in meine Wohnung kommen. Das gibt's doch gar nicht. Der soll mich in Ruhe lassen, ein für alle Mal.«

Ihre Arme ruderten, die Hände hatte sie zu Fäusten geballt.

»Ich lasse das beschissene Schloss austauschen. Ja, genau, das mache ich. Dieser Scheißkerl.«

»Sollten Sie tun. Gleich morgen«, sagte Ostrowski und begann, Siewerts Bettzeug zu durchsuchen. Dabei setzte er sich mit der Frage auseinander, weshalb sich der Mann ein Ausweichquartier eingerichtet hatte.

Kemal blickte in widerwillige Gesichter. Die Kollegen hassten Sonntagsdienste. Am Sonnabend zu arbeiten, das ging noch, aber der Sonntag war ihnen heilig, auch wenn sie mit der Kirche und mit Gott nichts am Hut hatten. Da schliefen sie lange, frühstückten in Ruhe, faulenzten. Doch zurzeit gab es jeden Tag Sitzungen. Ein Mörder lief frei herum.

Nicht nur Paula und Becker waren da, sondern auch die neuen Kollegen, die ihnen zugeteilt worden waren. Sie alle waren seit dem frühen Morgen an der Arbeit, wirkten unausgeschlafen und schlecht gelaunt, waren unrasiert. Er spekulierte darüber, was in ihnen vorging. Ob sie fürchteten, ihre Frauen amüsierten sich, wenn sie am Wochenende arbeiteten? Trafen sich mit anderen Männern?

Wie anders war das in türkischen Familien. Wenn sonntags gearbeitet werden musste, dann nahm man das hin. Dafür gab es irgendwann einen anderen freien Tag. Seine Frau hatte die Töchter zu Hause und wollte zu Mittag die Schwiegermutter zu sich holen. Er hätte seine rechte Hand verwettet, dass sie genau das tat.

Allerdings hatte Ayse ihm einen Auftrag mit auf den Weg gegeben. Eine neue Besichtigung. Sie hatte die Seiten mit den Wohnungsanzeigen, die er gestern auf dem Tisch liegengelassen hatte, weiter studiert, auch im Internet gesucht und Angebote notiert. Und ihm am Ende in ihrer kleinen, gestochenen Schrift eine Adresse mit Uhrzeit auf einen Zettel geschrieben, den sie ihm wortlos in die Hand gedrückt hatte.

Der Auftrag war klar.

Unklar war, ob er es schaffen würde.

Ayse würde nach der Besichtigung eine Einschätzung erwarten. Er war durchaus bereit, zu gehen. Wenn es möglich war.

Die Sitzung fing damit an, dass Rahlke sie wieder einmal warten ließ. Die Kollegen schlürften Kaffee und lasen in ihren Unterlagen – was sie in diesen Minuten schafften, mussten sie später nicht mehr erledigen. Paula und Becker redeten leise miteinander. Er konnte nicht verstehen, was sie sagten, so ließ er es dabei, sie zu beobachten und seine Vermutungen anzustellen.

Becker hatte eine Freundin. Manchmal erwähnte er sie, und ihr Foto stand auf seinem Schreibtisch, ein langhaariges Puppengesicht mit künstlichen Wimpern, treuherzigem Blick und der Ausstrahlung, niemandem etwas zuleide tun zu können. Wie sie wohl den Sonntag ohne ihren Edgar verbrachte? Am Telefon, mit einer Freundin?

Paula dagegen war ihm ein Rätsel. Wenn sie redete, dann über die Arbeit, über den Fall, bestenfalls noch über das Wetter oder eine andere Belanglosigkeit. Warum war sie derart schnell ins Rahlke-Lager gewechselt? Weil sie wirklich ein Verhältnis mit ihm hatte? Oder spielte sie nur mit dieser Vorstellung? Und wusste Rahlke bereits von der alten Dame und dem Phantombild? Im Gegensatz zu Becker mit seiner Gelfrisur und dem Ohrring war sie attraktiv. Nicht nur diese kräftigen roten Haare, sondern auch die Art, wie sie sie aus dem Gesicht strich. Da war etwas Scheues und Unsicheres, aber gleichzeitig eine Zähigkeit, die ins Auge stach. Diese Frau gab nicht so schnell auf.

Allerdings stand sie auf der falschen Seite.

Vielleicht träumte Rahlke nur von ihr, und ihr gefiel das Spiel, seine Favoritin zu sein. Kemal hatte oft festgestellt, dass die Gerüchte dramatischer waren als der Alltag. Raum für Fantasie gab es überall. Tatsache blieb allerdings, dass sie ihn verraten hatte, und er würde das nicht vergessen. Sobald er eine Handhabe hatte, würde er sie strafen.

Während er den Zeigern der Wanduhr folgte, wanderten seine Gedanken weiter zu Ostrowski. Er stellte fest, wie sehr ihn die Vorstellung belastet hatte, Ostrowski habe sein Fortkommen behindert. Das war verflogen; die Wahrheit war, dass Sommerfeld und der Polizeipräsident keinen Türken als Dezernatsleiter gewollt hatten. Arschlöcher, alle beide.

Die Zusammenarbeit mit Ostrowski war etwas mühsamer geworden, seit die Wortwechsel abgerissen waren, ihr ewiges Hin und Her. Ostrowski war sicher auf der richtigen Fährte – und verrannte sich gleichzeitig. Es war definitiv nicht die richtige Zeit dafür, den alten Kram hochzuholen. Nach Abschluss des Falles lösten sich diese Fragen meistens von alleine. Und dieser Mann, den der Dicke erkannt zu haben glaubte? Trotz all der Jahre, die er ihn nicht gesehen hatte, wollte er sicher sein, dass das Siewert war? Kemal hielt das für unwahrscheinlich.

Andererseits: Ostrowski irrte sich selten.

An die Sportstudio-Spur glaubte Kemal nach wie vor nicht, denn da fehlte jede Verbindung zu einem Mann, der seine Leichen herrichtete wie ein Kunstwerk. Von Zufall zu sprechen, war zwar dämlich, aber das schloss nicht aus, dass es Zufälle gab. Wieviele Sportstudios lagen im Einzugsbereich der beiden Tatorte? Sicher nicht viele. Warum sollten die toten Frauen nicht im gleichen angemeldet sein?

Nein, dieser Fall wies in eine andere Richtung.

Rahlke ließ weiter auf sich warten. Becker gähnte und steckte zwei der neuen Kollegen an, die gleich darauf nach ihrem Kaffee griffen. Als die Unruhe im Raum zunahm, traf der Herr Dienststellenleiter endlich ein. Anders als die Kollegen war er rasiert und trug einen seiner Anzüge. Falls er eine Frau hatte, dann eine, die bügelte und stolz war auf ihren Karriere-Mann. Und nicht ahnte, dass er im Büro seiner rothaarigen Kollegin auf den Busen stierte. Ihm schien auch der wenige Schlaf nichts auszumachen, er wirkte frisch und fit. Vielleicht nahm er irgendwelche Mittelchen.

»Bitte entschuldigen Sie meine Verspätung. Ich komme direkt aus dem Sportstudio. Bevor ich berichte, lasst mich die neuen Kollegen begrüßen. Gut, dass ihr an Bord seid, wir können jede Unterstützung gebrauchen. Dieser Fall ist übel. Auch wenn wir möglicherweise einen großen Schritt nach vorne getan haben. Wir haben heute Morgen bereits die Trainer überprüft. Es gibt insgesamt sechs, außerdem den Geschäftsführer. Zwei von ihnen waren gestern Abend da, und die haben beide für mindestens eine der Tatzeiten nachprüfbare Alibis. Zwei weitere haben wir bereits gesprochen. Die letzten beiden hatte Paula auf ihrer Liste.«

Er wandte sich ihr zu. »Bitte, Paula.«

»Diese beiden Männer teilen sich eine Wohnung in Wilhelmsruh. Und einer von ihnen ist verschwunden.«

»So ist es«, sagte Rahlke, Triumph in der Stimme. »Ich habe heut früh den Geschäftsführer des Studios in sein Büro bestellt und die Papiere durchgesehen. Deshalb meine Verspätung. Der fehlende Trainer ist ein Ukrainer. Und seine Arbeitserlaubnis eine Fälschung. Eine ziemlich plumpe übrigens.«

»Der Mann ist wirklich verschwunden?«, fragte Becker.

»Genau.«

»Kann er nicht übers Wochenende bei Freunden sein?«

»Ausgeschlossen«, sagte Rahlke. »Er hätte heute Dienst, von 8.00 bis 16.00 Uhr.«

»Vielleicht kommt er noch«, warf Kemal ein. Sein Verstand arbeitete langsamer als sonst, auch ihm fehlte der Schlaf. Es konnte, machte er sich klar, viele Gründe geben, warum der Mann untergetaucht war, und die gefälschte Arbeitserlaubnis war der plausibelste.

Gleichzeitig meldete sich in ihm ein winziger Zweifel. Hatte er falsch gelegen, und sie waren dem Mörder auf der Spur?

Rahlke warf ihm einen Blick zu. »Wir gehen nicht davon aus, dass er noch eintrifft. Solche Verspätungen kommen in dem Studio nicht vor, das wurde mir versichert. Zehn Minuten, wenn jemand den Bus verpasst hat, das schon. Aber keine anderthalb Stunden. Trotzdem werden wir nach der Sitzung dorthin zurückfahren. Vielleicht begleiten Sie mich, Herr Aydin.«

»Und er ist seit gestern verschwunden?«, fragte Kemal.

»Nach Auskunft seines Mitbewohners, ja«, sagte Paula.

»Dann stellt sich die Frage: Woher soll der Mann gewusst haben, dass wir nach ihm suchen?«

»Das wird ihm auf irgendeine Art und Weise zu Ohren gekommen sein«, sagte Rahlke. »Wir haben ja genug Krach in dem Laden gemacht. Nicht wahr, Kollege Aydin?« Er fixierte Kemal. Machte eine Pause, als wollte er den Moment auskosten. »Lassen Sie den Ukrainer mit irgendeinem der Kunden privat bekannt sein. Oder seinen Mitbewohner. Oder einen guten Draht zu seinen Kollegen haben, die gestern Abend Dienst hatten. Polizei auf der Arbeitsstelle, diese Dinge sprechen sich schneller rum, als uns lieb sein kann. Erst recht, wenn man auftritt wie wir.«

Er verzog den Mund in Kemals Richtung. Missbilligend, wo er sich gestern noch bedankt hatte. Der kleine Claas war obenauf.

»Und zack, war der Mann gewarnt.«

»Wie wollen wir vorgehen?«, fragte Becker.

»Wenn dieser Ukrainer gleich nicht da ist, schreiben wir ihn zur Fahndung aus. Ansonsten nehmen wir ihn fest.

Sehr simpel, der Plan. Meine Herren – und meine Dame –, ich glaube, wir haben eine heiße Spur. Was gibt es sonst?«

»Aus den Hinweisen der Bevölkerung, soweit wir sie bisher gelesen haben, nichts, dem nachzugehen sich lohnen würde«, sagte einer der neuen Kollegen. »Es ist wie immer: Spekulationen und Privatfehden.«

Rahlke nickte und unterdrückte dabei ein Strahlen. Er war der Überzeugung, den Fall bald gelöst zu haben – und marschierte mit offenem Visier auf ein neues frustrierendes Erlebnis zu. Kemal würde mit ihm reden müssen, eine andere Möglichkeit gab es nicht, denn ohne sein Einverständnis die Kollegen zu überprüfen, war ausgeschlossen. Vielleicht war es ein Glück, mit Rahlke in das Studio zu fahren – der Ukrainer tauchte wieder auf, dem kleinen Claas platzte die nächste Seifenblase, und deshalb brauchte er eine neue Idee.

Sollte er das nicht erkennen – an dieser Stelle war es leicht, ein wenig nachzuhelfen: »Sommerfeld erwartet Ergebnisse.«

Was aber war mit Siewert? Er hielt es für notwenig, mit dem Mann zu sprechen. Es war auffällig, dass weder Ostrowski noch er ihn bisher gefunden hatten. Natürlich gab es Möglichkeiten, ein Zusammentreffen zu erzwingen – die Adressen von Familie, Freunden, Bekannten, die Schlinge langsam enger ziehen.

Wann sollte er das auch noch tun?

Tatsache blieb: Beide Morde sahen sehr nach Siewert aus. Doch Siewert hatte ein Alibi.

Er konnte sich dabei zusehen, wie langsam sein Gehirn arbeitete, und in dieser Situation gab es nur zwei Möglichkeiten, entweder Bett oder Tee und Zigarette. Da er schlecht nach Hause fahren und sich hinlegen konnte, blieb allein der andere Weg.

Ihm fehlte Ostrowski. Er würde dem Dicken sagen – mehrfach, wenn es sein musste –, dass es Fehler gab, falsche Urteile, aber doch niemanden, der sich widerspruchslos darein fügte. Auch ein Bastian Siewert nicht.

Oder hörte man von solchen Leuten nur nichts?

Ihm brannten die Augen. Er rieb sie mit den Spitzen von Daumen und Mittelfinger. Zwei Dinge blieben: dass die Sportstudio-Spur nicht zum Ziel führte, und dass er mit Rahlke zu reden hatte, selbst wenn ihn das Überwindung kostete.

Also musste er warten, bis Rahlke die Sackgasse erkannte, in die er sie gebracht hatte.

Die Wohnungs-Besichtigung war um zwölf in der Nähe des Humboldthains, nicht weit von ihrer jetzigen Adresse. Die Mädchen könnten auf ihrer Schule bleiben, sie alle in ihrer gewohnten Umgebung. Ayse war eine vorausschauende Frau, und er liebte sie von ganzem Herzen. Aber er sah den Termin platzen. Es blieb dabei, beides zusammen, Wohnungssuche und Ermittlung, ging nicht. Er stellte sich die stumme Enttäuschung seiner Frau vor, wenn er ihr davon berichten musste.

Rahlke beendete die Sitzung, indem er fragte: »Jeder weiß, was er zu tun hat?«

Ein allgemeines Nicken setzte ein, dann stand der Dienstellenleiter auf. Alle anderen taten es ihm nach.

Im Sportstudio herrschte stumme Aufregung. Obwohl die Geräte mäßig besetzt waren, schwirrten mehrere Mitarbeiter in Einheitskleidung umher, wobei sie sich bemühten, die Gäste nichts von ihrer Anspannung spüren zu lassen. Am Empfangstresen erwartete sie ein Mann im Anzug, der Geschäftsführer.

Der ukrainische Trainer war nicht erschienen, obwohl er seit zweieinhalb Stunden Dienst hatte.

»Darf ich Sie kurz sprechen?«, fragte der Geschäftsführer. Er war nicht älter als Mitte 30, das Gesicht knochig, die Haare gingen ihm aus. Kemal fiel das Wort ›humorlos‹ ein.

Er führte sie in Richtung des Büros, das sie schon kannten.

Rahlke schritt über den Parkettboden, als hätte er Sprungfedern unter den Sohlen. Er war die Selbstgewissheit in Person. »Wissen Sie«, sagte er leise zu Kemal, »mir war gestern schon klar, dass hier der Schlüssel liegt.«

Sie setzten sich.

»Weshalb ich Sie um diese kurze Unterredung gebeten habe – ich möchte Verständnis für meine Situation wecken …« Der Geschäftsführer sprach, als hätte er sich seine Rede vorher zurechtgelegt. »Ich weiß nicht, was Andrej wirklich getan hat. Wahrscheinlich kann man sich von einem Kollegen niemals vorstellen, dass er zu … zu solchen Dingen in der Lage ist. Ich halte das bei Andrej für ausgeschlossen. Und wenn ich Sie richtig verstanden habe, ist es ja auch nur ein Verdacht.«

Rahlke fiel ihm ins Wort: »Und das wollten Sie uns mitteilen?«

»Nicht nur. Ich weiß mittlerweile auch, dass die Arbeitserlaubnis eine Fälschung ist. Woher auch immer man so etwas bekommt. Ich habe … einfach eine Bitte: Andrej war der beste Mann, den wir hier hatten. Er besaß etwas, das die anderen nicht haben. Nennen Sie es Charme. Die

Kunden wollten mit ihm ihre Trainings und Kontrollen machen, besonders die Frauen, und zwar alt wie jung. Er war offen und gesprächig und witzig, während die anderen bestenfalls sachlich sind. Verstehen Sie?«

»Nicht ganz«, sagte Rahlke. »Kommen Sie zur Sache.«

»Okay, dann werde ich deutlicher. Ich habe offenbar meinen besten Mann verloren. Und zwar von einem Tag auf den anderen. Ein herber Verlust, glauben Sie mir, so jemanden wie Andrej finde ich nicht wieder. Deshalb bitte ich Sie, bitte Sie inständig: Wenn es Ihnen möglich ist, dann machen Sie keinen großen Alarm wegen der Sache mit der Arbeitserlaubnis. Wir haben schon bezahlt.«

Rahlke wartete mit seiner Antwort. Er genoss es, dass jemand vor ihm den Bückling machte. Ein Geschäftsführer, ein Anzugträger wie er selbst. Und der kleine Claas stand über ihm.

Sein Gegenüber wischte sich ein paar Schweißtropfen von der Stirn.

Rahlke ließ ihn weiter zappeln.

Schließlich sagte er: »Wir sind die Mordkommission. Unser Job ist es, Mörder zu finden.«

Auf das Gesicht des Geschäftsführers trat keine Freude.

Immerhin atmete er laut aus. »Danke.«

»Kollege Aydin«, ordnete Rahlke an, »lassen Sie diesen Andrej zur Fahndung ausschreiben.«

Sobald Rahlke sah, dass Kemal sich an die Fahndung machte, verschwand er in sein Büro. Kemal hatte kaum aufgelegt, da rannte er aus dem Zimmer, sprang in seinen Toyota und raste in den Wedding. Er war so in Eile, dass er seine Zigaretten liegen ließ, was ihn noch nervöser machte. Obwohl kaum Verkehr war, kam er zehn Minuten zu spät und traf in der leeren Wohnung auf eine Maklerin mit geföhntem Haar und roten Fingernägeln, die sich mit einem Blatt Papier Luft zufächelte.

Sein Handy klingelte.

Unmöglich, es auszuschalten. Nicht in einer laufenden Ermittlung.

Ostrowski.

Er wollte ihn wegdrücken, ging aber doch dran. »Thomas, ich habe keine Zeit.«

»Können wir uns sehen? Ich muss dich sprechen.«

Sie verabredeten sich am S-Bahnhof Humboldthain, gleich nach der Besichtigung.

Die Maklerin zeigte ihm die Wohnung. Die Zimmer waren hell, mussten aber renoviert werden. Wer sollte das tun? Und wann?

Zum Abschluss führte sie ihn auf den Balkon. Der Ausblick ging auf andere Hauswände und die Straße. »Grillen dürfen Sie hier allerdings nicht«, sagte sie.

Es dauerte ein paar Sekunden, bis sein müder Verstand schaltete. Ihm fehlte eine Zigarette; das beschäftigte ihn mehr als alles andere.

»Grillen? Ich will hier nicht grillen.«

»Dann ist ja gut.«

»Wissen Sie, warum nicht? Weil ich die Wohnung nicht nehme. Die können Sie sich sonst wo hinschieben.«

Babou hätte genauso reagiert, und alles andere war ihm in dem Moment egal, seine Mutter und die Kinder, sogar Ayse. Er ließ die Maklerin, die ein dummes Gesicht zog, mitten in der leeren Wohnung stehen.

Ostrowski stieg aus der S-Bahn. Kemal hatte auf dem Bahnsteig auf ihn gewartet, wo man zwar offiziell auch nicht rauchen durfte, es aber niemanden gab, der einen hinderte. Sie gingen ein Stück. Die Gegend um den Bahnhof war schon an Wochentagen eher verschlafen, am Sonntag traf man hier niemanden.

Sie waren auch nicht auf Leute aus.

Ostrowski reichte ihm ein altes Foto, auf dem Sommerfeld zu sehen war. Dann gab er ihm das Phantombild.

Eine Ähnlichkeit war nicht zu leugnen.

Aber wie viele Leute waren einander ähnlich? Für ein Vorgehen war das zu wenig.

»Was denkst du?«, fragte der Dicke.

»Ich mache das nicht.«

Ostrowski gab keine Antwort. Kemal kannte ihn zu genau, er wusste, dass es in einem Gespräch wie diesem keine Zufälligkeiten gab. Was immer Ostrowski tat oder sagte, setzte er gezielt ein.

Und das regte ihn auf. Seine Stimme wurde heller. »Sagen Sie, Herr Kriminalrat, haben Sie uns etwa verschwiegen, dass Sie Monika Harms kannten?. Und zwar etwas näher.«

»Ist gut, Kemal.«

Aber nun war er in Fahrt. »Sie sind doch Hand in Hand mit ihr durch Tegel spaziert. Das waren Sie doch. Und weshalb genau haben Sie es vorgezogen, zu schweigen, sehr verehrter Herr Sommerfeld? Ich meine, es ging immerhin um Mord.«

Sie erreichten den Volkspark. Ostrowski blieb stehen. Auch Kemal ging nicht weiter. Der Dicke ließ seine Augen klein werden, auch das ein Trick von ihm, seine Art, ein

Gegenüber einzuschüchtern. In tausend Verhören eingesetzt. »Mein lieber Freund, wir müssen unsere Arbeit ohne Ansehen der Person machen.«

»Ist klar, Herr Schlauberger. Deine Pension kann dir keiner mehr nehmen. Aber ich habe eine Frau und Kinder.«

Ostrowskis Gesichtsausdruck wurde milder, er tippte Kemal auf die Schulter, dann setzten sie sich wieder in Bewegung und wanderten durch den Park mit seinen laublosen Bäumen. »Es bringt gar nichts, wenn wir uns streiten. Du willst das nicht tun, und ich muss das respektieren.«

Ein neuer Trick? Kemal blieb misstrauisch.

»Lass uns überlegen, welche Möglichkeiten es gibt. Was mir einfällt: Ich könnte Sommerfeld selber fragen.«

»Das ist doch eine Idee.«

»Ist er heute im Büro?«

»Am Sonntag? Ich weiß nicht. Gesehen habe ich ihn nicht.«

»Ich könnte morgen früh zu ihm gehen. Weißt du, was das Problem ist?«

»Nein.«

»Er nimmt mich nicht mehr ernst. Für ihn bin ich der Pensionär, der keine Ruhe geben kann.«

»Verstehe.«

Sie mieden den Weg hinauf zum Flak-Bunker und blieben lieber dort, wo es flach war. Auf dem Spielplatz war etwas mehr Betrieb, es gab einzelne Mütter und Väter, die auf ihre Kinder aufpassten.

»Gab es irgendwelche DNA-Spuren an den Leichen?«, fragte Ostrowski.

»An der ersten jede Menge. An der zweiten nicht. Die war winterlich eingepackt.«

Kemal spürte, wie der andere nachdachte. Er beneidete ihn darum, ausgeschlafen zu sein. Einen wachen Kopf zu haben.

»Könntest du mit dem Foto zu deinen Zeugen gehen?«

»Das wäre möglich, ja. Aber viel versprechen sollten wir uns davon nicht. Die Leute haben kaum etwas gesehen.«

»Nicht gerade unser bester Fall«, sagte Ostrowski und lachte.

»Stimmt.«

»Ich kann zwei Sachen machen, erstens Siewert aufspüren und zweitens versuchen, eine Bestätigung dafür zu bekommen, ob Sommerfeld wirklich mit Monika Harms befreundet war.«

»Und wie?«

»Was meinst du?«

»Wie du vorgehen willst«, fragte Kemal.

»Siewert war bei seiner Frau in der Wohnung, das habe ich dort gesehen. Irgendwann wird er da wieder auftauchen. Und was das Foto angeht, da versuche ich es mit einer alten Klassenliste von Monika Harms. Irgendjemand muss gewusst haben, dass sie einen Geliebten hatte.«

Ostrowski hatte, ohne dass er viel dafür hätte tun müssen, in den Ermittlermodus geschaltet. Es war wie früher, mit dem einen Unterschied, dass er Hilde und ihren Zustand im Hinterkopf hatte. Sie war in der Wohnung, und er hatte sich um sie zu kümmern.

Es war immer noch Sonntag, er konnte nicht viel ausrichten. Für eine Liste der alten Klasse von Monika Harms brauchte er das Schulsekretariat. Bei Frau Siewert hatte er sich umgesehen. Siewert würde dort frühestens am Abend auftauchen. Und Jenny?

Nicht schon wieder.

»Komm, Hilde, wir gehen an die Luft.«

Sie widersprach nicht. Er half ihr, Stiefel und Mantel anziehen, und dachte auch an den Schal. Bis in die Kolonie, zu ihrem Garten, wollte er sie diesmal führen. Dort sähe es zwar nicht besonders schön aus. Aber ihn verlangte nach einem längeren Gang. Und vielleicht brachten das Grün und das Schreberhäuschen sie auf neue Gedanken.

Der Regen des Morgens hatte aufgehört, die Wolkendecke war sogar ein wenig aufgerissen. Es war nicht warm, dennoch für die Jahreszeit ein leidlich schöner Sonntag.

Auf der Straße waren viele Polizeipatrouillen, zu Fuß genauso wie mit Streifenwagen.

»Sie wollen nicht noch einen dritten Mord, und ich wünsche ihnen, dass sie den verhindern. Ihnen und uns allen.«

Er hatte sie untergehakt und zog sie ein wenig. Selbst wenn die Fußgängerampel vor ihnen auf Grün stand, schaffte sie es nicht, etwas schneller zu werden. Ihre Hände waren kalt und der Gesichtsausdruck ohne Regung. Ob seine Worte sie erreichten, war nicht klar.

Vor ihnen fuhren zwei Streifenwagen vorbei. Langsam, und die Beamten spähten durch die Scheiben.

»Umgekehrt könnte sich ein Mörder durch diese Präsenz gereizt fühlen und ihnen seine Überlegenheit zeigen wollen. Gut, das heißt nichts, deshalb dürfen sie nicht weniger Streife fahren. Es zeigt nur, wie schwer das alles ist. Mensch, wie lange ich das mitgemacht habe. Ein Job für Bekloppte. Wenn du's noch nicht bist, dann wirst du's.«

Sie hatte einen steifen Gang, doch er setzte darauf, dass sie sich einlief. Nur nicht zu früh aufgeben. Wie am Vortag würden ihre Muskeln wärmer werden und die Gelenke geschmeidiger. Und dann schaffte sie vielleicht den Weg bis zum Garten.

Über die nächste Straße musste er sie an einer Stelle ziehen, wo die Ampeln ausgeschaltet waren. Viel Verkehr gab es nicht, aber wer unterwegs war, fuhr schnell. Er schaute von außen auf sie und sich, mit den Augen der Autofahrer. Was sahen die? Mütterchen und Väterchen. Mühe, Beschwernis. Zwei Rentner in Tegel.

Alte unter Alten.

Kein schönes Bild.

Er schüttelte es ab. Mit dem Effekt, dass Siewert seine Gedanken besetzte.

»Weißt du, Hilde, ich komme an folgendem Punkt nicht weiter: Wäre es wirklich so gewesen, dass Siewert das Mädchen nur gefunden hat und ihr Vater diese Falschaussage gemacht hat – warum hat der Idiot das dann nicht gesagt? Nicht ein einziges Mal? Man verteidigt sich doch. Gelegenheit dazu gab es mehr als genug. Aber er hat entweder geschwiegen oder Mist geredet, in den Verhören genauso wie vor Gericht. Warum? Es kann doch nicht sein, dass jemand in den Knast *will*. Das gibt's doch nicht.«

Er trat gegen ein schmelzendes Stück Eis auf seinem Weg, das über den Bürgersteig schlitterte und nicht mehr zum Stehen kam.

Hilde nickte, immerhin, und sie ging ein wenig leichter und selbstständiger. Er hatte sie nach wie vor untergehakt, musste sie aber nicht mehr ziehen. Wie es aussah, schafften sie es wirklich bis zum Garten.

»Nur der Gedanke der Rache«, sagte er, »der könnte auf diese Weise einen Sinn bekommen. Als Gedanke eines Wahnsinnigen.«

Auch wenn er große Angst hatte, fiel Bastian Siewert in sein Kichern. Er war zurück in der Laube, war dort, wo der andere ihn niemals erwarten würde, in dessen eigenem Reich.

Nachdem er ein Taschentuch untergelegt hatte, hockte er sich auf einen Sessel. Auf dem Weg war er kaum mehr vorsichtig gewesen. Wenn er nun gesehen wurde, war das in Ordnung, das war ein Teil des großen Plans, er sollte gesehen werden, so hatte die Stimme angeordnet. Die nächste Stufe der Verunsicherung des Herrn Kommissar Ostrowski.

Der Mann sollte leiden.

Dies war der wichtigste Gedanke seiner Stimme gewesen. Der allerwichtigste. Er hatte diesen Satz festgehalten und ihn sich immer wieder vorgesagt, abends auf der Pritsche, bis endlich der Schlaf kam. Vergeltung: Das war ein Ziel und Lebenssinn. Aber richtig schön würde es erst mit dem Leid des anderen.

Was er nicht erwartet hatte, war die übermächtige eigene Angst. Sie lähmte ihn. Am liebsten wäre er verschwunden, hätte sich in Luft aufgelöst.

Bald, sagte er sich, bald – dann war alles vorbei.

Das Schrebergartenhäuschen und sein Geruch nach Holz und Harz ließen eine ferne Erinnerung in ihm aufsteigen, und ihm wurde klar, dass er diese Erinnerung bereits einmal gehabt – aber nicht wahrgenommen – hatte, nämlich als er zum ersten Mal hier gewesen war. Ferien mit seiner Mutter, an einem See in Schleswig-Holstein, dem Schaalsee, direkt an der Zonengrenze. Der Vater blieb zu Hause in West-Berlin, er kam nie mit, um sich nicht von seiner Kirche und der Gemeinde zu entfernen, und sie hatten immer die gleiche Hütte, ein Holzhaus, das roch wie dieses, mit nur einem Bett, und die Mutter in ihrer Massigkeit und mit ihrem vielen Fleisch hatte neben ihm gelegen, eng neben ihm.

Bastian Siewert hatte sie gehört und gefühlt.

Überall.

Schluss. Er schaltete die Erinnerung aus. Sie gehörte nicht hierher. Genauso wenig wie die Angst. Beide passten nicht. Dies sollte die Zeit seines Triumphs werden.

Siewert atmete durch.

Mit einiger Anstrengung begann er, in sich ein Gefühl von Großartigkeit hervorzurufen. Keiner konnte ihm etwas. Es war seine Planung, die allen überlegen war, seine Intelligenz. Er war dabei, sein Lied anzustimmen, die Melodie der Vergeltung. Am Ende summte er nur. Das musste genügen.

Was er unter dem Bett in Kommissar Ostrowskis Laube versteckt hatte, zog er wieder hervor. Der Staub stieg ihm in die Nase und juckte. Warum die Leute nicht sauber machten? Er vermied es, genauer hinzusehen – Ungeziefer war das Letzte, auf das er treffen wollte. Schon der Gedanke an krabbelnde Viecher ließ ihn schaudern. Da endlich war seine Tasche, schwer genug, dass der Inhalt darin sein musste.

Er nahm die Waffe nicht heraus, ihm fehlte jedes zärtliche Verhältnis zu dem kalten Metall, er kontrollierte nur, dass sie da war. Und er hinterließ ein Nummernschild, das er aus einem zweiten Beutel zog. Ja, ein Nummernschild. Er kicherte. Auch dieses Ding war ein Teil seines großen Vorhabens. Zum Abmontieren hatte Siewert einen Kreuzschlitz-Schraubenzieher dabeigehabt, da man, bevor er ins Gefängnis ging, die Schilder mit Schrauben festsetzte. Heute hatten sie schmale Plastikrahmen, die sie hielten, und Siewert hatte zunächst nicht verstanden, wo man sie öffnete. Doch als er schon Gewalt anwenden wollte, hatte er den Mechanismus verstanden.

Das Schild war der Höhepunkt. Einer seiner großartigsten Einfälle. B-NW-1267. NW, das hieß: Nie wieder, und es war eine gute Buchstabenkombination.

Nie Wieder würde jemand ihm übel mitspielen.

Er stellte das Schild zunächst in die Küche, wo es aber nicht genug auffiel, dann neben das Bett, entschied sich schließlich aber für den Tisch, auf dem der Fernseher thronte. Das Gerät setzte Siewert auf den Fußboden. Das Blechschild lehnte er gegen zwei halbhohe Kerzen in rotem Windschutz, und die Kerzen zündete er an. Ein wundervolles Bild. Herr Ostrowski würde es verstehen, daran war kein Zweifel. Er würde es selbst dann verstehen, sollte er es erst sehen, wenn die Kerzen bereits abgebrannt waren.

Nun fehlte nur noch ein aufmerksamer Nachbar.

Vielleicht musste man ein wenig nachhelfen.

Hilde ging wieder schlechter, ach was, sie ging nicht, sie hob kaum die Füße an, sie latschte. Jeder ihrer Schritte war zu hören. Ostrowski hatte den Eindruck, sie tat das, weil sie keine Lust mehr hatte, an mangelnder Kraft lag es nicht.

Immer mehr ließ sie sich ziehen. Machte sich steif. 20 Minuten waren sie unterwegs. Gerade mal 20 Minuten.

»Weißt du noch, wie du gesagt hast, dass er mir Angst machen will?«

Sie reagierte nicht auf seine Ansprache.

»Und dass er das schon geschafft hat?«

Wieder nichts.

»Ich glaube, du hast recht. All die Jahre habe ich meinen Mann gestanden und mich im Notfall mit meinem Körper dazwischengeschoben. Ist ja auch genug da.«

Er klopfte sich auf die Wampe. Dann zog er sie weiter. Bis zur Laube – das war sein Ziel.

»Aber diesmal ist das anders. Dieser Kerl ist unberechenbar. Ich verstehe ihn nicht. Kann mir nicht vorstellen, was er vorhat. Das Einzige ist, dass ich seine Gegenwart ahne. Er ist eiskalt und skrupellos.«

Er ließ seine Worte nachklingen, obwohl die Luft sie längst fortgetragen hatte. Wo genau lag sein Problem? Selbstverständlich darin, dass er Siewert bislang nicht angetroffen hatte. Dabei musste er den Mann unbedingt sprechen, schon um Jennys willen.

Hilde wurde noch widerwilliger, aber diesmal mochte er ihr nicht nachgeben. Diesmal nicht. Er legte seinen Arm um ihre Schulter, um sie schieben zu können.

Viel half es nicht.

Er seufzte.

Die Titusstraße war bereits in Sichtweite. Der Bürgersteig war leer. Von der Stadtautobahn kam ein stetes Brummen herüber. Wie oft waren sie diesen Weg früher gegangen und wie schnell. Die kurze Entfernung war der

Grund gewesen, warum sie sich für dieses Grundstück entschieden hatten.

Früher. Heute schafften sie die paar Schritte kaum noch. Es gab keinerlei Notwendigkeit, nach dem Grundstück zu sehen, im Herbst hatte er es winterfest gemacht, hatte das Wasser abgedreht und aus Rohren und Schläuchen laufen lassen, da konnte nichts passiert sein. Er wollte einfach sein Ziel erreichen. Zusammen mit Hilde.

»Ich kann nicht mehr«, sagte sie.

Sie waren am Anfang der Titusstraße, 100 Meter vor dem Parkplatz, an dem ihre Kolonie begann. Man sah die ersten Gärten schon, unbelaubte Bäume und Schnee auf den Dächern.

»Hilde. Wir sind doch gleich da.«

Aber sie blieb stehen. Ihre Knochen waren steif. Er hätte sie mit Gewalt weiterschieben müssen.

»Hilde«, bat er. Und hörte die Ungeduld in seiner Stimme. Den Ärger.

»Wir müssen den ganzen Weg wieder zurück«, erwiderte sie. Er war davon überzeugt, dass sie schwächer tat als sie war. »Das ist weit.«

»Das sind wir früher auf einem Bein gehüpft.«

Sie rührte sich nicht.

»Komm, Hilde, jetzt haben wir es bis hierher geschafft, nun lass uns noch die paar Meter zur Laube machen.«

Keine Bewegung.

Sein Ärger wuchs. »Hilde!«

Endlich hörte er Geräusche und dann entdeckte er den grünen Jägerhut und die Lodenjacke. Siewert kannte den Mann bereits, er fuhr einen grauen Mercedes und passte auf, im eigenen Bereich genauso wie bei den Nachbargrundstücken. Im Knast hatte es auch solche Typen gegeben. Luchsaugen, Zuträger. Aber in diesem Fall hatte er auf diesen Menschen gesetzt. Er spielte eine wichtige Rolle. Er sollte funktionieren. Zwar lag darin etwas Unkalkulierbares, doch auch dafür hatte Siewert vorgesorgt. Sollte der Nachbar nicht seinen Erwartungen entsprechen, würde es ein anonymer Anruf auch tun. Kommissar Ostrowskis Nummer hatte er im Telefonbuch gefunden und notiert.

Siewert beeilte sich, er wollte aus Ostrowskis Hütte hinaus sein, bevor der Mann mit dem grünen Hut in seiner Laube verschwand. Sobald er ins Freie trat, begann er ein Spielchen und tat so, als bemühe er sich darum, besonders leise zu sein. Und trat dummerweise auf einen Ast. Er grinste angesichts des raschelnden Laubes. Brachte eine dünne Eisscholle zum Knacken. Das alles, ohne hinüberzusehen. Auch so ahnte er – spürte regelrecht –, wie der wachsame Nachbar die Witterung aufgenommen hatte. Und jede seiner Bewegungen registrierte.

Nun blieb nur noch die Frage, ob der Mann so handelte, wie Siewert es geplant hatte.

Siewert war auf den Hauptgang eingeschwenkt, der an Zäunen und Gartenzwergen vorbei zur Straße führte. So gut ging es ihm, dass er sich hätte recken und strecken können. Was immer die Stimme vorhergesagt hatte, trat ein. Seine Schritte setzte er so, dass er nicht schneller wurde. Der Nachbar würde ihn nicht stellen. Warum sollte er das tun?

Er verließ das Gelände. Einen Block vor sich sah Siewert zwei alte Leute, der massige Mann hatte die schmale Frau untergehakt. Sie bewegten sich von der Laube weg.

Siewert stutzte und drückte sich hinter einen Baum. Kommissar Ostrowski, darauf hätte er gewettet, auch wenn er ihn nur von hinten sah.

Er atmete auf, denn die Leute entfernten sich weiter, langsam zwar, aber stetig. Für einen Moment war Siewert sogar versucht, den Kommissar zu rufen und in dessen verdutztes Gesicht zu schauen. Möglicherweise würde Ostrowski ihm wieder nachlaufen. Davor brauchte Siewert nicht bange zu sein, denn die Kolonie hatte einen zweiten Ausgang.

Selbstverständlich unterließ er den Ruf. Eine solche Kinderei war nicht Teil seines Plans, außerdem hatte er die Pistole bei sich. Er beschränkte sich auf ein leises Kichern.

Dann trollte er sich.

Als Kemal anrief, war Ostrowskis Ärger noch nicht verraucht. Er war sauer auf Hilde, auf ihre Weigerung, weiterzugehen. Den ganzen Rückweg hatte er kein Wort mit ihr gesprochen und es dann nicht eingesehen, ihr zu helfen, Mantel und Schuhe auszuziehen. Wenn sie wollte, dann konnte sie doch. Und tatsächlich, sie hängte ihren Mantel an einen Bügel, knotete die Schnürsenkel auf und zog sich Hausschuhe an. Langsam zwar, aber sie tat es. Und verschwand in ihrem Sessel. Nicht ohne den Fernseher anzuschalten.

Ihren scheiß Fernseher.

Er hatte sich in die Küche verzogen, die Kaffeemaschine angeschmissen und nach etwas Süßem gesucht. Aber es gab nichts, nicht einmal einen Keks, er besaß keine Routine im Einkaufen, und das zeigte sich daran, dass er keine Vorräte hatte. Der entsprechende Schrank war fast leer, und die wenigen Päckchen, die es gab, stammten aus einer Zeit, als Hilde noch eingekauft hatte. Oder Jenny hatte sie mitgebracht. Er fand Reis und Nudeln, Zucker in einem blauen Pappkarton, außerdem Mehl und Backpulver. Aber wie man einen Kuchen backte, wusste er nicht, und wenn er in der Erinnerung kramte und seine Mutter in ihrer Küche werkeln sah, dann gehörten andere Dinge dazu, Eier auf jeden Fall, auch Milch.

Also würde es bei Butterbrot bleiben. Käse und Wurst, wie immer. Nach dem Kaffee ein Bierchen. Das einzige Mittel gegen die blöde Unruhe. Auch wenn es nicht in Ordnung war, sich zu betäuben.

Bevor er noch den Tisch gedeckt hatte, rief Kemal an. Alois Bade habe Sonntagsdienst, er werde die Zeit nutzen und mit seiner Frau sprechen. Ob Ostrowski mitkommen wolle.

Ostrowski wollte. Sie verabredeten sich in Alt-Wittenau, vor dem Bade-Haus. Er nahm ein Taxi.

Die Frau, die ihnen die Tür öffnete, passte, fand Ostrowski, genau zu Bade. Sie hatte in etwa seine Figur, war füllig an Bauch, Hüften und Gesicht, besaß aber mehr Temperament, sie redete laut und viel und schaltete schnell. Sie war geschminkt und hatte die Fingernägel lackiert. Ihren Besuch bat sie herein.

Anders als ihr Mann führte sie sie ins Wohnzimmer, wo zwischen dem Fernseher und der Schrankwand ein Bügelbrett stand mit einem Wäschekorb darunter. Frau Bade störte sich nicht daran.

Kemal sagte seinen Satz auf, dass sie routinemäßig alle Kollegen überprüften, die damals dabei gewesen waren. Frau Bade wollte wissen, um welche Abende es sich handelte, und als Kemal sie ihr nannte, sagte sie: »Er war hier zu Hause. Garantiert.«

Dass sie nicht einen Moment hatte nachdenken müssen, machte die Besucher stutzig.

Sie merkte das. »Jetzt fragen Sie sich, ob ich für meinen Mann lügen würde. Die Antwort ist: Ja, würde ich. Und zwar ohne nachzudenken.« Sie ließ ihren Satz stehen. Ostrowski ging die Formulierung von der entwaffnenden Offenheit durch den Kopf.

»Eine andere Frage ist, ob ich für einen Frauenmörder lügen würde. Da sage ich: Nein, das würde ich nicht. Sicher nicht. Sehen Sie, mein Mann kommt jeden Tag gegen fünf nach Hause. Wir essen und reden ein wenig, dann spielen wir ein Spiel oder machen den Fernseher an. Es kommt vor, dass wir ins Theater gehen, wenn es eine schöne Komödie gibt, oder mal ins Kino. Wir fahren jedes Jahr im Sommer drei Wochen nach Schweden, immer an den gleichen Platz. Alles in allem: Ein langweiliges Leben, und deshalb kann ich Ihnen auch so genau sagen, dass er letzte Woche jeden Abend hier war. Er ist immer abends hier. Das schwöre ich.«

Sie hob Zeige- und Mittelfinger und formte das V-Zeichen. Man sah eine gepflegte Hand, zwei Ringe an den nächsten Fingern, die nicht recht unten bleiben wollten.

»Hat er nie Nachtdienst?«, fragte Kemal.

»Doch. Ein oder zwei Mal im Monat. Wenn jemand festgenommen werden soll oder so. Aber nicht routinemäßig; davon ist er befreit. Er ist nicht ganz gesund, wissen Sie.«

Ostrowski hatte kein Grund, zu zweifeln. Alois Bade war offenbar nicht die richtige Spur.

Als er mit Kemal wieder auf der Straße stand, fragte er nach Sommerfeld. Kemal zeigte auf sein Auto. Er bot an, Ostrowski nach Hause zu fahren.

»Es ist klar«, sagte er, als er hinter dem Steuer saß, das Fenster heruntergekurbelt und sich eine Zigarette angezündet hatte, »dass Rahlke von dieser Sache erfährt. Bade wird sich bei ihm beschweren.«

»Ja und?«

»Paula hat mich vorhin gefragt, wer die alte Dame war, mit der ich in der Kriminaltechnik war.«

»Und was hast du gesagt?«

Die Straßen waren leer. Kemal fuhr schnell. »Ich habe gelogen. Eine verwirrte Frau, habe ich gesagt, die meinte, eine Aussage machen zu können. Und als Paula wissen wollte, zu welchem Fall, habe ich gesagt, zu dem Raub im Postamt Pankow, der überall plakatiert wird.« In voller Fahrt beschäftigte er sich damit, Asche durch den geöffneten Spalt im Fenster nach draußen zu schnipsen.

»Was ich sagen will: Ich bin schon am Arsch. Rahlke ist die Willkür in Person. Jetzt hört er von meiner Überprüfung bei Bade und von der Zeichnung. Davon, dass ich mit dir unterwegs bin. Alter, ich bin total isoliert in dem Verein. Und du sagst mir, leg dich doch als Nächstes mit dem Kriminalrat an.«

»Du sollst dich doch nicht anlegen …«

Kemal raste, beide Hände am Steuer, die Zigarette im Mundwinkel über eine Ampel, die kaum noch Gelb war. Ostrowski hielt sich am Griff über der Tür fest.

»Darauf läuft es aber hinaus.«

»Dann gehe ich eben zu ihm. Vielleicht bekomme ich noch eine Bestätigung aus Monikas alter Klasse. Das wäre mir dann genug, um Sommerfeld mit der Sache zu konfrontieren.«

Kemal nickte. »Ich fahre jetzt nach Hause«, sagte er.

Ostrowski war kaum wieder in der Wohnung, da klingelte es, was ihn überraschte. Jenny hatte einen Schlüssel, und sonst kam niemand zu Besuch. Es sei denn, Kemal …

Ohne durch die Sprechanlage zu fragen, drückte er den Summer. Das Licht im Treppenhaus wurde angeschaltet. Wenig später tauchten eine Lodenjacke auf und ein grüner Jägerhut mit rotem Gesicht darunter.

»Manni? Was machst du denn hier?«

»Ich wollte nur schnell fragen, ob ihr heute in der Laube wart.«

»Kurz davor.«

»An eurem Grundstück?«

Ostrowski schüttelte den Kopf. »Wir hatten es fast bis zum Parkplatz geschafft, dann musste Hilde unbedingt umdrehen. Was ist denn los?«

»Thomas, du denkst vielleicht, das geht mich nichts an. Aber ich muss dich fragen, ob ihr euren Garten untervermietet habt.«

»Wie kommst du denn darauf?«

»Es war jemand da. Heute Nachmittag.«

»Ein Einbrecher?«

»Sah nicht so aus. Der hat keine Anstalten gemacht, sich zu verbergen. Deswegen meine Frage. Du kennst die Satzung: Besuch jederzeit gerne, aber keine Untervermietung. Wir sind ein Verein, da geht das nicht.«

»Reg dich ab. Ich habe nicht untervermietet.«

»Bestimmt nicht?«

»Nein.«

»Weißt du, wir finden es alle toll, dass du dabei bist – oder warst. Ein Kripo … das ist … das sagen alle.«

»Komm zur Sache, Manni. Du hast jemanden gesehen?«

»Ja. Erst habe ich nur Umrisse wahrgenommen, weil bei euch Licht gebrannt hat. Ich dachte noch, was ist denn mit dem Thomas los? Grüßt nicht, sagt nicht, dass er da ist.«

»Und weiter? – Ach, komm erst mal rein, ich setze Kaffee auf.«

Manni zog Jacke und Mütze aus, begrüßte Hilde, die kaum reagierte. Er erzählte von einem Mann, der aus Ostrowskis Laube gekommen war, weder nach links noch nach rechts gesehen habe und fortmarschiert war.

»Wie sah er aus? Ein schmaler Kerl?«

»Ja.«

»Haarfarbe? Ist dir irgendwas an ihm aufgefallen?«

»Nichts. Er trug eine Mütze. Ich konnte ihn nicht erkennen.«

Keine zehn Minuten später fuhren sie in Mannis Mercedes zur Kolonie und stapften dann durch den kälter werdenden Spätnachmittag den Laubenweg entlang. Ostwind kam auf. Sie senkten die Köpfe. Manni zog seinen Hut in die Stirn.

Ostrowski schaltete seine Taschenlampe ein und prüfte die Tür der Laube. Sie war abgeschlossen, Kratzer waren nicht zu sehen. Das Schloss war zwar einfach, trotzdem musste jemand, der es geöffnet hatte, etwas davon verstehen.

Er trat ein.

Manni registrierte jede seiner Bewegungen, und Ostrowski wusste, dass er innerhalb kurzer Zeit das erste

Gesprächsthema in der gesamten Kolonie sein würde. Der Kommissar auf Spurensuche – schade, dass ihr das nicht gesehen habt.

Ihm war es egal.

Nicht egal war ihm, dass Manni ununterbrochen quatschte. Ostrowski hörte nicht hin, trotzdem hätte er den Kerl am liebsten abgestellt, um dieses Hintergrundgerede loszuwerden. Er ging langsam vor, weil er keine Spuren zerstören wollte. Die Laube wirkte so, wie er sie im Herbst hinterlassen hatte, nur Staub war hinzugekommen. Er nahm ein Tuch, um das Deckenlicht anzuknipsen.

Im kleineren Zimmer, in dem die Feldbetten standen, war alles wie immer. Die Stecker der Lampen waren aus der Dose gezogen und lagen auf dem Boden. Über die Betten war ein Leintuch gebreitet, es war ohne jede Falte.

Auch die Küche war nicht benutzt worden.

Im Zimmer auf der linken Seite lag ein Teil des Gartenwerkzeugs, auch sein Sessel und der von Hilde. Nur der Fernseher war nicht an seinem Platz, sondern auf dem Fußboden. Ein Gedanke an Hilde schoss ihm durch den Kopf – ob sie hier auch immer nur in die Röhre starren würde?

Dann kam er näher. Sah ein Nummernschild, das gegen zwei rote Plastikbecher gelehnt war. Die Kerzen darin waren abgebrannt. Ein schwacher Wachsgeruch ließ sich noch vernehmen.

B-NW-1267. Die Nummer erkannte er sofort. Neuer Wagen, hatte er oft gesagt – ein blöder Scherz. Und sich gewundert, dass Streifenkollegen das ausgeblichene Schild nie monierten.

Jenny.

Er griff sich das Blechschild und tastete auf der Suche nach seinem Handy Jacke und Hose ab. Zitterte dabei.

»Was ist los?«, wollte Manni wissen.

Er gab keine Antwort. Hatte ihn kaum gehört. Sondern tippte im Kurzwahlmenü die Nummer seine Tochter.

Ihr Anrufbeantworter sprang an. Er hörte ihre raue Stimme, den vertrauten Namen. Und legte auf.

»Thomas?«, fragte Manni. »Was ist das?«

Ostrowski wählte Jennys Festnetznummer.

Auch da sprang der Anrufbeantworter an.

Er bekam Panik. Spürte sie in sich aufsteigen, ein Kribbeln, das ihm bis in die Fingerspitzen und in die Haare kroch. Ihm wurde warm. Schweißwarm.

»Thomas?«

»Ich muss weg.«

»So rede doch, Mensch. Was ist hier los? Warum steht der Fernseher auf dem Fußboden.«

»Später. Ich muss …«

Er machte kehrt und wollte losrennen, hielt aber inne. Sein Kopf war nicht in der Lage, einen Gedanken zu Ende zu bringen. Köberle kam ihm in den Sinn. Ostrowski wollte die Spurensicherung rufen und wusste gleichzeitig, dass dieser Weg ihm nicht mehr offenstand. Obwohl er Peter Köberle seit Jahrzehnten kannte, sich Hunderte von Malen über sein schwäbisches Gerede lustig gemacht und mit ihm Unmengen von Spätzle verdrückt hatte, war es nicht möglich, ihn anzurufen. Der Anlass war zu vage – in meiner Laube war ein Fremder, der hat da ein Nummernschild von meiner Tochter hinterlassen, kannst du dir das mal ansehen? Und das am Sonntag.

Rahlke würde die Fassung verlieren, sobald er von dieser Gefälligkeit erfuhr, und Sommerfeld würde ihn wahrscheinlich in Gewahrsam nehmen. Dabei mussten die Ermittlungen weitergehen.

Er rannte los.

»Thomas«, hörte er noch. »Soll ich für dich abschließen?«

Er bremste. Manni hatte seinen Mercedes auf dem Parkplatz. Ostrowski wünschte sich sein eigenes Auto zurück, ein Gaspedal, das man runterdrücken konnte, mit Gewalt, wenn man es eilig hatte.

»Tu mir einen Gefallen und fahr mich in die Grußdorfstraße.« Ohne unterwegs Fragen zu stellen, hätte er am liebsten hinzugefügt.

Siewert.

Es war genau das, was Hilde ihm auf den Kopf zugesagt hatte. Die Angst. Der Mann war ihm überlegen, er folgte einem teuflischen Plan und spielte mit ihm. Und mit Jenny. Oder war Jenny nur der Ball, die Drohung?

Das nächste Opfer?

Er rannte Richtung Parkplatz, Manni kam hinterher.

»Thomas«, keuchte er, »was ist denn los. Wessen Nummernschild ist das?«

Jenny!, schrie es in ihm.

Was hatte dieser Wahnsinnige vor? Welche Bedeutung hatte das Blechschild? Dass seine Tochter die Nächste war? Warum wartete er dann so lange? Und kündigte seine Tat an?

In all dem lag eine Botschaft, so viel war klar.

Aber welche?

Ihn bedrängten verzerrte Bilder. Jenny in Siewerts Gewalt. Lotte und ihre Verzweiflung. Ein Messer.

Und im Hintergrund immer Mannis Stimme. »Man hilft doch gerne, wenn man kann. So lange, wie wir uns schon kennen. Bloß verstehe ich nicht, um was es geht.«

Seine Hände zitterten, als er sein Telefon herauszog und Kemals Nummer wählte. Er hörte das Klingeln. Presste das kleine Gerät an sein Ohr. Das Nummernschild hielt er zwischen den Knien. Manni fuhr.

»Thomas«, hörte er eine müde Stimme, »was gibt's?«

»Ich brauche deine Hilfe.«

»Heute Abend noch?«

»Sofort.«

Ostrowski berichtete kurz. Manni hatte die Ohren gespitzt.

»Du glaubst – Siewert?«, frage Kemal.

»Ja. Er war hier.«

»Thomas, du musst dich beruhigen. Finde erst mal heraus, wie das Nummernschild da hingekommen ist. Kannst du Jenny nicht anrufen?«

»Bin auf dem Weg zu ihr.«

»Gut. Danach komme ich zu dir.«

In der Grußdorfstraße stürzte er aus Mannis Auto und spurtete die Treppen hinauf. An Jennys Tür klopfte und klingelte er gleichzeitig. Klopfte heftig und klingelte Sturm.

Trotzdem dauerte es lange, bis sie öffnete.

Sie war wieder in ihrem Trainingsanzug, das Haar offen und ungeordnet. Ihr Gesicht war eine einzige Frage: »Papa? Was willst du denn schon wieder hier?«

Wie ein erschöpfter Junge wollte er ihr in den Arm fallen, beherrschte sich aber. »Ist alles in Ordnung?«

»Ja sicher. Wie siehst du denn aus. Bewirbst du dich gerade um den nächsten Herzinfarkt?«

Seine Knie durchfuhr ein Zittern, und für den Bruchteil einer Sekunde drohte er umzukippen, gleichzeitig zogen die Fehler seines Lebens an ihm vorbei, die vielen Currywürste und Pommes, all das miese Essen, die Mengen von Bier, die Verweigerung irgendeiner sportlichen Betätigung.

Dann war das Bild verschwunden.

»Darf ich kurz reinkommen?«

Sie hob die Schultern. Herzlichkeit war etwas anderes. Aber sie gab die Tür frei.

»Papa, es ist wirklich nicht nötig, dass du hier alle paar Stunden einen dramatischen Auftritt hinlegst. Echt nicht.«

Er hielt ihr das Blechschild hin.

»Was ist das?« Sie blickte auf die Nummer. »Das ist ja meins. Wo hast du das her?«

»Wo ist Lotte?«

»In ihrem Zimmer. – Lotte!«

Eine Tür ging auf, Popmusik drang aus dem Kinderzimmer, dann kam die Kleine und machte ein fragendes Gesicht.

»Dein Opa möchte dich sehen.«

»Ich …«, begann Ostrowski, »ich möchte, dass ihr beide zu uns zieht. Nur für ein paar Tage.«

Sie lachte auf. Höhnisch, wie er fand. »Warum?«

»Weil … Das Schild war in der Laube.«

»In der Laube?« Jenny klang ungläubig. »Wie kommt es denn da hin?«

»Ist es immer noch wegen diesem Bösen?«, fragte die Kleine.

»Lotte, bitte geh wieder in dein Zimmer«, sagte ihre Mutter.

Das Mädchen drehte sich um. »Erst soll ich kommen, dann wieder gehen. Toll. Wirklich toll.« Sie stampfte mit dem Fuß auf. »Bestell Oma schöne Grüße von mir«.

»Papa, ich will jetzt endlich wissen, was los ist.«

»Das habe ich dir doch schon gesagt.«

»Dann wiederhol es eben. So, dass ich es verstehe. Und erklär mir, was es mit meinem Nummernschild auf sich hat. Hat mir das einer geklaut?«

»Es lag in der Laube, da habe ich es gefunden.«

»Ich verstehe kein Wort. Was soll das? Wer klaut denn Nummernschilder?«

»Kind, ich kann dir das auch nicht sagen.«

»Doch.« Sie hatte Wut in der Stimme. »Das glaube ich schon.«

»Ich habe schon versucht, dir von dieser Geschichte zu erzählen. Ein Mann, den ich vor vielen Jahren festgenommen habe und der verurteilt wurde, ist offenbar auf einem Rachefeldzug. Er scheint dir – oder euch – nachzuspionieren. Genaueres weiß ich nicht. Nur dass er in der Nähe ist.«

»Mir ist nichts aufgefallen.«

»Der Mann im Treppenhaus …«

»… hatte doch alle Möglichkeiten, zuzuschlagen, wenn er gewollt hätte.«

»Was soll ich sagen?«, fragte er, und die Hilflosigkeit, die er vermittelte, war echt. »Ich habe ein beschissenes Gefühl. Deshalb meine Bitte, zu uns zu ziehen. Es ist doch nur für ein paar Tage.«

Als er sie ansah, die Löwenmähne, die gestrafften Schultern, die Hand am Türrahmen, begriff er, dass er sie nicht zu überzeugen vermochte. Jedes weitere Wort war Zeitverschwendung, entweder war sie stur oder sie begriff nicht, was vor sich ging. Wahrscheinlich beides.

Mit der Fingerspitze tippte er an ihren Arm. »Jenny, mach niemandem auf, ja? Versprich mir das. Und bitte – sei vorsichtig.«

»Du machst mir Angst.«

»Ich weiß. Tut mir leid.«

»Sei du auch vorsichtig, Papa. Du bist kreidebleich. Was macht ihr beide nur? Mama in ihrem Dauerblues, und du fällst in Panik, kaum dass du pensioniert bist. Mensch, Papa.«

Kemal kam, als Ostrowski wieder zu Hause eingetroffen war.

»Du hattest schon geschlafen, wie? Komm erst mal rein. Willst du einen Tee?«

Kemal seufzte. »Wenn's nicht zu lange dauert.« Er begrüßte Hilde, die auf ihrem Sessel saß, eine Zeitschrift in der Hand, in deren Kreuzworträtsel sie sich vertieft hatte. Sie strahlte Kemal an, aber nur für eine Sekunde.

Ostrowski berichtete ihm die Einzelheiten.

»Trotz allem wissen wir nicht, wer das Schild da hingebracht hat.«

»Das stimmt. Ich bin ja keine Spurensicherung.«

»Also sind wir nicht weiter?«

»Doch. Weil wir wissen, dass Jenny in Gefahr ist. Und das macht die Sache übel.«

Er wies Kemal einen Stuhl am Küchentisch, auf dem die immergleiche gemusterte Plastikdecke lag. Im Schrank suchte er nach einem Teebeutel, und als er endlich einen gefunden hatte, hängte er ihn in eine Tasse und übergoss ihn mit kochendem Wasser. Zucker gab's auch.

»Dann solltest du überlegen, Personenschutz für sie zu beantragen«, sagte Kemal.

»Bei Rahlke?«

»Wo sonst? Du weißt, wie die Wege sind.«

Ostrowski setzte sich dazu und schob den Zucker in Kemals Richtung. »Wer steckt dahinter? Siewert? Oder jemand anders?«

»Die Morde oder die Sache mit dem Nummernschild?«

»Beides«, sagte Ostrowski.

Sein Gast wartete mit der Antwort. »Weiß nicht.«

»Und was denkst du?«

»Es riecht nach Siewert. Nur dass die Geschichte nicht rund ist. Siewert hat nicht den Mord im Zeitungskiosk begangen und bedroht deine Tochter, aber zwischendurch war es jemand anders.«

»Er hätte ein Motiv – Rache.«

»Schon. Aber die Bekloppten brauchen kein Motiv.« Kemal verrührte den Zucker, dabei stieß der Löffel gegen das Porzellan der Tasse. Der Ton klang dumpfer als im ›Antalya‹, wo der Tee in Gläsern serviert wurde.

»Schmeckt er?«

»Geht so. Bist eben kein Türke. Und wirst auch keiner mehr.«

Beide schmunzelten, und Ostrowski war heilfroh, dass der Freund bei ihm war. Alleine hätte er keine Chance.

»Wie machen wir weiter?«

»Das fragst du mich?«, sagte Kemal. »Du hast doch längst Pläne.«

»Ich kümmere mich gleich morgen um die alte Sache.

Sommerfeld oder wer auch immer der Geliebte von Monika Harms war. Aber was ist mit Jenny? Am liebsten würde ich sie für ein paar Tage in meine Wohnung sperren, zusammen mit Lotte. Aber das Mädel ist so uneinsichtig.«

»Ich könnte einen GPS-Sender für ihr Auto besorgen.«

»Was soll das bringen?«

»Dann wissen wir wenigstens immer, wo sie steckt.«

»Nur, wenn sie fährt.«

»Was bleibt sonst?«, fragte Kemal. »Anrufen, vorbeigehen.«

»Das steht ihr bis oben.«

»Kann ich mir vorstellen.« Kemal trank von seinem Tee. »Neben allem soll ich auch noch eine Wohnung suchen.«

»Ihr wollt umziehen? Warum das denn?«

»Ayse hat sich das in den Kopf gesetzt. Sie will meine Mutter zu sich nehmen.«

»Nett von ihr.«

Kemal stöhnte. »Manchmal denke ich, das ist alles Wahnsinn, und der dreht sich immer schneller. Ich stecke mitten drin. Vielleicht bin ich der Bekloppte.«

»Das Gefühl kenne ich.«

»Du? Du warst doch immer die Ruhe selbst.«

»Es gibt nichts, was sich nicht verändern könnte.«

Kemal war hundemüde. Schon vor Ostrowskis Anruf waren ihm die Augen zugefallen, und dann hatte er sich noch einmal aufraffen müssen. Der kalte Wind schlug ihm ins Gesicht. Er hatte ihm nichts mehr entgegenzusetzen. Die Kälte ließ ihn zittern. Selbst eine neue Zigarette half nicht.

Trotzdem machte er den Umweg zu Ostrowskis Tochter. Er glaubte nicht, dass Jenny ihr Nummernschild bereits wieder angebracht hatte. Nicht am Sonntagabend.

In der Grußdorfstraße pfiff der Wind durch die Häuserschlucht. Seine Zähne klapperten. Er dachte an Ayse. Sie würde auf ihn warten. Sie hatte Geduld für zwei, und die Mädchen hatten diese Eigenschaft geerbt, die konnten auch sitzen und warten, lesen und warten, spielen und warten. Er war bereit, ihnen eine neue Wohnung zu suchen, und würde auch abstoßende Makler in Kauf nehmen. Aber erst der Mörder, dann die neue Bleibe. Das würde er ihr sagen. Er brauchte seine Kräfte.

In den Wohnungen flimmerten die Fernseher, und vor den Häusern standen die üblichen Hundebesitzer in ihren Jogginghosen, die Arme um die Oberkörper geschlungen, und warteten, bis ihr Tier an einem Strauch das Bein gehoben hatte. Dann pfiffen sie es zurück.

Jennys Taxi war schnell gefunden, es stand in der Nähe ihres Hauses. Es war, wie Ostrowski gesagt hatte: Das vordere Nummernschild fehlte. Ein Teil seines schwarzen Plastikrahmens hing herunter.

Doch das war nicht das, was ihn schockte. Quer über der Windschutzscheibe lag, vom Wischer eingeklemmt, eine Blume. Eine Rose. Wenn ihn nicht alles täuschte, war das kein Liebesbeweis, selbst wenn der Valentinstag vor der Tür stand.

Sondern ein Todesgruß.

Kindisch und pathetisch. Da hatte jemand blöde Bücher über die Mafia gelesen. Aber es blieb ein Todesgruß.

Es ging um diese Frau, um Jenny.

Gegen alle Müdigkeit ermahnte er sich. Er musste etwas tun, wollte er nicht zusehen, wie sein Freund und dessen Familie ins Unglück stürzten. Babou hätte in so einer Situation nicht gezögert.

Das Problem war nur, dass er immer noch keinen Ansatzpunkt sah. Stammte die Blume von Siewert? Von wem sonst?

Etwa von Sommerfeld?

Er warf seine Zigarette auf den Boden und trat sie aus, bevor er wieder in das kalte Auto stieg. Es fiel ihm schwer, mit dem Schlüssel das Schlüsselloch zu treffen, seine Finger waren steif und rot, und sein Verstand konnte kaum noch denken.

All das war unglaublich.

Brauchte es erst noch eine Tote?

Er musste etwas tun.

Bastian Siewert hatte sich entschieden, diese Nacht trotz aller Gefahr im Wohnheim zu verbringen. Auch wenn er den Grund nicht genau kannte, Kommissar Ostrowski war hinter ihm her, zwei Mal hatte er es bereits erlebt. Die Bedrohung wuchs.

Aber es würde nicht mehr lange dauern.

Stück für Stück setzte er seinen Plan um. Als Letztes die Rose, die er Jenny an die Scheibe geklemmt hatte. Auch die Blume hatte immer zu seinem Plan gehört, ein weiterer grandioser Einfall seiner Stimme. Er gönnte der Frau die Angst. Ihr und ihrem Vater.

Er fror. Dieser verfluchte Ostwind, der direkt aus der Weite Sibiriens zu kommen schien. Jede Melodie war ihm vergangen. Er trat von einem Bein aufs andere. In der Hand hielt er seinen Beutel.

Das Wohnheim war die beste Lösung. In der Laube war es eiskalt, und in Gesines Wohnung war er auch nicht sicherer als im Heim. Er spähte in die Straße, ob er die Verfolger irgendwo entdeckte.

Da war nichts, kein Auto mit Zivilfahndern, keine Streife.

Er blieb vorsichtig. Setzte seine Schritte langsam. Achtete darauf, den Kopf nicht zu recken und trotzdem alles zu sehen.

Die letzte Gefahr blieb der Pförtner im Wohnheim. Wenn sie halbwegs schlau waren, hatten sie ihm eingeimpft, anzurufen, wenn er, Siewert, auftauchte. Dann hätten sie viel Zeit, und irgendwann in der Nacht würde es an seine Tür klopfen: »Aufmachen, Polizei.«

Seine Idee war die Gruppe von Mitbewohnern, die Abend für Abend in die Kneipe zog, in eine finstere Spelunke, in der dichter Tabakqualm stand; das konnte man schon von außen sehen. Er wartete auf sie. Wartete in der eisigen Kälte, die Hände tief in den Taschen, den Beutel unterm Arm, die Schultern hochgezogen. Mechanisch bewegte er die steifen Glieder. Dabei fragte er sich, wie die Kollegen ihren allabendlichen Alkoholkonsum wohl finanzierten. Am Ende bezahlte das alles Vater Staat.

Es dauerte eine Ewigkeit, bis sie kamen. Siewert glaubte bereits, auf offener Straße erfrieren zu müssen. Seine Füße waren Eisklumpen, die Hände wie abgestorben. Die Kälte hatte nach ihm gegriffen und ihn bewegungslos gemacht.

Sicherheitshalber trat er hinter einen Baum. Sie näherten sich, unverkennbar, unüberhörbar. Sechs oder acht Leute waren sie. Manche lallten, andere torkelten. Die Lautstärke war beträchtlich. Kein Wunder, dass sich Anwohner vom Heim gestört fühlten.

Siewert zog seine Mütze tiefer. Die Trinker-Gruppe war nur noch ein paar Schritte von ihm entfernt, und Siewert konnte ihre Parolen unterscheiden. Sie redeten über Deutschland, und die Art, wie sie die Worte herauspressten, zeugte von Aggression.

Er ließ sie an sich vorbeiziehen. War froh, dass sie eng beieinander waren. Und machte, gerade als der Letzte seinen Baum passiert hatte, einen Satz und war neben ihnen.

Sein Trick war nur dann wirkungsvoll, wenn er sich eng an die anderen hielt und ihren schwankenden Gang nachahmte. Siewert kam sich lächerlich vor, und ihr Gestank stach ihm in die Nase. Im Wohnheim gab es Duschen. Warum benutzten sie die nicht?

Er torkelte wie sie. Ließ den Oberkörper von einer Seite zu anderen schwanken. Bewegte den Kopf. Passte sich ihrem stolpernden Schritt an. Die Säufer hatten den Faden verloren, es ging nicht mehr um Deutschland, sondern um die Kälte, und schließlich behauptete einer von ihnen, demnächst eine eigene Wohnung zu bekommen. Die anderen lachten. Das erzähle er schon seit Wochen und Monaten, wurde ihm beschieden.

So erreichten sie den Eingang. Der Moment, auf den es ankam. Der Erste zog die drahtverstärkte Tür auf. Siewert trat als Letzter in die Halle. In die Wärme. Drei der Trinker umringten den Pförtner, um ihm Geschichten von ihrem Abend zu erzählen. Auf Zehenspitzen schwenkte er zur Seite, weg von den Ausdünstungen der Vorderleute, und atmete auf.

Leise stieg er die Treppe hinauf.

In seinem Zimmer machte er kein Licht, konnte aber

nicht anders, als im Schutz des Vorhangs aus dem Fenster zu spähen.

Da war niemand.

Seine Zähne klapperten, als er den Vorhang zuzog. Er faltete seine Kleidung, hängte sie über den Stuhl, strich sie glatt und krabbelte unter die Decke. Endlich ins Warme.

6

Ostrowski erinnerte sich zwar nicht mehr an Zusammenhänge, er sah nur noch einzelne Bilder seines Traumes, war aber von der Atmosphäre gefangen, von Gefahr, von Angst. Jemand hatte geschossen, er hatte gellende Schreie gehört. Ein Mann und eine Frau – sie hatte versucht, ihm zu entkommen.

Es war kurz nach fünf. Er stand auf.

Draußen war vom Morgen noch nichts zu ahnen. In der Wohnung war es ruhig, Hilde schlief wohl. Er setzte Kaffee auf und ging ins Bad. Bemühte sich darum, keinen Krach zu machen.

Zwei Stunden später, er war rasiert und geduscht, hatte gegessen und Hilde ein Frühstück bereitet, klingelte er an Jennys Tür. Als sie öffnete, blickte er in ein verschlafenes und überraschtes Gesicht. Ihre Hände streckte sie von sich. Die Finger waren schwarz.

Sie rollte mit den Augen. »Papa?«

»Ich … wollte …«

Sie schüttelte nur den Kopf, das blonde Haar schwang zu beiden Seiten. Wortlos gab sie die Tür frei und verschwand im Bad. Er hörte Wasser laufen.

Er schloss die Wohnungstür.

»Komm rein«, sagte sie auf ihrem Rückweg in die Küche. »Wir sitzen beim Frühstück. Lotte muss gleich zur Schule.«

Sie stellte ihm eine Untertasse hin, danach machte sie sich an ihrer Kaffeemaschine zu schaffen. Auf dem Tisch stand eine schmale Flasche mit einer einzelnen Rose darin. Lotte aß ein Honigbrot.

»So häufig«, sagte sie mit vollem Mund, »bist du noch nie zu uns gekommen. Warum bringst du denn Oma nicht mal mit?«

»Deine Blume?«

»Mamas, glaube ich.«

Er wartete, bis die Kaffeemaschine ihre Arbeitsgeräusche eingestellt und Jenny ihm die Tasse gebracht hatte.

»Ein Verehrer?«

»Was willst du denn noch alles wissen?«

»Zum Valentinstag? Der Mann von neulich?«

Ihr Kaffee war stark, und für ihn war es an diesem Morgen bereits die dritte Tasse. Er rührte sich Zucker hinein. Lotte aß mit Appetit, und er musste an Hilde denken und an die Lustlosigkeit, mit der sie etwas zu sich nahm.

Keiner schien etwas sagen zu wollen, so schwiegen sie, bis Lotte aufstand und hinausging. Er hörte sie in ihrem Zimmer und an der Garderobe, dann kam sie zurück, im Anorak und mit dem Ranzen auf dem Rücken, mit Schal, Mütze und Handschuhen, und legte ihm zum Abschied ihre Kinderhand auf die Schulter.

Er ermahnte sie, vorsichtig zu sein.

»Mach ich, Opa. Ganz bestimmt.« Ein leicht dahingesprochener Satz. Eine Beruhigung für den Großvater. Und dann war sie verschwunden.

»Papa«, begann Jenny, »wie wollen wir es in Zukunft halten? Deine Sorgen in allen Ehren, wirklich, aber du kannst mich nicht immer so überfallen, als sei das Telefon noch nicht erfunden. Ich glaube, das habe ich dir schon einmal gesagt.«

»Ja, das verstehe ich.«

»Ruf an, okay? Von mir aus drei Mal am Tag, und erkundige dich, wie es mir geht.«

»So machen wir das.« Er nickte. »Das Nummernschild hast du schon wieder angebracht?«

»Kurz bevor du gekommen bist. Die Rose war übrigens am Auto.«

Er setzte die Tasse, die er gerade angehoben hatte, wieder ab. Sie klirrte auf ihrer Untertasse. »Am Auto?«

»Lag quer auf der Windschutzscheibe und war mit einem der Wischer festgeklemmt.«

»Und du hast keine Ahnung, wer sie dahin gesteckt haben könnte?«

»Ist das eine versteckte Frage nach den Männern in meinem Leben?«

»Nein«, erwiderte er. »Ganz und gar nicht.«

»Sondern?«

Irgendjemand – ob Siewert oder ein anderer – war nahe. Er wollte, dass sie es wussten. Stück für Stück zog er die Schlinge zu. Und wollte Angst verbreiten. Saß wahrscheinlich in seinem Versteck und freute sich daran. Lachte sich kaputt darüber.

Was konnte er tun?

»Papa, was ist? Du bist ganz blass geworden.«

»Hast du eine Ahnung, was eine solche Rose bedeutet? Die am Auto hängt?«

»Weiß nicht.«

»Das ist ein ...«

»Ein was? Rede doch.«

»Ein Todesgruß. Der Todesgruß der Mafia.«

Sie wurde blass. »Der Mafia? Wieso denn Mafia?«

»Nachgemacht, vermute ich. Auf dämliche Art und Weise. Es geht nicht um die Mafia, sondern um den …«

»… Todesgruß. – Lotte.« Sie sprang auf.

Es war das erste Mal, dass die Unruhe auf sie übergesprungen war. Das also hatte der Unbekannte bereits erreicht.

»Wo willst du hin?«, rief er. Sie war nach draußen gerannt.

»Zu meinem Kind.«

»Ich komme mit.«

Gemeinsam liefen sie nach unten. Sie schloss das Auto auf und ließ den Diesel vorglühen. Er klopfte auf der anderen Seite an die Tür. Sie öffnete nicht, achtete nicht einmal auf ihn. Schien ihn überhaupt nicht zu hören.

Er klopfte wieder, diesmal heftiger.

Bevor sie den Gang einlegte, drehte sie sich zu ihm und zog den Türknopf hoch.

»Ich komme mit. Wo willst du hin?«

Mit Schwung ließ er sich auf den Beifahrersitz fallen und schloss die Tür.

»Lotte«, sagte sie nur.

»Lass mich fahren.«

Aber sie hörte nicht. Ließ bereits die Kupplung kommen. Das Auto schoss aus dem Parkplatz. Sie wechselte den Gang und gab Gas. Der kalte Dieselmotor mühte sich. Mehr Kraft hatte er nicht.

»Ich glaube nicht, dass es um Lotte geht«, sagte er, nachdem er sich angeschnallt hatte. Mit der rechten Hand hielt er sich am Griff über der Tür fest. Sie hatte kaum auf den Verkehr geachtet, als sie auf die Berliner Straße eingebogen war. Das Hupen der anderen schien sie nicht wahrzunehmen.

»Glauben? Was heißt denn bitteschön glauben? Wir sind doch nicht in der Kirche.«

Er sah sie an. Ihre Augen waren aufgerissen, der ganze Mensch war nichts als Anspannung. Dabei wirkte sie kräftig und entschlossen. Seine Tochter.

»Ist mir scheißegal«, fügte sie hinzu. »Ich will wissen, wo Lotte ist.«

Während sie fuhr, behielt sie den Bürgersteig im Auge, auf beiden Seiten. Sie wurde langsamer und schneller, wie sie es brauchte. Er hörte und spürte, wie sie die anderen Autofahrer nervte. Auch Ampeln beachtete sie nicht weiter. Nur wenn sie von anderen Autos eingeschlossen war, hielt sie.

Hielt und fluchte.

»Jenny …«

Er streckte die Hand nach ihr aus. Legte sie für einen kurzen Moment auf ihren Arm.

»Ich hätte das nicht sagen sollen. Ich kann mich auch täuschen, was die Bedeutung der Rose angeht.«

Sie trat auf die Bremse. Die Reifen quietschten, er wurde in den Gurt geworfen.

Sie stand. Mitten auf der Straße. Hinter ihnen hupten die Autos.

»Was nun? Ja oder nein? Todesgruß oder nicht?«

Er schloss die Augen.

»Papa! Sag was.«

»Nein. Ich täusche mich nicht.«

Im nächsten Moment gab sie wieder Gas.

Lotte war nicht zu sehen. Allerdings war ihr Schulweg auch nur kurz, sie konnte bereits am Ziel sein. Jenny stellte sich vor das Gebäude, ins absolute Halteverbot, ignorierte Schülerlotsen und allgemeine Empörung. Sprang aus dem

Auto und rannte auf das Gebäude zu. Ihm gelang es nicht, ihr zu folgen. Er war langsamer.

Der Unterricht hatte noch nicht begonnen. Auf dem Hof standen Schüler und quatschten, Eltern verabschiedeten sich von jüngeren Kindern, die ihre bunten Ranzen auf dem Rücken hatten, und Stadttauben inspizierten ungerührt die Mülleimer aus Drahtgeflecht.

Er kam dazu, als Lotte zu ihrer Mutter sagte: »Du hast mich doch gerade gesehen. Beim Frühstück.«

Einige Mädchen um sie herum feixten. Jenny hatte die Hände auf die Oberarme der Kleinen gelegt und hielt sie fest. Nur langsam kam die Farbe in ihr Gesicht zurück. Sie nickte immerzu mit dem Kopf, als hätte sie einen Tic.

Er hätte sie gerne beruhigt.

»Opa? Du auch?«

Ihm fiel keine passende Antwort ein. »Ich habe deine Mutter begleitet«, sagte er nur.

»Ich verstehe euch nicht. Was ist denn los?«

»Es ist nichts«, entgegnete er. Eine dumme Lüge.

Lotte schüttelte den Kopf. Es war nicht einmal nötig, dass sie widersprach, er war auch so bloßgestellt. Sie machte sich aus Jennys Griff frei, die Arme ihrer Mutter rutschten von ihrem Anorak, als sie sich wand.

»Wir müssen rein. Wir haben Deutsch, da darf man nicht zu spät kommen.«

Jennys Kopf war zwischendurch stehen geblieben, nun setzte er sich wieder in Bewegung. Es war ein Wackeln mehr als ein Nicken. Gedankenverloren, fand er.

Lotte zog mit ihren Freundinnen ab.

Ostrowski nahm Jennys Arm. »Komm, wir gehen.«

Rahlke schnaubte. Er zischte und dampfte. Nahm die Zeitung, die er in der Hand hatte, und warf sie vor sich auf den Tisch. Eine ganz große Geste, ein richtiger Auftritt, wäre da nicht der rote Kopf gewesen, der den kleinen Jungen verriet. Der kahle Schädel hatte sich eingefärbt. Kemal hatte sich zu sehr im Griff, um zu lachen. Er dachte sich aber seinen Teil.

»Wir haben ein Leck. Hier, in dieser Abteilung.«

Den Gesichtern nach wusste keiner der Kollegen, wovon der Herr Dienststellenleiter sprach, weder Paula noch Edgar Becker noch einer der Neuen. Wer hatte während einer Mordermittlung schon Muße für die Zeitung? Und wer las so ein Revolverblatt?

Rahlke offenbar. »Das ist ein Problem.«

Er kniff die Lippen zusammen, eine seiner übertriebenen Mundbewegungen. Ein toller Schauspieler war der kleine Claas nicht gerade. »Ich verzichte darauf«, rief er, »inquisitorisch herauszufinden, wo das Leck ist. Aber ich spreche eine Warnung aus, laut und deutlich. Ein zweites Mal darf das nicht vorkommen.«

»Können Sie mal hochhalten, Chef. Ich habe die Schlagzeile noch gar nicht gesehen.«

Rahlke tat, worum Becker ihn gebeten hatte. Mit beiden Händen fasste er die Zeitung an zwei Enden an, und sie entfaltete sich, während er sie in die Höhe hielt.

Die Überschrift bestand aus zwei Teilen. Oben stand in kleineren schwarzen Lettern: »Wann schlägt der Halsabschneider wieder zu?« Und darunter in fetten roten Buchstaben: »Heiße Spur führt in ein Sportstudio«.

Rahlke ließ ihnen einen Moment, um aufzunehmen, was sie gelesen hatten. Dann sagte er: »Die Zeitung beruft sich auf Polizeikreise – wer immer das sein soll. Für mich gilt: Es war in keiner Weise abgesprochen, diese Information herauszugeben. Das ist gegen alle Vereinbarungen. Ich habe den Kriminalrat heute Morgen zwar noch nicht gesprochen, aber so, wie ich ihn kenne, bin ich sicher, dass er ebenfalls verärgert sein wird.« Er warf selber noch einen Blick auf die Titelseite. »Herrschaften, lasst es das erste und letzte Mal gewesen sein. Von jetzt an wird dichtgehalten. Wir sind schließlich eine Truppe.«

Mit diesen Worten ließ er das Blatt auf den Tisch sinken. Der künstliche Sturm ebbte ab. Nur Rahlkes Knabenkopf blieb rot.

Die Kollegen gaben, einer nach dem anderen, halblaut zu verstehen, dass sie nicht mit der Presse gesprochen hatten. Rahlke ging die Runde mit den Augen ab. Nahm ihr Gemurmel wie Gesten von Unterwerfung entgegen.

Bei Kemal blieb er hängen. »Und Sie?«

»Ich sehe nicht, was so schlimm sein soll.«

»Ach nein? Dann will ich versuchen, Ihnen das zu erklären. Auch wenn mir das selbstverständlich zu sein scheint. Wir sind hier ein Team. Arbeiten zusammen und halten uns an eine gemeinsame Marschrichtung. Soweit alles klar?«

Kemal reagierte nicht.

Trotzdem sagte Rahlke: »Gut.«

Wie ein Bergsteiger stellte er den Daumen auf, und am Handgelenk wurde seine teure Sportleruhr sichtbar. »Dazu gehört, dass Kriminalrat Sommerfeld und ich diejenigen sind, die entscheiden, welche Informationen nach draußen gegeben werden. Niemand anders, auch nicht irgendwelche diffusen Polizeikreise. Wir können nicht verhindern, dass die Presse spekuliert. Aber das da …«, er zeigte mit dem ausgestreckten Finger auf die Zeitung, »… das ist etwas anderes. Das ist eine gezielte Indiskretion.«

Kemal legte die Stirn in Falten. Er hätte seinem Chef am liebsten die Zunge rausgestreckt. Das wäre eine Sprache, die der kleine Claas verstanden hätte.

»Haben Sie irgendetwas dazu zu sagen?«

»Zu der Sache mit der Zeitung?«, fragte Kemal, und als Rahlke nickte, sagte er mit lauter Stimme: »Nein.«

»Irgendeine Erklärung dafür?«

Kemal lachte auf. »Sie glauben, das käme von mir? Nein, mein Herr. Ich spreche nicht mit Reportern, und schon gar nicht mit solchen.« Er machte eine Kunstpause, ein paar Sekunden nur. Dann setzte er hinzu: »Nur kann ich, wie gesagt, nicht sehen, was daran so schlimm sein soll.«

Er hatte ihn getroffen, Rahlkes Stimme war nahe am Brüllen, das er mit Mühe unterdrückte. Seine Augen funkelten. »Und ich werde Ihnen das kein zweites Mal erklären.«

Paula suchte Abstand zu Rahlke, sie hielt Kopf und Schultern zur anderen Seite. Die Kollegen starrten auf ihre Finger. Rahlke war sichtlich bemüht, sich zu beruhigen. Er atmete laut.

»So. Und jetzt endlich wieder an die Arbeit. Wir haben Wichtigeres zu tun als … als … das da.«

Diese Aussage galt für ihn, Kemal, in gleicher Weise, auch er hatte Wichtigeres zu tun. Er dachte an die Rose an der Windschutzscheibe, an den GPS-Sender. An Jenny Ostrowski.

Wenn er nur nicht immerzu bei diesen Sitzungen festgehalten würde.

»Bis jetzt haben wir leider kein Glück mit unserer Fahndung gehabt, dieser Andrej ist und bleibt untergetaucht«, fuhr Rahlke fort. »Ich halte es für möglich, dass er sich auf irgendwelchen dunklen Pfaden in die Ukraine durchschlägt. Mit genügend Schmiergeld lässt sich auf dem Weg nach Osten natürlich das eine oder andere regeln. Wie dem auch sei – wir werden Interpol einschalten.«

Interpol. Rahlkes zweiter großer Auftritt an diesem Morgen. Warum nicht das FBI? Die Geheimdienste?

Er kam hier nicht weiter, im Gegenteil.

Er dachte an Babou. Und an Ayse. Der Vater war unbewegt, ein verschwommenes Bild. Seine Frau schüttelte den Kopf. Sie war entsetzt.

Das Erste war der GPS-Sender, den wollte er an das Taxi heften. So würde er immer wissen, wo Jenny war.

Und was half das?

Er käme schnell zu ihr. Allerdings wüsste er auch mit so einem Ding nicht, wer in ihr Taxi stieg, wen sie fuhr. Und genauso wenig, was in der Zeit geschah, in der sie nicht arbeitete. Zudem war es nicht einfach, ohne Rahlkes Zustimmung an einen solchen Sender und Empfänger zu gelangen. Er würde lügen müssen, von einer Unterschrift sprechen, die er nachliefern würde.

Das war es wert, so ein Gerät war besser als nichts. Viel besser als das ewige Herumsitzen.

Gab es eine andere Idee?

»Wir von unserer Seite werden alles tun, um die Suche nach dem Flüchtigen zu unterstützen.«

Nach dem Flüchtigen – was für ein Begriff. Vielleicht wusste dieser Ukrainer bis zur Stunde nicht, dass nach ihm gesucht wurde, und für seine Abwesenheit gab es eine triviale Erklärung.

»Und das bedeutet, wir gehen ein weiteres Mal an die Orte seines hiesigen Lebens. Das sind vor allem seine Wohnung und das Sportstudio. Sprechen mit den Leuten, fahnden nach Spuren. Und zwar penibel, Herrschaften. Wir wollen nichts übersehen. Dazu bilden wir Zweierteams. Und das folgendermaßen …«

Rahlke blickte in die Runde.

Kemal hielt die Luft an. Es war, je länger Rahlke quatschte, immer weniger denkbar, einen weiteren Tag zu verschwenden. Sollten die anderen ihren Spuren nachgehen, wenn sie es für richtig hielten – er nicht. Die Gefahr kam näher.

»… Paula mit dem Kollegen Becker, Herr Aydin mit mir. Die Aufteilungen ist so: …«

Kemal stand auf. Seine Hände lagen auf der Tischplatte. Sie waren feucht.

Er presste die Lippen aufeinander.

»Bitte?«, sagte Rahlke.

»Ich glaube nicht an diese Spur. Es kann tausend und einen Grund dafür geben, dass dieser Mann verschwunden ist. Das ist Zeitverschwendung, den zu suchen. Daran kann ich mich nicht beteiligen.«

Für einen Moment breitete sich eine Stille im Raum aus, die so vollkommen war, als hätten alle Uhren, sogar alle Herzen die Arbeit eingestellt. Kemal war das Objekt der Blicke. Rahlke schien, so wie er aus seiner Wäsche schaute, an seinem Hörvermögen zu zweifeln oder an seinem Verstand. Hatte sein Mitarbeiter, Kriminalhauptkommissar Aydin, wirklich gesagt, was er gehört hatte?

Dann brach das Donnerwetter los.

Niemandem sei gestattet, Alleingänge zu machen. Er dulde keine Disziplinlosigkeit. Sie seien ein Team, und wer sich nicht anpassen könne, solle verschwinden. Natürlich ohne Ausweis und Dienstwaffe. Der Kollege Aydin sei hiermit offiziell gewarnt, und er werde ihn von nun an besonders im Auge behalten, da könne der Kollege Aydin sicher sein. Ein solcher Satz, der sei meldepflichtig. Er behalte sich vor, ihn Kriminalrat Sommerfeld zu berichten.

Du kannst mich mal, dachte Kemal und ging zur Tür.

Er hatte wirklich keine Zeit mehr zu verlieren.

Am Humboldt-Gymnasium zeigte Ostrowski seinen Dienstausweis vor, zum ersten Mal mit dem Gedanken, etwas darzustellen, was er nicht mehr war. Ohne Verzögerung wurde er zur Direktorin geführt und erhielt, nachdem er sein Anliegen vorgetragen hatte, Fotokopien alter Klassenlisten, jede mit dem Namen von Monika Harms. Er verpflichtete die Direktorin zu Stillschweigen und setzte sich draußen auf eine Bank, um zu telefonieren.

Mit der Windrichtung hatte sich auf einen Schlag das Wetter geändert, es war milder geworden. Wolken trieben über den Himmel, zwischen ihnen blinzelte die Sonne hindurch. Ein mutiger Caféhausbesitzer hatte zwei Tische für die Raucher herausgestellt. Als er nicht mehr sitzen mochte, steuerte Ostrowski einen von ihnen an, bestellte sich Kaffee und setzte seine Anrufe fort, während er die Leute beobachtete. Viele von ihnen, Alte wie Junge, waren zu fett. Sie gingen nicht, sie stampften oder watschelten. Angesichts der plötzlichen Sonne hatten sie die Jacken geöffnet, und man schaute auf dicke Bäuche und breite Oberkörper.

Er strich sich selber über die Wampe. Weil er so groß und kräftig sei, störten die überflüssigen Pfunde bei ihm nicht, hatte Hilde immer gesagt, im Gegenteil, sie gehörten zu ihm und verteilten sich gut. Aber stimmte das? Es wäre sicher sinnvoll, ein bisschen abzunehmen. Sinnvoll, aber nicht so einfach. Vielleicht wenn im Frühjahr die Rudersaison losging.

Katja war die Einzige, der es stand, ein wenig füllig zu sein. Es ließ sie milde aussehen – gütig, dachte er –, und er konnte sie sich nicht mager vorstellen. Wahrscheinlich verlöre sie dann ihre Schönheit.

Sie trug, als er die Apotheke betrat, einen weißen Kittel, stand hinter dem Tresen und bediente. Er war sich sicher, sie hatte wahrgenommen, dass er gekommen war, auch wenn sie nicht aufgesehen hatte. Sie war in eine Beratung vertieft. Ungeduld war ganz offensichtlich nicht ihr Problem. Immer noch ließ sie sich nichts anmerken, während sie mit einem alten Mann sprach, der vergessen hatte oder nicht kapieren wollte, wie oft er seine Tropfen zu nehmen hatte. Katja las ihm das Rezept vor, und als ihm das nicht reichte, öffnete sie die Packung und zog den Beipackzettel heraus. Der alte Mann war das Gegenteil von ihr, herrisch und grantig, und seine Fistelstimme hatte etwas Unverschämtes. Er trug einen Lederhut und eine ausgebeulte Cordjacke. Ostrowski glaubte nicht, dass er diesem unangenehmen Kerl mit annähernd gleicher Freundlichkeit hätte begegnen können.

Als er vor ihr stand, sagte er: »Ich wollte kurz nach dir sehen.«

Zwei Mitarbeiterinnen waren da. Beide arbeiteten still, bedienten, bestellten, kassierten. Er meinte, ihnen anzusehen, dass sie allein aus Pflichtgefühl zum Dienst erschienen waren, der Schock stand ihnen in den Gesichtern, sie waren blass und funktionierten mehr, als dass sie handelten.

Katja bat ihn ins Hinterzimmer und schloss die Tür. Ostrowski setzte sich, und da sie ihre Hand auf den Tisch legte, nahm er sie und strich mit dem Daumen darüber.

»Ich habe Regale voller Medikamente, aber ich schaffe es nicht, auch nur ein Einziges von ihnen zu nehmen. Die Kolleginnen übrigens auch nicht. Obwohl sie auch schlecht schlafen und niedergeschlagen sind. Es ist ...«

Sie brachte ihren Satz nicht zu Ende. Er wartete, seine Hand auf ihrer.

»Als würde ich Nadine verraten, wenn ich irgendetwas einnehme. Sie ist tot, und ich habe das Gefühl, ich muss den Schmerz ertragen. Das ist das Mindeste, was ich für sie tun kann.«

»Eine solche Einstellung macht es nicht leichter. Schaffst du es denn, den Tag durchzustehen?«

Sie rang sich ein Nicken ab. »Er hat ja gerade erst angefangen. Und du? Wie geht es dir?«

Er dachte an den Morgen, an Jenny und Lotte, an die Rose. In seinem Kopf herrschte Durchzug, es kam ihm vor, als wenn zwei gegenüberliegende Fenster offenstünden. Dann folgte Düsternis, ein dunkles Grau und Schwarz.

Ein Nachtlicht.

»Ich habe nie gewusst«, sagte er nach einer Weile, ohne sie ansehen zu können, »was Dämonen sind. Dabei habe ich soviel über diese Tierchen gehört. Immer haben die Leute, wenn ich sie festgenommen habe, gesagt, ihre Dämonen hätten sie beherrscht, nur deshalb sei das Unglück passiert. Ich habe das immer für eine saublöde Ausrede gehalten. Was für Dämonen?, habe ich gedacht. Meine Meinung war, man ist selbst verantwortlich für das, was man tut. Alles andere zählt nicht.«

Er konnte die Konzentration empfinden, die sie aufbrachte. Weiterhin vermied er es, sie anzusehen, sein Blick ging Richtung Fenster, aber was dahinter lag, nahm er nicht wahr.

»Ich musste 60 Jahre alt werden – und Pensionär –, um meine eigenen Dämonen kennenzulernen. Aber jetzt sind sie da, und gleich mit voller Wucht. Beim Einschlafen und in der Nacht. Manchmal im Morgengrauen. Keine Gestalten, keine Gespenster oder so was.«

Er setzte ab. Das wirre Zeug, das er redete, war ihm unangenehm und Katja nicht seine Seelsorgerin.

»Sondern?«

»Gefühle. Körperliche Empfindungen. Dass ich vor aller Zeit wach werde. Gerädert bin, aber nicht wieder in den Schlaf finde und mich durch den Tag schleppe. Oder plötzlich Schweißausbrüche bekomme. Und immerzu finstere Bilder sehe. Als wenn es überhaupt nicht mehr hell werden will.«

Nun war sie es, die ihre Finger um seine schloss und damit umdrehte, was sie bis dahin gehabt hatten.

»Vielleicht solltest du mal zum Arzt gehen und dich durchchecken lassen.«

Er schüttelte den Kopf. »Mir fehlt nichts. Nicht körperlich.«

»Was ist es dann? Dass du pensioniert bist?«

Sein Blick fiel auf ihre Hände, seine rau und prankenhaft, ihre weich und gepflegt, mit gefeilten Fingernägeln. »Die Wahrheit ist: Ich habe Angst. Und kann nicht einmal sagen, vor wem.«

Er spürte ihre Hand, die ihn drückte.

»Jemand hat es auf dich abgesehen?«

»So sieht es aus. Oder auf meine Tochter. Und ich stehe dabei und kann nichts tun.«

»Aber Thomas! Das stimmt doch nicht. Wenn sich einer zur Wehr setzen kann, dann du.«

»Das habe ich auch immer gedacht. Aber es zeigt sich, das ist nicht wahr.«

Sie richtete ihren Oberkörper auf, als wollte sie ihrem Widerspruch mehr körperliche Unterstützung geben.

Er sagte: »Ich habe vieles falsch gemacht. Und jetzt bekomme ich die Quittung.«

Bei seinen Worten schüttelte er sich innerlich. Was für ein Gejammer. »Schluss jetzt. Ich bin gekommen, um mich nach dir zu erkundigen. Stattdessen jammere ich dir die Ohren voll.«

»Wofür hat man Freunde?«

»Freunde«, wiederholte er. »Für die Not.«

Er stand auf. »Ich muss los.« Es gab noch Nummern auf den Klassenlisten, die er nicht angerufen hatte. »Wie lange arbeitest du heute?«

»Bis halb sieben. Den Nachtdienst mache ich nicht. Da haben wir einen Springer gefunden.«

»Darf ich noch mal nach dir sehen? Zum Feierabend?«

»Gerne, Thomas.«

Auf der anderen Straßenseite war ein Kiosk mit Zeitungsständern unter einer Markise, und der Wind brachte die eingeklemmten Blätter zum Flattern. Ostrowski dachte an einen weiteren Kaffee und wenigstens einen Blick in die Zeitung – um sie wie ein Rentner von vorn bis hinten durchzulesen, dazu hatte er immer noch keine Zeit. Noch am Ständer überflog er eine Überschrift, nach der eine heiße Spur in ein Sportstudio führte. Dazu musste er die Zeitung ein wenig herausziehen und dann kaufte er sie. Der Mörder hatte bereits einen Spitznamen – ›Halsabschneider‹ –, der gleiche, den die Presse damals Siewert gegeben hatte. Das hieß nicht mehr, als dass die Fantasie ziemlich begrenzt war. Viel stand nicht in dem Artikel. Auf der zweiten Seite berichtete er von Angst im idyllischen Tegel und erneut davon, dass nach Angaben einer Polizeiquelle ein Trainer verdächtig sei.

Kemal hatte ihm das erzählt. Aber wer gab so etwas an die Presse und aus welchem Grund?

Davon abgesehen, dass die Spur falsch war.

Siewert glaubte einfach nicht, was er las. Er weigerte sich. Nein, das konnte nicht stimmen.

Mehr als zwei Stunden hatte er sich an den verwaisten Bootsstegen am Tegeler See herumgetrieben, um auf den letzten Metern seines Weges niemandem aufzufallen, dabei war er fröhlich gewesen und voller Elan. Dann hatte ihn der Hunger in eine belebtere Gegend getrieben – und nun das. Es war nicht wahr. Er schritt erneut an dem Zeitungsständer vorbei – ohne wirklich lesen zu können, denn die Blätter waren genau dort gefaltet, wo es interessant wurde.

Eine heiße Spur führte – wohin? Wieso heiße Spur? Es war doch noch gar nichts passiert?

Oder war es ein anderer Fall?

Die Angelegenheit ließ ihm keine Ruhe. Er musste es wissen. Konnte nicht anders, als umzudrehen und auf den Zeitungsständer zuzuhalten.

Angesichts der plötzlich milden Temperatur trug Siewert seine Jacke offen, die Wollmütze hatte er im Wohnheim gelassen und die Handschuhe auch. Möglicherweise war das ein Versäumnis gewesen. Die Handschuhe fehlten ihm.

Nur seinen Beutel hatte er in der Hand.

Siewert stellte sich direkt vor den Metallständer. Das Blatt war wirklich genau in der Mitte geknickt. Der obere Teil der Überschrift ließ ihn fassungslos sein: *Wann schlägt der Halsabschneider wieder zu*? Er begriff die Bedeutung der Schlagzeile nicht. Halsabschneider, so hatten diese Presse-Idioten ihn damals bezeichnet, und der Ausdruck war ihm bis ins Gefängnis gefolgt, wo man ihn ihm lange nachgerufen hatte.

Dieser verfluchte Knick.

Siewert konnte die Zeitung nicht kaufen. Wie sollte er das Blatt ohne Handschuhe anfassen? Druckerschwärze auf der Haut war das Schlimmste. Das konnte er nicht ertragen.

Er verharrte in der Nähe des Ständers. Mehrere Leute zogen das Blatt heraus, aber alle hielten sie es so, dass Siewert den zweiten Teil der Überschrift nicht lesen konnte. Fast hätte er jemanden angesprochen. Zum Glück war sein Mund trocken.

Auch so schwante ihm, dass etwas schiefgegangen

war. Jemand war ihm zuvorgekommen, viel schlimmer, es hatte ihn einer beklaut. Alles war kaputt. Die Buchstaben begannen sich vor seinen Augen zu drehen. Dazu kam Ärger – eine Wut, die ihn hätte schreien lassen, hätte er ihr nur nachgegeben.

Weil er am Zeitungsständer die Geduld verlor, machte er sich auf zum Media Markt in den Borsighallen. Dort konnte man fernsehen, ohne verfluchte Druckerschwärze. Siewert holte weit aus, er rannte fast, und sein Beutel schlenkerte in seiner Hand und schlug ihm ans Bein. Fremde Mächte trieben ihn. Seine Angst war vergessen, er war wütend, so wütend, dass er hätte platzen können. Was war hier los?

In der Abteilung drückten sich ein paar Schulschwänzer zwischen TV-Geräten und Computerspielen herum. Die meisten Fernseher waren ausgeschaltet, in Betrieb waren nur die teuren Geräte mit Flachbildschirmen und die, die im Angebot waren.

Aber alle leise.

Da kam die Meldung, die Siewert interessierte. Die Titelseite der Zeitung, aufgeblättert. Er las sie endlich komplett: »Wann schlägt der Halsabschneider wieder zu? Heiße Spur führt in ein Sportstudio.«

Er verstand die Sätze nicht, ihr Sinn blieb ihm verschlossen, sie hätten in einer fremden Sprache sein können, es wäre nicht anders gewesen.

Es war nichts zu hören, doch er brauchte den Ton, um zu verstehen, um was es hier ging. Wie drehte man den auf? Siewert sah sich um. Die Verkäufer waren nie da, wenn man sie benötigte. Doch, da hinten stand einer, zu erkennen an seinem weißen Sommerhemd. Im Gespräch mit einem Kollegen. Alltagsgequatsche. Wie sinnlos!

»Können Sie mir den Fernseher laut stellen?«, fragte Siewert. Seine Stimme brach irgendwo in der Höhe.

Der Mann hatte glänzendes schwarzes Haar, aus dem Gesicht gekämmt, er trug eine Brille mit roten Bügeln und ein Namensschild auf der Brust. Die Unterhaltung mit seinem Kollegen setzte er fort, als habe er ihn nicht gehört.

»Herr Schmidt. Herr Uwe Schmidt«, kreischte Siewert. »Stellen Sie mir endlich den Fernseher laut.«

Der Schwarzhaarige sah auf. Blickte ihn in aller Ruhe an, bevor er antwortete. »Sofort.«

Dann wendete er sich wieder seinem Kollegen zu und führte seine Unterhaltung fort, als sei nichts gewesen.

Siewert kehrte zum Fernseher zurück. Es war zu spät. Die Meldung war vorbei, ein Filmbericht aus dem Zoo lief. Er hätte heulen können. Oder das blöde Gerät umtreten. Musste sich bremsen, um keinem von beidem nachzugehen.

»So«, hörte er neben sich. Uwe Schmidt. »Um welches Gerät handelt es sich denn.«

Siewert gab ihm keine Antwort. Er verschwand. Stapfte den langen Weg zum Kiosk zurück und dachte nicht einmal daran, dass er gesehen werden könnte. Hundekot lag am Rand der Bürgersteige, und die alten Leute mit ihren Einkaufswagen waren auch schon wieder unterwegs. Heruntergekommenes Tegel.

Er zweifelte an sich und seinem Verstand. War es so, dass sein letzter Weg ihn mehr mitnahm, als er sich vorgestellt hatte? Bildete er sich etwas ein – hatte es die Überschrift gar nicht gegeben? Oder stammte sie vielleicht aus einer fernen Stadt, einem anderen Land? Hatte sich ein Reporter die Geschichte ausgedacht, weil er sonst nichts zu schreiben wusste?

Während er vorwärts schritt und die Augen schloss, meinte er, seine Nerven sehen zu können, sie kamen ihm wund gescheuert vor, wie die Enden von Stromkabeln, denen jemand die Isolierung abgeschabt hatte. Blankes, empfindliches Fleisch.

Demnach war zu viel für ihn, was er sich vorgenommen hatte, und daran hatte er nie gedacht, und die Stimme auch nicht. Er konnte so etwas nicht, Musiker, der er war, Künstler und schwacher Mensch, viel zu dünnhäutig für ein Unternehmen wie dieses.

Ihm war elend zumute.

Als er schließlich zum zweiten Mal vor dem Kiosk stand, schüttelte ihn der Ekel und ihm wurde wieder schwindlig. Er musste aufstoßen. Es half alles nichts, er brauchte diese Zeitung und konnte nicht warten, bis er seine Handschuhe aus dem Wohnheim geholt hatte. Er wollte wissen. Jetzt sofort.

Mit spitzen Fingern zog Siewert ein Blatt aus dem Ständer. Liess den Geruch nicht in seine Nase und berührte es so wenig wie möglich, als er es hineintrug und auf den Tresen legte. War erleichtert, es wieder aus der Hand zu haben. Er kramte Münzen aus der Tasche und zählte sie in die Geldschale, wofür er ein routiniertes »Dankeschön« erntete.

Dann musste er die Zeitung wieder aufnehmen.

Er hatte seinen Pullover ein Stück aus dem Jackenärmel herausgezogen und griff sie damit. Der Zeitungsverkäufer glotzte ihn an. Er starrte zurück. Das Blatt konnte er immer noch kaum berühren, aber immerhin verhinderte der Wollstoff, dass die Farbe an seine Haut gelangte. Auf diese Weise trug Siewert die Zeitung bis zur nächstgelegenen Bank. Das war ein beschmiertes Ding aus Holz, voller unverständlicher Zeichen.

Überall dieser Dreck. Unmöglich, sich zu setzen.

Die Verzweiflung stellte sich neben ihn wie ein Schatten. Sie baute sich rasch auf und wurde immer größer. Da winkte sie ihm bereits und rief ihn zu sich. Siewert war kein Mensch, dem schnell die Tränen kamen, aber jetzt musste er sich zwingen, um ihnen Einhalt zu gebieten. Alles hatte sich gegen ihn verschworen. Wirklich alles. Immer nur Falschheit und Ignoranz. Ein Schrei wollte aus ihm heraus.

Schließlich las Siewert im Stehen, die Zeitung in seiner wollgeschützten Hand. Der Artikel war unter der Schlagzeile nur angerissen – Berlin in Angst vor dem Frauenmörder.

Vor welchem Frauenmörder?

Der Rest stand auf Seite zwei. Es klirrte in seinem Kopf, als sei ein Stück seines Gehirns zerbrochen, und Siewert gelang es nicht, die zweite Hand zu Hilfe zu nehmen und das Blatt aufzuschlagen. Die Widerstände waren zu groß. Der Ekel hatte Macht. Seine Arme zitterten, als hätte er Fieber.

Er ging weiter, das blöde Blatt unter dem Arm. Siewert lief wie mit Scheuklappen durch die Berliner Straße, die anderen Leute waren ein fernes Geschehen, waren bunte Streifen, rot und grün und grau, die vorbeizogen, waren Geräusche wie von einer Schnellstraße.

Als er die Gorkistraße erreichte, fasste er die Zeitung wieder mit spitzen Fingern an. Ihre Seiten flatterten. Vor ihm lag die Fußgängerzone, mit ein paar Steinblöcken an ihrem Anfang, extra eingefasst und hervorgehoben. Das sollte schön sein, wahrscheinlich sogar ein Kunstwerk.

Siewert war nicht in der Verfassung, sich darüber aufzuregen, sondern hockte sich auf einen der Blöcke, die zum Glück nicht beschmiert waren, und entfaltete die Seiten.

Was die Überschrift behauptete, wurde im Artikel fortgeführt. Siewert las ein zweites, dann ein drittes Mal. Irgendjemand hatte offenbar zwei Frauen getötet, hatte ihnen die Kehle durchgeschnitten. Aber das war nicht alles. Er hatte sie auch hergerichtet für ihre letzte Reise und die schmutzigen Stellen bedeckt, damit der Herr ihre Unschuld erkannte, wenn sie bei ihm ankamen.

Welch schamloser Diebstahl.

In seinem Kopf drehte es sich. Er suchte Halt. Dabei keuchte er. Das Letzte, was er hörte, war Kindergeschrei.

Dann riss alles ab.

Als er wieder zu sich kam, hockte eine Frau neben ihm. Ihre Kinder standen dabei und glotzten ihn an.

»Hallo«, hörte er wie aus der Ferne, »geht's Ihnen nicht gut?«

Er brauchte einen Moment. »Doch, doch. Alles okay.«

Obwohl er kaum Kraft hatte, stützte er sich auf die Ellenbogen. Die Zeitung flatterte durch die Luft.

Und sein Beutel?

Stand bei ihm. Mit einer hektischen Bewegung griff er danach.

»Max«, sagte die Mutter, »fang bitte dem Herrn seine Zeitung wieder ein.«

»Ist gut«, sagte Siewert mit schwacher Stimme, »die brauche ich nicht mehr.«

Aber Max war schon losgelaufen. Die einzelnen Seiten flogen durch die Luft, und wenn sie nicht so eklig gewesen wären, hätte es schön aussehen können. Drei von ihnen erwischte Max, dann gab er auf.

»Danke«, sagte Siewert, als der Junge sie ihm reichte, »sei so nett und schmeiß sie weg.«

Der Junge zog ein blödes Gesicht. Siewert kam wieder hoch.

»Soll ich Ihnen einen Arzt rufen?«, fragte die Frau.

»Nicht nötig. Ich komme klar.«

Seine Beine waren weich, als wären sie aus Teig. Er zwang sich zu ein paar Schritten, um die Frau loszuwerden. Zum Abschied nickte er ihr zu, murmelte sogar einen höflichen Dank, dann zog er, obwohl er kaum konnte, weiter.

Er brauchte einen Ort zum Ausruhen.

Einen Platz, wo er Ruhe hätte, um die Stimme um neue Anweisungen zu bitten.

Jetzt musste sie wieder mit ihm reden.

Er schaffte es kaum, seinen Beutel zu tragen. Die letzten Seiten der Zeitung wehten immer weiter und raschelten in der Ferne. Siewert konnte nur den einen Gedanken denken – dass er Ruhe brauchte, Schlaf, Erholung. Er sehnte sich nach einem Bett, dabei war er erst vor wenigen Stunden aus einem aufgestanden. Die kurzen Nächte auf unterschiedlichen Lagern hatten an seiner Kraft gezehrt. Er wankte, äußerlich genauso wie innerlich. Dabei war er auf den letzten Metern, sein Ziel war schon in Sichtweite, er hatte nur noch ein kleines Wegstück vor sich. Aber die Beine wollten ihn nicht mehr tragen, er war bereit, zu sterben, hier, mitten auf der Straße. Ein kleiner Schritt, und der Bus würde ihn überfahren. Mit letzter Energie versprach er sich ein Schläfchen, ein ordentliches Essen. Danach vielleicht eine Tasse Kaffee.

Hoffte auf ein paar erlösende Sätze.

Er steuerte die nächste Bushaltestelle an, wo er sich auf eine Sitzschale aus Eisen niederließ, während er auf den Bus wartete. Nach wie vor sah er nichts und niemanden. In seinem Kopf waren ein paar Flüche und eine große Leere. Die Stimme musste Erbarmen haben.

Als der Bus hielt und die Türen öffnete, trottete er anderen hinterher, kramte einen alten Fahrschein aus dem Portemonnaie, den er dem Fahrer vorzeigte, denn zum Bezahlen hatte er kein Geld. Der Mann nickte nur, ohne hinzusehen.

Kaum war er angefahren, geriet Siewert in eine Kontrolle.

Er konnte sich nicht daran erinnern, jemals in einem Bus kontrolliert worden zu sein. Dafür war doch die Regelung mit dem Busfahrer da. Siewert wollte sich beschweren, war schon dabei, aufzustehen, um seinen Worten mehr Gewicht zu verleihen, erkannte dann aber, wie sinnlos das wäre. Und ihm fehlte auch die Kraft.

Sie waren zu zweit, ein schwitzender Kerl in einer Daunenweste und eine Frau mit spitzer Nase und Pferdeschwanz.

Er zeigte ihr den alten Fahrschein.

Sie nahm ihn, las den verschwommenen Ausdruck. Und behielt die Karte in der Hand.

Siewert hatte kein Glück.

Er hatte verdammt noch mal kein Glück.

»Der Fahrschein ist von vorgestern. Haben Sie noch einen anderen?«

»Ja. Ja, sicher. Ich muss die Dinger in der Tasche verwechselt haben.«

Er wurde rot. Es war alles andere als gut, wenn diese Leute seinen Namen aufschrieben. Zwar würden sie wohl keine Durchschläge an die Polizei geben, aber was, wenn bereits nach ihm gefahndet wurde, weil sie ihn für den Halsabschneider hielten? Und irgendeine Sachbearbeiterin bei der BVG war aufmerksam?

»Äh …«, machte er.

»Ich muss Sie bitten, an der nächsten Haltestelle mit uns auszusteigen.«

»Ich habe den Fahrschein. Ganz bestimmt.«

»Vielleicht findet er sich ja. Und Sie können mit dem nächsten Bus weiterfahren.«

»Ich habe es sehr eilig«, brachte Siewert hervor. »Verstehen Sie? Ich …«

Sie hatte kein Einsehen. »Sie müssen mit uns aussteigen.«

Er wusste, Widerspruch hatte keinen Sinn, und wenn er sich weigerte, würde sie die Polizei rufen. Der Bus fuhr rechts ran, die Türen wurden geöffnet. Die Kontrolleure nahmen ihn in ihre Mitte.

Draußen fragte die Frau noch einmal nach seinem Fahrschein, während der Mann schon Block und Stift zückte. Siewert sah ihnen an, dass diese Leute jeden Tag Hunderte von Lügen hörten. Sie glaubten all den Mist nicht.

Er hatte eine Entscheidung zu treffen. Immerhin war sein Schwindelgefühl verflogen. An seine Stelle war Aufregung getreten, Unruhe, fast wie ein Fieber. Wie es um seine Kraft stand, wusste er nicht.

»Dann muss ich Sie um Ihren Personalausweis bitten«, sagte der Mann in der Daunenweste.

Siewert fasste seinen Beutel enger.

Er kniff die Augen zusammen, als könnte ihm diese Miene zu Klarheit verhelfen. Verschwommen dachte er an Flucht. Bemühte sich, seine Möglichkeiten abzuschätzen. Auch wenn er untrainiert war und einen Schwächeanfall hinter sich hatte – der Dicke käme sicher nicht hinter ihm her. Und die Frau?

Hatten diese Kontrolleure überhaupt die Erlaubnis, Schwarzfahrer zu verfolgen?

Er wechselte den Beutel in die andere Hand und fuhr sich in den Mantel, in Richtung auf die Innentasche. Schließlich ging es um den Fahrschein. Dabei zitterte er. Sein Verstand war nicht in der Lage, seine Möglichkeiten abzuschätzen. Automatisch wiederholte er das Suchen nach der Brieftasche auf der anderen Seite.

Dabei drehte er sich um.

Und lief los.

Eine ungewohnte Tätigkeit – Siewert hatte nie verstanden, was die Männer im Gefängnis daran fanden, zu mehreren hinter einem Basketball herzulaufen oder Gewichte zu stemmen. Ihm war das immer zu viel gewesen, zu viel Nähe, zu viel Schweiß, zu viel Anstrengung. Zu viel von allem.

Seine Schuhe klapperten auf den Fußwegplatten. Den Beutel hielt er an sich gepresst, damit er ihm nicht um die Beine schlotterte. Ein Blick über die Schulter zeigte ihm, dass er recht gehabt hatte. Der Dicke war stehen geblieben. Er telefonierte. Sollte er ruhig Verstärkung rufen, sie würden ihn nicht finden. Lange würde er nicht rennen müssen.

Er sah noch einmal hin. Und stellte fest: Die Kontrolleurin verfolgte ihn. Diese dumme Gans mit ihrem Pferdeschwanz. Sie mochte 20 oder 30 Meter hinter ihm sein.

War auch nicht besonders schnell. Aber sie lief weiter. Wollte offenbar nicht aufgeben.

Siewerts Weg führte zurück in den belebten Teil Tegels. Mit seinem Gerenne zog er Blicke auf sich und er fürchtete, irgendein unbedachter Narr könnte sich ihm in den Weg stellen. Deshalb bog er ab. In den Nebenstraßen war es leichter, zu entkommen.

Seine Schritte wurden langsamer, weil er nicht mehr konnte. Die Beine waren immer noch weich. Er gab sich Mühe, seine Lage zu überdenken. Allerdings arbeitete auch sein Verstand nicht ordentlich. Anstatt zu überlegen hörte Siewert darauf, wie er zu keuchen begann.

Die Frage, zu der er sich zwang, war: Wie trainiert war seine Verfolgerin?

Siewert blickte ein weiteres Mal über die Schulter. Bildete er sich das ein oder hatte sich der Abstand verringert? Soweit er erkennen konnte, zeigte sie keinerlei Ermüdungserscheinungen. Und dann sah er noch etwas: Sie trug Turnschuhe.

Eine Sportlerin.

Seine Kraft ließ in gleichem Maße nach wie das Keuchen zunahm. Lange würde er nicht mehr durchhalten. Er brauchte einen Plan, zumindest eine Idee. Aber er hatte keine.

Wenn doch die Stimme zu ihm sprechen würde. Immerhin gelang es Siewert, sich klar zu machen, dass er nicht viele Möglichkeiten hatte. Und ganz sicher nicht mehr viel Ausdauer. Seine Beine waren weicher denn je. Er war der Verzweiflung nahe. Einer neuen Ohnmacht.

Mit letzter Kraft nahm Siewert einen Abzweig zu einem Sportplatz, einen kurzen lehmigen Weg, kaum breit genug, dass Autos ihn befahren konnten. Vielleicht hatte sie das nicht gesehen.

Hatte sie aber.

Da war sie schon wieder. Sie hatte ihn in eine Sackgasse getrieben und wurde nun langsamer. In einigem Abstand blieb sie stehen und zog ihr Handy aus der Jacke. Gleichzeitig wischte sie sich mit dem Ärmel Schweiß von der Stirn. Ihr Kopf war rot von der Anstrengung, aber sie pumpte längst nicht so wie er. Ihr Pferdeschwanz saß so ordentlich wie im Bus.

Sie begann zu wählen.

Er griff in seinen Beutel. Ohne hineinsehen zu müssen, fasste Siewert die Pistole an ihrem Griff. Er machte einige Schritte auf die Frau mit dem Handy zu, und die erstarrte, als sie erkannte, was er da in seiner Hand hielt.

Aber es war zu spät.

»Wie kann man nur so dumm sein«, presste Siewert hervor und schoss.

Sie sackte in die Knie, bevor sie der Länge nach aufschlug.

Er wusste, es war gut. Wenn er schnell wegkam, würden sie ihn nicht finden. Nicht in der kurzen Zeit, die er noch brauchte.

Siewert schoss ein zweites Mal, sicherheitshalber. Der leblose Körper lag auf dem Lehmboden. Er würde sie nicht herrichten, weder ihr Haar ordnen noch die Hände. Diese dumme Gans hatte nicht zu seinem Plan gehört, in keiner Weise. Eine gute Behandlung hatte sie nicht verdient.

Nach den Schüssen kehrte sofort die Erschöpfung zurück. Sie war so stark, dass Siewert sich neben die Tote in den Dreck hätte legen können. Er fühlte sich leer und matt, seine Knie zitterten. Der ganze Körper verlangte danach, sich endlich auszuruhen.

Vor der Toten hatte sich eine Blutlache gebildet. Der Lehm war zu fest, als dass sie versickerte.

Auch wenn er nicht mehr konnte, Siewert würde ein wenig aufräumen müssen.

Nach 17 vergeblichen Anrufen bei ehemaligen Humboldt-Schülern – oder deren Eltern, um die aktuellen Telefonnummern ihrer Kinder zu erfahren – hatte Ostrowski mit dem 18. endlich Erfolg. Eine Frau meldete sich, die »Ja, sicher!« rief, als er fragte, ob sie mit Monika Harms bekannt gewesen sei. Und sie wollte Auskunft geben.

Er notierte die Adresse. Die Frau hieß Christine Behrens und bewohnte ein Reihenhaus in Heiligensee an der Havel. Ostrowski hatte keine Zeit, sein Auto abzuholen. Er rief bei der Werkstatt nicht einmal an, sondern nahm gleich den Bus. Immerhin hielt der in der Nähe der Behrens-Wohnung. Das Haus war, wie die in der Nachbarschaft, aus gelbem Backstein. An der Tür erwartete ihn eine stämmige junge Frau, hinter deren Hosenbeinen sich zwei kleine Kinder verschanzt hatten.

Er zeigte seinen Ausweis, sie bat ihn herein und erzählte bei einer Tasse Kaffee, mit streitenden Kindern im Zimmer, dass sie mit Monika befreundet gewesen war. Es war die Musik, die sie beide verbunden hatte, auch wenn sie in unterschiedliche Richtungen gegangen waren, Monika nur Klassik liebte und vor allem ihre Querflöte, sie dagegen, Christine, Jazz und Saxofon.

»Warum interessiert sich die Polizei dafür, nach all den Jahren?«

Mittlerweile war Ostrowski auf diese Frage vorbereitet, er deutete einen Zusammenhang mit den Morden in Tegel an und verwies darauf, dass er aus laufenden Ermittlungen nichts erzählen dürfe. Dafür zeigte sie Verständnis. Gleich darauf musste sie aufspringen, denn eines ihrer Kinder hatte sich an einer Schrankkante gestoßen. Die Mutter nahm es auf den Arm und tröstete es.

»Hatte Monika einen Freund?«

Christine Behrens errötete. »Woher wissen Sie das?«

»Ich weiß es nicht, ich frage.«

»Das war damals ein großes Geheimnis. Ihre Eltern durften davon nichts erfahren, der Vater sowieso nicht, der war irgendwie grob. Aber die Mutter auch nicht.«

»Ein älterer Mann?«

»Älter? Nein, gleich alt. Ein Schulkamerad. Jasper Sörensen. Ein Däne.«

»Ihre Erinnerung ist sehr gut.«

Der Schmerz ihres Kindes hatte sich verflüchtigt, sie entließ es zurück auf den Teppich.

»Das ist wohl wahr. Jasper war in unsere Klasse gekommen – der Vater war nach Berlin versetzt worden – und die Mädchen ... wie soll ich das sagen. Er war hübsch, flachsblond, mit Grübchen, einfach ein netter Junge, ziemlich das Gegenteil der verklemmten Typen, die wir in unserer Klasse hatten. Wenn der einen ansah, da stürzten die Mauern von Jericho ein. Entsprechend war das Ergebnis. Die Mädchen verliebten sich eines wie das andere in ihn.«

»Sie auch?«

Sie lachte und sah auf ihre Kinder. »Ich auch, ja, zugegeben. Sogar heftig. Aber Jasper entschied sich für Monika. Für die stille Monika, die nur ihre Musik im Kopf hatte. Vielleicht war es gerade das, was ihn an ihr fasziniert hat.«

»Und einen älteren Mann gab es nicht in ihrem Leben?«

»Nein«, sagte Christine Behrens. »Nicht dass ich wüsste. Sie war in Jasper Sörensen verliebt.«

»Sie wissen nicht zufällig, wo ich diesen Jasper finde?«

»Leider nicht, nein. Er ist Musiker. Soweit ich weiß, lebt er in Berlin. Vielleicht steht er im Telefonbuch.«

Er bedankte sich und ging. Noch in dem winzigen Vorgarten zog er sein Handy aus der Tasche und rief Jenny an, fast schon eine mechanische Tätigkeit.

»Papa?«

»Ja.«

»Ich bin am Arbeiten.«

»Wollte nur kurz hören …«

»Alles in Ordnung. Ich bin auf dem Weg raus nach Potsdam und melde mich später bei dir. Bevor ich Lotte von der Schule abhole.«

Nach der Sitzung – Kemal hatte seine Sachen zusammengesammelt, zur Beruhigung einen Tee getrunken und war dabei, das Haus zu verlassen – passte Rahlke ihn im Treppenhaus ab. Erst würdigte er ihn keines Blickes. Dann blieb er stehen und rief ihm hinterher, dass Kriminalrat Sommerfeld ihn zu sprechen wünsche. Und zwar gegen Mittag; er solle sich bereithalten. Ende der Mitteilung.

Kemal verzichtete auf eine Erwiderung, besorgte sich statt dessen bei den Kollegen der Kriminaltechnik einen GPS-Sender und einen Empfänger und brach nach Tegel auf. Auf dem Weg war es ihm kaum möglich, nicht an das zu denken, was er getan hatte. Das Tischtuch war zerschnitten. Sommerfeld würde sich auf Rahlkes Seite stellen, denn er, Kemal, hatte sich ins Unrecht gesetzt, zumindest wenn man die Sache oberflächlich betrachtete.

In seiner Lage half nur ein Fahndungserfolg, ein Ergebnis, das er ohne – oder sogar gegen – Rahlke erzielt hätte.

Doch leider behielt die Angelegenheit die nervende Zähigkeit, die sie von Anfang an gehabt hatte. Vor der Tür von Jennys Haus stand ihr Taxi nicht. Er schritt die Grußdorfstraße ab. Das hätte er sich sparen können, denn ein Taxi-Schild auf dem Dach sah man über weite Entfernung. Da war aber keins.

Trotzdem ging er weiter.

Natürlich arbeitete sie. Montag Vormittag, das Kind in der Schule. Was sollte sie sonst tun? Es würde seinen Sender später anbringen müssen.

Als er stehen blieb, weil es offensichtlich sinnlos war, weiter nach dem Taxi zu suchen, hörte er ein Geräusch, eines, das er gut kannte. Einen Knall, wenn auch leise. Nicht von geplatzten Reifen oder Luftballons.

Das war etwas anderes.

Er versuchte, dem Geräusch nachzugehen.

Da war es wieder. Die Richtung war eindeutig.

Er erreichte die Buddestraße und ging an der S-Bahn entlang. Irgendwo in dieser Gegend mussten sich die Schüsse gelöst haben. Die Suche konnte langwierig werden, trotzdem war es keine Frage, sich darauf einzulassen, schließlich war er Polizist. Er steckte sich eine Zigarette in den Mund. Diese Art von Knall gab es nicht zufällig. Nach vielen Hundert Schüssen auf der Übungsbahn kannte man das Geräusch.

Sein Handy klingelte, als eine S-Bahn vorbeifuhr. Er hatte keinerlei Lust, es hervorzuholen, doch es wurde nicht still, und am Ende überwog sein Pflichtgefühl. Auf dem Display sah er, wer dran war. Er wollte nicht abnehmen. Und tat es trotzdem.

»Herr Aydin, wo sind Sie?«

»In Tegel.«

»In wessen Auftrag?«

»Dafür brauche ich keinen Auftrag. Ich bin Kriminalhauptkommissar und führe Ermittlungen durch.«

»Gegen die Order Ihres Vorgesetzten. Ist gut, ich habe auch das notiert. Denken Sie nur an Ihren Termin mit Kriminalrat Sommerfeld.«

Es gelang ihm nicht, Rahlkes Vorhaltungen zu ignorieren, und er musste auch an Ayse denken, die sich die Hände vors Gesicht schlagen würde, wenn sie wüsste, auf welchen Abwegen ihr Mann war. Die Vorgesetzten würden ihm disziplinarische Strafen auferlegen. Er konnte trotzdem nicht anders und wusste seinen Babou an seiner Seite. Sollten sie ihn eben bestrafen. Aus ihrer Sicht war das folgerichtig. Es sei denn, jemand begriff, wie unfähig Rahlke war.

Er schritt die Straßen und Wege auf und ab. Schaute, suchte. Fand nichts. Auch wenn er es bereits bezweifelte, er hatte Schüsse gehört. Irgendwo hier. Das Geräusch war zu spezifisch, um es zu verwechseln. Er drehte um, ging wieder zurück.

Einen Weg, den er bereits abgesucht hatte.

Erst als er auf einen Lehmpfad einbog, der zu einem Sportplatz führte, entdeckte er einen Turnschuh, der unter einem Gebüsch herausschaute. Da wusste er, dass er gefunden hatte, was er suchte. Er kam näher. Wie er befürchtet hatte – zu dem Schuh gehörte ein Fuß, ein Bein, ein ganzer Mensch. Er zog ihn hervor. Eine Leiche. Eine tote junge Frau. Zwei Löcher in der Jacke. Einschüsse.

Kemal bedachte seine Lage. Der Weg war vorgeschrieben, man musste die Kollegen anrufen, den Arzt, die Spurensicherung.

Er aber wählte Ostrowskis Nummer. »Kannst du schnell herkommen? Sehr schnell?« Er nannte die Adresse.

»Was ist los?« Der Dicke schien in irgendeinem Bus unterwegs zu sein.

»Eine Tote.«

»Fünf Minuten«, sagte Ostrowski.

Kemal untersuchte die Leiche, ohne sie zu berühren. Es waren keine Kampfspuren zu erkennen, die Klamotten hatten keine Risse, außer den Einschüssen gab es keine Verletzungen. Jemand hatte die Leiche über den Boden geschleift, die ursprüngliche Blutlache war ein Stück entfernt.

Was war hier passiert?

Ostrowski brauchte weniger als fünf Minuten. Als er eintraf, rief Kemal den Dauerdienst an. Es war keinesfalls gegen dienstliche Vorschriften, diese Kollegen für die Erstaufnahme herbeizurufen, sie kamen aus dem Wedding, nicht aus Schöneberg, und hatten es also nicht so weit. Und wer konnte wissen, ob diese Tote zu ihrem Fall gehörte?

Auch Ostrowski hatte seine Zweifel. »Wenn, dann ist unser Mann von seinem Schema abgewichen. Das wäre ein verdammt schlechtes Zeichen.«

»Oder es ist ein anderer Täter«, erwiderte Kemal.

»Dann hätten wir zwei Mörder in Tegel. Einer, der mit dem Messer rumläuft, ein anderer, der eine Pistole hat. Ziemlich übel. Aber auch unwahrscheinlich.«

»Warum?«

»Ich hätte eine solche Gleichzeitigkeit noch nicht erlebt. Weißt du, wer sie ist?«

Kemal schüttelte den Kopf. »Ich kann nicht in ihren Taschen wühlen, ich habe keinen Handschuh dabei.«

Ostrowski zog ein Taschentuch hervor, einen riesigen Lappen aus Baumwolle. Er wickelte ihn um seine Hand, als er sich daran machte, ihre Jacke zu durchsuchen. Als Erstes fand er einen Ausweis der BVG, der die Tote, Karola Bigalke, berechtigte, Fahrscheinkontrollen vorzunehmen. Ostrowski steckte ihn zurück.

»Wann kommen die Kollegen?«, fragte er.

»Jeden Moment.«

»Gehen wir mal als Hypothese davon aus, dass sie den Gesuchten beim Schwarzfahren erwischt hat, dann ist die Frage, wieso bekommt unser Mann eine solche Panik. Außerdem rennt eine Kontrolleurin doch niemandem hinterher. Soweit ich weiß, dürfen die das gar nicht. Die sind gehalten, die Polizei anzurufen.«

»Und wenn er sie bedroht hat?«, fragte Kemal.

»Aber wo? Auf diesem Weg hier fährt jedenfalls kein Bus. Dann hätte sie ihn doch verfolgt.«

»Oder er hat ihr aufgelauert.«

»Das solltest du klären. Nur eins scheint mir eindeutig zu sein: Wenn wir es mit einem einzigen Täter zu tun haben, und der ist einer, der mit dem Messer mordet und seine Leichen dekoriert, und nun schießt er plötzlich, dann ist bei dem etwas schiefgegangen. Ziemlich gründlich, wie mir scheint.«

»Wenn du recht hast«, entgegnete Kemal, »dann ist er ab sofort noch gefährlicher.«

»Dann hat er jetzt Panik, genau. Wir müssen uns verdammt noch mal beeilen. Das Einfachste ist, wir finden den Kerl endlich.«

»Oder es ist doch ein zweiter Täter.« Kemal kannte Ostrowski zu genau, um nicht zu merken, dass den Dicken etwas beschäftigte. Er war mit seinen Gedanken weit weg, und das, obwohl vor ihm eine Leiche lag.

»Monika Harms«, sagte Ostrowski, »hatte einen Freund. Einen Mitschüler.«

»Dann ist wenigstens Sommerfeld raus. Ein Glück.« Ein Schwall von Erleichterung überkam ihn.

»Nicht so schnell, mein Freund. Wie sollte Trudi auf dieses Bild in der Phantomzeichnung gekommen sein? Das denkt die sich doch nicht aus.«

»Ich verstehe nicht«, sagte Kemal.

»Nimm mal an, Sommerfeld hatte eine hübsche junge Freundin. Übrigens hat er sich ungefähr um die Zeit scheiden lassen. Und dann verliebt sich dieses Mädchen – für das er immerhin seine Ehe aufgegeben hat – in einen Gleichaltrigen. Und der sich auch in sie.«

Kemal verdrehte die Augen. »Dann hätten wir ein Motiv – Eifersucht. Allerdings keine Erklärung dafür, warum die tote Monika damals so hergerichtet wurde.«

»Einverstanden. Nur können wir nichts ausschließen.«

»Also gibt es einen neuen Verdächtigen. Ausgerechnet unseren Vorgesetzten. Den Kriminalrat.«

»Irrtum«, entgegnete Ostrowski und grinste. »Deinen Vorgesetzten. Ich werde mich inzwischen daran machen, diesen Jungen zu suchen, Monikas damaligen Freund. Hoffentlich steht der Kerl im Telefonbuch.«

»Telefonbuch?«, gab Kemal zurück und hatte schon sein Handy in der Hand. »Wer benutzt denn so etwas? Wie heißt der Mann?«

»Sörensen. Jasper Sörensen.«

Die Antwort kam schnell. »Wohnt in der Cuvrystraße. In Kreuzberg. In der Nähe bin ich aufgewachsen.«

In Siewerts Kopf war ein Rauschen wie bei einem Fernseher ohne Bild. Denken konnte er nicht, er folgte allein seinen Instinkten, und die hießen ihn, sich zu verbergen. Wie eine Katze drückte er sich im Schatten der Hauswände entlang. Es war heller Tag. Ihn beherrschte die Angst, gesehen zu werden.

Hatte er wirklich eine Frau erschossen? Und die Überschrift in dem Schmierblatt – war die echt oder eingebildet?

Er hatte keine Antworten, keine Erinnerung, keine Zukunft, ihm war nach Sterben, und wenn das nicht ging, dann wollte er schlafen, einfach nur schlafen. Er konnte nicht mehr. Wie ein Tier hielt ihn die Erschöpfung in ihren Klauen, besetzte den ganzen Körper, ließ ihn nicht entkommen. Ein Bett. Er brauchte ein Bett.

Eine dunkle Ahnung hatte ihn davon abgehalten, ins Wohnheim zurückzukehren. Sie ließ ihn darauf setzen, dass Gesine betrunken war.

Schließlich war sie immer betrunken.

Vor ihrem Haus lungerten ein paar Gören herum, die Kapuzen ihrer Pullover auf dem Kopf. Er hatte Angst, die ihn steif machte. Sie spielten nicht, sondern standen einfach herum und rauchten. Waren laut und zappelig. In ihren Stimmen lag Streitsucht. Siewert stellte sich vor, sie alle zu töten. Klare Gedanken hatte er weiterhin nicht, nur Bilder, er sah einen riesigen Atompilz, grau und staubig, und die ganze Welt ging mit ihm unter, alle diese Kontrolleure und Proletenkinder und Bullen. Alle, ausnahmslos.

Vielleicht täte er dem lieben Gott einen Gefallen. Denn eines war sicher: Der Herr sah die Verkommenheit auch.

Siewert hielt den Blick in die Ferne gerichtet. Nur niemanden provozieren. Ihre angeberischen Reden drangen an sein Ohr. Dann war er vorüber.

Als er weiterging, wuchs in ihm die Sicherheit, eine Kontrolleurin der BVG getötet zu haben. Er hatte sie erschossen. Den Leichnam in ein Gebüsch gezerrt.

Warum hatte er das getan?

Keine Stimme der Welt hatte ihm diese Tat eingegeben. Er ahnte, dass er ausgeschimpft wurde. Wahrscheinlich sogar bestraft. Sie konnte kalt sein und böse wie eine Mutter.

Er verlor seine Angst nicht.

Die Tür zu Gesines Haus ließ sich nicht abschließen, das Schloss war ausgerissen. Wer wollte, trat ein, beschmierte die Wände und urinierte in den Flur. Erbrach sich, und niemand wischte den Haufen weg. Es stank, ein fauliger Geruch, der ihm in die Nase trat. Vor langer Zeit war dies ein anständiges Haus gewesen, mit anständigen Mietern. Mit einer Tür, die sich absperren ließ.

Siewert hatte eine Ahnung davon, dass er sich in Gefahr begab. Neben dem Wohnheim war die Wohnung seiner Frau der Ort, wo man ihn suchen würde. Dann sollten sie ihn eben fassen. Er konnte nicht mehr. Es ging nicht anders, er brauchte einen Platz zum Ausruhen. Was war mit der Laube? Dort gab es den aufmerksamen Nachbarn.

Er schloss die Tür noch vorsichtiger auf als sonst. Im Flur brannte kein Licht. Er lauschte, aber es gab keine Geräusche, keinen Wasserhahn, keinen Fernseher, nicht einmal ein Schnarchen von Gesine. Ob sie nicht zu Hause war? Vielleicht war ihr der Weinbrand ausgegangen, und sie besorgte Nachschub. Siewert erschien ein Bild, wie Gesine ihre Börse durchwühlte und zu einer dieser Buden torkelte.

Er trat ein. Schlich über den Flur und spähte durch das Milchglas ins große Zimmer. Erkennen ließ sich nichts, nur, dass das Deckenlicht nicht brannte.

Er ging davon aus, dass sie nicht zu Hause war. Was konnte das bedeuten? Möglich war, dass sie bald zurückkehrte, ihre Flasche in der Hand. Warum sollte sie dann ins kleine Zimmer gehen? Oder sie war irgendwo auf der Straße zusammengebrochen, man hatte sie aufgegabelt und in die Notaufnahme geschafft. Dann hatte er Ruhe und konnte ausschlafen.

Am Ende war es egal. Die Augen fielen ihm zu. Er musste sich an die Wand lehnen.

Siewert stellte seinen Beutel im kleinen Zimmer ab. Das Durcheinander war genauso da wie die Ecke, die er sich hergerichtet hatte. Sich so, wie er war, hinzulegen, war ihm nicht möglich, er brauchte die Toilette, und vor allem verlangte ihn danach, sich den Rauchgeruch von den Händen und aus der Nase zu waschen. Ohne ein Stück Seife ging es nicht.

Auch die Badezimmertür öffnete er so leise wie ein Einbrecher. Dann sah er sie. Gesine saß auf der Toilette, Hose und Unterhose heruntergelassen. Sie starrte ihn an wie einen Geist. Und sprang im nächsten Moment auf und schrie.

Dabei war sie geistesgegenwärtig genug, sich die Unterhose, die ihr um die Schenkel baumelte, über den Hintern zu ziehen. Siewert nahm es wahr, während er spürte, wie ihm Hitze aufstieg.

Wie konnte er sie zum Schweigen bringen – ohne sie berühren zu müssen?

Sie schrie. Die Wände waren dünn. Nachkriegswände.

»Ruhe«, brüllte Siewert mit letzter Kraft.

Aber sie schien ihn nicht einmal gehört zu haben. Ein entsetzter Laut kam aus Gesines Mund, ein Kreischen, das einem an den letzten Nerv ging, und ihre Augen traten aus den Höhlen. Die Hose schlotterte ihr um die Knie. Eine groteske Situation. Siewert schoss durch den Kopf, dass sie immer noch verheiratet waren und sie sich nach den Jahren im Gefängnis zum ersten Mal wiedersahen.

Warum musste sie da so schreien?

Er wusste sich keinen anderen Ausweg, als ihr auf den Fuß zu treten. Mit voller Wucht trampelte er darauf. Ein einziges Mal.

Ihr Schrei veränderte sich, er wurde dumpfer, man hörte ihren Schmerz.

»Sei still, sonst trete ich wieder zu«, zischte er. Auch er war von dem unerwarteten Zusammentreffen überrascht. Der Schweiß war ihm ausgebrochen. Sein Herz schlug wild. Die Müdigkeit war verfolgen.

Wie in Zeitlupe hob Siewert den Fuß ein weiteres Mal, damit sie begriff, was er vorhatte.

Und Gesine verstummte. Endlich. Wie ein Kleinkind hielt sie sich drei Finger vor den sabbernden Mund.

Zum ersten Mal seit 13 Jahren, seit er sich im Gerichtssaal von ihr verabschiedet hatte, sah er sie aus der Nähe.

Sie schien halbwegs nüchtern zu sein, aber der stete Alkoholkonsum hatte aus ihrem Gesicht eine Wüste gemacht. Konturen gab es nicht mehr, Hals, Kinn, Wangen – ein Bereich ging nahtlos in den anderen über. Die Nase war rot, die Äderchen aufgeplatzt, und aus ihren Augen war alles Leben verschwunden. Allein die Angst war in ihrem Blick wie bei einem in die Enge getriebenen Tier. Die Angst verlor man offenbar nie.

Diese Frau ekelte ihn so sehr an, dass er sich schütteln musste.

Ihr Körper roch, als hätte sie sich seit Wochen nicht gewaschen. Aus der Kloschüssel kam Uringestank.

»Zieh auf«, herrschte er sie an.

Sie gehorchte. Dabei zog sie ein Schluchzen die Nase hinauf.

»Willst du mich umbringen?«

»Red kein dummes Zeug.«

»Was willst du dann?«

»Mich ausruhen.«

»Also doch. Du wohnst hier, ohne mir Bescheid zu sagen. Wie der Bulle gesagt hat.« Ihre Stimme war ohne jede Kraft, sie trug den Vorwurf nicht mit, den ihre Worte machten. Und ihre Hände zitterten.

»Welcher Bulle?«

Gesine zog die Hose hoch und drückte sich an ihm vorbei in ihr Zimmer. Dabei humpelte sie und stöhnte. Siewert sah zu, wie sie sich den Weinbrand griff, die Flasche aufschraubte und an den Mund setzte. Sie trank nicht einen Schluck, sondern so, als wolle sie gar nicht wieder aufhören, und der Schnaps gluckerte in ihrer Gurgel.

Auch wenn es ihn anwiderte, er ließ sie gewähren.

»Was willst du hier?«, wollte Gesine wissen, als sie endlich abgesetzt hatte.

»Das hast du schon gefragt. Und ich habe dir bereits eine Antwort gegeben. Welcher Bulle?«

»Ich weiß nicht, wie der heißt. So ein großer, dicker.«

Kommissar Ostrowski. Er war hier gewesen.

Siewert machte ein paar Schritte auf Gesine zu, trat, auch wenn ihn schauderte, in das versiffte Zimmer und riss ihr, die zu überrascht war, um sich zu wehren, die Flasche aus der Hand.

»Gesine, hör gut zu. Wenn du mich verrätst, töte ich dich. Aber wenn du brav bist, lasse ich dich in Ruhe. Und nun sag mir, ob du das verstanden hast.«

Sie starrte abwechselnd ihn und ihre Flasche an.

Ihr Zittern setzte wieder ein. Weniger stark als im Bad, aber heftig genug, dass sie es nicht unterdrücken konnte.

Siewert reichte ihr die Flasche.

Gesine nahm sie und trank erneut, diesmal weniger.

»Woher weiß ich, dass ich dir vertrauen kann?«

»Ich bin dein Mann.«

Sie schnaubte. Dabei trat ihr Wasser aus der Nase, ein ganzer Schwall davon. Das war zu viel, er drehte sich weg. Vielleicht wäre es das Einfachste, sie zu erschießen.

Aber dazu hatte er keine Kraft mehr. Der winzige Rest, der noch in ihm war, reichte kaum dazu, sich die Folgen vorzustellen. In seinem Kopf schwamm es. Noch eine Leiche, die entsorgt werden musste … das Blut … zu viel, viel zu viel … und er brauchte Schlaf …

»Gib mir deinen Schlüssel«, verlangte Siewert.

»Was?«

»Ich kann nicht alles zweimal sagen. Also konzentriere dich. Ich verlange deinen Wohnungsschlüssel.« Siewert streckte die Hand aus.

»Wozu?«

»Zu unser beider Sicherheit.« Siewert hob den Fuß, bereit, ein weiteres Mal zuzutreten. Die Drohung genügte. Gesine kramte in einer Tasche, in einem speckigen braunen Lederbeutel, den er nicht mit den Fingerspitzen hätte berühren mögen. Es kostete ihn schon Überwindung, nur ihr Schlüsselbund in die Hand zu nehmen. Er fasste es ganz vorsichtig an und versenkte es in seiner Tasche.

Mit dem eigenen Schlüssel schloss er die Wohnungstür ab.

»Du gehst nirgendwo hin, solange ich hier bin. Sollte es brennen, kannst du mich wecken. Verstanden?«

Gesines teigiges Gesicht rührte sich nicht, die farblosen Augen schauten ihn an. Warum hatte sich diese Frau so sehr ruiniert? Nur aus Neugier hätte ihn eine Antwort interessiert, nicht aus Mitgefühl. Gesine war ihm vollkommen egal. Der einzige Mensch, der ihn noch interessierte, war Ostrowski.

Und der war hier gewesen.

Auch wenn es ihm schwerfiel und die Angst, entdeckt zu werden, groß war, entfuhr ihm ein Kichern.

Ostrowski. Einen Tag noch, dann war alles vorbei. Einen einzigen Tag musste er noch durchhalten. Es wurde enger – aber sein Plan stimmte nach wie vor.

Die Stimme hatte recht gehabt.

Siewert machte zwei Schritte auf Gesine zu. Begab sich hinein in ihren Dunst, in Mundgeruch und Alkoholgestank.

»Wenn du Ärger machst, töte ich dich. Egal ob heute Nacht oder morgen. Ich erwische dich, und dann …« Er brachte den Satz nicht zu Ende, sondern strich sich mit dem Finger über die Kehle.

Ihr Mund öffnete sich wie von selbst, nicht, weil sie etwas erwidern wollte, sondern vor Schrecken. Gesine hatte die Botschaft bekommen.

»Und jetzt lass mich in Ruhe. Ich muss schlafen.«

Rahlke und die Kollegen der Fünften kamen mit Blaulicht. Paula fuhr den Wagen, der über den Lehmweg holperte. Zum Glück hatten sie das Signal ausgestellt, denn eilig war hier gar nichts mehr, die Frau war tot, und die Leute vom Dauerdienst hatten den Tatort bereits gesichtet.

Ostrowski war verschwunden, Kemal hatte ihn fortgeschickt und harrte allein der Dinge, die auf ihn zukommen würden. Er rauchte. Auf dem Boden waren mehrere Kippen zertreten.

Rahlke öffnete die Beifahrertür, noch bevor ihr Wagen endgültig zum Stehen gekommen war, und stürmte auf ihn zu. »Sind Sie noch bei Trost, Aydin? Warum rufen Sie den Dauerdienst? Wir sind die Mordkommission.«

Kemal nahm einen Zug von der Zigarette. Er zwang sich zur Ruhe, als er antwortete: »Ein übliches Vorgehen. Zumal die Kollegen an der Pankstraße sitzen, die haben es nicht so weit.«

»Und es war Ihnen nicht möglich, die eigene Abteilung anzurufen?« Rahlke schlug sich an die Stirn. »Ich fasse es nicht.«

Paula stand neben ihnen und tat, als höre sie nicht

zu, sie beobachtete die Kollegen, die sich vom Dauerdienst informieren ließen und die eigene Ausrüstung aufbauten.

Warum arbeitete sie nicht mit? Kemal war davon überzeugt, dass sie nicht verpassen wollte, wie ihr Freund Claas seinen Mitarbeiter zusammenfaltete.

»Wir sind doch mit einem anderen Fall beschäftigt und fahnden nach einem Ukrainer.« Den Nachsatz konnte sich Kemal nicht verkneifen. »Ich glaube nicht, dass diese Frau mit einer ukrainischen Waffe erschossen wurde.«

»Ungeheuer witzig.« Rahlke war aufgebracht. »Und ich muss von Kriminalrat Sommerfeld erfahren, dass Sie hier eine Leiche gefunden haben. Mein eigener Mitarbeiter.« Er kniff die Lippen zusammen und warf den Kopf hin und her. »Ich sehe nicht, wie wir in Zukunft zusammenarbeiten sollen. Mein Vertrauen in Sie ist perdu.«

Kemal zeigte keine Regung. Es war kein Gewitter, das über ihm niederging, auch kein Sturm, sondern ein kalter Wind, mit Hagel durchsetzt. Auch wenn Ayse entsetzt wäre, er würde es durchstehen. Das Problem mit dem mangelnden Vertrauen, dachte er, das hatten sie beide. Insofern herrschte Gleichstand.

»Überflüssig zu sagen, dass diese ganze Angelegenheit – wie überhaupt Ihr Verhalten in dieser Ermittlung – ein Nachspiel haben wird. Also nun zur Sache: Wer ist die Tote?«

Paula zückte den Block, fand aber ihren Stift nicht, was ihr unangenehm war.

»Na, bist du endlich so weit?«, fragte Kemal.

Rahlke funkelte ihn an. »Machen Sie sich auch noch über Kollegen lustig?« Er war jetzt Siegfried, der blonde

Ritter, und Paula zeigte ihm ihre Dankbarkeit, indem sie näher an ihn heranrückte.

»Karola Bigalke«, sagte Kemal. »Hat einen Ausweis als BVG-Kontrolleurin in der Tasche. Alter 28. Sie ist mit zwei Schüssen getötet worden. Danach wurde sie ins Gebüsch gezerrt.«

»Kampfspuren? Spuren von Gewalt?«

»Außer den Schüssen – nein.«

»Wie haben Sie sie gefunden?«

»Ich habe während meiner Ermittlung die Schüsse gehört. Und bin der Sache nachgegangen.«

Rahlke hatte einen weiteren Satz auf der Zunge, Kemal ahnte, dass es um seinen Sonderweg ging. Aber dann drehte sich der Dienststellenleiter um, nickte Paula zu, die ihm brav folgte, und ging zu den anderen. Bei Becker blieb er stehen und ließ sich informieren. Der Dauerdienst packte zusammen.

Die Mordkommission hatte übernommen.

Kemal blieb ein wenig abseits und rief die BVG an. Es dauerte lange, bis man ihn durchgestellt hatte, aber dann erfuhr er, dass ein Kollege das Verschwinden von Karola Bigalke bereits gemeldet hatte. Kemal ließ sich den Namen geben.

Ostrowski war lange nicht in Kreuzberg gewesen, doch als er am Bahnhof Schlesisches Tor ausstieg, hatte sich nicht viel verändert. Die Besucher der Straßencafés, die türkischen Händler, die Fahrradfahrer, alle trotzten sie dem Wetter und hielten sich draußen auf. Ein Stück Süden mitten in Berlin. Ein Anti-Tegel.

In der Cuvrystraße, unter der Hausnummer, die Kemal

herausgefunden hatte, fand er den Namen Sörensen mit einigen anderen auf einem Klingelschild. Er läutete, und bald wurde die Tür aufgedrückt. Offenbar wurde jemand erwartet. Ostrowski wusste nicht, wo er hinsollte. Er tippte auf das Quergebäude im Hinterhof.

Als eine Frau ihm die Tür öffnete, schlug ihm Haschisch-Geruch entgegen. Sie hatte rot unterlaufene Augen.

Er wies sich nicht aus. »Ich möchte zu Jasper Sörensen.«

»Moment«, sagte sie.

Die Tür blieb offen, er trat ein und stand in einem dunklen Flur. Wortfetzen drangen zu ihm. Offenbar wurde gestritten.

Dann kam der Däne. Nach den Beschreibungen seiner Klassenkameradin erkannte Ostrowski ihn sofort, auch wenn die vergangenen 14 Jahre Spuren in seinem Gesicht hinterlassen hatten.

Ostrowski entschied sich für die Methode Einschüchterung. Er zog seine Marke hervor. »Polizei. Herr Sörensen? Jasper Sörensen?«

»J-ja.«

»Ich muss Ihnen ein paar Fragen stellen. Wo können wir uns ungestört unterhalten?«

»Im Moment ist es schlecht. Wir fangen gerade mit einer Probe an.«

»Mit einer Drogenprobe, oder was? Entweder reden wir hier, oder ich nehme Sie mit. Entscheiden Sie sich schnell.«

Sörensen ging in ein Zimmer, in dem einige andere Leute um einen Tisch saßen. Der Aschenbecher war voll, die Luft neblig. Sörensen öffnete das Fenster.

»Ihr müsst mal kurz verschwinden«, sagte er zu seinen Freunden, die protestierten, aber schließlich hinausgingen.

Ostrowski setzte sich an den Tisch. »Es geht um Monika Harms.«

»Monika? Oh Gott, das ist lange her.«

»Es gab damals einen Mann. Nicht Sie, sondern einen anderen.« Ostrowski breitete das Phantombild und das Sommerfeld-Foto auf dem Tisch aus. »Kennen Sie den?«

»Ich glaube, ja. Was ist mit dem?«

»Wie war das Verhältnis dieses Mannes zu Monika?«

Sörensen schloss die Augen. Als er lange keine Antwort gab, kickte Ostrowski ihm gegen den Fuß. »Ich nehme Sie mit. Dann schlafen Sie bei uns Ihren Rausch aus, und wir reden später.«

»Ne, ne. Schon gut. Sie hat nicht viel über ihn geredet. Wir haben ihn aber mal getroffen. Ich glaube, er hatte uns aufgelauert, und als er vor uns stand, war es Monika sehr unangenehm. Er war – na ja, ich glaube, sie hat ihn meinetwegen verlassen.«

»Und er war eifersüchtig?«

Sörensen nickte.

»Hatte sie Angst vor ihm?«

»Den Eindruck hatte ich. Warum fragen Sie das alles? Es war doch ihr Musiklehrer, der sie …«

»Beschreiben Sie ihre Angst«, verlangte Ostrowski.

»Ich weiß nicht. Sie hat versucht, den Mann zu beruhigen. Und sie wollte weg. Sie konnte die Situation nicht aushalten.«

»Und danach? Haben Sie über diesen Mann gesprochen?«

»Ich wollte. Ich habe auch Witze gemacht. Schließlich

hätte der Kerl ihr Vater sein können. Aber sie … ne, sie hat mir zu verstehen gegeben, dass sie über all das nicht reden will.«

Ostrowski stand auf, und der Däne tat es ihm gleich. Er ahnte, was folgen würde, und musste schmunzeln.

»Sagen Sie … mit Drogen-Polizei haben Sie nichts zu tun, oder?«

»Ich kenne die Kollegen.«

»Aber?«

Ostrowski nickte ihm zu.

Als Kemal sich auf den Weg machte, waren fast drei Stunden vergangen, die er bei der Toten auf dem Lehmweg zugebracht hatte. Die Kollegen von der Spurensicherung arbeiteten noch, während Becker, Paula und Rahlke wie ein verschworenes Trio beieinander standen und miteinander sprachen. Wahrscheinlich über ihn.

Kemal bezweifelte, dass die Kollegen wichtige Hinweise finden würden. Außerdem war er durchgefroren und sehnte sich nach einem Tee. Hunger hatte er auch. Doch die Arbeit ging vor. Bei dieser Sache gab es viele Anhaltspunkte, sogar einen Zeugen. Er musste sich beeilen.

»Wo gehen Sie hin?«, rief ihm Rahlke hinterher.

»Ermitteln.«

»Ich suspendiere Sie!«

»Wie das denn?«

»Ich bin Ihr Dienststellenleiter.«

»Ich glaube nicht, dass Sie mich suspendieren dürfen. Aber wissen Sie was: Tun Sie einfach, was Sie nicht lassen können.«

Rahlke streckte die Hand aus. »Ihre Polizeimarke. Und die Waffe.«

Kemal schüttelte den Kopf. »Dazu haben Sie kein Recht. Ganz sicher nicht.«

Er setzte seinen Weg fort, wobei er darauf achtete, ob Rahlke jemanden hinter ihm her schickte. Es kam aber niemand.

Kaum hatte er den Lehmweg verlassen, rief Ostrowski an und erzählte ihm von seinem Gespräch mit dem Dänen. Eine Bestätigung dessen, was sie vermutet hatten. Aber weiter half ihnen diese Aussage nicht.

In diesem Fall gab es einfach keine rote Linie. Und er fühlte sich nicht in der Lage, Sommerfeld mit Fragen oder Vorwürfen zu konfrontieren, auch dann nicht, wenn er sah, wie lächerlich es wirkte, wenn der Pensionär Ostrowski das tat.

Hoffentlich konnte der BVG-Kontrolleur helfen, der mit der Toten gearbeitet hatte. Er musste den Mörder doch gesehen haben.

Jenny fuhr zwei Amerikanerinnen mit aufdringlichem Parfum und Schichten von Makeup. Im Kofferraum hatten sie Unmengen von Tüten verstaut. Und sie waren begeistert von Berlin. Old buildings. Nice people. Und ein Old German Car, in dem sie saßen.

Very old.

Die eine von ihnen strich über den Ledersitz. Sie waren entzückt. Beide. Und ließen es immer wieder hören.

Jenny war nicht in der Stimmung, sich mit ihnen zu freuen, sie schmunzelte nicht einmal, auch nicht darüber, dass sie gutes Geld verdiente. Ihre Hände waren an das

Lenkrad geklammert, die Augen achteten auf den Verkehr, und mit den Gedanken war sie sonst wo. Ihr Vater mit seinen Anrufen, mit seiner Angst. Eines hatte er bereits erreicht – sie hatte selber Schiss. Schaute noch mehr als sonst darauf, wer einstieg. War erleichtert, wenn es Frauen waren oder Paare.

Sie wollte diese Angst nicht. Aber sie wurde sie nicht mehr los.

Ihr eigenes Leben zählte ihr nicht allzu viel. Sie fürchtete sich vor Schmerzen, auch vor dem Schrecken, in der Hand eines fremden Mannes zu sein. Vor dem Ende dagegen nicht. Es war nicht viel, was sie verlor.

Anders sah es mit Lotte aus. Ihre Tochter – die eine Mutter brauchte.

Als sie die Amerikanerinnen an ihrem Hotel am Gendarmenmarkt – »Such a nice square. The churches alike. I love them.« – abgesetzt und ihnen geholfen hatte, ihre Tüten aus dem Kofferraum zu sammeln, beeilte sie sich, zurück nach Tegel zu kommen. Trotzdem brauchte sie lange, der Verkehr war dicht, auf der Friedrichstraße ging es nur im Schritt voran, an der Chausseestraße wurde gearbeitet, LKWs der Baufirmen standen im Weg, was die Fahrer in keiner Weise scherte, und auf der Reinickendorfer hatten sich die Ampeln gegen sie verschworen.

Lotte hatte eine späte Sportstunde. Jenny hatte eine gut erzogene Mutter sein und ihr schäbiges Auto abseits der Schule parken wollen, doch das war nicht mehr möglich. Die Kinder kamen schon heraus.

Sie stellte sich ins Halteverbot und sprang aus dem Auto.

Es waren nicht mehr so viele Schüler wie am Morgen. Weniger Lärm und Lachen, kein Geschubse, keine

Boxerei. Die Mädchen quatschten, die Jungs bildeten eigene Grüppchen. Sie alle waren wie ein Pulk.

Nur keine Lotte.

Jenny gab sich alle Mühe, die Panik klein zu halten. Trotzdem kroch sie ihr die Beine hoch, zog in Rücken und Arme, schob sich wie eine Schlange vorwärts. Ein hoher Ton piepte in ihrem Ohr.

Sie wollte ihn abstellen. Diesen ganzen Mist wollte sie abstellen.

Aber das gelang nicht. Lotte war nicht da. Tränen traten ihr in die Augen, der Kopf war leer. Sie sah sich über den Schulhof hetzen, von einem Ende zum anderen. In Gesichter blicken. Keine Lotte finden.

Schon wurde der Eingangsbereich leerer. Hatte sie sie verpasst? Ihr war klar, dass ihre Hektik Fehler geradezu provozierte. Wahrscheinlich hatte sie Lotte übersehen, und die war schon auf dem Weg nach Hause.

Wahrscheinlich. Aber nicht sicher.

Sie stürmte in das Schulgebäude hinein, und da, endlich, fand sie einen Lehrer, den sie kannte.

»Der Sportunterricht für die vierte Klasse wird ausgefallen sein. Die Kollegin Schüssler ist doch krank.«

»Die Kinder sind nach Hause?«

»Vor zwei Stunden schon, schätze ich. Warten Sie, wir schauen auf den Plan.«

Sie konnte nicht warten.

Vom Auto aus rief sie Lotte an, und die ging zum Glück an ihr Handy.

»Mama, ich habe dir auf den Anrufbeantworter gesprochen. Wir hatten früher aus, da bin ich mit zu Anna gegangen.«

Ihre Hände zitterten.

»Dein Handy war aus«, sagte Lotte.

»Ich hatte es leise gestellt. Weil …« Sie brachte den Satz nicht zu Ende. Er hieß: »Weil ich nicht dauernd von Opa angerufen werden will.« Stattdessen brachte sie hervor: »Ich hole dich nachher bei Anna ab.«

Mit weichen Knien schlich sie zurück zu ihrem Auto. Flüche schwirrten ihr durch den Kopf, eine lange und sich wiederholende Tirade von Kraftausdrücken, gegen ihren Vater und ihr eigenes Leben und gegen die Tatsache, als Polizistentochter zur Welt gekommen zu sein.

Lange dauerte es nicht, bis Kemal den Tathergang aufgeklärt hatte. Es war, wie sie vermutet hatten. Ein Schwarzfahrer war erwischt worden und weggelaufen. Die Kontrolleurin war ihm gefolgt. So sagte es ihr Kollege aus, bevor er einen Termin beim Arzt hatte, der ihn krankschreiben sollte.

»Haben Sie sein Gesicht gesehen?«, fragte Kemal.

Der Mann hatte einen Bauch wie eine Trommel, kurzes blondes Haar, einen Schnauzer und ein trauriges Lächeln im Gesicht. »Ach wissen Sie, wir sehen so viele Gesichter, jeden Tag, da schaut man nicht mehr richtig hin.«

Sie standen in einem BVG-Büro, hinter ihnen ein grauer Tisch und Stühle, an der Wand ein paar Kunstdrucke. Ein gesichtsloser Raum. Keiner von ihnen setzte sich, weil beide mit einem kurzen Gespräch rechneten.

»Ist es eigentlich üblich, dass man fliehenden Schwarzfahrern hinterherläuft?«

»Nein. Streng genommen ist es sogar untersagt. In solchen Fällen müssen wir die Polizei rufen.«

»Aber …?«

»Karola war Leichtathletin. In ihrer Jugend schon, damals hat sie an Berliner Meisterschaften teilgenommen. Dann hatte sie lange ausgesetzt, aber vor einiger Zeit wieder angefangen. Sie trainierte für den Marathon. Wir haben uns viel darüber unterhalten, über Sport, über Fitness und Training und den ganzen Kram. Weil ich – ich lasse kaum eine Sportsendung aus. Und sie hat gesagt: ›Soll mal einer versuchen, ich hole jeden ein.‹ Tja. Das hätte sie besser nicht getan.«

Der Mann hatte sie also in eine Falle gelockt. Wahrscheinlich hatte sie noch triumphiert, weil sie glaubte, ihn gestellt zu haben. Dann hatte er sie erschossen und die Leiche unter eine Hecke gezerrt.

Soweit war alles klar. Was er nicht wusste: Wer war dieser Kerl?

Wegen Rahlke konnte er den Zeugen nicht in die Keithstraße bringen, so kam er auf die Idee, in einem nahe gelegenen Revier um Amtshilfe zu bitten. Er zeigte seinen Ausweis vor und sagte, der Zeuge habe es sehr eilig. Anstandslos bekam er einen Raum mit Computer zugewiesen.

Er loggte sich ein. Klickte sich weiter zur Fahndungsdatei. Zeigte dem Kontrolleur, der neben ihm auf einem Bürostuhl saß, ein paar Fotos. Sah, wie der andere den Kopf schüttelte.

Dann vergrößerte er ein Siewert-Foto auf dem Bildschirm. Ein knochiges Gesicht, gekämmtes Haar mit Scheitel, ein Halstuch.

»Der!«, rief der Kontrolleur.

»Sind Sie sicher?«

»Ja.«

Kemal holte ein anderes Foto hervor. »Könnte es auch der gewesen sein?«

»Nein.«

»Oder der?«

»Nein.«

Also Siewert. Der verschwundene Siewert.

Sie waren immer noch keinen Schritt weiter.

Er hatte sich mit Ostrowski in einem Dönerlokal im Wedding in der Müllerstraße verabredet. Seine Fahrt war stockend, Transporter blockierten die rechte Spur, alle anderen kamen kaum vorwärts, hupten aber umso lauter. Während er fuhr, dachte er darüber nach, Sommerfeld sein schnelles Ergebnis in Bezug auf die Kontrolleurin zu präsentieren und sich auf diese Weise einen Vorteil zu verschaffen. Ein dummer Gedanke. Der Fall war in keiner Weise gelöst.

Als er geparkt hatte, umfing ihn der Wedding. Er hörte Türkisch und Arabisch, ein wenig Deutsch und Sprachen, die er nicht kannte. Mütter zogen ihre quengelnden Kinder hinter sich her, Männer gingen nebeneinander und diskutierten.

Vor dem Lokal nahm er zwei letzte Züge von seiner Zigarette. Noch bevor er saß, hatte er schon seinen Tee bestellt.

Dann berichtete er Ostrowski von der Aussage.

Der Dicke schüttelte den Kopf. »Was stimmt hier nicht? Nehmen wir an, Siewert war derjenige, der damals Monika Harms ermordet hat. Und er hat auch heute die Kontrolleurin erschossen. Und das Mädchen im Zeitungskiosk getötet. Aber für den Mord an der Apothekerin hat er ein Alibi. Das ist also jemand anders gewesen?«

Kemal hielt beide Hände um sein Teeglas und spürte die Wärme, die in seine Fingerspitzen zog. »Und wenn am Alibi etwas falsch ist? Zum Beispiel der Todeszeitpunkt?«

»Das hätte ich noch nicht erlebt. Außerdem hast du einen weiteren Zeugen, der Mörder und Opfer auf der Straße gesehen hat. Da war der Zeitpunkt doch auch eindeutig.«

Linger. Der kleine Mann, der lieber mit deutschen Beamten sprach.

»Aber selbst wenn die sich alle in der Zeit geirrt haben«, fuhr Ostrowski fort, »hieße das, Siewert verschwindet von diesem Fest, tötet sein Opfer, bevor er zurückkehrt und ein kleines Konzert auf der Querflöte gibt. Ob er sich vorher wenigstens die Hände gewaschen hat?«

»Davon abgesehen, dass der Weg vom Wohnheim nach Tegel zu weit ist, um ihn in ein paar Minuten zu schaffen«, sagte Kemal. »Versuchen wir es also mit Sommerfeld. Ein eifersüchtiger Mann tötet seine Geliebte. Eine Beziehungstat. Wunderbar, so etwas gibt es alle paar Tage. Aber dann macht er sie zurecht, als wäre er ein Irrer? Im Anschluss gibt er jahrelang Ruhe, solange bis Siewert aus dem Knast kommt? Da bliebe noch eine Frage: Was hätte unser Kriminalrat in der ganzen Zeit mit seinen perversen Trieben gemacht?«

Ostrowski stöhnte. »Wie wollen wir vorgehen?«

»Es gibt mehr, als wir beide bewältigen können. Wir müssten ins Wohnheim, um das Alibi noch mal zu überprüfen und nachzusehen, ob Siewert da ist. Außerdem noch einmal wegen des Todeszeitpunktes der Apothekerin mit unserem Doc sprechen. Dann zu Frau Siewert, vielleicht versteckt er sich da.«

»Und in die Laube«, ergänzte Ostrowski.

»Bisschen viel. Wir sind nur zu zweit.«

»*Immerhin* sind wir zu zweit.«

Beide machten eine Pause und hingen ihren Gedanken nach. Ostrowski schlürfte sein Bier. Wenn sie nicht alles schafften und Lücken lassen mussten, fand Kemal, dann bot sich das Wohnheim an. Siewert musste davon ausgehen, dass die Polizei ihn dort zuerst suchte. Diesen Ort würde er meiden.

Seine Hand fuhr am Stuhl entlang Richtung Fußboden, wo der Rucksack stand, den er bei sich trug. Der Sender. »Was macht Jenny?«, fragte er.

»Ist genervt von meinen ständigen Anrufen. Das kann ich ihr leider nicht ersparen.«

»Ich habe zwar den GPS-Sender hier, aber abends nützt er uns nichts. Können wir noch irgendetwas tun?«

»Was denn?«, fragte Ostrowski zurück. »Soll ich sie bei mir einsperren?«

Während er Hilde versorgte, ertappte er sich dabei, den nächsten Anruf bei Jenny vor sich herzuschieben. Er dachte an Katja, der er versprochen hatte, nach ihr zu sehen.

Was würde Hilde sagen, wenn sie wüsste, wo er hinwollte? Sich selbst die eine oder andere Erklärung zurechtzulegen, fiel ihm nicht schwer, Katja brauchte Unterstützung nach einem traumatischen Erlebnis, und vielleicht erinnerte sie sich noch an ein entscheidendes Detail, das ihm bei der Ermittlung half.

Doch war all das nicht die Wahrheit. Die Wahrheit war, dass er Katja mochte, während der Kontakt zu seiner Frau abgerissen war. Sie redeten fast nicht miteinander, lebten nur wie zufällig in der gleichen Wohnung. Und weil es seine Aufgabe war, sorgte er dafür, dass sie zu essen hatte. Sie saß schon wieder auf ihrem Sessel und sah fern, ein Programm, das sie früher niemals eingeschaltet hätte. Mittlerweile schien es ihr egal zu sein. Hauptsache bewegte Bilder.

Er machte sich auf den Weg. Da es noch nicht halb sieben war, betrachtete er die Schaufenster-Auslagen und stellte neue Beobachtungen darüber an, wie die alte bürgerliche Qualität in Tegel den Vormarsch der neuen Konsumwelt aufzuhalten versuchte. Der Konditor backte seine Torten selber, der Juwelier führte sein Geschäft in vierter Generation, und bei beiden verweilten die Kunden. Doch ein Stück weiter hatte ein Billiganbieter das alte Karstadt-Haus übernommen und sich auch noch einen renommierten Namen gegeben. Dazu die Discounter, die sich ausbreiteten wie Unkraut, all die Geizläden und Preiskämpfer. Zehn Jahre, glaubte Ostrowski, dann war die Schlacht verloren. Vielleicht nur noch fünf.

Katja kam pünktlich um halb sieben heraus. Mit ihrem eleganten grauen Mantel und dem roten Schal gehörte sie eindeutig zum alten Tegel. Als sie ihn entdeckte, trat ein Strahlen auf ihr Gesicht.

»Thomas. Hast du auf mich gewartet?«

»Wie kommst du denn darauf? Ich bin ganz zufällig hier.«

Sie lachte. »Warum bist du denn nicht hereingekommen?«

»Ich wollte nicht, dass deine Kolleginnen dir eine Affäre andichten.«

Sie winkte ab. »Die Leute reden. Da kann man nicht viel machen.«

Beide waren sie verlegen. Wie verhielt man sich? Einander umarmen wie Freunde? Mitten auf der Berliner Straße? Sie zögerte genauso wie er, so machte er den Schritt auf sie zu und nahm ihre Hand.

»Ich freue mich, dich zu sehen«, sagte sie leise.

Er legte beide Arme um ihre Hüften und spürte, wie auch sie ihn umarmte. Während die Autos an ihnen vorbeirauschten, lag sein Kopf an ihrem, ihr Geruch stieg ihm in die Nase, Parfum vermischt mit feinem Schweiß. Er schloss die Augen. Hörte nichts und sah nicht. Durch ihren Mantel hindurch fühlte er ihren Körper und drückte sie enger an sich. Er hätte ewig bleiben können. Sogar sein Geschlecht regte sich.

Sie schob ihre Hand etwas höher und hielt sie an seinen Hinterkopf. Er drehte den Kopf ein wenig und gab ihr einen Kuss auf die Wange.

Die Augen hielt er weiter geschlossen.

Wie beim Träumen.

»Papa!«, hörte er im nächsten Moment.

In Katjas Armen wandte er sich um. Jenny, auf dem Fahrrad. Ein Fuß auf der Pedale, der andere auf dem Boden.

Er ließ Katja los. Und kam sich ertappt vor.

Es war nicht, was sie dachte.

Und war es irgendwie doch.

»Jenny«, brachte er hervor, »wo willst du denn hin?« Und er stellte sie Katja vor: »Meine Tochter.«

»Ich hole Lotte ab.«

Jenny grüßte nicht, sie hob den zweiten Fuß auf die Pedale und fuhr davon. Er sah ihr nach und fühlte sich unwohl. Wie ein Schuljunge, der bei einer Lüge erwischt worden war.

Sie war bereits ein ganzes Stück gefahren, als sie umkehrte und zurückkam. Er sah ihr den Ärger an und suchte nach einer Erklärung, nach einem Satz, der nicht billig war und auch nicht eine Schuld eingestand, die es nicht gab.

Ihm fiel nichts ein, was angemessen gewesen wäre. Sein Mund blieb verschlossen.

Stattdessen sagte sie: »Du bist ein Arschloch, Papa. Ich will nichts mehr mit dir zu tun haben. Lass mich endgültig in Ruhe.«

Katja würdigte sie keines Blickes. Sie warf den Kopf herum, und ihr blondes Haar flog durch die Luft, als sie in die Pedale trat und davonrauschte.

»Bitte entschuldige«, sagte Ostrowski. »Es ist …«

»Ich kann es mir denken«, entgegnete sie.

»Komm, wir gehen. Ich bringe dich nach Hause.«

»Besser nicht.«

Der Zauber des Augenblicks war so komplett verflogen, als wäre der Vorhang aufgegangen und ein grelles Deckenlicht angeschaltet worden. In Katjas Gesicht fand er noch eine Erinnerung an das Glück, und da war auch ein Rest von Lächeln, aber es sah schon gewollt aus.

»Katja, bitte. Ich begleitete dich ein Stück.«

»Weißt du, Thomas, wenn ich ein Zauberlehrling wäre und mir einen Mann formen dürfte – er wäre dir ähnlich. Groß und stark. Ein Fels.« Sie lachte auf. »Ein Fels, der auch noch gut aussieht und nett ist. Der einzige Unterschied wäre, dass er frei wäre. Deine Tochter hat recht. Du hast eine Frau zu Hause, die Medikamente gegen Depressionen bekommt. Wir waren beide dabei, eine Dummheit zu machen.« Sie hob die Schultern, ihr Mund zog sich zusammen, es war eine Geste von einer verlorenen Gelegenheit. »Eine sehr schöne Dummheit. Ich habe mich immer gefreut, wenn ich dich gesehen habe. Aber jetzt müssen wir auseinandergehen.«

»Katja!«

Sie gab ihm einen kräftigen Kuss auf die Wange, einen freundschaftlichen Schmatzer, der Abschied bedeutete, schüttelte den Kopf und schritt davon, ohne sich noch einmal umzudrehen.

Er rührte sich nicht. Wann hatte er sich je so einsam gefühlt? Als Kind vielleicht, vor der Flucht, und dann im Lager in Marienfelde, als sie keine Nachrichten vom Vater hatten.

Es tat weh.

Er zwang sich, zu bleiben und es zu ertragen.

Erst als der Schmerz ein wenig nachgelassen hatte, erlaubte er sich das Denken und machte sich klar, wie viel er verloren hatte, nicht nur Katja, sondern auch die Möglichkeit, Jenny zu beschützen. Der Abend war angebrochen, er stand immer noch auf dem Bürgersteig, um ihn herum strebten die Leute nach Hause.

Er kam sich verloren vor.

Trotz seiner Erschöpfung hatte Siewert kaum ein Auge zugemacht. Die Angst hatte ihn wachgehalten. Würde sich Gesine ruhig verhalten? Er hatte nicht bedacht, dass sie die Polizei anrufen konnte. Angespannt hörte er darauf, ob sie sprach. Und was war mit der Kripo? Was, wenn Ostrowski schon vor der Tür stand?

Mit einer neuen Idee war er wieder aufgestanden – er würde sich in die Kolonie zurückziehen, aber in eine andere Laube. Ihn dort zu finden, das war unmöglich. Er würde die Hütte heizen und dann schlafen. Lange schlafen. Es ging auf den letzten Tag zu, da musste er zu Kräften kommen.

Ab morgen würde er sich hoffentlich nie wieder die Frage beantworten müssen, wo er bleiben konnte. Dieser Gedanke erfüllte ihn mit einer Freude, die stärker war als alle Müdigkeit und Angst. Auch die Dunkelheit machte ihm nichts aus. Ein leichter Wind rauschte. Es roch frisch, fast schon nach Frühling. Ein Frühling, den er nicht mehr erleben würde.

Er konnte darauf verzichten.

In den gelben Häusern am Rande der Kolonie brannte in fast jeder Wohnung Licht. Es war wenig wahrscheinlich, dass er von dort gesehen wurde. Trotzdem ging er geduckt. Schlich an einer Hecke entlang, die Ohren gespitzt und die Augen offen. An den Fassaden der Lauben brannten keine Lampen, nirgendwo.

Und trotzdem konnte jemand da sein.

Siewert drückte sich durch ein niedriges Gartentor. Die Hütte war aus dunklem Holz und sah nicht sonderlich einladend aus. Zu seiner Linken stand ein Stapel Brennholz, vor ihm waren Gartenzwerge aufgebaut, daneben ein Springbrunnen, der abgestellt war. Am Ende eines kurzen Weges stand das Häuschen.

Bis die Heizung arbeitete, würde es kalt sein. Er war bereit, sich mit Decken zu behelfen. Diese war so gut wie jede andere Laube. Die Tür war ein Kinderspiel.

Nur kein Licht machen.

Ostrowski hatte zwei Bier getrunken und dazu zwei Korn, als er sich auf seinen letzten Weg dieses Tages machte. Die Kolonie. Kemal hatte vorgeschlagen, selber bei Frau Siewert vorbeizuschauen und das Wohnheim auszulassen.

Blieb für Ostrowski die Laube.

Er hatte keinerlei Lust zu dem Weg. Zwar war es wärmer geworden, aber der Wind kroch einem unter die Klamotten. Sein Kopf war schwer. Nun fielen ihm all die Wörter ein, die er Jenny hätte sagen sollen. Dass er auch ein Mensch war und ein Recht auf sein Leben hatte. Dass er Hilde nicht vernachlässigte. Und dass sie zur Abwechslung auch einmal versuchen könnte, ihn zu verstehen.

Zu spät.

Es war zu spät.

Was ihn am meisten störte, war, dass er auch diesen Weg wieder zu Fuß machen musste. Das blöde Auto, die dämliche Werkstatt. Warum hatte er es nicht geholt?

Um auf andere Gedanken zu kommen, fragte er sich, an welcher Stelle die Fünfte wohl ermittelte. Sicher hatten auch die Kollegen den Kontrolleur befragt, der mit der Toten unterwegs war. Wussten sie ebenfalls, dass er Siewert erkannt hatte?

Er stellte sich die dummen Gesichter vor – das des BVG-Mannes, als die Kripo erneut anklopfte. Und das von Paula und Rahlke, als sie erfuhren, dass der Kollege doch schon da gewesen war.

Kein tolles Zeugnis, das sich die Mordkommission da ausstellte. Ostrowski war klar, dass Rahlke alle Schuld auf Kemal schieben würde. Deshalb war die Frage, ob Sommerfeld die Unfähigkeit seines neuen Dienststellenleiters erkannte. Dann müsste er einräumen, einen Fehlgriff getan zu haben.

Eine andere Frage war, wie er sich Jenny gegenüber verhalten sollte. Das beste Mittel für solche Fälle, nämlich Gras über die Sache wachsen zu lassen, stand ihm nicht zur Verfügung. Auch wenn sie ihn verabscheute, vielleicht sogar hasste, blieb er verantwortlich für seine Tochter. Und das konnte er nicht übergehen.

Heute Abend nicht mehr, aber morgen würde er entweder zu ihr gehen oder sie anrufen. Er konnte sich auf ihre Ablehnung vorbereiten, dann hatte er ihr mehr entgegenzusetzen.

Jenny. Was hatte er dem Mädchen nur getan?

Sein Weg war alles andere als schön. Die Schneehaufen begannen zu schmelzen, aber immer noch lagen die Granulatsteinchen auf dem Bürgersteig und fanden ihren Weg in seine Schuhe, wo sie ihn störten. Er war der einzige Fußgänger weit und breit. Autos rauschten an ihm vorbei, und als er sich der Autobahnbrücke näherte, wurden ihre Fahrgeräusche noch lauter.

Endlich erreichte er die Kolonie. Sie war wie ausgestorben, in keiner der Hütten brannte Licht. Er machte trotzdem den Weg bis zu seiner Laube, schlich sich an und spähte durch alle Fenster. Drinnen war es nicht nur dunkel, sondern auch ruhig. Da war kein ungebetener Gast.

Er schloss auf und schaltete Licht an. Die Suche dauerte nur einen kurzen Moment, denn das Häuschen hatte ja nur zwei Zimmer.

Siewert, stellte er fest, war nicht da.

7

Unterwegs, um Brötchen zu holen, erkannte Ostrowski die Frau von Weitem, ihr strähniges Haar, die billige und bunte Jacke, am Ärmel eingerissen, alles andere als warm. Sie humpelte ein wenig, hatte sich offenbar den Knöchel oder den Fuß verletzt. Immerhin torkelte sie nicht. Den Einkaufsbeutel hatte sie fest umschlossen, als habe sie Sorge, ihn zu verlieren.

Seit dem frühen Morgen war in ihm der Drang, zu reden. Fast lief er von Worten über. Mit Katja wollte er sprechen und mit Jenny. Am liebsten mit beiden gleichzeitig. Er hatte sich Sätze zurechtgelegt. Sie geprüft, verworfen, neu zusammengesetzt. Am Ende ging es darum, dass auch er, der alte Mann, der Pensionär, ein Recht auf ein wenig Glück hatte. Die ganze Welt strebte danach, und nur er sollte verzichten müssen?

Dass er Hilde nicht verriet und nicht verstieß, das war sowieso klar.

Doch nun steuerte Gesine Siewert auf ihn zu.

»Sind Sie nicht dieser Bulle?«

»Und wenn ich es wäre?«

»Der Scheißkerl soll in Spandau leben.«

»Welcher Scheißkerl?«

»Siewert, wer sonst?«

»Und wer sagt, dass er in Spandau lebt?«, fragte er.

Sie schaffte es nicht, ihn anzusehen. Ihre Augen flackerten, sie wackelte mit dem Kopf, aus dem die Knollennase mit den vielen geplatzten Äderchen hervorstach.

Schließlich riss sie sich zusammen. »Alle sagen das. Alle, die ihn kennen.«

»Alle? Mit wem haben Sie denn gesprochen.«

»Mensch, Kerl, bin ich die Auskunft? Ich gebe Infos raus, und zum Dank belästigen Sie mich, oder was? Ne, scheiße, so läuft das nicht.«

»Ich verstehe Sie nicht, Frau Siewert.« Je nervöser sein Gegenüber wurde, desto größer wurde seine Gelassenheit. Diese Frau half ihm zu einer Ruhe, die er seit dem Vorabend nicht mehr gehabt hatte. Am Ende musste er ihr noch dankbar sein.

»Was läuft nicht?«

»Gar nichts läuft. Gar nichts.«

Sie gab sich Mühe, das Zittern ihrer Hände zu unterdrücken. Er sah es trotzdem. Und wusste, dass sie unterwegs war, um Nachschub zu beschaffen.

»Ich habe dir gesagt, was ich weiß, Bulle. Normalerweise bekommt man für sowas Kohle.«

Er tat, als würde er nicht verstehen. »Und worin besteht die Information?«

»Dass er in Spandau lebt. Habe ich doch schon gesagt.«

»Richtig. Und wo in Spandau?«

»Was weiß ich? Falkenberg, oder wie das heißt.«

»Falkenhagener Feld?«

»Von mir aus auch das.«

»Und wo da?«

»Mann, keine Ahnung«, rief sie. »Woher soll ich das wissen? Vielleicht hat er ’ne Alte gefunden, die ihn aufgenommen hat, irgendeine dumme Kuh, bei der er auf die

Tränendrüse gedrückt hat. Das kann er, gloob mir. Siewert ist ein großer Geschichtenerzähler, weißt du. Jedenfalls war er das früher.«

»Ihr Hinweis ist ziemlich vage, Frau Siewert. Sagen Sie mir doch bitte, wo Sie ihn her haben.«

»Scheiße, nein, ich denke ja gar nicht daran. Bin ich ein Verräter, oder was? Wie steht's nun mit Kohle? Wenn man euch sagt, Spandau, dann müsst ihr doch in der Lage sein, so ein Arschloch zu finden. Oder seid ihr so miese Bullen?«

»Zumindest sind wir gut genug, uns zu fragen, warum jemand uns eine solche Auskunft gibt. Und auch noch ungebeten. Aber gleichzeitig, ohne seine Quelle zu nennen. Will diese Person uns ablenken? Will sie ihre Quelle schützen? Ist die Quelle vielleicht der Gesuchte selber? Die Informantin immerhin ist seine Ehefrau.«

»Ick versteh kein Wort. So eine gequirlte Scheiße. Ehefrau? Ich habe den Kerl seit 13 Jahren nicht gesehen. Und bin heilfroh darüber, falls Sie das interessiert.«

Die Passanten drehten sich nach ihnen um, weil sie inzwischen brüllte. Öffentlich ausgetragene Streitigkeiten, so etwas gehörte in Arme-Leute-Viertel. Ihr Tegel, mochten sie denken, stieg immer weiter ab.

»Frau Siewert, es kostet mich nicht mehr als einen Anruf, um sie in Beugehaft zu nehmen.« Ostrowski zog sein Handy hervor. »Da gibt es nur Wasser und Kaffee. Das wird Ihnen wie eine Kur vorkommen. Also, woher stammt die Information?«

»Aus der Kneipe. Deshalb … konnte ich das auch dem Bullen nicht sagen, der gestern Abend da war. Dieser Türke oder was der war.«

Es war offensichtlich, dass sie log. Siewert hatte sie unter Druck gesetzt. Er war bei ihr gewesen. Und Ostrowski würde ihn finden. Er war ihm nah.

»Schützen Sie ihn?«

»Ich und Siewert schützen – dass ich nicht lache! Ich sage Ihnen was, Herr Bulle: Wenn Sie ihn gefasst haben, dann nehmen Sie ihm gefälligst meinen Schlüssel ab. Ich will keinen Besuch von dem Arsch. Und ein neues Schloss kann ich mir nicht leisten.«

Grußlos zog sie weiter.

Ostrowski machte sich auf zum Siewert-Haus, in das man problemlos hereinkam. Die einzige Schwierigkeit war, dass er sich auf dem Flur nicht verbergen konnte, die Türrahmen waren zu flach für seinen dicken Bauch.

Dann also die Überraschung.

Er hielt sich im Treppenhaus auf, bis sie nach Hause kam. In der Zwischenzeit begegneten ihm nur wenige Leute, und die nahmen kaum Notiz von ihm. Frau Siewert hörte er an ihrem Keuchen und an dem schleppenden Gang. Offenbar war sie tatsächlich verletzt.

Er folgte ihr auf Zehenspitzen und passte den Moment ab, in dem sie aufschloss.

Sie wurde bleich. Ihr Protest war schwach.

Er drückte die Tür auf. »Ich will nur schnell sehen, ob Sie mir die Wahrheit gesagt haben.«

»Spinnst du, Alter? Das ist immer noch meine Wohnung.«

»Ich will sie Ihnen nicht wegnehmen.«

Siewert war nicht da, weder im kleinen noch im großen Zimmer, nicht im Bad und nicht in der Küche.

Er hatte sich zu früh gefreut.

»Tut mir leid«, sagte er, »ich hatte Grund zu der Annahme, dass sie mich anlügen.«

Siewerts Clou war der Stock. Leicht geschwungen, schwarz lackiert und mit einem Griff, der Platz für jeden einzelnen Finger hatte. Er hatte ihn an diesem Morgen erstanden, zusammen mit einem dunklen Hut. Der Verkäufer war skeptisch gewesen, die Kombination lasse ihn älter wirken, als er sei.

Genau das, was er wollte.

Siewert ging langsam und leicht gebeugt. Der arme alte Mann.

Es war sein letzter Tag. Winterlicher Nieselregen; wie passend. In seinem Leben hatte die Sonne nicht geschienen, von Anfang an nicht. Der Vater hatte sich mehr und mehr in den Keller zurückgezogen, um dort zu beten, dabei war er immer blasser und ängstlicher geworden. Und er, der Sohn, wurde immer öfter ins Ehebett gerufen und hatte die Mutter dort zu berühren, wo sie es verlangte, und das, obwohl ein Kreuz an der Schlafzimmerwand hing.

Er hasste Berührungen. Deshalb war die Jungfrau Maria seine liebste Heilige.

Sich an seinem Stock festhaltend, verdrehte Siewert den Kopf, eine vom Ekel bestimmte Bewegung. Die schlimme Zeit war vorbei, und er mochte auch nicht mehr daran denken. Nicht an seinem letzten Tag. Viele Jahre hatte er die alten Geschichten vergessen gehabt, die Erinnerungen waren verschüttet gewesen, bis der Psycho-Heini im Gefängnis sie freigelegt hatte. Immer wieder hatte er danach gefragt, und Schicht für Schicht war zum Vorschein gekommen.

Angeblich hatte man die bösen Dinge erneut anzusehen, um sie ›bearbeiten‹ zu können.

Er legte keinen Wert darauf. Was sollte an seinem Dasein zu bearbeiten sein?

Wie zum Ausgleich hatte er in seinem Leben die Musik gehabt, seine einzige Freude. Das Radio. Die Schulmusik. Die Flöte, das Studium. Am Ende seine Schüler.

Und er hatte Monika gehabt, das wundervolle Mädchen mit dem feinen Goldkreuz an der Halskette.

Siewert war auf seinem letzten Gang. Mit Hut und Stock und Mantel. Ein alter Mann in Berlin-Tegel, ein Greis unter vielen anderen. Im Unterschied zu ihnen besaß er eine konkrete Vorstellung des Todes, vor ihm hatte er keine Angst, er sah ihn wie ein weiches Bett, mit Daunendecke und Kopfkissen, frisch bezogen mit schwarzem Laken. Die Bettwäsche war geruchlos.

Bastian Siewert war bereit, sich hineinzulegen.

Er stimmte sein Lied an, während er sich den Borsighallen näherte. Summte die Melodie, und dann fing er leise an zu singen:

Die Vergeltung ist mein, wer will sie verhindern?
Sei der Weg auch nicht fein, und mag man mich schinden.
Kein Mensch kann sie wissen, kein Kripo erschießen.
Es bleibet nicht klein. Die Vergeltung ist mein.

Was er benötigte, trug er in seinem Leinenbeutel mit sich. Zwei Dinge waren es noch, die Waffe und das Rasiermesser. Alles andere hatte er in verschiedene Müllcontainer geworfen und in einen Teich. Er schied mit kaum mehr, als er vor 43 Jahren gekommen war. Sein letztes Hemd brauchte wirklich keine Taschen. Kinder hatte er nicht großgezogen und auch sonst nichts von Wert geschaffen. Außer Monika Harms. Die gute, begabte Monika, das reine Mädchen. In sie hatte er alles investiert, was er besaß. Ihr hatte er gezeigt, was Musik sein konnte.

Aber sie war längst gegangen.

Was ihm blieb, war ein ordentlicher Abschied. Laut wie ein Knall.

Er kicherte.

Und humpelte auf den Taxistand zu, an dem Jenny Ostrowskis Wagen stand. Sie kam um die Ecke, ihren Kaffeebecher in der Hand. Ihr blondes Haar fiel über die Schultern, um den Hals trug sie einen selbstgestrickten Schal. Der Nieselregen machte ihr nichts aus. Sie schien ihn nicht einmal zu bemerken.

Siewert wartete unter einem Dachvorsprung und stützte sich auf seinen Stock.

Kemal trank einen Tee, rauchte und war dabei, Ostrowskis Nummer zu wählen, als sein Telefon klingelte. Er sah auf dem Display, dass es Paula war.

»Ja?«

»Paula hier. Wir haben eine Sitzung. In einer halben Stunde.«

»Na und?«

»Du sollst kommen. Claas hat mich gebeten, dir Bescheid zu sagen.«

Warum hatte er den Anruf angenommen? Jetzt musste er sich wieder herauswinden. »Er hat mich suspendiert. Schon vergessen, Frau Kollegin?«

»Im Eifer des Gefechts wird viel geredet. Sagt er auch. Leg nicht alles auf die Goldwaage.«

»Auf die Goldwaage? Und was, wenn dein Anruf ein Trick von Rahlke ist? Wir wissen doch beide, dass du auf seiner Seite stehst. Außerdem habe ich keine Zeit.«

»Das ist kein Trick, und Seiten gibt es auch nicht, weil wir ein Team sind.« Er spürte ihre Zähigkeit durchs Telefon. »Claas sagt, wir haben einen Mörder da draußen und müssen alle Kräfte bündeln. Für Manöverkritik sei hinterher Zeit.«

»Ich bin«, entgegnete er und hörte selber, wie defensiv er klang, »unterwegs nach Reinickendorf. Nach Schöneberg zurückzufahren, das würde mich Stunden kosten. Ruft mich an, wenn ihr Ergebnisse habt. Sollte ich etwas herausfinden, halte ich es genauso.«

»Kemal, unkoordinierte Arbeit bringt nichts. Das weißt du genauso gut wie ich.«

»Ich habe keine Zeit.«

»Kemal!«

Was sie sagte, roch faulig. Er dachte an Ayse. ›Er ist dein Chef‹, würde sie sagen, ›du musst tun, was er anordnet.‹ Wie weit wollte er den Konflikt treiben? Vielleicht kam er ja mit Rahlke zu einer Übereinkunft, die ihn sein und machen ließ. Denn dass der Herr Dienststellenleiter ihn für einen fähigen Kriminalpolizisten hielt, das hatte er ja durchblicken lassen.

Wir brauchen Sie und Ihre Erfahrung.

Ihm fiel der Termin bei Sommerfeld ein, den er nicht einmal abgesagt hatte. Der faulige Geruch blieb. Trotzdem gab er Paula nach. Er nahm einen letzten Zug von der Zigarette. »Ist gut. In einer halben Stunde. Ich bin da.«

Hilde hatte eine Geduld, die ihm nicht normal erschien. Mehr als eine Stunde nach seinem Aufbruch kam er mit der Brötchentüte, sie aber fragte nicht, wo er war, und machte ihm keine Vorwürfe. Wahrscheinlich hätte sie auch noch eine Stunde gewartet.

Er erzählte, was er gemacht hatte. Sie schien nicht interessiert. Ein halbes Brötchen und ein paar Schluck Kaffee waren alles, was sie zu sich nahm. Während er ihr zusah – und selber kräftig zulangte –, waren seine Gedanken bei Jenny. Es half alles nichts, er musste auch an diesem Tag wieder in Kontakt zu ihr kommen. Sie besuchen oder zumindest anrufen. Egal, wie sie reagieren würde.

Er machte sich einen Spaß daraus, sich ihre Reaktion auszumalen. Das Donnerwetter. Die Wut, die ihn treffen würde, die Ausdrücke, die sie ihm an den Kopf schleuderte. Er würde alles über sich ergehen lassen. Was blieb ihm anderes übrig?

Als Hilde bereits aufgestanden war, er aber weiteraß, malte er sich aus, zu Tricks zu greifen. Jenny unter einem Vorwand einzubestellen und ihr, wenn sie da war, mitzuteilen, Hilde ginge es wieder besser.

War es Siewert, der seine Tochter bedrohte? Er glaubte es, war aber nicht sicher, und dieser Teil, die Unsicherheit, wurde bestärkt, als Kemal anrief und ihm mitteilte, dass er mit dem Gerichtsmediziner gesprochen habe. Der Todeszeitpunkt sei definitiv richtig angegeben. Er liege gegen 19.00 Uhr an jenem Abend. Und die junge Frau sei mit einem einzigen Schnitt durch die Kehle getötet worden, das habe die Obduktion ergeben.

Genau wie Monika Harms damals.

Aber wer war der Täter?

Kemal teilte ihm mit, dass er nach Schöneberg zu einer Dienstbesprechung müsse. Ostrowski wunderte sich, aber ehe er noch nachfragen konnte, hatte der andere schon aufgelegt. Dass sie sich später am Wohnheim in der Kopenhagener Straße treffen würden, hatte er ihm noch zugerufen.

Auf seinen Stock gestützt wartete Siewert unter dem Vordach des Einkaufszentrums. Der Nieselregen war perfekt, kein Passant würde einen Gedanken an einen alten Mann verschwenden, der vor dem Wetter Schutz gesucht hatte. Er hatte sich einen Platz in einer Ecke gesucht, sodass Jenny ihn nicht entdeckte, hielt sich schief, starrte ins Leere – in den Regen hinaus, auf die Autos, die Passanten – und ließ die Taxen nicht aus den Augen.

Er konnte warten.

Auch eine der Eigenschaften, die er im Gefängnis gelernt hatte. Dort wartete man immer – auf den Einschluss, auf den Aufschluss, auf Arbeitsbeginn und Hofgang, auf die Mahlzeiten, auch wenn das Essen kaum zu ertragen war, letztlich darauf, dass die Zeit verging, die vielen, vielen Jahre. Darauf, dass man rauskam.

Er ließ sich den Wind um Nase und Wangen wehen, denn es war das letzte Mal, dass er ihn erlebte. Der Schnee war geschmolzen, aus den zusammengeschobenen Hügeln waren kleine Haufen geworden, kaum größer als die Auswürfe von Maulwürfen, und um sie herum standen Pfützen. Wasser lief in die Gullis, die Mühe hatten, es aufzunehmen. Die Zeit würde weitergehen, die Bäume würden ausschlagen, die Sonne wieder scheinen. Die Erde drehte sich auch ohne ihn, sie machte weiter, selbst wenn Bastian Siewert nicht mehr da war.

Sollten sie alle ruhig ohne ihn weiterleben. Alle – außer einem.

Auf sein Gesicht trat ein Lächeln. Siewert freute sich an der Vorstellung. Er war kurz vor dem Ziel. Den langen, mühsamen Weg, den die Stimme ihm gewiesen hatte, war er gegangen, bis zum Ende. Ein letzter Schritt noch.

Eine letzte Tat.

Die kein Mensch dem alten Mann an seinem Stock unterstellen würde. Siewert beobachtete still. Jennys Taxi war das älteste in der Schlange, man sah ihm die vielen Kilometer an, der Dreck, der sich nicht mehr abwaschen ließ, kleine Beulen, abgeplatzter Lack. Sie saß hinter der beschlagenen Scheibe, trank Kaffee und hörte Musik. Mit einem Finger trommelte sie auf das Lenkrad.

Die Frage, an der sich alles entschied, war, ob sie warten würde, bis sie die Erste in der Reihe war, oder ob sie losfuhr und auf Kundschaft am Straßenrand setzte. Der zweite Fall würde bedeuten, dass er verloren hatte, dann müsste er auf den nächsten Morgen setzen, und dieser Gedanke deprimierte ihn. Ein Mensch konnte doch nicht immer wieder zu seinem letzten Tag aufstehen.

Ihre Entscheidung hing, redete er sich ein, davon ab, wie viele Taxen vor ihr standen. Waren es nur zwei, wartete sie. Bei vieren fuhr sie. Aber drei Autos in der Reihe, das war unkalkulierbar. Zwei waren Zafiras, auf ihren Türen wies ein Schriftzug darauf hin, dass sie mit Erdgas betrieben wurden. Zwischen ihnen ein Mercedes. Ein neues Auto, ein ganz anderes Modell als Jennys, rund, wo ihrer eckig war, windschnittig, wo ihrer klobig wirkte. Die drei Fahrer ähnelten sich, nicht im Alter, aber im Aussehen, alle drei hatten sie Bäuche, waren blass, hatten wenig Haar.

Siewert machte ein paar Schritte an seinem Stock, er blieb zwar unter dem Vordach, suchte aber eine Position, aus der er besser sehen konnte. Sein Hut saß tief im Gesicht. Ihm gefiel die Vorstellung, wie leicht es war, sich zu verkleiden, und dann fiel er in sein Kichern, obgleich niemand Anstalten machte, auf den Taxistand zuzugehen. Die Bushaltestelle lag ein wenig weiter hinten, dort herrschte reger Andrang. Die Leute hatten offenbar kein Geld für Taxis.

Noch trank sie Kaffee.

Hörte Musik.

Und er wartete. Drehte sich um und suchte den Bürgersteig ab, ob nicht jemand kam, der ein Taxi brauchte.

Diese Situation war eine, die er nicht hatte vorhersagen können, und selbst die Stimme hatte keinen Rat gewusst. Seine Angst war da, denn er sah niemanden, der ein Auto brauchte. Die Mühe, die es kosten würde, noch einen vollen Tag totzuschlagen, sich eine weitere Nacht verstecken zu müssen, stand ihm vor Augen. Mit aller Kraft hielt er dagegen. Er hätte traurig und verzagt werden können, setzte sich aber darüber hinweg. Nicht an diesem Morgen.

Für einen Moment spielte er mit dem Gedanken, zu ihrem Wagen zu gehen, die Beifahrertür zu öffnen und sie zu erschießen.

Und dann sich.

Aber so wollte er es nicht. Das wäre kein letzter Satz seiner Sinfonie, kein Finale, das im Gedächtnis blieb. Das wäre ein rohes Ende. Er war nicht roh. Und die Stimme auch nicht. Außerdem würde er mit Kommissar Ostrowski abrechnen.

Eine alte Frau am Rollator schob sich auf den Taxistand zu. Er hoffte auf sie und blickte Richtung Himmel. Sie kam unendlich langsam voran, aber dann wurde ihr Ziel offensichtlich. Der erste Wagen in der Schlange, einer der Zafiras. Siewert hätte Applaus klatschen mögen. Der Fahrer stieg aus, hielt der Alten die Tür auf und half ihr ins Auto, bevor er den Rollator verstaute. Die anderen beiden Wagen rückten auf. Jenny tat es ihnen nach.

Es ging weiter.

Ostrowski war auf dem Weg zu Jenny. Dabei fragte er sich, warum er sein Auto nicht endlich aus der Werkstatt holte. Dort nicht einmal anrief.

Es war eine Frage der Ruhe. Der fehlenden Ruhe. Auch wenn er nichts Spezielles zu tun hatte, konnte er sich nicht vorstellen, die Zeit zu opfern und sich über den Meister zu ärgern. Er wusste nicht einmal, ob der richtige Auspuff inzwischen da war.

Es war ein Regentag. Die Luft kam von Westen und roch frisch. Er würde sich auf keine Debatte mit Jenny einlassen. Dass sie sich ihre Vorwürfe sparen könne, das würde er ihr entgegenhalten. Wenn er sie überhaupt antraf.

Die Leute hatten es eilig. Niemand mochte graue Tage wie diesen, Tage, an denen der Himmel nicht aufriss und es nicht richtig hell wurde. Da war man lieber drinnen, und wenn man Besorgungen zu machen hatte, beeilte man sich und kehrte zurück. Die Gorkistraße, die Fußgängerzone, war fast leer.

Jennys Taxi stand nicht vor ihrem Haus. Trotzdem klingelte er, wunderte sich aber nicht, als sich niemand meldete. Er hätte früher kommen sollen. Aber die erste Morgenstunde hatte er mit Frau Siewert verbracht.

Machte es Sinn, noch einmal in die Laubenkolonie zu

gehen? Es war höchst unwahrscheinlich, dass Siewert sich dort herumtrieb. Andererseits entsprach es einem systematischen Vorgehen. Sollte er ihn in der Laube nicht antreffen, würde er zum Wohnheim fahren. Dann hätte er zumindest alle drei Möglichkeiten abgeklappert.

Unterwegs gönnte er sich einen Kaffee und ein belegtes Brötchen, und während er sein zweites Frühstück hielt, dachte er an Sommerfeld. Es war fahrlässig, den Kriminalrat noch nicht verhört zu haben. Kein Mensch konnte sich vorstellen, mit einem Mörder zusammenzuarbeiten, mit einem Psychopathen. Aber irgendwo mussten diese Leute ja stecken. Warum nicht in irgendwelchen Büros?

War es möglich, mit einer solchen Psyche Karriere zu machen?

Er nahm sich vor, Dr. Gomin danach zu fragen, auch wenn er sich die Antwort bereits vorstellen konnte. Jeder Fall war individuell, war anders gelagert, und was der eine mit seiner Störung – vielleicht dank seiner Störung – konnte, war für die anderen unvorstellbar.

Es ging, würde er sagen, um Wahrscheinlichkeiten. Um Prozente. Damit konnte er arbeiten.

Die Laube lag verlassen da. Wie am Vorabend schaute er kurz hinein. In der ganzen Kolonie war kein Mensch, selbst Manni war nicht da, auch der hatte einen Job neben dem Hobby und musste sich dort offenbar ab und zu sehen lassen.

Dann also auf zum Wohnheim. Und Jenny von unterwegs anrufen.

Kaum hatte Kemal seinen Toyota in der Keithstraße abgestellt, glaubte er, einen Fehler zu machen. Das Gebäude mit dem abgesetzten Portal war einschüchternd. Auf diese Weise hatte sich die deutsche Staatsgewalt vor 100 Jahren gezeigt. Jetzt würde sie es wieder tun und Gehorsam verlangen und Strafen aussprechen. Kemal schluckte, als er eintrat.

Die Kollegen im Haus wirkten geschäftig, sie rannten auf und ab, hatten Akten in der Hand, telefonierten mit ihren Handys. Niemand sah ihn an oder grüßte ihn. Ignorierten sie ihn? Wie ein Aussätziger kam er sich vor. Oder bildete er sich das ein, und sie gingen einfach ihrer Arbeit nach?

Im Treppenhaus roch es nach Reinigungsmittel und nach Schweiß, und er fragte sich, ob der von ihm selber stammte. Das Gefühl, in eine Falle zu laufen, wurde immer stärker. Er zog sein Handy heraus und wollte Ostrowski anrufen, ließ das aber sein. Der Dicke war ein Kollege, kein Vater und Ratgeber.

Kemal fürchtete auch, zu viel Zeit zu verschwenden, weil Rahlke versuchen würde, ihn festzuhalten. Dagegen stand die Neugier. Was wussten die anderen, was hatten sie in der Hand? Und würde Rahlke, wie Paula behauptet hatte, ihm kollegial begegnen?

Er ging weiter, stieg Stufe um Stufe höher. Der Besprechungsraum stand leer, offenbar fand die Sitzung hier nicht statt. Dann in Rahlkes Zimmer. Auch das noch.

Nur Rahlke und Paula warteten auf ihn. Ein verschworenes Paar.

»Herr Aydin«, hörte er. Ein falsches Grinsen trat auf das Jungengesicht seines Vorgesetzten. »Gut, dass Sie gekommen sind. Ich hatte meine Zweifel.«

Kemal war an der Tür stehen geblieben. Er registrierte, dass Paula seinem Blick auswich. Verräterin.

»Wir beide haben gleich einen neuen Termin bei Kriminalrat Sommerfeld«, sagte Rahlke. »Es gibt einiges zu besprechen.«

Paula wandte den Kopf weiter ab.

Judas, dachte er. Eine der wenigen Figuren, die er aus der Christenbibel kannte.

»Sehen Sie, Herr Aydin, alles hat seine Grenzen, und Sie haben die Ihre überschritten. Sie mögen ein halbwegs anständiger Polizist sein. Aber das heißt nicht, dass Sie sich alles erlauben können. Ich setze darauf, dass der Kriminalrat ein paar deutliche Worte in diesem Sinne findet.«

Nach der alten Frau mit dem Rollator kam der nächste Taxi-Kunde schnell, aber danach war Pause. Siewert konnte förmlich spüren, wie Jenny ungeduldig wurde, wie sie hin und her überlegte, sich entschied, die Hand an den Zündschlüssel legte, dann wieder zögerte. Sie stand an zweiter Stelle, hinter ihr hatte sich bereits ein anderer Wagen eingereiht. Aber selbst an zweiter Stelle konnte man verhungern.

Siewert wartete unter dem Vordach.

Der Nieselregen ließ ein wenig nach, der Himmel blieb aber ein einziges Grau. Auch wenn kein Mensch wegen eines alten Mannes am Krückstock einen zweiten Blick riskieren würde, wurde ihm zunehmend unwohl. Hinter Jenny reihte sich noch ein Taxi in die Schlange. Sie waren wieder vier. Das machte es abermals wichtiger für sie, nicht davonzufahren. Wenn die anderen warteten, warum nicht sie?

Zudem war es schwer, aus der Schlange auszuscheren. Schwer, aber nicht unmöglich.

Sie blieb. Blieb tatsächlich. Ihr Motor war ausgeschaltet. Sie spielte mit dem Schlüssel und trommelte auf das Lenkrad. Ihre Kollegen lasen Zeitung.

Ein Afrikaner erlöste ihn schließlich. Mit Pudelmütze und Lederjacke. Öffnete die Tür des Zafira, als wenn es nichts wäre, stieg ein, ließ sich fahren.

Jenny rückte vor.

An die erste Stelle.

Siewert ging auf ihren Wagen zu. Langsam, den Stock bei jedem Schritt einsetzend. Dabei versicherte er sich, dass ihm niemand zuvorkam.

Sie hatte das Radio an und stellte die Lautstärke kleiner, als er die Tür öffnete. Er hatte sich überlegt, wo er sitzen sollte, und sich für die hintere Bank entschieden. Dort würde sie ihn nicht so schnell erkennen. Und konnte auch nicht ausfällig werden oder ihn zu schlagen versuchen, ohne einen Unfall zu riskieren.

»Guten Tag«, sagte er langsam und mit Altmännerstimme. »Sind Sie frei?«

Wie die Schulbuben saßen sie vor dem Zimmer des Kriminalrates. Wären sie wirklich Jungs gewesen, Kemal wäre aufgestanden, hätte den kleinen Deutschen auf die Füße gezogen und ihm ein paar aufs Maul gehauen. Aber so? Man war zivilisiert, man gab sich sachlich. Auch Sommerfelds Sekretärin, die ihren Platz hinter einem Tresen hatte, tat so, als sei sie schwer beschäftigt und interessiere sich nur für ihren Computer.

Rahlke hatte eine rote Gesichtsfarbe. Es passte zu ihm, auf den Schuldirektor zu warten und ihm, wenn er endlich dran war, Meldung zu machen. Zu ihm passte auch, sein Problem nicht selber lösen zu können. Er war und blieb der kleine Claas, der zum Papa lief. Und der auf seinem Smartphone herumtippte, um die Zeit totzuschlagen.

Kemal lehnte sich zurück, bekam Lust auf eine Zigarette und maß Rahlke mit den Augen. Vielleicht wäre es gut, in die Offensive zu gehen und Sommerfeld zu sagen, dass er den falschen Mann befördert hatte? Dass Rahlke mit dem Fall hoffnungslos überfordert war und sie noch keinerlei Fortschritt gemacht hatten. Allerdings war da noch die Frage an den Kriminalrat selbst. Die nach Monika Harms. Kemal gelang es nicht, eine Entscheidung zu treffen. Wahrscheinlich war er einfach zu müde.

Er wandte sich an Rahlke. »Was macht denn eigentlich Ihr Ukrainer? Dieser Trainer?«

Rahlke sah auf. Offenbar fragte er sich, ob Kemals Interesse echt war. »Die Fahndung läuft noch.«

»Und hat er auch die Kontrolleurin erschossen?«

Rahlke schnaubte. »Haben Sie das nicht gestern schon gesagt? Sie wissen, dass er es nicht war.«

»Ja, stellen Sie sich vor, ich weiß das. Ich weiß, dass er keine der drei Frauen getötet hat.«

»Ach so?«

»Ja.«

Kemal setzte ein Lächeln auf. Er wollte arrogant wirken und überlegen. Ein weiteres Wort sprach er nicht. Sollte der kleine Claas ruhig ein wenig verunsichert sein, wenn es zum Chef ging. Mit Freude registrierte Kemal, dass sein Pfeil getroffen hatte, sein Gegenüber spielte nicht mehr mit dem Smartphone, und sein Gesicht war noch röter geworden.

Dann waren sie inzwischen zwei, die lieber woanders wären.

Der Verkehr war dicht, streckenweise wäre man zu Fuß schneller gewesen, und sie hatten die Autobahnauffahrt noch lange nicht erreicht. An mancher Kreuzung brauchte es mehrere Ampelphasen, bis sie hinüber waren. Jenny fuhr unauffällig, hielt sich auf der rechten Spur, schob sich mit den anderen Autos vorwärts. Siewert hörte sie schniefen. War sie nur erkältet oder ahnte sie etwas und verkniff sich die Tränen?

Er hatte ihr mitgeteilt, dass die Tour nach Zehlendorf ginge, und weil das so weit war, war sie augenblicklich skeptisch geworden. Konnte ein Mann wie er sich eine so weite Fahrt leisten?

Er konnte.

Sie hatte die Adresse wissen wollen, und er hatte die Gelegenheit genutzt, sie davon zu überzeugen, dass er genug Geld bei sich hatte. Nun war sie auf dem Weg zur Stadtautobahn und dann weiter zur Avus.

Siewert warf ein paar letzte Blicke, während sie sich aus Tegel hinausmühten. All die vertrauten Ecken und Gebäude, sein Viertel. Nie wieder würde er zurückkehren.

Er beobachtete auch Jenny. Sie schaute nach vorne und wirkte starr. Kaum vorstellbar, dass sie etwas unternahm, was ihn zum Handeln getrieben hätte. Nein, sie wusste nichts und dachte sicher nicht darüber nach, die Tür aufzureißen, sich auf dramatische Art und Weise hinausrollen zu lassen, um Hilfe zu rufen oder wegzulaufen. Es war besser so. Besser für sie. Nicht dass sie noch überfahren würde.

Er kicherte.

Er hatte viel Zeit.

Nur ihr Funkgerät störte ihn. Es rauschte. Er würde zu verhindern wissen, dass sie hineinsprach.

Siewert öffnete seinen Beutel und zog mit zwei Fingern die Pistole heraus. Ein Gerät aus Eisen, ein schweres Stück. Sie konnte es nicht sehen, die Lehne des Beifahrersitzes war ihr im Weg. Er aber betrachtete die Waffe ausführlich. Welche Macht dieses Ding verlieh.

Langsam ging es weiter, Jenny kam über den zweiten Gang kaum hinaus. Vor ihnen stiegen Abgase in den Februarhimmel. Der Tag blieb trüb.

Sein Abschiedstag.

Als sie endlich die Autobahn erreichten, ließ seine Anspannung nach. Jenny ordnete sich ein und beschleunigte. Es wurde immer besser. Was sollte sie hier noch planen? Er legte die Pistole auf seinem Bein ab und schloss die Augen. Das Taxi floss mit dem Verkehr, dabei schaukelte es sanft wie eine Kinderwiege.

Sein Lied kam ihm in den Sinn. Siewert summte ein paar Takte davon: »Kennen Sie das? Ein Volkslied. Es heißt ›Die Gedanken sind frei‹. Ich bin mir sicher, dass Sie es kennen.«

Es dauerte lange, bis sie sich zu einer Antwort durchrang. Ihre Gedanken quälten sie. Was für ein Vergnügen, zuzusehen, wie sie sich marterte.

»Sagen Sie, habe ich Sie neulich schon mal gefahren?«

Ihre Stimme flatterte.

»Das ist möglich. Gut möglich sogar. Zum Tegeler Freibad, wenn ich mich recht entsinne.«

Er kicherte.

Der kleine Claas war und blieb ein Schulbub. Kriminalrat Sommerfeld schien nicht viel Respekt vor seinem neuen Dezernatsleiter zu haben, so lange, wie er ihn warten ließ.

Selbst seiner Sekretärin war die Angelegenheit inzwischen peinlich.

»Er telefoniert«, sagte sie, sicher zum dritten Mal. »Immer noch.«

Und bedachte sie beide mit einem Lächeln.

Kemal erwiderte es nicht. Wie ein Dieb freute er sich an Rahlkes Demütigung. Der Mann hatte ihn vorführen wollen. Das Ergebnis war, dass er selber vorgeführt wurde. Es war nicht nötig, nachzutreten. Kemal sprach nicht mehr über den Fall und auch nicht über den Ukrainer. Er sagte überhaupt nichts mehr. Rahlke war bereits geschrumpft. Sein Rücken war krumm, er stützte die Ellenbogen auf die Oberschenkel und starrte auf den Boden. Der kleine Claas. Bei dem immer alles schiefging.

Kemal schaute auf seine Uhr. Über 20 Minuten, die sie bereits auf diesen Stühlen hockten.

»Ich muss weiter«, erklärte er, mehr zur Sekretärin als zu Rahlke. »Vielleicht ein anderes Mal.«

»Das wagen Sie nicht«, zischte Rahlke.

Kemal stand auf.

»Herr Aydin! Sie bleiben hier.«

»Ich komme ein anderes Mal wieder. Wenn kein Serientäter herumläuft. Heute kann ich meine Zeit hier nicht totschlagen.«

Rahlke hatte den Mund offenstehen. Die Hand mit dem Smartphone war neben das Bein gesunken. Er war sprachlos geworden.

Sprachlos und dabei rot am Kopf.

Dann kam ihm Kriminalrat Sommerfeld zu Hilfe. Gerade als Kemal sich abwenden wollte, öffnete er die Tür und breitete die Arme aus. »Meine Herren, ich bitte um Entschuldigung. Der Innensenator war am Telefon, persönlich, in Redelaune und offenbar mit viel Zeit. Mir ist es nicht gelungen, ihn abzuwürgen. Es ging um Ihren Fall, ich musste ihn beschwichtigen. Sie wissen vielleicht, dass die Eltern seiner Frau in Tegel leben. Na, ist ja auch egal. Bitte kommen Sie herein.«

Siewert konnte die Angst seiner Chauffeurin hören, er konnte sie fühlen und fast mit den Händen greifen. Mit Angst kannte er sich aus. Ihr Mund war zusammengekniffen, die Augen klein.

»Na? Kennen Sie das Lied?«

»Nicht auswendig. Aber … doch.«

»Die Volkslieder sterben aus. Das ist sehr schade. Wissen Sie, ich bin Musiklehrer, ich weiß, wovon ich rede. Es wird kaum noch gesungen, in den Familien nicht, in den Schulen nicht, nicht einmal in den Kindergärten. Man fragt sich, wofür diese Einrichtungen überhaupt da sind. Die sollten die Kleinen doch zur Musik erziehen.«

Sie hatte nichts zu entgegnen.

»Ich liebe die Volkslieder. Dieses habe ich ein wenig umgedichtet. Darf ich es ihnen vortragen?«

Sie reagierte nicht.

Er fing einfach an zu singen und wurde schnell kräftiger:

Ich räche was ich will und was mich beglücket,
Doch alles in der Still' und wie es sich schicket.
Mein Wunsch, mein Begehren kann niemand verwehren.
Es bleibet nicht klein: Die Vergeltung ist mein.

Ihre Hände hatten das Lenkrad fest umschlossen. Ob sie das tat, um nicht zu zittern? Ja, sicher, denn er hatte ihr einen eindeutigen Hinweis gegeben. Siewert ließ seine Augen zufallen. Die Geschichte seines Lebens lag ihm auf der Zunge, sie wollte heraus, wollte mitgeteilt und vor allem gehört werden. Doch wozu? Warum sollte er sie ausgerechnet Ostrowskis Tochter erzählen?

Auf Verständnis durfte er nicht hoffen.

»Ich kannte einmal ein junges Mädchen«, hörte er sich sagen. »Sie war schön und sie war außergewöhnlich begabt. Wenn sie Querflöte spielte, dann wuchs sie mit ihrem Instrument zusammen. Verstehen Sie, was ich meine? Beide waren eine Einheit, sie gehörten zusammen, und um sie zu trennen, hätte man Gewalt anwenden müssen.«

Das Bild, das er beschrieb, stand wie ein Foto vor ihm, das Mädchen mit dem feinen Gesicht, mit dem langen Haar, mit seiner Querflöte. Mit Augen, die lachten.

Siewert war drauf und dran, zu seufzen, merkte das aber und wollte sich nicht so tief hineinfallen lassen. Besser nicht.

»Ihr Name war Monika. Ja, das war ihr Name. Monika, wie Harmonika – wie Harmonie. Glauben Sie an Zufälle?«

Er wartete nicht auf eine Antwort. »Ich nicht. Ein solcher Name für so ein Mädchen, das ist kein Zufall, bestimmt nicht. Der passt einfach. Monika war nicht nur begabt, sie war auch rein. Ein Mädchen aus katholischer Familie übrigens. Meine Eltern waren auch katholisch.«

Auf der Stadtautobahn wurde eine Baustelle angekündigt. Blinkende Pfeile wiesen die Autos auf die linke Spur. Der Verkehr staute sich erneut. Ihn störte es nicht, er hatte

Zeit. Jenny Ostrowski ging, wie vorgeschrieben, mit der Geschwindigkeit herunter.

Ihr Handy klingelte.

Er hob die Pistole an. Der Moment war gekommen.

»Frau Ostrowski, ich habe eine Waffe auf Sie gerichtet. Damit kein Zweifel aufkommt: Sie ist geladen. Gehen Sie nicht ans Telefon, lassen Sie es einfach klingeln. Das wird auch wieder aufhören. Und bitte schalten Sie das Funkgerät aus.«

Sie wurde starr. Ihr Fuß trat auf das Bremspedal.

»Schön weiterfahren«, sagte er.

Sie warf ihm einen Blick zu, und er hob die Pistole ein wenig in die Höhe, gerade so weit, dass sie sie sehen konnte. Dann schaute sie hinüber zu ihrem Telefon, wahrscheinlich, um zu erkennen, wer anrief. Bis sie begriffen hatte, dass sie das Funkgerät auszustellen hatte, vergingen mehrere Minuten.

Er musste sie ermahnen. »Wenn alles gut geht, gibt es keine Notwendigkeit, Ihnen Gewalt anzutun. Solange Sie tun, was ich Ihnen sage.«

Durch den Spiegel sah Siewert ihr Gesicht. Misstrauen stand darin, auch Verzweiflung, vor allem aber Angst. Er kannte all diese Regungen. Es schadete nicht. Ein wenig Angst durfte sie ruhig haben.

»Was … was wollen Sie von mir?«

»Oh«, machte er, und es klang wie das Miauen einer Katze, »das werden Sie schon noch erfahren. Haben Sie Vertrauen. Erst einmal fahren Sie auf die Avus. Richtung Grunewald.«

Siewert schaute zu, wie sie mit sich kämpfte, wie sie um Haltung rang, und es machte ihm Freude. Als ihr Fahrstreifen wegen der Baustelle schmal wurde, konzentrierte sie sich auf ihr Auto. Sie waren neben einem Lastwagen, auf beiden Seiten nur wenige Zentimeter.

Er hasste die Enge. Sie war unerträglich. Der Motor des LKWs ächzte, aus dem Auspuff kamen fiese Geräusche, und die Ladung unter ihrer Plane war so nahe, dass er meinte, danach greifen zu können. Es war nicht auszuhalten. Er schloss die Augen. Auch das half nicht – hatte noch nie geholfen –, die Enge blieb. Es war, als ob der LKW ein Mensch wäre und ihm mit seiner Übergröße auf den Leib rückte.

Furchtbar.

Warum fuhr sie nicht schneller?

Er wagte nicht, mehr Tempo zu verlangen. Überhaupt konnte er nicht sprechen, sein Körper war verkrampft, die Beine, die Arme, selbst die Kiefer. Er mahlte die Zähne aufeinander bis es schmerzte.

Man spürte die Enge. Die verfluchte Nähe.

Ganz langsam schob sie sich vorwärts, gewann Stück für Stück gegen den LKW, der trotzdem neben ihnen blieb und schnaufte wie eine alte Lokomotive. Siewert pfiff ein hoher Ton im Ohr. Er hätte schreien können. Und sie kamen kaum voran.

Seine Hand mit der Pistole schwitzte. Er hätte um sich schießen mögen, doch das war kein Ausweg, weder Jenny zu treffen noch den LKW. Aber selbst wenn er es gewollt hätte, er hätte nicht gekonnt. Die Enge lähmte ihn. Er konnte sich nicht rühren. Sein Rachen war trocken und rau.

»Fahren Sie doch«, stieß er hervor.

Zu leise offenbar.

»Wie bitte?«

Er wiederholte seine Aufforderung nicht.

War das ein Vorgeschmack auf die Hölle? Doch kein frisch bezogenes Bett, sondern eine Beklemmung, die einem den Atem stocken ließ. Ja, da war der Tod. Hier, auf der Rückbank eines alten Taxis, wo er mit geschlossenen Augen mehr hing als saß, wo der Schweiß ihm den Rücken hinunterlief und er die Schultern gegen das Polster drückte, erwartete er Siewert.

Dabei war er auf dem Weg zu seiner Abschiedstat. Hatte eine Pistole in der Hand. Aber kaum die Kraft, sie festzuhalten.

Siewert versuchte es mit Zählen, während er die Augen weiter geschlossen hielt. Eins, zwei, drei, vier. Sein Herz schlug wie wild. Fünf, sechs. Ihm war alles egal, er hätte die Waffe nehmen, sie sich in den Rachen schieben und abdrücken können.

Wenn nur endlich diese Enge vorbei wäre.

Er blinzelte. Sie waren auf Höhe des Führerhauses. Die Baustelle war fast geschafft, Schilder wiesen darauf hin, dass man wieder auf die normale Fahrbahn zurückkehren würde.

Einen Moment noch. Gleich. Er blinzelte und atmete tief ein, hielt die Luft an und ließ sie in winzigen Stößen wieder heraus.

Und dann war es vorbei.

Jenny beantwortete seinen Anruf nicht. Innerlich schimpfte er mit seiner Tochter. Was war das für ein kindisches Verhalten, nicht abzuheben, wenn man die Nummer des Vaters sah. Diese blöden Displays und Rufnummerübertragungen, neumodischer Firlefanz, der mehr kaputt machte als half.

Und wo war Siewert?

Ostrowski hatte das Wohnheim erreicht. Das Gebäude wirkte abstoßend und kühl, und er fragte sich, ob es nicht allen helfen würde, wenn man für arme Leute schöne Häuser baute. Häuser, in denen man sich wohl fühlte.

Er war kaum eingetreten, da begegnete ihm der junge Pförtner mit den asiatischen Augen. Ostrowski stellte seine Frage, erntete ein Kopfschütteln.

»Ist er wirklich nicht hier?«

»Ich würde es Ihnen sagen.«

Er glaubte dem Jungen, der seinem Blick standhielt und ihm zunickte.

»Herr Sinn, richtig?«

»Henry. Sagen alle hier.«

»Gut. Henry, wann haben Sie ihn das letzte Mal gesehen?«

»Ist ein paar Tage her. Genau weiß ich das nicht mehr. Hier kommen und gehen so viele Leute.«

»Genau das ist der Grund«, sagte Ostrowski, »warum es mich wundert, dass Sie sich so genau an Siewert an jenem Abend erinnern, als gefeiert wurde.«

»Das ist etwas anderes«, sagte der junge Pförtner. »Wenn jemand ein Konzert gibt, dann erinnert man sich an den Musiker. Vielleicht nicht an jeden Menschen im Publikum. Aber an den Musiker auf jeden Fall.«

»Und er hat die ganze Zeit gespielt. Von halb sieben bis acht.«

»Mit Pausen. Insgesamt drei Auftritte. Zwei Pausen dazwischen.«

»Wie lang waren die Pausen?«

Henry wog den Kopf. »20 Minuten ungefähr. Wir können die Kollegen fragen, das Büro ist besetzt. Aber egal, wie lange die Pausen gedauert haben, Siewert war hier im Haus, das garantiere ich Ihnen. Er stand im Mittelpunkt. Zusammen mit dem Heimleiter, der Geburtstag hatte. Beide waren fast die ganze Zeit miteinander im Gespräch.«

»In beiden Pausen?«

»Wissen Sie, Herr Kommissar, ich habe nichts dagegen, dass Sie mir nicht glauben. Lassen Sie uns rüber ins Büro gehen. Der Heimleiter ist da und zwei Mitarbeiter.«

Alle drei bestätigten Henrys Aussage.

Der Kriminalrat hatte ein dunkles Büro mit Vorhängen und Holzvertäfelungen, eine Stehlampe mit Stoffschirm, ein Ölbild an der Wand. Kemal kam das Wort konservativ in den Sinn.

Wie ein Vater blickte Sommerfeld beiden in die Augen, während er den Anfang des Gesprächs hinauszögerte. Als er schließlich begann, zeigte seine Stimme keinen Ärger, im Gegenteil, sie war besonders freundlich. »Meine Herren, es schmeckt mir nicht – ganz und gar nicht –, Sie hier zu empfangen. Wobei ich gleich sagen möchte, ich habe alles Verständnis der Welt dafür, dass es Streit unter Kollegen geben kann. Das habe ich selber oft durchgemacht. Man hat sich die Partner ja nicht ausgesucht und trotzdem verbringt man mehr Zeit miteinander als mit der Ehefrau oder den Kindern. Und steht dabei unter erheblichem Druck.«

Er hatte die Ellbogen aufgestellt und die Finger ineinander verschränkt wie ein Dach. Seine Aufmerksamkeit ging von Rahlke zu Kemal und wieder zurück.

»Wofür ich kein Verständnis habe, und auch das möchte ich Ihnen sehr deutlich sagen, das ist Streit während einer laufenden Ermittlung.«

Kemals Handy klingelte. Er blickte auf das Display. Ostrowski.

»Bitte seien Sie so freundlich und schalten es während unserer kleinen Konferenz aus«, sagte Sommerfeld.

Kemal drückte auf die entsprechende Taste.

»Chef, Sie haben natürlich recht«, sagte Rahlke, »während einer Ermittlung sollte man alles tun ... Aber was macht man, wenn ein Kollege einfach seiner eigenen Wege geht.«

»Miteinander reden«, entgegnete Sommerfeld.

»Das habe ich!«

Kemal schnaubte.

»Aber sicher«, beteuerte der kleine Claas.

Zwischen ihnen und Sommerfeld stand dessen Schreibtisch. Kein Zettel lag darauf, kein Aktendeckel, nichts. Das Telefon, ein paar Stifte in einer Schale, eine Lampe. An der Seite ein kleiner Computer.

»Herr Aydin, ich habe versucht, mich zu erinnern, aber mir ist nichts eingefallen – in vielen Jahren gab es keine einzige Beschwerde über Sie, im Gegenteil, wenn ich etwas gehört habe, dann war es durchwegs positiv. Sie gelten als fähiger Kopf, Sie haben Erfahrung und wissen, um was es geht.«

Sommerfeld setzte ab, es war offensichtlich, dass er auf eine Erwiderung wartete.

Kemal dachte an Ayse. Wie stolz wäre sie, hätte sie Sommerfelds Worte gehört. Und würde im nächsten Atemzug fragen: Wer wäre so dumm und riskierte eine solche Stellung und seine Pension?

Damit wäre das Thema für sie erledigt.

Für ihn war es anders. Er wollte diesen Fall lösen, egal, wie hoch der Preis war. Möglicherweise war ein Motiv, Rahlke vorzuführen. Vor allem aber wollte er Ostrowski helfen. Und einen gefährlichen Mörder fassen – das war sein Beruf.

»Ich bitte um Versetzung in eine andere Mordkommission«, hörte er sich sagen, ein Satz, den er nicht geplant hatte. »Sobald dieser Fall gelöst ist.«

»Aber …«

Kemal schüttelte den Kopf. »Es gibt kein Vertrauen zwischen Rahlke und mir. Ich könnte ausführlicher werden, nur hat das …«

»Von mir aus bin ich einverstanden«, unterbrach Rahlke. »Vielleicht will ein anderer Kollege tauschen.«

Sommerfeld hob an, um zu beschwichtigen, schien aber einzusehen, wie sinnlos das war. Er hatte den Mund offen, ohne ein Wort herauszubringen.

Kemal blieb sitzen. Ayse stand auf der einen und Babou auf der anderen Seite seines Kopfes. Es war keine Frage mehr, für wen er sich entschied. Er versuchte nur noch, einen höflichen Tonfall einzupegeln.

»Chef, ich habe noch eine Frage.«

»Bitte.«

»Es geht um Monika Harms. Das tote Mädchen damals …«

»Ich weiß.« Sommerfeld schien sich ertappt zu fühlen, er schlug die Augen nieder und sah aus, als würde er auf eine Ohrfeige warten. Was war das für ein Gesicht, das er zog?

»Kannten Sie sie?«

»Also, Herr Aydin!«, rief Rahlke. »Was reden Sie denn da mit dem Kriminalrat?«

Mit einem einzigen Blick brachte Sommerfeld ihn zum Schweigen. Als er zu sprechen anhob, klang er müde. »Ich habe immer damit gerechnet, dass mir diese Frage gestellt wird. All die Jahre. Manchmal habe ich richtig darauf gewartet. Allerdings habe ich immer geglaubt, sie würde von Ihrem Freund kommen. Von Ostrowski.«

»So ist es auch«, erwiderte Kemal. »Er stellt sie sozusagen durch mich.«

Sommerfeld lachte auf.

»Als der Innensenator ungefähr vor einem Jahr zum ersten Mal anfragen ließ, ob wir für Herrn Rahlke eine Leitungsstelle freimachen könnten, habe ich sofort an Ostrowski gedacht. Er war unser bester Mann, und trotzdem wollte ich ihn loswerden. Dumm, oder?« Er schluckte. »Ja, er hat recht – Sie haben recht. Ich kannte Monika. Und ich bin unendlich froh, dass es nun endlich heraus kommt. Es war … ich weiß, dass alle Welt über so ein Geständnis lacht, schließlich war ich 30 Jahre älter als sie. Und trotzdem ist es wahr: Es war Liebe, und zwar vom ersten Augenblick an, als ich sie auf einem Konzert gesehen habe. Schon da habe ich alles daran gesetzt, sie abzupassen und mich mit ihr zu verabreden. Und das, obwohl meine Frau dabei war. Ich habe sie warten lassen.«

»Chef, Sie müssen das doch nicht erzählen«, sagte Rahlke, als wäre er ein Rechtsanwalt. »Jeder Mensch hat seine kleinen Geheimnisse.«

»Ich fürchte, das hier ist mehr als ein kleines Geheimnis, und die Kollegen Aydin und Ostrowski haben ein Recht darauf, es zu erfahren. Damals habe ich meine Geschichte verschwiegen, um meinen Ruf nicht zu ruinieren. Da habe ich mich schuldig gemacht. Und was Sie angeht, Rahlke: Wissen ist Macht. Ich denke, diesen Satz kennen Sie. Seit heute haben Sie Macht über mich.«

»Aber Chef, ich würde nie …«

Mit einer Handbewegung schnitt Sommerfeld ihm das Wort ab. »Lassen Sie mich gleich hinzufügen: Sollten Sie je auf die Idee kommen, Ihre Macht gegen mich einzusetzen, dann mache ich Sie fertig, und zwar nach Strich und Faden. Da hilft Ihnen dann auch kein Innensenator mehr. Ich hoffe, das ist angekommen. Und Ihnen, Herr Aydin, möchte ich sagen: Was immer zwischen Monika und mir war, es war sauber. Ich habe darauf Rücksicht genommen, dass sie minderjährig war. Meiner Frau habe ich alles erzählt, und wir haben uns scheiden lassen.«

»Aber es gab einen anderen Mann in Monikas Leben. Einen Klassenkameraden.«

»Diesen Dänen, ja. Sören, oder wie der hieß. Ne, Jasper. Ein Schönling. Ich habe ihn einmal gesehen.«

»Monika war in ihn verliebt.«

Sommerfeld schüttelte den Kopf. »Eine Schwärmerei. Nichts von Bedeutung.«

»Soweit ich gehört habe, war es mehr.«

»Wie auch immer, als Kriminalbeamter erkennen Sie ein Mordmotiv. Zwei Männer und eine Frau, das ist klassisch. Bitte untersuchen Sie. Sie werden nichts finden. Wenn es unter allen Menschen auf der Welt einen gab, dem ich nie etwas hätte antun können, dann war das Monika. Sie war … ein Engel. In meinem ganzen Leben habe ich nur ein einziges Mal wirklich um eine Tote geweint. Um Monika.

Ich habe das Mädchen geliebt. Getötet habe ich sie nicht, das schwöre ich.«

Sein ausgeschaltetes Handy in der Hand, stand Kemal auf. »Danke. Ich muss weiter. Da draußen läuft immer noch ein Mörder herum. Und der da …« Er zeigte auf Rahlke.

Sommerfeld machte eine schwerfällige Kopfbewegung. Offenbar war ihm klar, was Kemal sagen wollte, und er brauchte es nicht zu hören. Die Erinnerung hatte ihn eingeholt.

Vor der Tür stellte Kemal sein Handy an und rief Ostrowski zurück. Sie verabredeten sich vor dem Wohnheim in der Kopenhagener Straße.

Siewert kam langsam, Atemzug für Atemzug, wieder zu sich.

Schon lange hatten sie die Baustelle hinter sich gelassen. Sein Schweiß war getrocknet, der Kiefer entspannt. Er war bereit, mit seiner Erzählung fortzufahren, mit der Geschichte seines Lebens.

Er hörte selber, dass sich seine Stimme verändert hatte. Sie klang gepresst. Sie hatte die Beklemmung nicht vergessen.

»Eines Tages war Monika tot.« Vor seinem Auge lag sie, das hübsche Mädchen, auf dem Fußboden, ihr Haar wie einen Halbkreis um sich.

»Sie haben sie getötet.«

»Nein!«, rief er. »Wie kommen Sie darauf? Was wissen Sie denn?«

»Ich weiß, dass Sie im Gefängnis gesessen haben.«

»Das heißt überhaupt nichts. Ich habe Monika gerettet. Vor Schmutz und Schande.«

»Wie meinen Sie das?«

»So wie ich es sage. Ich habe ihr Noten gebracht, die sie für ein Vorspiel brauchte.« Sein Mund verzog sich zu einem Grinsen, auch wenn nichts Heiteres in dieser Erinnerung war. Sie machte ihn traurig. Hätte er Tränen gehabt, vielleicht hätte er geweint.

Und kicherte trotzdem ein zweites Mal.

»Aber warum wurden Sie dann verurteilt?«

»Das sollten Sie Ihren Vater fragen. Er … hat … hat einfach nicht begriffen …«

»Er hat Sie ins Gefängnis gebracht, obwohl Sie unschuldig waren? Das glaube ich nicht. Und im Übrigen ist mein Vater in Pension.«

»Sie lügen! Er verfolgt mich doch.« Siewert lachte. »So leicht lasse ich mich nicht verschaukeln. Das können Sie sich nicht vorstellen, wie, dass der große Kommissar Ostrowski … Nein! So etwas passiert ihm nicht. Aber die Wahrheit ist, ich habe Monika gerettet.«

»Der Richter hat Sie verurteilt.«

»Der blöde Richter hat mich nie interessiert. Wissen Sie, was Ihr Vater gesagt hat?«

»Nein.«

»Dann hören Sie: ›Egal wie, ein Mord bleibt etwas Schmutziges‹. Das waren seine Worte.«

All die Jahre hatte ihm dieser Ostrowski-Satz auf der Seele gelegen. Ein Satz, der in seiner ganzen Scheußlichkeit nicht zu überbieten war. Zum ersten Mal hatte er ihn ausgesprochen.

»Sie erwähnen den Richter? Ein Narr. Dazu faul wie ein Lump. Wenn Polizei und Staatsanwalt diesen Musiklehrer Siewert beschuldigen, dann werden sie schon recht haben – so hat dieser Mann gedacht. Es gab sogar einen angeblichen Zeugen, der gegen mich ausgesagt hat. Monikas Vater. Ein stumpfer und eifersüchtiger Mann. Es war mir egal.«

»Nur mein Vater war Ihnen nicht egal. Warum?«

»Das sagte ich gerade.«

»Dann habe ich es nicht verstanden.«

Siewert hob die Pistole und hielt sie ihr an den Hinterkopf. Jenny erstarrte. »Schmutzig?«, sagte er. »Es war nicht schmutzig, was ich getan habe. Es war rein. Etwas Schmutziges könnte ich gar nicht tun, denn ich hasse Dreck.«

»Und nun wollen Sie sich rächen. Deshalb auch das Lied.«

Wie auf Befehl stellte sich seine Melodie ein. Ja, er wollte Vergeltung, das hatte sie richtig erkannt.

Aber nicht Vergeltung an ihr.

Viele Jahre in der Zelle hatte er an Kommissar Ostrowskis Tochter als Ziel seiner Rache gedacht, an Jenny, die er gar nicht kannte. Der Grund war, dass er nach seiner Festnahme gehört hatte, wie ein Polizist einem anderen mit einem Augenzwinkern berichtet hatte, Ostrowski habe im ersten Moment in der toten Monika die eigene Tochter gesehen und sei schockiert gewesen.

Deshalb war es, hatte er gedacht, angemessen, dem Kommissar die eigene Tochter zu nehmen. Verletzung gegen Verletzung.

Ein Stück ausgleichende Gerechtigkeit.

Doch dann hatte die Stimme ihm einen anderen Weg gewiesen. Nicht die Tochter, sondern der Kommissar selber. Ostrowski sollte nicht nur Schmerz und Trauer empfinden müssen, er sollte sterben. So hatte die Stimme befohlen.

Ein guter Plan. Allein der Tod war ein Ausgleich für das, was dieser Mensch getan hatte – denn auch seine Beleidigung war tödlich gewesen.

In seiner Zelle hatte er alles neu bedacht und seine Planung angepasst. Er ließ sich von Jenny fahren, rief ihren Vater auch an, genauso wie ursprünglich gedacht. Aber nicht, um ihn miterleben zu lassen, wie die Tochter starb. Nicht, um ihn flehen zu hören.

Sondern um sie gegen ihn auszutauschen.

Und dann würden sie, Bastian Siewert und Thomas Ostrowski, gemeinsam sterben. Kurz hintereinander.

Siewert fühlte sich wieder besser. Die Beklemmung war endgültig vergessen, bis auf den Schweißgeruch, den sie an ihm zurückgelassen hatte. Auch die Kraft war in seinen Arm zurückgekehrt. Wenn er gewollt hätte, er hätte schießen können. Nur gab es im Moment keinen Grund dazu.

Am Funkturm nahmen sie die Ausfahrt auf die Avus. Vor und hinter ihnen drängelten die Autos, es wurde gerast und geschnitten, Bremslichter flackerten auf. Jenny blieb gelassen, sie fuhr langsam und machte automatische Bewegungen, eine Berufsfahrerin, die ihre Aufmerksamkeit für die Handgriffe nicht benötigte. Sobald vor ihr jemand langsamer wurde, tippte sie ebenfalls auf die Bremse. Keine Gefahr, dass sie einen Unfall haben würden.

Im vorgeschriebenen Tempo 80 rollten sie an der alten Rennbahn-Tribüne vorbei. Seine letzte Fahrt durch Berlin. 13 Jahre hatte er in dieser Stadt im Gefängnis gesessen und nie Besuch bekommen. Weswegen sollte er Wehmut verspüren? Wegen einer verrotteten Rennbahn-Tribüne? Nein, er hatte seinen Plan, es galt, vorauszuschauen und konzentriert zu bleiben. Ein paar Meter hatte er noch vor sich. Bis jetzt war alles gut gegangen. So sollte es bleiben.

Mit wenigen Sätzen hatten sie sich gegenseitig auf ihren Wissensstand gebracht. Ostrowski hatte von seinen Gesprächen im Wohnheim erzählt – das Alibi war dicht. Er nahm zur Kenntnis, dass Kemal Sommerfeld ausschloss. Der Kriminalrat hätte sein Hemd vor ihm aufgeknöpft und seine nackte Brust gezeigt, und so weit gehe man nicht, wenn man etwas zu verbergen habe.

Sie saßen in seinem Wagen, dem Toyota mit den weichen Sitzen. Es roch nach kaltem Rauch. Ostrowski hatte das Fenster geöffnet.

»Was nun?«, fragte er. »Wir suchen einen Verrückten in der Fünften. Und finden ihn nicht.«

»Zumindest suchen wir einen, der den alten Fall kennt«, erwiderte Kemal.

»Und jemanden, der Veränderungen hinter sich hat. Denn das war es doch, was der Arzt in Bonnys Ranch gesagt hat. Es braucht einen Auslöser, der den schlafenden Trieb geweckt hat. Also: Wer hat Veränderungen durchgemacht?«

»Da fällst du mir ein. Zwar leugnest du es noch und arbeitest wie immer. Aber du bist im Ruhestand, mein Alter.«

»Genau«, sagte Ostrowski und dehnte das Wort. Sein Verstand machte eine ratternde Bewegung wie eine alte Registrierkasse. Und zeigte die Summe an – das Ergebnis: »Ruhestand. Das ist es. Die Veränderung. Fahr los. Schnell.«

»Gerne. Wenn du mir auch noch sagst, wohin.«

»In die Wittestraße. Weißt du, wer in Rente gegangen ist?«

»Noch einer?«

»Dr. Gomin. Der Psychiater.«

Kemal gab Gas.

»Ruf einen Streifenwagen dazu«, schlug Ostrowski vor. »Wer weiß, wie er reagiert.«

Gomin öffnete die Tür. Besonders überrascht wirkte er nicht, obwohl er sagte: »Die Polizei? Schon wieder?«

Er führte sie alle vier, Kemal, Ostrowski und die beiden Streifenbeamten in sein Arbeitszimmer mit den hohen Bücherregalen. Dort zündete er sich eine Zigarette an. Ostrowski schielte zu Kemal. Der hielt sich zurück.

»Was kann ich für Sie tun?«, fragte der Psychiater.

»Es ist leider nötig«, antwortete Ostrowski, »dass wir erfahren und überprüfen, was Sie an zwei Abenden der letzten Wochen gemacht haben. Mittwoch und Freitag, jeweils zwischen 18.30 und 20.30 Uhr.«

Gomin nahm die Brille ab und legte die Stirn in Falten, es sah aus, als denke er nach. »Nun, es spricht vielleicht nicht für mich, aber ich habe keinen großen Bekanntenkreis. Ich verbringe meine Abende nicht in der Kneipe oder im Kino.« Er zeigte auf seinen Tisch, auf die Stapel von Papieren und Unterlagen. »Ich arbeite.«

»Und das haben sie an den beiden fraglichen Abenden auch getan?«

Gomin nickte. Dann drehte er sich weg, machte ein paar Schritte zum Fenster und sah hinaus.

Kemal wollte etwas sagen, aber Ostrowski bedeutete ihm, zu schweigen.

Sie warteten.

Warteten lange.

»Wissen Sie«, sagte Gomin schließlich, »als Sie neulich bei mir waren, da habe ich geahnt, dass Sie wiederkommen würden. Wie ist noch mal Ihr Name?«

»Ostrowski.«

»Herr Ostrowski. Ich schätze Sie so ein, dass Sie nie aufgeben. Ihre Sinne sind geschärft, und Energie haben Sie auch genug.« Er lachte, als er auf Ostrowski zeigte und dessen Körperfülle mit einer Geste andeutete. »Was mich angeht – für einen gebildeten Menschen ist es unwürdig, zu lügen. Und ehrlich gesagt bin ich froh, dass Sie da sind. In gewisser Weise erlösen Sie mich, auch wenn Sie mich einsperren werden. Verstehen Sie das?«

Er fuhr mit der Hand in die Hosentasche und zog ein Messer hervor, ein altes Rasiermesser, das er sofort aufklappte. Offensichtlich die Tatwaffe.

Die beiden Streifenbeamten gingen in Stellung.

»Nur die Ruhe«, sagte Gomin. »Es muss nicht unbedingt noch mehr Blut fließen. Ich gebe auf. Aber dafür verlange ich etwas von Ihnen. Ich möchte, dass Sie sich für mich einsetzen.«

»Was meinen Sie?«

»Ganz einfach – ich will auf keinen Fall zurück in Bonnys Ranch. Die lieben Kollegen dort haben mich all die Jahre gequält – der Irrenversteher, und was sie alles gesagt haben. Das meiste davon habe ich gar nicht gehört. Manches wurde mir auf Umwegen zugetragen. Und da war ich Arzt unter Ärzten, sie mussten Respekt vor mir haben. Wenn ich ihr Patient bin, dann machen die mich fertig. Deshalb – ich will in eine andere Forensik.«

»Es ist doch gar nicht sicher, dass Sie in die Psychiatrie eingewiesen werden.«

»Oh doch. Ich bin Fachmann. Glauben Sie mir. Die Lust am Töten begleitet mich durch mein ganzes Leben. Das ist krankhaft. Ich weiß, wovon ich spreche. An den beiden Abenden hatte ich akute Schübe.«

Gomin war an die Scheibe gelehnt. Ostrowski bezweifelte, dass sich der Mann mit dem Messer töten könnte. Einen Sprung aus dem Fenster wollte er unbedingt verhindern.

»Meine Krankheit hat alle meine Entscheidungen bestimmt. Dass ich alleine lebe – nur deswegen. Warum bin ich Psychiater geworden? Weil ich hoffte, mich verstehen und kurieren zu lernen. Am Ende war es ein glücklicher Entschluss, in der Forensik zu arbeiten. Wissen Sie, das Töten-Wollen ist ein ungeheurer Drang, da kann man sich nicht wehren, es besetzt alles, jedes Denken und Fühlen, die Träume sowieso. Ich habe mich oft eingesperrt, wenn es kam. Leider wusste ich immer, wo ich den Schlüssel versteckt hatte. Was ich sagen will – während der Klinikjahre war der Drang ruhig. Da gab es genügend Leute, die waren noch bekloppter als ich. Ein Psychiater würde wohl von Projektion sprechen. Von einem geheimnisvollen Übertragungs-Geschehen.«

Er wechselte sein Messer in die andere Hand. Beide Arme hingen nach unten. Es sah nicht mehr danach aus, als ob er es benutzen wollte.

»Eigentlich«, fuhr Gomin fort, »bin ich ein interessanter Fall.« Er lachte. »Man müsste mich untersuchen und eine Studie machen. Also, was ist? Helfen Sie mir?«

»Unser Einfluss ist begrenzt«, sagte Kemal. »Aber was möglich ist, das werden wir tun.«

Gomin sah ihnen beiden in die Augen. »Er ist ja im Ruhestand. Also kommt es auf Sie an«, sagte er in Kemals Richtung.

Im nächsten Moment setzte er sich sein Rasiermesser an den Hals.

Die beiden Streifenbeamten fuhren mit den Händen an die Waffen.

»Das sind die beiden Möglichkeiten, die ich habe«, sagte Gomin. »Entweder setze ich darauf, dass mein Schnitt auch bei mir tödlich ist. Oder ich gebe auf.«

Er ließ sein Messer sinken. »Ich entscheide mich für das Zweite.«

Die Streifenbeamten näherten sich vorsichtig. Sie nahmen ihm sein Messer ab und legten ihm Handschellen an.

»Wie war das damals?«, fragte Ostrowski. »Haben Sie auch Monika Harms getötet?«

»Monika Harms? Nein! Das war unser gemeinsamer Freund. Siewert … Ich hätte das Gutachten nicht schreiben dürfen. Das war der Fehler, und der hat das schlafende Tier in mir geweckt. Dieser Mann ist für mich wie ein Buch, in dem ich lesen und jedes Wort verstehen kann. Ich weiß alles über ihn. Und nun wollte ich auch noch …«

»Sie haben ihm zur Bewährung verholfen, um selber morden zu können«, beendete Ostrowski den Satz. »Und dann wollten Sie ihm auch noch die Verantwortung zuschieben.«

»Das Gutachten war für mich ein einziger Kampf, glauben Sie mir das. Insofern ist es mit Blut geschrieben. Meine Lust war da, so stark wie seit langen Jahren nicht mehr. Ich hätte wissen müssen, dass ich ihr diesmal nichts entgegenzusetzen hatte. Stattdessen habe ich sie verleugnet.«

»Ich muss«, sagte Kemal leise zu ihm, »die Kollegen der Fünften anrufen.«

»Mach das. Ich verziehe mich. Rahlke und ich in einem Raum, das geht nicht gut. Da gehe ich lieber nach Hause. Mein Auto muss ich auch noch abholen. Und vor allem nach Jenny sehen. Ich wüsste gerne, wer ihr das Nummernschild abgemacht hat.«

Er rief Kemal noch einmal zurück. »Du musst den Fall Harms wieder aufrollen, Alter. Bitte versprich mir das, ich finde sonst keine Ruhe. Die Aussage von einem verrückten Psychiater ist mir nicht genug.«

Jenny hatte schnell begriffen, was der Mann wollte – und doch war es zu spät. Sie hatte ihn unter seinem Hut und mit dem Krückstock nicht erkannt. Ihr Fehler. Einer, den sie wohl teuer zu bezahlen hatte. Auch diese metallische Stimme hätte ihr früher auffallen müssen.

Nachdem sich das Durcheinander in ihrem Kopf ein wenig beruhigt hatte – und nachdem sie gesehen hatte, wie der Verrückte gezittert hatte, als sie den LKW überholten –, arbeitete ihr Verstand wieder. Vielleicht sogar schärfer als sonst. Als hätte er in eine Art Notfall-Modus geschaltet.

Es gab zwei Möglichkeiten, entweder würde er sie töten oder er wollte irgendetwas gegen ihren Vater unternehmen. Ihre Schultern richteten sich auf, das Kreuz wurde breit. Sie brauchte nicht zu überlegen, den Alten verraten, darauf würde sie sich nicht einlassen. Dabei war es egal, ob er die Mutter im Stich ließ oder ob er sich nicht um seine Tochter scherte. Sie würde ihn nicht in Gefahr bringen. Dann lieber sterben.

Allerdings ging es nicht allein um sie. Sie war Mutter, sie hatte eine Tochter. Sie trug Verantwortung.

Weiterleben für Lotte? Und den eigenen Vater in die Falle locken?

Es war zu früh für solche Gedanken. Erst mal abwarten, was der Irre vorhatte.

Sie sah sich einen Unfall verursachen. Mit der rechten Seite, mit der, an der dieser Kerl auf der Rückbank saß, gegen eine Leitplanke schlittern. Dann gab es immerhin eine Chance. Man konnte nicht berechnen, wie ihr Wagen reagieren würde, ob sie beide stürben oder nur einer, ob beide ohnmächtig würden oder nicht.

Dennoch, das war eine Chance.

Um sich zu beruhigen, konzentrierte sie sich auf den Verkehr. Aber das gelang ihr nicht. Erneut durchdachte sie die Möglichkeit mit dem Unfall. Der Irre musste ja nur seine Waffe verlieren, mehr nicht.

Es war gefährlich. Und es war eine Chance.

»Rufen Sie jetzt bitte Ihren Vater an.«

Also doch. Sie sollte den Alten in eine Falle locken. »Um ihm – was zu sagen?«

»Das erfahren Sie schon noch. Rufen Sie ihn an.« Seine Stimme klang hell und kalt, wie Metall.

Sie konnte nicht verhindern, dass ihre Hand zitterte, als sie nach dem Telefon griff. Mit dem kleinen Finger der linken Hand versuchte sie, die Kurbel ihrer Scheibe zu bedienen. Langsam. Aber als sie das Fenster ein winziges Stück geöffnet hatte, änderte sich das Fahrtgeräusch, der Wind wurde laut – so laut, dass ihr Mitfahrer hörte, was sie getan hatte.

Er hob seine Waffe. Sie spürte sie an der Schulter. Dafür musste sie sich nicht einmal umdrehen.

»Bleiben Sie bitte vernünftig. Sonst muss ich Ihnen Schmerz zufügen.«

Sie nickte und brachte die Hand zurück ans Lenkrad.

»Rufen Sie Ihren Vater an«, wiederholte er.

Er hatte seinen Hut aus dem Gesicht geschoben. Um den Hals trug er ein lächerliches Seidentuch. Auch das war ihr schon einmal aufgefallen.

Warum hatte sie nicht besser aufgepasst? All die Ermahnungen ihres Vaters – vergeblich. Sie hatte sie nicht hören wollen. Sie blickte auf das Handy und drückte eine Taste.

»Ist das seine Nummer?«

»Er hat es vorhin versucht. Ich brauche nur auf Rückruf zu drücken.«

Sie hielt sich das Telefon ans Ohr.

Er hatte die Pistole weiterhin an ihrer Schulter. Es war, sagte ihr der Verstand, nicht richtig, was sie tat.

Das Handy suchte die Verbindung.

Es klingelte.

Er nahm ab.

Sie ließ ihn nicht zu Wort kommen. »Papa, hier ist Jenny. Ich habe eine Tour. Es ist alles in Ordnung.«

Und dann hob sie das Handy in die Höhe, eine ziemlich dramatische Geste, und warf es mit Wucht zu Boden, dorthin, wo ein Beifahrer seine Füße abstellte. Es gab ein Knacken, ein Bersten.

Das Scheißding war kaputtgegangen.

Der Verrückte presste die Pistole tiefer in ihr Fleisch.

Aber er schoss nicht. Sondern kreischte. Seine Stimme wurde noch höher, sie war nicht mehr die eines Mannes und tat im Ohr weh. »Fahren Sie an die Seite.« Er fuchtelte mit seiner Waffe in ihrem Gesichtsfeld herum. »Sofort! Rechts ran.«

»Man darf hier nicht halten.« Sie hörte, wie sie zitterte. Auch das war ein alter Reflex. Mutig zu sein hieß nicht, keine Angst zu haben.

»Ist mir egal. Ranfahren.«

Sie tat, was er gesagt hatte. Blinkte und fuhr auf den Standstreifen, mitten auf der Avus.

»Ausmachen.«

Als sie nicht reagierte, brüllte er: »Sie sollen den Motor ausstellen.«

Sie drehte den Schlüssel um.

»Hände ans Lenkrad.«

Sie biss die Zähne zusammen, damit er nicht sah, wie sehr sie klapperten. Wie gerne wäre sie ruhig gewesen und hätte dem Tod mit Gelassenheit entgegengeblickt. Aber das schaffte sie nicht.

»Machen Sie keinen Fehler. Sonst schieße ich.«

Er hielt die Pistole auf sie, öffnete die hintere Tür, stieg mit einem Schwung aus und war im nächsten Moment vorne, neben ihr. Sie hatte in keiner Weise reagiert. Die Hände hielt sie immer noch ans Lenkrad. Bekämpfte weiterhin die Angst.

Die Autos rauschten an ihnen vorbei.

»Anmachen. Wir fahren weiter. Schön langsam. Richtung Hüttenweg.«

Bevor er sich anschnallte, beugte er sich nach unten und sammelte die Einzelteile ihres Handys auf. Sie beobachtete ihn. Der Akku war herausgefallen, die Plastikschale, die ihn hielt, lag daneben. Sie hatte einen Sprung. War das Telefon insgesamt im Eimer?

Sie schaute zu, wie er sich bemühte, den Akku einzusetzen und die kaputte Halterung wieder zu befestigen. Schnell ging es nicht, er drehte und wendete und versuchte, aber schließlich hatte er Erfolg.

Er schaltete das Gerät an. Es leuchtete. »Wie ist die Nummer, die man hier eintippen muss?«

Schweigen.

Er nahm seine Pistole und hielt sie ihr ans Knie.

»Ich weiß nicht«, sagte er, und die Kälte in seinem Ton ging ihr durch und durch, »ob Sie eine Vorstellung davon haben, wie schmerzhaft es ist, wenn jemand einem das Knie zerschießt.« Er kicherte – es war ekelhaft, die pure Freude an ihrem Leid. »In den seltensten Fällen wächst das wieder zusammen. Sie humpeln für den Rest Ihres Lebens.«

Seine Rede und die Kälte, die er verströmte, waren zu viel für ihren Verstand, er arbeitete zwar, brachte aber keine Ergebnisse, sondern rotierte wie ein Kreisel. Er überdrehte. Vor ihrem Auge war es abwechselnd schwarz und weiß.

Sie schwieg.

»Wie Sie wollen, Frau Ostrowski. Ich schieße Ihnen hintereinander die Knie kaputt, dann einen Fuß und den anderen, die Schienbeine und Schenkel, und wenn ich fertig bin, sind Sie ein Krüppel. Ich schieße so lange, bis Sie die Nummer herausrücken.«

Er streckte den Arm aus. Der Lauf drückte ihr ins Knie.

»Eins. Zwei. Und dr…«

Ihre Zähne schlugen aufeinander. Sie konnte nichts dagegen tun.

»Ich sag sie Ihnen.«

»Also?«

»Eins … vier … null … sechs.« Als spräche sie zu sich selbst, fügte sie hinzu: »14. Juni. Der Geburtstag meiner Tochter.«

Er gab die Zahlenkombination ein und drückte auf den grünen Knopf. Eine kurze Melodie erklang.

Das Handy war wieder eingeschaltet.

Bevor er noch die letztgewählte Nummer gefunden hatte, klingelte es. Auf dem Display erschien, wer dran war, und sie sah, dass er die Stirn in Falten legte und sich wunderte, denn sie hatte nicht ›Vater‹ geschrieben oder ›Papa‹, sondern ›Thomas‹.

Der Verrückte schien recht konventionell zu sein.

Sie schloss die Augen und sah sich das Lenkrad verreißen, gegen die Leitplanke rasen, zurückschleudern und diesen Scheißkerl mit seinem beknackten Hut gegen die Windschutzscheibe schlagen.

Nur was, wenn er den Unfall besser überstand als sie?

»Hallo«, hörte sie ihn sagen. Er klang, soweit seine fiese Stimme das zuließ, sanft. Irgendwie tastend.

Da er das Handy nicht ans Ohr hielt – es sah aus, als hätte er Angst, von all ihren Krankheiten infiziert zu werden – verstand sie auch die Antwort. Papas Stimme. »Hier ist Ostrowski. Wer spricht da?«

»Ein alter Bekannter.«

Der Mann kicherte. Es war widerlich. Einfach nur widerlich.

Am anderen Ende vernahm sie ein langes und tiefes

Schlucken. Ein Zögern, als müsse er einen Schock verarbeiten.

»Siewert?«

Mit zwei Schritten war Ostrowski auf der befahrenen Wittestraße. Ein Taxi hielt er an, indem er sich wie ein Verkehrspolizist mit seinem Körper davor brachte. Er überprüfte nicht einmal, ob er genug Geld dabei hatte. Aus der Ferne kam ihm sein Auto in den Sinn. Hätte er es doch abgeholt.

Der Fahrer war Ausländer.

»Los, schnell«, herrschte er ihn an. »Zum Grunewald. Es geht um …«

Den Rest des Satzes ersparte er sich.

Als der Fahrer etwas sagte, hörte Ostrowski, dass er ein Inder war, vielleicht ein Pakistani. Er wollte die genaue Zieladresse haben.

Parkplatz Hüttenweg.

Ostrowski warf einen Blick in seine Brieftasche. Zwei Fünfziger und ein paar kleinere Scheine. Er versprach dem Mann ein gutes Trinkgeld, wenn er sich beeilte. Wirklich beeilte. Der Inder nickte und gab Gas.

Ostrowski hielt sein Handy in der Hand. Panik hatte ihn erfasst, ein schnelles körperliches Gefühl, das alle Gedanken vertrieben hatte. Es ließ ihn kaum stillsitzen. Ihm war nach Laufen, nach Schreien. Nach Heulen.

Nur langsam – und indem er von sich verlangte, sich nicht wie ein Laie aufzuführen – kam er zu sich zurück. Rief als Erstes Kemal an.

Erreichte nur den Anrufbeantworter.

Dann versuchte er, sich auf Siewert zu konzentrieren und auf die Situation, die ihn erwartete. Er hatte diese

Dinge erlebt, von denen er sich vorstellte, dass sie auf ihn zukämen. Austausch; Nervosität; Anspannung. Man musste die Ruhe bewahren, das war das Entscheidende. Den Bewaffneten keinesfalls provozieren. Keine plötzlichen Bewegungen. Der Täter musste das Gefühl haben, immer Herr des Geschehens zu sein.

Hoffentlich hielt sich auch Jenny daran.

Er kannte ihren Eigensinn.

Dass er sich gegen seine Tochter austauschen lassen würde, stellte er nicht in Frage, und wenn es das Letzte war, was er tat. Sein Leben gegen ihres, da brauchte er nicht zu überlegen.

Oder gab es noch eine bessere Lösung?

Er kannte den Parkplatz am Hüttenweg nicht gut. Was er sich vorstellte, war ein sandiger Platz, möglicherweise ein paar Spaziergänger, die man nicht in Gefahr bringen durfte.

Seine Chance lag darin, Siewert zu überraschen, wenn Jenny in Sicherheit war. Ihn anzuspringen. Ihm die Waffe aus der Hand zu schlagen. Irgend etwas in dieser Richtung.

Siewert wollte Rache, Ostrowski hatte es längst geahnt, auch wenn ihm nicht recht klar war, wofür. Er wusste immer noch nicht, ob Siewert Monika Harms getötet hatte. In diesem Moment spielte es keine Rolle. Jenny hatte er immer wieder gewarnt, trotzdem war sie nun in der Hand dieses Verrückten. Weil sie nicht hatte hören wollen? Nein, weil er nicht gut genug auf sie aufgepasst hatte.

Er schlug die Hände vor die Augen. Alles war denkbar, auch, dass Siewert sie quälte. Verfluchtes Nichtwissen; das war das Schlimmste. Warum war er noch nicht da? Siewert hatte nichts zu verlieren, ihm musste klar sein, dass er für den Rest seines Lebens im Gefängnis verschwand, schließlich hatte er die BVG-Kontrolleurin erschossen.

Und das schien ihn nicht abzuhalten.

Darin, dass er keine Angst hatte, lag Siewerts größter Vorteil. Er hatte ein Ziel, das ihm wichtiger war als alles andere.

Dieses Ziel war er, Ostrowski.

Was hatte er diesem Mann getan?

Er wusste keine Antwort, fand die Frage aber auch nicht wichtig. In ein Gehirn wie das von Siewert konnte man sich nicht hineinversetzen.

Ostrowski hatte keine Waffe bei sich. Auch im aktiven Dienst hatte er nie eine getragen. Nur sein Handy hielt er in der Hand, sonst nichts.

Der Verkehr auf der Stadtautobahn war dicht. All diese weißen Transporter auf dem Weg zu irgendwelchen Baustellen. Die vielen Brandenburger Nummernschilder. Wo wollten die alle hin? Diese Lastwagen, die irgendwelche überflüssigen Güter transportierten.

Für ein Blaulicht hätte er so ziemlich alles gegeben.

»Deine Tochter«, fragte der Taxifahrer, »bekommt ein Kind?«

Mechanisch schüttelte Ostrowski den Kopf.

Wen sollte er anrufen? Rahlke, das bedeutete lange Erklärungen. Und dann vielleicht ein Großaufgebot, SEK, Scharfschützen, das ganze Programm. Wenn Siewert sich überrumpelt fühlte, wäre alles verdorben. Dann schoss er, bevor er selber erschossen wurde.

Schoss auf Jenny.

Der Kerl hatte nichts zu verlieren.

Also Siewert. Im Kontakt bleiben, beruhigen. Schlimmeres verhindern.

Er wählte die Nummer seiner Tochter.

Jenny achtete darauf, die Tachonadel bei 80 zu halten, auch wenn sie aus dem Bereich, wo Lärmschutz zu berücksichtigen war, hinaus waren. Sie war die Letzte, die es eilig hatte.

Ihr Handy klingelte. Ohne auf das Display zu sehen, wusste sie, wer dran war. Siewert hob ab. Er drückte sogar auf die Lautsprechertaste. Sie konnte hören, was ihr Vater sagte.

»Siewert, das ist eine Sache zwischen Ihnen und mir. Halten Sie meine Tochter da raus!«

Der Verrückte genoss seine Überlegenheit. Er kicherte, und auch dabei klang seine Stimme wie ein Kratzen auf einem Stück Blech. »Hätten Sie sich an so eine Bitte gehalten?«

Jenny konnte es kaum aushalten, wie Siewert sich aufführte. Der kleine Mann, der sich groß wähnte, nur weil er eine Waffe hatte. Mit ihrem Ärger wuchs ihre Angriffslust. Sie war kurz davor, den Unfall herbeizuführen, den ihr Verstand ihr bereits vorgespielt hatte. In einem Moment, wo keine anderen Autos da waren.

Nur sie und die Leitplanken.

Sollte der Glücklichere gewinnen.

»Ich habe mich immer gefragt«, sagte der Verrückte mit seiner kalten Stimme ins Telefon, »wie ich Ihnen den meisten Schmerz zufügen kann. Und habe lang gedacht, ich sollte nicht Ihnen ins Fleisch schneiden, sondern in das Ihrer Tochter.«

»Papa«, rief sie, und da der Lautsprecher an war, musste er sie hören. »Ich habe keine Angst.«

Er drehte sich zu ihr um und schoss.

Nicht auf sie, sondern hinten in die Sitzbank. Der Schuss war laut. Direkt an ihrem Ohr.

»Sie-wert!«, hörte sie einen Schrei durchs Telefon. »Nein! Nicht!«

Der Mann führte das Telefon in Richtung auf sein Ohr, ohne den Lautsprecher auszuschalten. Ein neuerliches Kichern kam aus seinem Mund, es klang wie das Plätschern eine Fontäne und war offenbar sein Markenzeichen. Lotte war es längst aufgefallen – warum hatte sie nicht auf ihr kleines großes Mädchen gehört?

»Die Frage ist, ob Ihre Tochter die Wahrheit gesagt oder gelogen hat. Hat sie Angst oder hat sie keine? Ich glaube, wir müssen es herausfinden.«

Jenny konnte nichts dagegen tun, dass ihr Tränen in die Augen stiegen. Oh, sie hatte Angst. Eine verfluchte Angst. Und brachte kein einziges Wort heraus. Dabei stand ihr Mund offen. Es war, als wenn ihr Körper jede Tätigkeit abgeschaltet hätte.

Der Verkehr war zu dicht, um etwas zu riskieren.

»Warum muss das sein?«, hörte sie ihren Vater. Sie konnte spüren, mit welcher Gewalt er sich dazu zwang, Ruhe zu bewahren.

»Die Angst? Überlegen Sie mal?«

»Ich weiß es nicht.«

»Dann haben Sie nicht sorgfältig genug nachgedacht, Herr Kommissar. Aber ich will Ihnen einen Hinweis geben. Was, glauben Sie, geht in einem Menschen vor, dem man alles genommen hat. Und den man dann ins Gefängnis sperrt?«

»Er hat Angst?«

»Der Begriff ist mir nicht genau genug.«

»Verzweiflung!«, rief ihr Vater, als wollte er das erste Wort vergessen machen. »Er ist verzweifelt.«

»Davon dürfen Sie ausgehen.«

Dieser Siewert hielt das Telefon wieder von sich weg und sah nach draußen, wo die Bäume des Grunewalds an ihnen vorbei flogen. Ob ihm die Fahrt auch noch Spaß machte? Sie konnte es nicht beurteilen, der Mann schien ihr ein einziger Wahnsinn zu sein. Sicher war nur, dass er seine Macht genoss. Er ließ zwei Menschen zappeln, die alles tun würden, wenn sie nur mit ihrem Leben davonkamen.

Es rebellierte in ihr. Es schrie.

Auf der Autobahn war immer noch zu viel Verkehr für ihren Unfall. Fremde Menschen würde sie nicht hineinziehen, das ging zu weit.

»Sie müssen verstehen, Herr Kommissar, die Verzweiflung befällt einen nicht deswegen, weil man eingesperrt wird. Im Gefängnis herrscht Angst, wie Sie ganz richtig sagen. Aber wenn einem das Liebste genommen wird …«

»… Monika.«

»… meine Monika. Die ich retten wollte, denn sie war dabei, sich in den Dreck zu werfen.«

»Sie war verliebt«, sagte ihr Vater.

»Quatsch, verliebt. Welch ein dummes Wort. Und dann lässt sich ein unschuldiges Mädchen von irgendwelchen Männerhänden betatschen. Und gibt womöglich ihre Musik auf und wirft ihr Leben fort.«

»Und Sie sind der Richter?«

»Eher der Erlöser«, antwortete der Verrückte. Dabei

klang er vollkommen ernst. Er meinte, was er sagte. Jenny konnte es kaum glauben.

»Aber warum dann meine Tochter? Warum ich?«

»Denken Sie nach!«

»Das habe ich. Ich weiß es nicht.«

»Erinnern Sie sich, was Sie mir damals an den Kopf geworfen haben?«

»Ich bitte Sie! Das ist 14 Jahre her.«

»Ich habe es nicht vergessen, Herr Kommissar.«

»Dann helfen Sie mir.«

»Phh«, machte der Verrückte, und Jenny lief ein Schauer über den Rücken.

Verzweifelt suchte sie nach einer Lücke im Verkehr, um ihr Auto endlich gegen die Leitplanke zu setzen. Dabei beschleunigte sie. Vorsichtig, damit der Verrückte nichts merkte. Ihr alter Diesel war eh kein Rennpferd.

»Ich habe etwas gesagt, das Sie beleidigt hat?«, vermutete ihr Vater.

Siewert verlor seine Überlegenheit. Sein Mund stand offen, die Pistole baumelte herunter. »Egal wie, ein Mord bleibt etwas Schmutziges«, flüsterte er in den Hörer. »Das waren Ihre Worte.«

»Ich bin auf dem Weg zu Ihnen. Unternehmen Sie nichts«, sagte ihr Vater. Nein, er sagte es nicht, er flehte.

Er hätte alles getan.

Und das ließ sie heulen, denn sie erkannte, dass sie sich, anders als sie geglaubt hatte, Zeit ihres Lebens auf ihn und seine Stärke verlassen hatte. Sie war längst nicht so allein gewesen, wie sie gemeint hatte.

Aber nun war diese Stärke verschwunden. Ihr Vater bettelte.

»Dann beeilen Sie sich. Parkplatz Hüttenweg; das sagte ich wohl schon. Lange warte ich allerdings nicht, Herr Kommissar.«

Er legte auf. Dabei kam das Grinsen zurück auf sein Gesicht. Das Grinsen des Teufels, dachte sie.

Sie erreichten die Avus. Auf der Gegenfahrbahn, in Richtung Funkturm, staute sich der Verkehr. Der Taxifahrer fuhr schnell, er scherte sich weder um Tempolimits noch um Lärmschutz, blockierte die linke Spur und zog an allen anderen vorbei.

Ostrowski spürte seine Neugier.

»Hüttenweg?«, fragte er.

»Ja, Hüttenweg. Den Grunewald-Parkplatz.«

»Wir sind gleich da.«

Das war glatt gelogen. Zehn Minuten würden sie noch brauchen. Ostrowski hatte ein flaues Gefühl im Bauch, ein dunkles Loch, in das alle seine Kräfte abzufließen schienen. Die Verzweiflung war übermächtig, er konnte ihr nichts entgegenhalten, auch wenn er wusste, dass sie ihn schwächte. Er war nicht in der Lage, mit Siewert zu kämpfen. Alt fühlte er sich, unfähig. Vielleicht war seine letzte Stunde bereits angebrochen. Von Hilde hatte er sich nicht verabschiedet. Und von Katja auch nicht.

Katja.

Er schloss die Augen.

Erst als sein Fahrer endlich seine Frage herausbrachte, öffnete er sie wieder: »Du bist … Polizei?«

Ostrowski verzog den Mund.

»Soll ich helfen? Ich früher Soldat. Pakistan Army.« Er klopfte sich auf die Brust.

»Nein«, sagte er. »Fahren Sie einfach weiter.«

Der Fahrer sah sich um.

»Du musst Gott um Hilfe bitten. Wenn man ihn wirklich bittet, dann kommt er und hilft. Ganz bestimmt.«

Ostrowski reagierte nicht. Er hatte die Worte kaum gehört, sie erreichten ihn wie durch einen Nebel. Gott? Hatte er nie kennengelernt. Er wusste nicht, wer das war.

Die Ausfahrt wurde bereits angezeigt. Siewert brauchte keine weiteren Anweisungen zu geben, Ostrowskis Tochter war auf der richtigen Spur, sie blinkte nach rechts. Ihr Widerstand – falls sie je welchen gehabt hatte – war gebrochen. Er war der Stärkste, der Beste. Und würde nicht einmal Gewalt benötigen. Zumindest nicht gegen sie.

Im zweiten Gang tuckerte sie auf den Parkplatz. Erst bei langsamer Fahrt und im Leerlauf merkte man, wie laut ihr Diesel war, wie sehr er das ganze Auto schüttelte. Siewert hielt die Waffe auf sie gerichtet und ließ sie eine weite Schleife über den Parkplatz fahren. Es war niemand zu sehen. Ein grauer Dienstag im Februar, ein Vormittag – wer ging da in den Wald? Zwei weitere Autos verloren sich auf dem Feld, irgendwelche Hundebesitzer wahrscheinlich, die ihre Tiere ausführten.

Trotzdem würde er seinen Feind nicht hier erwarten. Das war zu einfach.

»Werden Sie ihn töten?«

Die arme Jenny krächzte, ihre Stimmbänder mussten trocken sein wie eine Wüste. Auch das war die Angst. Die Verzweiflung. Alte Bekannte von ihm.

Siewert hätte einen Triumphmarsch anstimmen können. Er hatte gewonnen, und das herrliche Gefühl von

Glück und Sieg breitete sich in seinem Körper aus, es hob die Brust, spannte Beine und Arme an und ließ sein Herz laut schlagen. Gewonnen – nach all den Jahren.

Er durfte nicht versäumen, die Stimme zu ehren.

»Wir werden sehen.«

»Dadurch können Sie doch nichts ungeschehen machen.«

Er unterdrückte ein Kichern und beließ es bei einem Grinsen. Sollte sie zappeln. Ihm mit ihrer kleinen Logik kommen. Nichts hatte sie begriffen, gar nichts.

Egal wie, ein Mord bleibt etwas Schmutziges.

Er ließ sie weiterfahren. Dabei liefen ihr Tränen aus den Augen, sie wischte sie mit einem Finger fort. Siewert hatte sie da, wo sie hingehörte, alleine deshalb, weil sie eine Ostrowski war.

Wie ihn das freute.

An einem Wegstück im Grunewald befahl er: »Hier halten wir. Schalten Sie den Motor aus.«

»Aber Sie haben ihn doch auf den Parkplatz bestellt.«

»Das ist meine Sache. Wenn Sie irgendetwas Falsches tun, schieße ich. Bitte sagen Sie mir, ob Sie das verstanden haben?«

Sie nickte.

Erneut lief ihr Wasser aus den Augen. Siewert zeigte es nicht, aber er freute sich, wie er sich noch nie gefreut hatte. Sein letzter Tag – die Krönung seines Lebens. Er hob an, ein weiteres Mal sein Lied zu trällern, halblaut, gerade so, dass sie es hören konnte:

Die Vergeltung ist mein, wer will sie verhindern.
Sei der Weg auch nicht fein …

Ein Lied wie eine Fanfare. Und er, er hatte den ersten Platz gewonnen, die Goldmedaille. Viel mehr, als er sich hinter Gittern je vorgestellt hatte.

Er faltete die Hände und sprach einen Dank an seine Retterin, an die Stimme.

Endlich wurde die Ausfahrt Hüttenweg angezeigt. Noch ein Kilometer. Ostrowskis Hand zitterte, als hätte er eine Krankheit, das Handy in ihr tanzte auf und ab. Er dachte daran, es noch einmal bei Kemal zu versuchen, verwarf den Gedanken aber. Es war zu spät. Bis der Junge hier war, war sicher alles vorbei.

Er stand allein gegen Siewert. Unbewaffnet gegen einen Mann mit Pistole. Seine Anspannung reichte in jede Faser seines Körpers, allerdings war ihm klar, dass dicht neben ihr die Verzweiflung lauerte. Nachlassen durfte er nicht. Nicht für einen Augenblick. Sonst würde er zusammenbrechen.

Sie bogen von der Autobahn ab.

An der Ampel schaute der Pakistani durch den Spiegel zu ihm. Mitleid stand in seinen dunklen Augen, vielleicht auch die Frage, ob er nicht doch helfen sollte.

Ostrowski zog einen 50-Euro-Schein aus der Brieftasche. »Hier ist Ihr Geld. Danke für das schnelle Fahren.«

Auf den letzten Metern machte er sich noch einmal seine Prioritäten klar. Ganz oben standen Jenny und ihre Unversehrtheit. Erst wenn sie in Sicherheit war, würde er daran denken, wie er selbst mit den Leben davonkam.

All das war Spekulation. Wusste er, ob Jenny noch lebte? Ob Siewert sie beide erschießen wollte – und dann sich selbst? Die Wahrheit hieß, er begab sich bedingungslos in die Hände eines Irren, eines Mörders.

An der Einfahrt des Parkplatzes ließ er das Taxi halten, stieg aus und erfasste die Lage mit einem Blick. Kaum Besucher, nur zwei leere Autos. Jennys Taxi war nicht zu sehen.

Weit und breit nicht.

Siewert wartete. Er trieb ein Spielchen mit den Nerven seines Feindes. Übertreiben allerdings durfte er es nicht, nicht dass die blonde Frau neben ihm auf dumme Ideen käme. Er hielt den Lauf seiner Pistole auf sie und war entschlossen, abzudrücken, sollte sie Mätzchen machen.

Und sie wusste es.

Inzwischen war seine letzte Stunde angebrochen. Die Minuten waren bereits zählbar. Es tat ihm nicht leid. Der Nieselregen hatte aufgehört, aber der Boden war feucht, auch der Asphalt, auf dem sie standen, und der Himmel behielt sein lückenloses Grau. Ein typischer Februartag. Sein Abschiedstag.

Jenny Ostrowski hatte sich offenbar gefangen. Nachdem sie ein Taschentuch benutzt hatte, schniefte sie nicht mehr und flennte auch nicht. Siewert registrierte ein weiteres Mal die Ähnlichkeit mit ihrem Vater, nicht unbedingt im Gesicht, aber im Körperbau, diese Stämmigkeit, das war ganz der alte Ostrowski.

Es war gut, dass sie beide litten.

Ihm war nicht mehr nach Kichern zumute und auch nicht nach seinem Lied. Stille war eingekehrt. Er wartete darauf, dass Kommissar Ostrowski sich meldete. Wenn der Mann einen Trick versuchte, und hinter ihnen im Wald sammelte sich ein Sonderkommando? Das würde Jenny nicht überleben. Und er auch nicht. Er hatte die Autotüren verriegelt, hatte jeden Knopf einzeln heruntergedrückt. Und er war wachsam.

Jenny redete nicht mehr. Winselte nicht um Gnade, stellte seine Beweggründe nicht weiter infrage. Genauso wie er hatte sie sich in ihr Schicksal gefügt. Das Auto stand mit zwei Rädern auf einem Sandstreifen. Kiefern schützten es vor neugierigen Blicken.

Siewert hatte ihr Handy in der Hand. Es war eingeschaltet, und soweit er sehen konnte hatte es Empfang.

Wo blieb der Herr Kommissar?

Er war drauf und dran Jenny aufzufordern, zum Parkplatz zurückzukehren, als es endlich klingelte. Auf dem winzigen Schirm erschien der Name des Anrufers – Thomas.

Jenny schreckte auf.

Siewert ließ es klingeln.

Es war in Ordnung, dass Ostrowski sich ein wenig quälte.

Der Klingelton war dem Ring-Ring eines alten Telefons nachempfunden. Er ging immer weiter. Hörte nicht auf.

»Gehen Sie doch ran!«, rief Jenny.

Siewert reagierte nicht, weder auf das Handy noch auf Jenny. Erst als das Klingeln verebbt war, forderte er sie auf, zum Parkplatz zurückzufahren. »Schön langsam. Wir haben es nicht eilig.«

Auch diesmal hielt sie sich an seine Vorgaben. Ein wunderbares Ding, diese kleine Pistole. Die Waffe war selbstverständlich eine Anweisung der Stimme gewesen. Gab es irgendetwas, das er ihr nicht zu verdanken hatte?

Sie bogen auf den Parkplatz. Siewert sah ihn sofort, den dicken, großen Mann, sein Telefon in der Hand, und aus lauter Verzweiflung starrte Ostrowski auf das dumme

Handy, als läge darin die Antwort auf seine Fragen. Als er den Dieselmotor hörte, kam er ihnen entgegen.

Jenny hielt an seiner Seite.

Ostrowski wollte die hintere Tür öffnen. Aber sie war verriegelt. Ach, war das schön. Der kräftige Mann, der an dem Griff zerrte, ihn aber nicht öffnen konnte. Sein verdutztes Gesicht.

Siewert fuhr die Scheibe ein wenig herunter. »Bevor Sie einsteigen, sollten Sie wissen, dass ich eine Pistole habe. Und gewillt bin, sie zu benutzen.«

»Das bezweifle ich nicht.«

Siewert öffnete die Verriegelung.

Als Ostrowski sich setzte, spürte man seine Körperfülle, das Auto senkte sich, und der Mann schnaufte. Seiner Tochter legte er die Hand auf die Schulter, und sie schmiegte sich dagegen.

Siewert hasste Berührungen. »Aufhören! Wir fahren ein Stück.«

»Wohin?«, fragte Jenny.

»Ganz egal. Fahren Sie einfach. Schön langsam.«

Er drehte sich ein wenig nach hinten. »Nun, Herr Kommissar, so sieht man sich wieder.«

»Ist es das alles wert, Siewert?«

»Was glauben Sie denn?«

»Alles wegen einer Beleidigung? Oder wegen eines Satzes, den Sie als Beleidigung aufgefasst haben.«

»Verdrehen Sie nicht die Tatsachen!« Siewert hob die Waffe.

»Ich verdrehe nichts. Die Wahrheit ist, dass sie Monika Harms getötet haben. Sie waren das, niemand anders. Und Sie haben sich vor ihrem Vater verbeugt.«

»Sie haben immer noch nichts verstanden.«

»Ich denke doch.«

Siewert war aufgekratzt. Bei dem Kommissar wirkte die Autorität seiner Pistole nicht gut, der Mann ließ sich nicht einschüchtern. Vielleicht hatte er keine Angst. Im Gefängnis hatte er Leute ohne Angst erlebt, schwere Kerle wie Ostrowski, tätowiert, in Heimen aufgewachsen. Männer, die zuschlugen.

Hatte er es mit so einem zu tun?

Sicherheitshalber richtete er die Waffe gegen den Kommissar auf der Rückbank.

»Ich möchte wissen, was der Grund für Ihren Feldzug ist. Haben Sie wirklich meine Tochter entführt und eine Frau getötet, nur weil ich einen falschen Satz gesagt habe.«

Siewert war kurz davor, abzudrücken. Er schrie Ostrowski an: »Sie sind schuld. Sie allein.«

Für die Straße hatte er kein Auge mehr, wusste nicht einmal die Richtung, in die Jenny fuhr. Das war auch nicht wichtig. Er war auf Ostrowski ausgerichtet. Der Mann verlangte ihm alle Kraft ab. Es war ein Kampf.

Warum hatte dieser Scheißkerl keine Angst?

»Die Sache damals war genau so, wie wir sie rekonstruiert haben«, sagte der Kommissar. »Sie sind in die Harms-Wohnung gegangen. Monika hat Ihnen die Tür aufgemacht, und da Sie ihr Flöten-Lehrer waren, hat sie nichts Böses vermutet. Aber Sie haben ihr die Kehle durchgeschnitten. Und dann haben Sie sie hergerichtet, als wäre sie ein Kunstwerk.«

»Erlöst habe ich sie. Das ist die Wahrheit.«

»Nein!«

»Doch!«, schrie Siewert. »Ich habe sie erlöst. Sie war dabei, sich …«

»Auch vor Gericht haben Sie damals versagt, Siewert. Monikas Mutter hat immer noch keinen Frieden gefunden. Erklären Sie ihr, warum Sie nicht geredet haben. Erklären Sie es mir.«

Siewert bekam Schmerzen in den Ohren, ein Piepsen und Pfeifen, das einen Nerv traf. Ihm war, als bohrte jemand in seinen Kopf. Seine Wangen krampften, die Augen wollten sich schließen. Hätte er die Waffe nicht in der Hand gehalten, er hätte sich die Ohren zugepresst.

»Ich konnte doch nicht«, brach es aus ihm heraus. »Ich war am Ende. Begreifen Sie das denn nicht? Das Liebste war mir genommen.«

»Falsch«, sagte der Kommissar. »Es war Ihnen nicht genommen, sondern Sie haben das Mädchen getötet.«

»Hören Sie auf. Sie wissen nichts. Gar nichts wissen Sie. Sie sind so dumm.« Siewert zwang sich zu einem Lacher. Er hatte erkannt, wie er die Oberhand zurückgewann. »Ich helfe Ihnen. Ich erschieße Ihre Tochter. Mal sehen, zu welcher Aussage Sie dann noch in der Lage sind, Herr Kommissar.«

In das Entsetzen hinein sagte er noch: »Und dann sterben wir beide auch.«

Jenny funktionierte wie ein Automat.

Vor ihr lag die Straße. Sie sah sie kaum. Trotzdem bremste sie für Einbieger und ließ vereinzelte Fußgänger und ihre Hunde hinüber. Alles vollkommen mechanisch. In ihr Ohr drang die seltsame Unterhaltung zwischen ihrem Vater und dem Verrückten. Sie hörte den Tonfall – Siewerts Metallstimme –, begriff aber die Worte nicht. Weshalb war ihr Vater so unglaublich sicher? Rechnete er nicht damit, erschossen zu werden?

Dieser Siewert hatte sie beide in der Gewalt. Kein Austausch, keine Freiheit. Angst machte der Tod ihr nicht. Nur nach Lotte schrie es in ihr; aber mehr auch nicht, sie stellte sich nicht vor, wie die Kleine als Waise leben würde, wer sie betreuen sollte.

Ihr Gehirn stand still. Als wenn es ausgeknipst worden wäre.

Die Sache mit dem Unfall, den sie hervorrufen wollte, war nur noch ein schwammiges Bild. Besser konnte sie sich eine solche Situation nicht ausmalen. Dass ihr Vater sich auf der Rückbank nicht angeschnallt hatte, hatte sie gesehen. Damit wäre er am meisten in Gefahr. Der Verrückte neben ihr hatte seinen Gurt angelegt und sie genauso. Die Straßen waren nicht mehr glatt, es gab kein Eis mehr, nur noch Regen.

Ihr altes, airbagloses Auto gegen einen Baum setzen?

Vielleicht.

Vielleicht auch nicht.

Sie war nicht in der Lage, das zu entscheiden.

Die Koenigsallee nordwärts fuhr sie durch den Grunewald. Es ging langsam vorwärts, der alte Diesel tuckerte, und ihr ging durch den Kopf, dass sie Öl wechseln musste. Aber wozu, wenn sie starb? Dann war das die Aufgabe desjenigen, der ihr Auto weiter fuhr.

Zwischen den beiden Männern im Auto herrschte Anspannung wie bei einem Kampf. Die Luft war dick. Wenn sie es richtig verstand, trieb ihr Vater diesen Siewert noch tiefer in seine Verrücktheit. Es kam ihr vor, als wolle er ihn provozieren. Warum tat er das?

Sie hatte sich längst an ihn abgegeben. Er war Polizist und agierte in seinem eigensten Feld, aber sie hatte eingesehen, dass es auch für einen erfahrenen Ermittler keine Sicherheit geben konnte. Jeder Täter war anders und der Ausgang immer ungewiss.

Ihr Fuß auf dem Gaspedal wurde schwerer, die Tachonadel stieg langsam höher. Hinter ihnen war jemand, im Spiegel erkannte sie ein dunkelblaues Auto, eine japanische Marke, ein Toyota. Wer immer das war, Hilfe gab es nicht mehr. Sie überschritt die Geschwindigkeitsbegrenzung. Dieser Siewert war so sehr in die Auseinandersetzung mit ihrem Vater vertieft, dass er es nicht merkte.

»Erlöst habe ich sie. Das ist die Wahrheit«, rief er. Und fuchtelte mit seiner Pistole umher.

Jenny zwang sich, ihren Verstand zu benutzen. Um ihn wieder einzuschalten, besann sie sich darauf, der Tachonadel zuzusehen, die bei 70 angekommen war. Ihre Hände umklammerten das Lenkrad. Sie waren feucht vor Schweiß und hinterließen Abdrücke auf dem Kunstleder.

Die Männer stritten. Dieser Siewert war alles andere als souverän, manchmal kreischte er, dann fehlten ihm die Worte. Allerdings hatte er die Waffe.

Jenny wusste, was sie zu tun hatte.

»Und dann sterben wir beide auch«, sagte Siewert. Er hob seine Waffe und zielte auf sie.

»Papa«, sagte Jenny, »ich liebe dich.«

»Ich liebe dich auch, mein Kind.«

Im nächsten Moment riss sie das Lenkrad nach links.

Sie bekam noch mit, wie der Wagen ausbrach und über die regennasse Straße rutschte.

Dann gab es einen Knall. Ihr Kopf knallte gegen die Seitenscheibe.

Thomas Ostrowski hätte seine Tochter dazu ermutigt, ihren Wagen gegen einen Baum zu setzen, hätte er offen zu ihr sprechen können. Aber das war nicht möglich. Als sie das Lenkrad herumriss, packte er nach dem Griff – ein lächerlicher Versuch. Er verlor das Gleichgewicht und kippte zur Seite. Instinktiv zog er sich die Arme vors Gesicht und die Hände vor den Kopf. Dann knallte es.

Er wurde gegen die Tür gestoßen. Metall bohrte sich ihm in die Hand. Sein Mund füllte sich mit Blut. Er war benommen und fand sich auf dem Boden wieder.

Er hätte hochkommen müssen. Sehen, was mit den anderen war. Aber das ging nicht. Er blieb liegen und fühlte sich, als hätte er ein Schlafmittel geschluckt.

Siewert. Jenny.

Er konnte nicht.

Der alte Diesel tuckerte immer noch. Wieso war der Motor nicht ausgegangen? Er wollte Jenny fragen. Aber wie?

Er zwang sich. Stemmte sich auf die aufgerissene Hand. Aus dem Mund tropfte ihm Blut, er musste sich auf die Zunge gebissen haben. Im Rücken hatte er einen stechenden Schmerz. Er konnte nicht anders als ihm nachgeben und sich wieder hinlegen.

Gegen den Schmerz versuchte er es erneut. Als es ihm endlich gelang, über die Sitzlehne zu blicken, sah er Siewert. Sein Hut war heruntergefallen. Zum ersten Mal hatte Ostrowski den ganzen Mann vor sich. Die Haare waren wirr, die Augen flackerten. Siewert hing in seinem Gurt, auch er blutete. Aber er war bei Bewusstsein.

Und er hatte seine Pistole in der Hand.

Jenny dagegen sah aus, als schliefe sie. Der Gurt hatte sich ihr in die Jacke geschnitten, der Hals wirkte wie verrenkt. Sie schien schlimme Verletzungen zu haben.

Siewert hielt seine Waffe auf sie.

»Nicht …«, brachte Ostrowski hervor. Dabei spuckte er Blut.

»Doch«, erwiderte Siewert. »Alle drei. Und als Erstes die Tochter. Wegen ihres Ungehorsams. Das … das muss bestraft werden.«

Er setzte an.

Ostrowski wollte nach vorne langen. Er bekam die heile Hand kaum zwischen den Sitzen hindurch. Siewert schlug mit der Pistole darauf, genauso langsam, wie Ostrowski die Finger vorgeschoben hatte. Er traf die Knöchel. Ostrowski stöhnte auf.

Und schloss die Augen.

Im nächsten Moment wurde die Tür aufgerissen. Eine Hand griff herein und riss Siewerts Arm mit der Pistole in die Höhe. Ein Schuss löste sich. Er ging in den Autohimmel. Die Hand packte energischer zu, die Waffe fiel auf den Boden.

Kemal.

Ja, Kemal.

Siewert hatte verloren.

Noch im Gurt legte der Freund ihm Handschellen an. Siewert schimpfte, als sei er erneut beleidigt worden.

Mit seiner blutigen Hand strich Ostrowski seiner Tochter über die Wange. Er hinterließ eine rote Spur. Aber sie schlug die Augen auf.

Die Kollegen der Fünften trafen kurz nach ihm ein. Kemal hatte sie alarmiert. Paula hatte bereits das Handy am Ohr, sicher bestellte sie Rettungswagen und Notarzt. Becker hatte seine Pistole in der Hand.

Wozu das?, fragte sich Kemal. Es war doch alles unter Kontrolle.

Er half Ostrowski aus dem Wagen, der sich mit einem Druck seiner blutverschmierten Hand bedankte. Gemeinsam bargen sie Jenny, die benommen war. Sie betteten sie auf die Straße. Kemal zog seinen Mantel aus und deckte ihn über sie. Dann wollte der Dicke wissen, wieso er hergekommen war. Seine wirre Mitteilung auf Kemals Anrufbeantworter hatte er vergessen. Kemal musste sie ihm vorspielen.

Rahlke sah ihnen zu. Auch Kriminalrat Sommerfeld traf ein, der Kemal zu sich winkte. Der alte Herr ging ein paar Schritte um das kaputte Taxi herum. Kemal folgte ihm.

»Ich weiß«, sagte der Kriminalrat so leise, dass niemand sonst ihn hören konnte, »dass dieser Fall nicht vom Team gelöst wurde. Es war eine Einzelleistung. Ihre, Herr Aydin. Gratuliere.«

Wie hätte Ayse auf einen solchen Satz reagiert? Und Babou?

»Trotzdem werde ich das vor der Presse als Teamleistung hinstellen. Ich hoffe, Sie haben dafür Verständnis.«

Kemal wusste nicht, was er antworten sollte. Er war sprachlos.

»Im Gegenzug verspreche ich Ihnen, dass ich mein Versäumnis ausgleichen werde. Die nächste Leitungsstelle bei der Mordkommission ist für Sie reserviert. Und damit will ich auch Ihren Umgang mit mir honorieren. Da haben Sie Courage bewiesen.«

Kemal nickte. Aber er erwiderte: »Ich weiß gar nicht, ob ich das will.«

»Wie meinen Sie das?«

»Schwer zu erklären.«

»Versuchen sie es!«

»Zu viel Politik. Ich glaube, dafür bin ich nicht gemacht.«

Für jeden der Verletzten kam ein eigener Rettungswagen. Der Notarzt sah nach ihnen allen. Jenny hatte es am schlimmsten erwischt, eine Gehirnerschütterung und möglicherweise innere Verletzungen. Sie war wach und trotzdem abwesend. Ostrowski bekam ein steriles Stück Mull in den Mund, nachdem er einen Großteil des Blutes ausgespuckt hatte. Beide Hände wurden ihm verbunden. Dass ihn der Rücken schmerzte, behielt er für sich.

Siewert war an zwei Metallstreben festgeschnallt, zusätzlich wurde er von Streifenbeamten bewacht. Auf seiner Trage sah er aus, als könnte er niemandem etwas zuleide tun, ein zarter Mann mit einem Seidentuch um den Hals, ein Musiklehrer, ein Künstler.

Was für eine Täuschung.

Nun würde er nie mehr entlassen werden.

Jenny schien Schmerzen zu haben. Sie hielt sich die Brust. Ihr Gesicht war eine Grimasse. Ostrowski streckte die Hand nach ihr aus und drückte sie.

»Papa«, sagte sie.

»Ich bin da. Sprich lieber nicht.«

Sie hatte Mühe. »Es ist … ich finde … deine Freundin.«

»Das ist nicht meine Freundin.«

»Egal. Ich bin auf deiner Seite«, presste sie hervor. »Und bleibe da.«

Zum zweiten Mal drückte er ihre Hand und schaute sie an. Er hätte sie am liebsten umarmt und gedrückt. Nur ihre Verletzungen hielten ihn zurück.

Sie hatte ein dürres Lächeln auf den Lippen. »Mein Auto … Lotte war es immer peinlich. Jetzt ist es kaputt. Sieht nach Totalschaden aus.«

»Das ist ein Zeichen«, erwiderte Ostrowski. »Es ist Zeit für dich, etwas Neues anzufangen.«

Weitere Romane finden Sie auf den folgenden Seiten und im Internet: www.gmeiner-verlag.de

Jacqueline Nordhorn
Aus reiner Barmherzigkeit
978-3-8392-1623-1

»Eine Serie von Todesfällen erschüttert Berlin im 1. Weltkrieg. Die Kriminalbeamten versuchen diese zu stoppen.«

Im 1. Weltkrieg stirbt der junge Soldat Erich Wiedemann kurz vor seiner Entlassung aus dem Krankenhaus in Berlin. Von einem Granatsplitter an der Front ins Bein getroffen, war er zurück nach Berlin transportiert worden. Da dies nicht der erste Todesfall eines jungen Kriegsheimkehrers ist, fällt der Verdacht rasch auf den behandelnden Chirurgen Dr. Richard Oppermann. Doch hat der ehrgeizige Arzt wirklich nachlässig gearbeitet? Die Ermittlungen nehmen ihren Lauf …